Mona hat eine ganz besondere Leidenschaft: Männer mit vollendeten Körpern, am liebsten von hinten und splitterfasernackt von Kopf bis Fuß – auf Leinwand gebannt. Die junge und talentierte Künstlerin malt kraftvolle, meterhohe Männerakte. Zwischendurch gibt sie Sprachunterricht, um ihre Miete, den gelegentlichen kärglichen Genuß einer Packung Rahmspinat und natürlich die heißgeliebten Ölfarben bezahlen zu können.

Als ihr Bruder Adrian eines Tages seine Anwaltskanzlei eröffnet, schenkt sie ihm eines ihrer verwegenen Werke. Auf Betreiben von Adrians ebenso zickiger wie blutarmer Lebensgefährtin verschwindet das Bild und wird von der arglosen Mona plötzlich in einer Galerie entdeckt. Sie erlebt mit, wie ihr Bild verkauft wird – angeblich das Werk eines scheuen und vor allem männlichen Einsiedlers. Die kunstsinnige Interessentin, eine betuchte Dame aus besseren Kreisen, erwirbt das Gemälde passend zu ihrer Tapete. Zunächst hoch empört, entwickelt Mona schließlich gemeinsam mit ihrer Freundin Vivian eine tolle Geschäftsidee: Vivian spioniert die Inneneinrichtung potentieller Kunden aus, und Mona malt dazu passende Männerakte vom hüllenlosen Edgar, ihrem besten Freund und einzigen Modell. Selbst davor, verkleidet in die Rolle des malenden Eremiten zu schlüpfen, schreckt Mona nicht zurück. Doch dann kommt alles anders als gedacht: Der rätselhafte Jack aus New York, einer ihrer Sprachschüler, verwirrt nicht nur ihr hübsches Köpfchen, sondern gibt auch ihren Plänen eine überraschende, spektakuläre Wendung ...

Tina Grube

LAUTER NACKTE MÄNNER

Roman

Fischer
Taschenbuch
Verlag

Die Frau in der Gesellschaft
Herausgegeben von Ingeborg Mues

41.–50. Tausend: April 1998

Originalausgabe
Veröffentlicht im Fischer Taschenbuch Verlag GmbH,
Frankfurt am Main, Februar 1998

© Fischer Taschenbuch Verlag GmbH, Frankfurt am Main 1998
Gesamtherstellung: Clausen & Bosse, Leck
Printed in Germany
ISBN 3-596-13768-3

Für meinen Mann

Pampelmusen sind sauer.
Männliche Musen sind selten.
Saures mag ich nicht.
Raritäten liebe ich.
Dich liebe ich.

INHALT

9 Orangen

18 Vogel

25 Inserat

33 Spitze

42 Wickelkommode

53 Kunst

62 Nudelrolle

76 Menthol

87 Hysterie

99 Chirurgie

110 Enthüllungen

119 Tapete

132 Mafia

142 Strategie

154 Chor

165 Schlange

174 Metamorphose

184 Feuerschlucker

195 Nadelstreifen

205 Zigarillos

216 Solidarität

225 Schnitzel

239 Stoffmaus

247 Matratze

261 Rot

272 Vernissage

283 Nachtrag

ORANGEN

Schöner Hut, junge Frau.«
Immer wieder erregte es ein wenig Aufsehen, mein Super-Lieblingsstück. Trug eben nicht jeder – beziehungsweise jede –, so einen schwarzen Herrenhut mit bunter Spitzenborte. Ich tippte kurz an die Krempe und lächelte den rotwangigen Gemüseverkäufer an.

Was hatte mich nur auf den Wochenmarkt getrieben? Wahrscheinlich wieder mal ein chronischer Vitaminmangel. Ja, ich brauchte Vitalitätsstoff. Unschlüssig schaute ich auf die leuchtende Farbenpracht der vielen Früchte, Früchtchen und gemüsigen Spezialitäten, die sicher jedes Vegetarierherz erregt höher hüpfen ließen.

»Sind die frisch?« fragte ich schon mal testweise und deutete auf die fein säuberlich aufgereihten Artischocken.

»Aber natürlich, junge Frau, alles ist frisch«, sagte der Verkäufer mit gespielter Entrüstung.

Mhm, Artischocken mußte man mindestens so dreißig Minuten lang kochen. Dann galt es, die einzelnen Blätter abzuzupfen und an den unteren Blatteilen ein wenig herumzulutschen, bis sich ein riesiger Abfallhaufen ergab. Das Beste gab's erst ganz zum Schluß. Den Artischockenboden, zwar köstlich, aber wiederum so wenig, daß man schon mindestens zehn Stück davon haben mußte, um auch nur annähernd satt zu werden. Nee, das war wohl nicht das richtige für mein bescheidenes Haushaltsbudget. Mein Blick glitt weiter.

»Gurken?« murmelte ich.

Nö, langweilig.

Eifrig hatte der Verkäufer bereits eine Gurke in der Hand und fuchtelte mit dem grünen Teil vor mir herum.

»Vielleicht doch besser Tomaten?« fragte ich mehr mich selbst als ihn.

»Welche Sorte?« wollte er wissen, nun schon etwas ungeduldig in Anbetracht der Hausfrauenschlange, die sich, mit professionellen Einkaufskörben bewaffnet, hinter mir bildete.

»Cherry-Tomaten, holländische Tomaten, Fleischtomaten oder Strauchtomaten?«

Äh, vielleicht doch gar keine Tomaten. Die meisten Sorten sahen irgendwie mutiert aus. Außen gut, innen unter Garantie wässerig-lasch-fad. Wußte doch jeder, daß die Dinger heutzutage in den Gewächshäusern so hingezüchtet wurden, daß sie förmlich nach nix mehr schmeckten.

Meine Entscheidungsschwierigkeiten bei diesen normalen Dingen des Lebens schienen den Verkäufer nun doch zu nerven.

»Ooh«, staunte ich plötzlich und zeigte aufgeregt nach rechts. »Die sind aber schön.«

Irgend etwas klingelte bei mir. Nachdrücklich und unüberhörbar. Ich starrte auf Orangen. Auf selbstverständlich ganz toll frische Orangen.

»Aus Spanien«, erklärte der Verkäufer so stolz, als hätte er sie über Nacht dort persönlich im Schweiße seines Angesichts vom Baum gepflückt und im olympiareifen Dauerlauf hierhertransportiert.

Schon hatte ich zwei der prachtvollen Kugeln in meinen beiden Händen. Ich ließ sie in den Handflächen hin- und herkullern.

»Davon zwei«, sagte ich begeistert. »Aber ohne Flecken.«

Sein Blick sprach Bände. Wahrscheinlich hielt er mich jetzt für eine völlig überspannte Person der überflüssigen Art. Na ja, was konnte er schon erwarten bei einer, die nicht mal so einen praktischen Korb dabeihatte, sondern bestimmt gleich nach einer Plastiktüte fragen würde.

»Flecken? Das spielt bei denen gar keine Rolle. Innen sind die alle gleich.«

Ich schob meinen Hut ein wenig zurück. »Ich will die ja nicht essen«, erklärte ich.

Der Verkäufer war nun vollends irritiert. »Sie wollen sie nicht essen, soso. Ach, Sie wollen sie auspressen«, sagte er dann.

Ein wirklich blitzgescheites Kerlchen. Das war in der Tat Möglichkeit zwei.

»Auspressen? Nein, das eigentlich auch nicht.«

Er scharrte inzwischen mit den Füßen. Schließlich fragte er: »Wozu brauchen Sie denn dann bitte Orangen?«

So ganz genau wußte ich das selbst nicht. Es war mehr so eine Ahnung, so ein zwingendes Gefühl. Aber ich war ihm wohl eine Antwort schuldig, wenn ich schon kein besonders toller Umsatzbringer sein würde.

»Zum Malen.«

»Ach, Sie wollen Apfelsinen malen?«

Nee, nix lag mir ferner. Ich male nur nackte Männer. Aber das würde ich ihm wohl besser nicht anvertrauen. Fröhlich hielt ich die Orangen fest. Zwei Handvoll prächtigster Rundungen. So prall und üppig wie ein muskulöser männlicher verlängerter Rücken. Mein Kopf projizierte wie üblich vollautomatisch bereits erste Entwürfe für mein nächstes Bild. Jetzt war mir auch klar, was mich hierhergetrieben hatte. Die Intuition, die künstlerische, jawoll!

»Apfelsinen malen? Na ja, so ungefähr«, nickte ich kurz und betrachtete noch mal kritisch die beiden Auserwählten. »Das wär's.«

Erleichtert packte er die beiden Orangen in eine Papiertüte. Da bekam ich nun aber Angst, ich könnte sie beim Nachhausetragen zerdrücken.

»Hätten Sie vielleicht eine Tragetasche für mich?« fragte ich. Ganz, ganz lieb und vorsichtig.

Er reichte sie mir rüber. »Noch einen Wunsch?«

Sein Ton war irgendwie ein klein wenig schneidend, fand ich. Aber sonst brauchte ich nichts. Im Tiefkühlfach hatte ich noch eine Packung Rahmspinat. Was das Thema Nahrungsaufnahme betraf, würde die für heute schon reichen. Dazu noch eine sprudelnde Multi-Vitaminpille Marke Jungbrunnen mit der Extraportion Mineralstoffe zur Vorbeugung gegen Grippe, nächtliche Wadenkrämpfe und wogegen auch immer.

Zufrieden marschierte ich zurück nach Hause. Prust, keuch, schnauf, die sechs Stockwerke bis zu meiner kuscheligen Mansardenwohnung verlangten wieder mal vollen körperlichen Einsatz. Geschafft. Zufrieden schleuderte ich meinen Hut aufs Sofa.

»Hier, Papa, guck mal«, präsentierte ich meine Orangen dem Gemälde meines Vaters und betrachtete seine markanten Gesichtszüge. Irgenwann hatte ich es mir angewöhnt, mit ihm zu sprechen. Nur weil er nicht mehr auf der Erde wohnte, war das schließlich noch lange kein Grund, ihn zu ignorieren.

»Ja, ich weiß, ich soll mich auf meinen richtigen Beruf konzentrieren, aber schließlich bist du schuld an meiner Passion«, nickte ich Vaters Selbstbildnis zu.

Der Papa nämlich war ein großer Künstler. Ein verkannter, leider. Deshalb nagten wir als Kinder immer eher am Hungertuch als an kulinarischen Köstlichkeiten.

»Mona, werde Lehrerin, das ist ein reeller Beruf für eine Frau«, hatte er immer gepredigt. »Gemalt wird höchstens in der Freizeit, so nebenbei, verstanden?«

Klar, schon in Ordnung. Folgsam hatte ich Kunst und Deutsch fürs Lehrfach studiert. Unglücklicherweise war ich nicht die einzige mit dieser glorreichen Idee. »Das Wort Lehrerboom gab's zu deinen Zeiten eben noch nicht, Papa«, sprach ich laut meine Gedanken aus, während ich schon nach dem Skizzenblock angelte.

Abgesehen davon fand ich meine Referendarzeit in der Grundschule auch nicht so spannend. Krakeelende Kids, die begeistert mit Wasserfarben herumpanschten, aber nur, weil bunte Pampe zu machen so schön war. Und die unbegeistert Grammatik paukten, um schließlich beim Kapitel Kommasetzung diesen hübschen kleinen, oft so notwendigen Strich überall dahin zu setzen, wo er unter Garantie nicht hingehörte. Nee, da lobte ich mir doch meine erwachsenen Sprachschüler, die ich inzwischen zu Hause unterrichtete. Wer sein Geld ausgab, um bei mir zu lernen, der meinte es auch ernst und ließ sich von mir brav und ohne aufzumucken fördern und fordern. Bezahlt ist schließlich bezahlt. Es lebe das kapitalistische menschliche Naturell.

Der Kohlestift glitt schnell über das weiße Blatt. Ein wunderschöner nackter Mann von hinten mit knackigem Po reckte und streckte sich.

»Nicht schlecht«, murmelte ich.

Nächstes Blatt, die Proportionen stimmten noch nicht. Beine zu kurz und Arme zu lang, das war tödlich. Schließlich hatte ich nicht die Absicht, einen verwachsenen Gnom auf Leinwand zu bannen.

Kurz schaute ich auf Papas Bild. Nie würde ich vergessen, welch wunderbare Vorträge er mir bei seiner Arbeit gehalten hatte. Über Proportionen, über Perspektiven, sogar über die Grundbegriffe der handwerklichen Vorbereitungsarbeiten.

»Du mußt fester an der Leinwand ziehen, wenn du sie auf Holz spannst, Mona, aber nicht zu fest. Mit Gefühl.«

Überhaupt, es gab nichts bei dieser ganzen geliebten, verfluchten Malerei, das ohne Gefühl ging.

»Schau dir dieses Bild an, Mona«, hatte Papa gesagt. Da war ich gerade fünf Jahre alt. Mit Bus und Bahn sind wir für einen Tag nach Paris gepilgert. Den Eiffelturm habe ich nicht gesehen. Aber den Louvre. Diese Zauberwelt der Kunst. »Es ist von Leonardo da Vinci. Er war ein Suchender, ein Pionier. Und er hat die Mona Lisa gemalt«, erklärte Papa andächtig.

»Mona Lisa? So heiße doch ich«, hatte ich erstaunt geflüstert.

Papa mußte lachen. Sein tiefes, rauhes Lachen. Dann durfte ich mich auf seine Schultern setzen, um meiner Namensschwester auch aus angemessener Höhe ins Gesicht blicken zu können.

»Diese Frau hat ein Geheimnis, kannst du das sehen? Ein Meisterwerk des Ausdrucks, kleine Mona. Leonardo hat gemalt, was er gefühlt hat, verstehst du?«

Keine Ahnung, was ich damals verstanden oder gedacht habe. Aber fühlen konnte ich jedenfalls eine ganze Menge.

Und dann, nach Hause zurückgekehrt, kam das Blau-und-Gelb-Spiel. Ohne Ende hatte ich Papa genervt, daß ich nun auch selbst malen wollte. So lange, bis er mich mehr und mehr einweihte. Klein-Mona-Lisa saß auf dem alten Dielenfußboden und hatte entdeckt, was passierte, wenn man Blau und Gelb ineinandermischte.

»Wiese«, hatte ich fassungslos gesagt. Papa legte mir dann eine rote und eine gelbe Farbtube hin. Das gab »Apfelsine«.

Lächelnd betrachtete ich die gerade erstandenen Orangen.
»Hast heute auch wieder deine Hände im Spiel gehabt, Papa, was?«

So, nun waren die Beine länger. Kritisch betrachtete ich den zweiten Entwurf. Wie sollte ich das Bild nennen? Vielleicht Orangenpopo? Nein, das klang nach Zellulitis. Gedankenverloren kniff ich mich in meinen Oberschenkel. Einmal kräftig zusammengedrückt, und schon entstand eine kleine Kraterlandschaft wie bei 'ner Apfelsinenhaut. Klarer Fall von weiblichen Fettzellen, die man wohl brauchte, um die Dehnung der Haut bei 'ner Schwangerschaft zu verkraften.
Aber was könnte das mit einem Mann zu tun haben? Babys können die Männer trotz Emanzipation immer noch nicht kriegen. Wollen sie auch sicher nicht, schließlich ist so eine Geburt mit höllischen Schmerzen verbunden. Nix für die wehleidigen Herren der Schöpfung.

»Kikeriki«, machte es plötzlich. Ich schaute auf meinen Gockel. Freundin Vivian hatte ihn mir geschenkt. Er war aus Plastik und an mein Telefon angeschlossen. Wenn es läutete, krähte das Vieh immer los.
»Ruhe, ich arbeite.«
»Kikeriki, kikeriki.«
»Wenn's denn sein muß«, sagte ich und erhob mich.
»Mona Linde.«
»Hier auch Linde«, schlug mir die vertraute Stimme meines Bruderherzes entgegen.
»Tagchen, Herr Doktor«, erwiderte ich fröhlich, »was macht die Kunst?«
»Na, das könnte ich wohl eher dich fragen. Jedenfalls, das einzige, was hier an Kunst erinnert, ist die Tatsache, daß zur Zeit die Wände fertiggestrichen werden.«
Ist die Tatsache, daß ... Mein Bruder Adrian sprach immer so schön gewählt.
»Und wann ist alles fertig?« erkundigte ich mich.
»So in drei Wochen. Deshalb rufe ich auch an. Zur Kanzleieröff-

nung veranstalte ich eine Party. Mit geladenen Gästen aus den guten Kreisen, verstehst du?«

»Du mit deinen guten Kreisen. Hat dir deine Geliebte Sibille verschafft, den Zugang zu den Snobs, was?«

Ich konnte Sibille nicht ausstehen. Die sogenannte Lebensgefährtin meines Bruders. Eine durch und durch verwöhnte Ziege aus reichem Elternhaus, die ohne Perlenkettchen und Hermès-Tuch keinen Fuß auf die Straße setzte.

»Nenn sie nicht immer ›meine Geliebte‹«, gab Adrian zurück.

»Wieso?« fragte ich harmlos. »Tut ihr es, du weißt schon was, etwa nicht? Soll ich sie mal aufklären?«

»Untersteh dich. Und über mein Sexleben rede ich nicht mit dir, Kleine, klar?«

»Oje, jetzt haste wieder deinen Anwaltston drauf, Herr Doktor.«

Adrian der Kluge war nämlich ein richtiger Mann. Ein gebildeter, anständiger. Papa hatte ihm gesagt, er solle Jura studieren. Das wär was Reelles für Jungs. Außerdem war Papa wohl klar, daß Adrian weder das Sangestalent von Mama noch das Maltemperament von ihm selbst geerbt hatte. Und der Adrian, der war so ein Analytischer, Seriöser, von Kind an. Diese ganze Schlamperei in unserer Künstlerfamilie fand er schon als kleiner Junge blöd. Er war immer der einzige, der penibel akkurat angezogen war. Nun kämpfte er für die Gerechtigkeit. Hoffentlich würde er nicht so 'n Anwalt, der immer nur die Reichen herauspaukte, wenn sie am Rande der Legalität versuchten, ihre Penunse zu vermehren.

»Also, es wird jedenfalls ein schönes Fest, zu dem ich dich selbstverständlich auch einladen möchte.«

»Prima, natürlich komme ich. Wann genau?«

Ich notierte Datum und Uhrzeit mit Kohlestift.

»Und, Mona, du kannst mir einen großen Gefallen tun. Bitte verschone meine Leute mit Diskussionen über Reichtum und Armut und über Kunst. Schaffst du das, nur für mich, nur dieses eine Mal?«

Ich verdrehte die Augen. »Klar, Adrian. Und wahrscheinlich

15

soll ich mir auch die Ohren waschen und mich hübsch züchtig anziehen, oder?«

»Genau. Danach kannst du dich wieder mit deinen Farben vollschmieren, du kleine Verrückte.«

Man konnte ihm nicht böse sein. Heimlich liebte er meine Malerei und auch die feurigen Diskussionen, die ich ihm nie ersparen konnte. Aber er war wie Papa der Meinung, ich solle besser eine tolle Lehrerin sein, anstatt mich ins Armenhaus zu pinseln.

»Schon gut, Brüderchen. Du hast nichts von mir zu befürchten. Ich werde schweigen und ganz reizend aussehen.«

Noch ein Küßchen in den Hörer und bye-bye.

Mhm, was schenkt man seinem einzigen und Lieblingsbruder zur Kanzleieröffnung, wenn man gerade mal wieder ziemlich pleite ist? Nachdenklich nuckelte ich an meinem Kohlestift herum. Igitt. Das schmeckte bitter. Während ich mir die schwarze Farbe vom Mund wischte, überlegte ich fieberhaft weiter.

Genau! Das war es doch! Ein Bild, ein Kunstwerk, ein Original. Von mir natürlich. Sonst würde ihm seine blöde Freundin Sibille womöglich noch so einen konservativen alten Schinken mit 'ner Segeljacht an die Wand hängen. Oder mit 'ner dekadenten Jagdgesellschaft von anno Dutt, so eine Spießigkeit mit totgeschossenen Truthähnen, Entchen oder gar ermordeten Füchschen. Das mußte ich auf jeden Fall verhindern.

Gedankenversunken rollte ich wieder die Orangen in meinen Händen hin und her. Dieses neue Werk, ja, das sollte er bekommen.

Wie werden Orangen eigentlich so süß und saftig? Spanien. Spanien, das hatte der Obstverkäufer doch gesagt. Und was war in Spanien? Wärme. Sonne. Natürlich, ist doch gar nicht so schwer, Mona!

Ich betrachtete meine ausgestreckte Männergestalt. Schnell noch ein paar Striche, Arme noch höher, geöffnete Hände. Und rechts oben die glühende Sonne. Nun sah es doch aus, als würde der schöne nackte Mann nach der Sonne greifen.

»Der Sonnengreifer«, platzte ich heraus.

Es klingelte, es rauschte in meinen Öhrchen. Das passierte mir immer, wenn ich auf der richtigen Fährte war. Klar, ich schenke dem Adrian einen Sonnengreifer. Nach den Sternen grapschen kann ja jeder. Aber mein Bruder, der sollte eben etwas noch viel Spektakuläreres bekommen.

Das einige, was mir für das Spektakel noch fehlte, war allerdings ein Aktmodell. Edgar, mein immer bereiter guter Freund, war auf unbestimmte Zeit in den Urlaub gefahren. Der Schlingel, warum ausgerechnet jetzt? Und ohne nackten Originalmann konnte ich diesen wunderbaren Körper nicht malen. So ein Mist. Ich würde jemanden anheuern müssen. Schon wieder eine ungeplante Geldausgabe. Aber der Sonnengreifer war es mir wert. Und Adrian natürlich auch.

Ein Blick auf die Uhr verriet mir, daß es Zeit zum Aufräumen war. Gleich würde Paolo aufkreuzen zu einer Doppelstunde Sprachunterricht.

Bis in Kürze, schöner Sonnengreifer!

Weg mit dem Skizzenblock. Und her mit meiner herrlich altmodischen Schiefertafel.

Da saßen wir nun. Paolo, reinrassiger Italiener und seit drei Monaten Manager in einer deutschen Modefirma. Kein Hobby-Lerner, sondern ein Zwangsverpflichteter. Er mußte lernen für seinen Job, der Paolo. Eine für mich denkbar gute Voraussetzung, weil das immer die dankbarsten Schüler waren.
Auf dem Fußboden lag derweil faul und breit Mausi herum. Mausi war das Gegenteil von reinrassig, eher so eine wilde Promenadenmischung aus Dackel, Schäferhund und Boxer, vielleicht noch mit einigen zusätzlichen Cockerspaniel-Genen von seiner Ururgroßmutter. Warum Paolo seinen Hund, ohne den er bei mir nie antrat, Mausi genannt hatte, war mir allerdings schleierhaft. Wahrscheinlich lag das an dem noch mangelnden Wortschatz meines Schülers. Aber egal. Eine Herausforderung mehr.

Paolo holte tief Luft. Der erste Satz in einer neuen Stunde war eben besonders schwer. Aber nun ging's los.
»Ich trinke einen Vogel.«
Und ich wußte, ich hatte keinen Hörschaden. Aber was mir mein männliches Gegenüber hier präsentierte, ließ mich doch kurzfristig an der perfekten Funktion meines Trommelfells oder Innenohrs zweifeln.
Treuherzig schaute er mich an.
»Wiederholen Sie das bitte«, sagte ich vorsichtshalber. Gewissermaßen als schnelle Generalüberprüfung meiner Öhrchen.
Er fixierte mich ohne eine Spur von Unsicherheit. Dann ließ er laut und deutlich seine Stimme ertönen.
»Ich trinke einen Vogel!«
Na, bravo. Ein Musterschüler. Sogar einer, der heute geflügelte Worte von sich gab. Hier waren mal wieder meine pantomimischen Fähigkeiten gefragt.

»Das war noch nicht ganz richtig«, tröstete ich schon mal vorab meinen Kandidaten. »Paolo, lassen Sie uns gemeinsam überlegen. Das hier, das ist Trinken«, erklärte ich. Ein imaginäres Glas wanderte von meiner Hand Richtung Mund. Kopf leicht in Schräglage, unsichtbares Glas an die Lippen gesetzt und nun als Krönung schöne, satte Gluckglucklaute. Mona, eines Tages solltest du doch zur Bühne gehen.

»Ah, gluck, gluck«, strahlte Paolo.

»Trinken«, nickte ich geduldig.

»Trinken«, wiederholte Paolo artig.

Gut so, Junge, du schaffst es. Eines fernen Tages jedenfalls. Vielleicht.

Unterm Tisch knurrte etwas.

»Mausi trinken?« fragte Paolo und lächelte mich charmant an. Mausi knurrte lauter. Aha, Durst hatte das Tier. Offensichtlich verstand der Köter jedenfalls jedes Wort. Wenigstens der, das war doch auch schon mal was. Ich nickte zustimmend und erhob mich. Etwas unschlüssig schaute ich in der Küche meinen Schüsselbestand an. Nee, die gute mit dem Jugendstilrand mußte es nun wirklich nicht sein. Mit einer Plastikschüssel voller Wasser kehrte ich zurück. Sofort schlabbte Mausi mit langer rosa Zunge darin herum. Schade eigentlich, daß der bereits leicht zerschlissene Teppich nun auch noch Mausi-Sabber-Spuren abbekam.

Aber jetzt mit voller Kraft voraus zurück zum Thema.

»So, Paolo, das ist Trinken.« Fingerzeig auf Mausi. »Und nun, Paolo, was ist das?«

Wahrscheinlich sah ich gerade eher aus wie eine Kuh auf der Weide kurz vorm Bäuerchen. Aber was blieb mir übrig, als meine Kiefer mahlen zu lassen und nun zur Abwechslung etwas vor mich hin zu schmatzen? Gleichzeitig hatte ich einen unsichtbaren Löffel in der Hand, den ich emsig zum Munde führte.

Paolo überlegte. Ich konnte es ihm ansehen. Er war nicht blöd und merkte ganz genau, auf welches Wort ich hinauswollte. Da war es, ganz hinten in der Gehirnrinde, und wollte partout nicht nach vorn gelangen.

»Ach, Mona, ich erinnere mich nicht«, stöhnte er.

»Essen«, sagte ich laut und deutlich mit langsamer Lehrerinnenartikulation.

»Essen«, wiederholte Paolo.

So, nun waren wir doch schon einen Schritt weiter.

»Nun sagen Sie den Satz noch mal mit dem richtigen Verb.«

»Ich essen einen Vogel.«

O. k., das mit dem Vogel würde ich ihm erklären, sobald das Verb endlich richtig war. Ich schüttelte den Kopf.

»Das Verb, Paolo, bitte korrigieren Sie das.«

»Ich ißt einen Vogel«, erklärte nun mein Einstein.

Herrje, jetzt hatte er auch noch vergessen, wie das in der Ichform hieß. War wohl nicht sein Tag.

»Paolo. Ganz langsam. *Ich esse, du ißt, er ißt,* klar?« Das schrieb ich jetzt mit quietschender Kreide auf die Schiefertafel.

»Also?« fragte ich aufmunternd.

»Ich esse einen Vogel.«

Wunderbar. Ein neuer deutscher Satz war geboren. Nun also ran an den Vogel. Was hatte ich ihm in seiner letzten Stunde für schöne Speisekartenworte beigebracht. Kartoffelsuppe, Salat, Würstchen, Schnitzel und – ja, das Huhn, das mußte er meinen.

»Paolo, denken Sie nach. Das Wort ›Vogel‹ haben wir neulich gelernt, das sind die netten Tiere da draußen.« Ich deutete aus dem Fenster. Was für ein Glück. Da gurrte gerade eine dicke, fette Taube vor sich hin.

»Haben Sie darauf Appetit?« fragte ich.

Paolo schüttelte sich plangemäß.

»Sie meinen doch sicher …«, begann ich. Meine Arme pendelten auf und ab. Nun gut, Flügelchen hatte das dicke Vieh da draußen auch. Aber gegen die Gurrlaute setzte ich ein aufgeregtes Gakkern. Ich wünschte, mein Telefon würde klingeln. Das wäre doch eine passende Untermalung, das schöne Kikeriki.

Nun nickte er, der hungrige Paolo. Die übliche Suche im Kopf begann und endete mit einem großen Loch, das er in die Luft starrte.

»H – u – h – n«, half ich. Eindeutig das Wort des Tages.

»H – u – h – n«, echote Paolo.

Erwartungsvoll schaute ich ihm in seine braunen Augen. Ich konnte sehen, wie hochkonzentriert er war.

»Ich esse ein Huhn«, tönte Paolo.

»Bravissimo«, klatschte ich. Ja, ich war eine gute Sprachlehrerin. Und Paolo machte Fortschritte, wenn man bedachte, daß er vor fünf Minuten noch ganz sicher war, einen Vogel zu trinken.

»Was essen Sie außerdem gern, Paolo?«

Man muß das Ganze ja schließlich vertiefen. Sonst würde Paolo beim nächsten Mal unter Garantie Orangensaft essen wollen. Apropos. Sehnsüchtig schaute ich auf die beiden Apfelsinen. Wenn ich doch nur weitermalen könnte, verdammt noch mal.

»Ich esse gern Kartoffelsalat.«

»Prima. Und was essen Sie dazu?«

Gekonnt malte ich ihm ein prächtiges Würstchen an die Tafel.

»Bockwurst«, antwortete Paolo.

Hinreißend. Diese Worte brauchte er vielleicht nicht unbedingt in seiner Modefirma. Aber in der Mittagspause würde er sich nicht blamieren. Und das war eindeutig mein Verdienst.

»Mausi«, rief Paolo plötzlich aus.

»O nein, alles, nur das nicht«, schrie ich und rannte los. Mausi wollte sich gerade über das Allerheiligste, meinen Hut, hermachen. Normalerweise waren diese Viecher doch eher wild auf alte Socken oder Pantoffeln.

Eine wilde Verfolgungsjagd setzte in meinem Wohnzimmer ein. Das war das richtige für Mausi, eine ausgemachte Mordsgaudi. Sämtliche Schäferhundanteile in seiner Blutbahn verlangten ihr Recht. Und noch eine Runde um die Schiefertafel herum, die schon bedenklich vibrierte.

»Ich hab ihn«, sagte Paolo triumphierend und hielt mir meinen Hut entgegen. Bei genauerer Betrachtung – meinen verbeulten Hut.

Ich stöhnte. Hätte schlimmer sein können. Aber Mausis Spucke auf der Hutkrempe fand ich auch ziemlich abtörnend. Paolo holte gewandt ein blütenweißes Leinentaschentuch aus seiner Brusttasche. Ja, meine Schüler haben Stil. Ihre Hunde allerdings weniger. Vorsichtig rieb Paolo an meinem Hut herum.

»Fast wie neu«, lobte ich ihn anerkennend. Vorsichtshalber setzte ich meinen Hut auf den Kopf. Da konnte Mausi nicht so ohne weiteres herankommen.

»Aus jetzt«, befahl Paolo, als Mausi prompt versuchte, an mir hochzuklettern. Meine nicht sehr beeindruckende Körpergröße von einem Meter dreiundsechzig flößte diesem Riesenhund eben nicht den nötigen Respekt ein. Herrchens Stimme da schon eher. Und Mausi verstand eindeutig Deutsch, alle Achtung.

Gemeinsam richteten wir dann die inzwischen umgefallene Schiefertafel wieder auf. Nun hatte ich auch noch zerbröselte Kreide auf dem geschundenen Teppich, so ein Ärger. Ich ließ mich erschöpft auf meinen Stuhl sinken. Und Mausi legte mir zur Versöhnung seine Pfote aufs Knie.

»Er entschuldigt sich«, erklärte Paolo.

»Schon gut«, lächelte ich matt.

»Und ich kann einen neuen Satz«, frohlockte er.

Oh, Überraschung, Überraschung. Aufmerksam betrachtete ich meinen Schüler. Das war immer die größte Freude, wenn einer so langsam selbständig wurde, draußen im Alltag noch unbekannte Sätze aufschnappte und sie dann zu mir brachte.

»Ich liebe dich.« Und da schmiß er ihn, den glühenden Blick.

Auch das noch. Ich hatte immer angenommen, daß sich Patienten in ihre Psychotherapeuten verliebten. Aber Schüler in die Lehrerin, brauchte ich das?

Ich tätschelte Mausis Hundekopf, um Zeit zu gewinnen. Freundlich leckte Mausi daraufhin meine Strümpfe. Liebesbeweise aller Art vereinigt euch.

»Paolo, das ist ein sehr schöner Satz. Es gibt aber noch einen anderen Ausdruck. Der heißt: ›Ich mag dich.‹ Aber wir duzen uns nicht. Ich bin Ihre Lehrerin, verstanden? Also, der Satz heißt: Ich mag Sie. Wiederholen Sie das bitte.«

Ha, das übliche Spiel funktionierte. Mein Lehrerinnenton konnte eben so wunderbar zwingend sein.

»Ich mag Sie«, repetierte der gute Paolo.

»Ich mag Sie auch«, sagte ich ergeben. »Und dabei soll es auch bleiben, o.k.? Jetzt aber ran an die unregelmäßigen Verben. Haben Sie Ihre Übungen gemacht, Paolo?«

»Aber ich …«, versuchte er einen neuen Anlauf.

»Kein Aber, haben Sie oder nicht?« fragte ich streng.

»Ja«, antwortete Paolo.

Brav, brav.

Er zückte seinen Block und las den Lückentext vor, den ich ihm beim letzten Mal mitgegeben hatte.

»Ich gehe, ich ging. Ich stehe, ich stand. Ich singe, ich singte.«

»Nein, Paolo, ich sang. Tralalitralala. Sang mit ›a‹.«

»Sang«, echote Paolo.

So paukten wir noch ein Stündchen vor uns hin, während Mausi schöne Hundeträume genoß. Sein gelegentliches Schnaufen und Stöhnen störte auch wirklich nur ein kleines bißchen. Als die beiden schließlich weg waren, blickte ich auf den Hundertmarkschein, den Paolo für die Doppelstunde bezahlt hatte. Das und der klägliche Rest auf meinem Konto erlaubten wirklich keine großen Sprünge, eher verhaltene Hüpferchen.

Also, muß ich mich wohl warm arbeiten, überlegte ich. Die Heizung im Atelier wird ausgedreht. Malen kann ich schließlich auch im dicken Pullover, zur Not noch mit Schal dazu. Nicht zu vermeiden ist auch die Reduzierung des Speiseplans. Eine Mahlzeit am Tag muß reichen. Tja, und Teebeutel sind billiger als der gute Kaffee aus Kolumbien. Zur Not konnte man so ein Beutelchen sicher auch zweimal verwenden.

»So könnte es gehen, Papa«, blinzelte ich dem Bild an der Wand zu.

Na, wem erzählte ich das. Viel anders war das bei uns früher auch nicht. Von der Hand in den Mund – wenig in der Hand, also auch wenig im Mund. Klare Rechnung nach Adam Riese.

»Ach, Papa, als Künstler hat man es schon schwer«, stöhnte ich stirnrunzelnd. »Besonders, wenn man neue Farben braucht. Außerdem brauche ich noch ein Aktmodell. Und ein neues Kleid, genau, das brauche ich obendrein. Unbedingt sogar, denn den Adrian will ich ja auf seinem Kanzleifest nicht blamieren.«

Mhm, das Kleid sollte auf Pump funktionieren. Meine Schneiderin Natalie hatte immer ein großes Herz für mich.

»Platsch«, machte es.

Ganz langsam schaute ich an mir herunter. Ich stand in Mausis Wasserschüssel. Besser als im berühmten Fettnäpfchen, aber nicht besonders viel besser. Nun brauchte ich jedenfalls erst mal trockene Strümpfe.

Guten Tag«, begrüßte ich fröhlich die Frau aus der Anzeigenannahme der größten örtlichen Tageszeitung. Sie war für mich schon eine alte Bekannte, weil ich bei ihr in regelmäßigen Abständen Inserate für meine Sprachstunden aufgab. Was nicht hieß, daß sie mich jemals wiedererkannte. Sie war so der Typ des ignoranten Wesens. Weder eifrig noch bemüht, dafür zum Ausgleich schön langsam.

»Hallo«, gab sie träge zurück und drehte ihren Kaugummi gemächlich von der linken in die rechte Backe.

»Eine Anzeige will ich aufgeben.«

»Ach ja?« kam es näselnd retour.

Das war wirklich eine. Wie von einem anderen Stern. Wahrscheinlich waren ihre Vorfahren vom Faulpelzplaneten zur Erde geflogen.

»Aber heute nicht für Sprachstunden«, erklärte ich munter. Na, fällt jetzt der Groschen, weißt du, wer ich bin?

»Nein?« sagte sie gelangweilt ohne die Spur einer Ahnung und fischte eine Zigarette aus einer leicht zerdrückten Packung.

Hey, Mädel, Auftrag lacht, nun wird nicht geraucht.

»Jetzt gleich!« sagte ich in bestimmtem Ton.

Sie zog kurz die Augenbrauen hoch und legte den Glimmstengel widerstrebend hin, um sich dann erst mal der eingehenden Betrachtung ihrer langen Fingernägel zu widmen. Klarer Fall von sorgsam montierten Plastikkrallen aus dem Nagelstudio mit dunkelvioletter Farbe drauf. Marke gefährlicher Vampir.

»Also, ich denke mir das so«, setzte ich schon mal an.

Immerhin nahm sie ihren Block zur Hand. Wenn sie jetzt noch 'nen Kugelschreiber fände, könnte es eigentlich richtig losgehen.

»Der Text soll lauten: *Aktmodell gesucht.*«

Sie kramte geräuschvoll in der Schublade herum. Als erstes förderte sie eine Packung Kleenex zutage. Es folgte der bewußte dunkellila Nagellack. Nee, nicht noch eine Schicht auflegen, bitte. Aha, ein Schreibgerät namens Bleistift mit heftigsten Nagespuren. Offensichtlich ein Objekt, an dem sie ihre Nervosität austobte. Zumindest, wenn sie nicht gerade beim Arbeiten einschlief. Skeptisch schaute sie auf die stumpfe, kaum noch vorhandene Spitze. Ein paar Probe-Krakelspuren bewiesen, daß der es unter Garantie nicht tun würde. Die Sucherei im Zeitlupentempo ging weiter. Aber einen anständigen Anspitzer hatte sie ganz offensichtlich nicht in ihrem unerschöpflichen Schreibtischreservoir.

»Hier.« Ich legte ihr meinen Kugelschreiber hin, den ich inzwischen aus meiner Tasche geholt hatte. Geduld war im Moment nicht gerade meine Stärke.

Ohne aufzublicken fragte sie: »Wie war das nun?«

Salam alaikum. In der Ruhe liegt die Kraft.

»Aktmodell gesucht.«

Ich schaute über den Tresen, während sie – mit meinem Kugelschreiber – nun notierte.

Nacktmodell, las ich.

»Nein, nicht Nacktmodell. *Aktmodell* gesucht«, korrigierte ich.

»Und, was soll 'n das sein?« näselte sie und knatschte ein wenig auf dem Bubble Gum herum. Außerdem war wohl nach wie vor der Zeigefingernagel weitaus spannender als diese anstrengende Arbeit.

»Na, in gewissem Sinne ist ein Aktmodell schon so etwas wie ein Nacktmodell«, erklärte ich ergeben.

»Sag ich doch«, gab sie zufrieden zurück.

»Ich möchte aber, daß Sie Aktmodell schreiben. A – k – t, verstehen Sie?«

»Wenn Sie unbedingt wollen«, meinte sie achselzuckend. »Ist ja Ihre Anzeige«, pampte sie noch hinterher.

Sie zerriß den Bogen mit gespreizten Fingern und nahm sich einen neuen vor. Ganz langsam, natürlich. Bloß nichts überstürzen.

»Aktmodell gesucht«, stand da nach einer Weile schließlich und endlich deutlich in kindlicher Handschrift. Und nach meiner Buchstabiererei orthographisch sogar ganz richtig.

Ich überlegte. »Besser ist, wir schreiben: *Männliches* Aktmodell gesucht.«

Sie tippte ungehalten mit den Plastiknägeln auf der Schreibtischplatte herum. »Jetzt brauche ich noch ein neues Formular«, näselte sie vorwurfsvoll. Ratsch, ratsch, zerriß sie Blatt Nummer zwei und zückte nun das dritte.

»*Männliches Aktmodell gesucht.* Und weiter?« wollte sie wissen.

Ein Kleenextuch wurde aus der Box gezupft. Damit tupfte sie nicht sichtbare Schweißperlen über der Oberlippe weg. Die hatte aber auch einen Streß, die Gute.

»Ja, also weiter. Mhm, ich würde jetzt schreiben: *Knackiger Po Bedingung*«, sprach ich. Das war schließlich wichtig, damit sich nicht jemand mit vermanschter Figur meldete, um meine hart verdiente Lehrerinnenkohle zu kassieren.

Der Anzeigendame war derweil der Mund offenstehen geblieben. Ganz deutlich konnte ich ihn an der unteren Zahnreihe kleben sehen: einen grellpinkfarbenen Kaugummiklumpen mit ein wenig Spucke drumherum.

»Knackiger Po Bedingung?« fragte sie gedehnt.

Hoffentlich verschluckte sie vor lauter Schreck nicht das leuchtende, klebrige Ungetüm. Mannomann, die war doch höchstens so alt wie ich, um die sechsundzwanzig. So jung und schon so verklemmt.

»Ich bin nicht nur Sprachlehrerin, ich bin auch Malerin«, ließ ich sie wissen.

Hektisch kaute sie nun weiter und blickte mich zum ersten Mal richtig an. »Malerin, so, so«, murmelte sie.

Wahrscheinlich sah sie mich in weißer Uniform mit Malerrolle und Wandanstrichfarben vor sich. Das mußte ich richtigstellen, sonst würde sie nie kapieren, worum es ging. Man soll seine Mitmenschen ja nicht dumm sterben lassen.

»Und ich male schrecklich gern Männer, nackte Männer. Von hinten.« Meine Gedanken schweiften etwas ab. Ich lehnte mich auf den Tresen. »Haben Sie schon mal ganz bewußt einen Männerkörper betrachtet?« fragte ich sie. »Die Schultern, die Muskelstränge zwischen den Schulterblättern. Die sanfte Linie, wenn der Rücken in den Po übergeht? Und dann diese Kurve des Allerwertesten, Sie wissen schon, diese Rundung, diese göttliche Wölbung. Wenn der Mann dann noch lange Beine hat, dann ist die Proportion so wunderbar, nicht wahr? Ein wirkliches Kunstwerk, der menschliche Körper ...«

Mit den Händen malte ich diese ganze Herrlichkeit in der Luft nach.

»Knack, knack«, hörte ich.

Aufgeregt biß das Wesen mit Nachdruck auf meinem Kugelschreiber herum.

Ich kam wieder zu mir. Was hatte mich nur wieder getrieben? Ausgerechnet dem Kaugummiwunder gegenüber bekam ich einen Schwärmanfall über die menschlichen Formen. Oh, jetzt war sie aber wach.

»Ich hatte da mal einen Freund«, sagte sie in vertraulichem Tonfall. »Der war Leichtathlet. Der hatte so 'nen Körper, so 'nen durchtrainierten mit lauter Muskeln und so. Und ganz lange Beine, zum Laufen, also schnell laufen, meine ich.«

»Toll«, sagte ich freundlich.

Ihre Züge verdüsterten sich.

»Rausgeschmissen hab ich den!«

»Warum das denn?« fragte ich neugierig.

»Na, betrogen hat er mich, das Schwein.«

Nun knetete sie mit beiden Händen verbissen auf dem Kugelschreiber herum, als wollte sie ihm stellvertretend für ihren betrügerischen Sportler den Hals umdrehen.

»Nein, unglaublich.« Ich schüttelte voller Anteilnahme den Kopf.

»Mit 'ner Kugelstoßerin. Können Sie sich das vorstellen? Mit 'ner Kugelstoßerin. Das war echt die Höhe. Wissen Sie, wie die aussehen, diese Kugelstoßerinnen? Na, sooo!« rief sie empört und malte nun ihrerseits mit den Händen eine Gigantenfrau von mindestens hundertdreißig Kilo Lebendgewicht in die Luft.

»Nicht zu fassen«, stimmte ich ihr zu.

»Und wie die stöhnen, diese Kugelstoßerinnen. Haben Sie das

schon mal im Fernsehen gehört? Die stehen da so …«, sie erhob sich und baute sich hinter dem Tresen auf. »Also, die stehen da so, dann drehen sie sich irgendwie, na ja, so ähnlich …«

Sie war beim Vorführen etwas ins Torkeln geraten. War auch zugegebenermaßen schwierig, diese Drehung mit ihren hohen Stilettoabsätzen.

»Nach der Drehung, ja, da werfen sie diese blöde Kugel, die sie sich vorher an den Hals gedrückt haben, weg. So weit eben, wie's geht. Und dann, dann stöhnen sie dabei immer. Ganz laut!«

Mitleidig schaute ich sie an. Mit ›so einer‹ betrogen zu werden hatte eindeutig nachdrückliche Spuren auf ihrer Seele hinterlassen.

»Glauben Sie, daß der die nur gebumst hat, weil die so schön stöhnen kann?« fragte sie mit verzweifelter Näselstimme.

Interessante Theorie, wirklich, da sollte man mal drüber nachdenken. Und dieses Wesen hatte ich für verklemmt gehalten. War ja eher eine erfahrene Sexualphilosophin.

»Keine Ahnung. Aber bestimmt war es richtig, daß Sie ihn rausgeschmissen haben«, versicherte ich.

»Ja, klar. Trotzdem, gut ausgesehen, das hat er«, sinnierte sie.

Bevor sie wieder die alte Lethargie überkam, mußte ich dringend versuchen, den Anzeigenvorgang weiter voranzutreiben.

»Äh, jedenfalls, über Geld müssen wir noch etwas schreiben. Vielleicht einfach nur ›*Bezahlung sofort*‹.«

Eifrig zückte sie den malträtierten Kugelschreiber.

»Nee, das reicht nicht«, erwiderte sie und dachte kurz nach. »›*Gute* Bezahlung sofort‹, das ist besser.« Schon wollte sie notieren.

»Na, ich weiß nicht. So gut kann ich eigentlich nicht bezahlen.«

»Spielt keine Geige. 'ne Anzeige muß sich verlockend anhören, verstehen Sie, sonst meldet sich keiner.«

Na ja, schließlich war sie wohl so was wie ein Profi, zumindest theoretisch. Und wenn sie sich nun schon so engagierte … Ich nickte.

»Chiffre oder Telefonnummer?« fragte sie voll neugefundenem Elan.

»Ich hab's ziemlich eilig mit dem Malen. Da geb ich lieber meine Telefonnummer an.«

»Bei *der* Anzeige, ehrlich?« fragte sie zweifelnd.

»Ja, bitte«, nickte ich entschieden. Auf die Zusendung der Chiffre-Post konnte ich absolut nicht warten. Es juckte mir in den Fingern. Malen, malen, malen will ich.

»Welche Rubrik?«

»Was würden Sie denn sagen?« erbat ich ihren Rat.

»Modelle vielleicht?«

War gewissermaßen naheliegend. Trotzdem überkam mich ein ungutes Gefühl. Was stand denn da so normalerweise?

»Haben Sie mal ein Beispiel?« fragte ich.

Jetzt erhob sie sich tatsächlich wieder. Dienstbeflissen wackelte sie zum Nachbartisch und griff eine aktuelle Zeitungsausgabe. Gemeinsam beugten wir uns darüber.

»Tanja, bildschön und versaut. Auch Sonderwünsche wie Badespaß und Dildo-Spiele«, las ich stirnrunzelnd.

»Exotisch-erotischer Knallbonbon mit riesengroßer Oberweite«, kicherte meine neue Verbündete.

»Totale Sklavin, absolut tabulos und ohne Hemmungen«, stand in der nächsten Zeile.

Diese Rubrik war ganz offensichtlich ein richtiger Supermarkt der Fleischeslust und Perversiönchen.

»Das kann es irgendwie nicht sein. Was gibt's denn sonst noch?« fragte ich.

»Mhm. Bekanntschaften vielleicht.«

»Bekanntschaften?« Da war ich mir auch unsicher.

»Wissen Sie, wenn bei mir allerdings jemand eine Anzeige in der Rubrik ›Bekanntschaften‹ aufgeben will, dann empfehle ich immer eher die Sparte ›Heiraten‹. Das ist nämlich seriöser. ›Bekanntschaften‹ ist unseriös«, erklärte sie. Und kaute weiter auf meinem Kugelschreiber herum.

»Nur – ich will ja weder eine Bekanntschaft, noch will ich jemanden heiraten. Es geht ja nur um ein Aktmodell, nicht wahr?«

»Dann bleibt nur eins!« sagte sie.

Ein unerwarteter Geistesblitz?

»Sonstiges«, sagte sie im Brustton der Überzeugung.

Ich zuckte mit den Schultern. Besser als ›Modelle‹ oder ›Heiraten‹ allemal.

»Gut. So machen wir das. Rubrik Sonstiges.«

»Nun brauche ich noch Ihren Namen und Ihre Adresse. Für unsere Unterlagen, der guten Ordnung halber, verstehen Sie?«

Der guten Ordnung halber half ich ihr, die letzten Zeilen des Formulars auszufüllen.

»Mona Lisa Linde«, las sie laut vor. »Mona Lisa, das kommt mir so bekannt vor.«

»Von Leonardo da Vinci«, half ich freundlich nach.

Sie überlegte und schüttelte den Kopf. »Nein, der war aber hier noch nie.«

Wunderte mich nicht. Doch einen Kurs in Kunstgeschichte wollte ich ihr wahrlich ersparen. Das würde sie für den Rest des Tages nur durcheinanderbringen.

»Was kostet das?« fragte ich statt dessen.

»Moment, rechne ich sofort aus.« Emsig kramte sie wieder in der Schublade. Ein Taschenrechner kam zum Vorschein. Vorsichtig, wegen der teuren Fingernägel, tippte sie darauf herum.

»Siebenundvierzig Mark fünfzig«, sagte sie voller Stolz. Wahrscheinlich, weil sie noch alle Nägel dran hatte.

Und da ging er fast völlig hin, der schöne Fünfzigmarkschein. Papa hatte immer die Mama gemalt, das war günstiger. Aber ich konnte ja nicht plötzlich heiraten, nur um ein Modell gratis zu haben.

»Ja, dann wünsche ich Ihnen viel Glück. Wenn ein besonders schöner Mann dabei ist, können Sie ihn mir vielleicht mal vorbeischicken?« witzelte sie.

Das Wesen entwickelte tatsächlich auch noch Humor.

»Klar, mache ich. Aber nur, wenn er kein Leichtathlet ist, o.k.?« grinste ich zurück.

Das war geschafft. Ich war schon fast an der Tür, als ich hinter mir ein aufgeregtes Trippeln vernahm.

»Ihr Kugelschreiber!« rief sie und hielt mir das Prachtstück entgegen.

Ich blickte auf die Nagespuren, die sie ihm verpaßt hatte. Zum Glück war es nur einer von den billigen.

»Äh, schenke ich Ihnen.«

»Danke schön«, sagte sie und machte tatsächlich einen kleinen mädchenhaften Knicks.

SPITZE

Das Inserat war auf den Weg gebracht, und über Kugelstoßerinnen war ich nun auch bestens im Bilde. Ob ich wohl mal einen männlichen Kugelstoßer malen sollte? Aber die waren wahrscheinlich doch etwas zu massig für meinen künstlerischen Geschmack. Im Moment war es eher angesagt, mein nächstes Projekt in Angriff zu nehmen. Das Kleid für Adrians Kanzleieröffnung mußte dringend besprochen werden.

»Schneiderei« stand in altmodischen Buchstaben vor mir an einer akkurat geputzten Fensterscheibe. Sie waren schön schnörkelig, diese Lettern, und im übrigen reichlich verblichen, weil die gute Natalie ihren kleinen Laden schon seit bestimmt fünfzig Jahren betrieb.

»Klingelingeling«, ertönte melodisch das Türglöckchen. Automatisch summte ich das nach, während ich Ausschau nach Natalie hielt.

»Mona, mein Herz«, rief sie mir entgegen.

Ach, tat das gut, mal wieder hier zu sein. Natalie und ihr Ehegatte Franz hatten schon meine Eltern gekannt. Sämtliche Kleider von Mama waren in Natalies Schneiderei entstanden.

»Wurde auch Zeit, daß du uns zwei Alte mal wieder besuchst«, begrüßte mich Natalie und gab mir zwei dicke Küßchen auf die Wangen.

»Ist doch Ehrensache. Außerdem gestehe ich lieber gleich: Natalie, du mußt mir ein Kleid nähen. Der Adrian gibt ein Fest, und ich soll mich anständig benehmen und anständig aussehen, verstehst du?«

Natalie lachte. »Wie können Geschwister nur so verschieden sein wie Adrian und du? Hat dein Bruder immer noch einen Stock im Rücken und diesen Gesichtsausdruck, als würde er permanent die ganze Welt analysieren? Na, wenigstens du kommst ganz nach deinen Eltern. Deiner Mutter siehst du immer ähnlicher, mein Herz. Nur – du bist noch dünner und filigraner geraten.«

Na ja, ich möchte die Frau sehen, die bei nur einer Packung Rahmspinat am Tag nicht dünn ist. Aber egal, ich würde Natalie bestimmt nicht die Ohren volljammern. Schließlich gab es so was wie Künstlerstolz.

»Komm her, mein Herz, wir machen es uns erst mal gemütlich.«

Schon drückte sie mich auf einen Sessel und schob mir ein dickes Sofakissen in den Rücken. Herrlich, hier war die Welt noch in Ordnung.

»Franz, guck doch mal, wer da ist«, rief Natalie in den Hintergrund.

Dort entdeckte ich ihren zeitunglesenden Gatten, der sich, kaum gerufen, auch schon in Trab setzte.

»Die Mona«, strahlte er mich an.

»Guten Tag, Franz. Wie geht es dir?« fragte ich den alten Freund herzlich.

»Ach, dem geht's immer prima«, antwortete Natalie statt dessen. »Franz, hol doch mal den Kaffee. Und die Plätzchen dazu, ja?«

Im Laufe der Jahre hatten die beiden eine wunderbare Arbeitsteilung entwickelt. Natalie schneiderte. Und weil Natalie so eine energische Person mit Überblick ist, wußte sie immer, was sonst noch gerade zu tun war. Das sagte sie dann dem Franz. Franz der Gutmütige sorgte postwendend für die Ausführung. Damit es der Natalie auch bestens ging. Nichts war für ihn wichtiger als das, denn er liebte sie abgöttisch.

Aber heute wurde tatsächlich ein kleiner Widerspruch laut: »Ich denke, du willst abnehmen, Natalie.«

Empörter Blick von Natalie. Ein wenig rundlich war sie aber tatsächlich geworden.

»Nicht doch für mich, Franz. Die Plätzchen sind für Mona. Du magst doch so gern Plätzchen, nicht wahr, mein Herz?«

Eifrig nickte ich. Ich mochte alles, was ein paar Gramm mehr auf meine Rippen bringen konnte.

Während Franz sich nun seinen Pflichten widmete, setzte sich Natalie zu mir.

»Du glaubst nicht, was mir letzte Nacht passiert ist, Mona-Herz«, stöhnte sie.

»Was denn?« fragte ich und tätschelte schon mal ihr Händchen. Mußte ja etwas besonders Schreckliches gewesen sein. Eine Maus unterm Bett? Oder Einbrecher vielleicht?

»Ich mache gerade eine ...«, sie schaute sich um, als befürchtete sie, ein lauschender Spion könnte sich hier verstecken, » ... eine Diät. Na ja, so zwei, drei Kilo müssen runter. Wenn man mal stürzt, weißt du, in unserem Alter ist das gefährlich, dann ist es besser, man ist etwas leichter. Damit man sich nicht so schlimm die Knochen bricht, Herzchen, verstehst du?«

Nie, niemals würde Natalie zugeben, daß sie mit ihren siebzig Lenzen immer noch eitel war. Ich nickte. Klar, war alles nur wegen der Knochen.

»Und letzte Nacht, da hatte ich einen wunderbaren Traum. Ein duftender Braten brutzelte im Ofen. Kein fetter Braten, ein, na, sagen wir, eher so ein guter, gesunder Braten. Ich habe die ganze Zeit zugeschaut, wie er außen eine herrlich goldbraune Kruste bekam. Nicht zuviel und nicht zu wenig, du kennst das.«

Ich wünschte, ich würde es kennen. Ein Braten, herrje, wann war mir so etwas zum letzten Mal über die Zunge gerutscht? Schon bei der bloßen Vorstellung lief mir das Wasser im Munde zusammen. Ich schluckte.

»Jedenfalls, er war schließlich fertig, der Braten. Ich bin an die Küchenschublade gegangen und habe ein Bratenmesser herausgeholt. Da lag er vor mir, und ich wollte ihn anschneiden. Dann ist es passiert.« Ein herzzerreißender Stoßseufzer von Natalie folgte.

»Was ist passiert?« fragte ich teilnahmsvoll.

»Na, aufgewacht bin ich. Ist das nicht schrecklich? Kurz vorm Anschneiden. Da liefen mir direkt die Tränen.«

Ich konnte mich nicht mehr halten und kicherte vor mich hin. Arme Natalie, welch grausames Schicksal. Nicht mal im Traum war ihr ein ausgiebiges Futtern vergönnt.

Franz kam mit großem Tablett. Er stellte mir ein Kaffeetäßchen hin. Eine der Großmutter-Sammeltassen, von denen es jede nur ein einziges Mal gab. Meine hatte ein Röschendekor, Natalies zierten Stiefmütterchen, und Franz begnügte sich mit einem Gänseblümchenmuster.

»Wie köstlich!« Gierig nahm ich einen Schluck des guten Schwarzen. Eindeutig um Klassen besser als die blöden Teebeutel daheim. Automatisch kickte ich meine Ballerinaschuhe von den Füßen und zog die Beine auf den Sessel. Hier waren Verwöhnaroma und Kuschelklima angesagt.

»Hörste, Franz, das Kind summt. Das hast du von deiner Mutter, mein Herz. Ach, was konnte deine Mutter singen. Und was war sie für eine elegante Frau. Sie trug nur Spitze, mußt du wissen.«

Das hatte Natalie mir bestimmt schon hundertmal erzählt, aber ich hörte es doch immer wieder gern. Dazu schnell ein Schokoladenplätzchen.

»Und du, Natalie, wie lange willst du eigentlich noch schneidern?« holte ich sie in die Gegenwart zurück.

»Bis sie tot umfällt«, warf Franz ein.

Natalie streichelte beruhigend seine Wange.

»Wenn ich meine Hände nicht bewege, werde ich verrückt, mein Herz. Außerdem, so ein bißchen Geld wirft es immer noch ab. Kann ja auch nicht schaden, nicht wahr, Franz?« Wie üblich wartete sie seine Antwort nicht ab. »Nicht, daß wir das Geld wirklich brauchen. Der Franz, der hat immer brav geklebt. Mit der Rente würden wir schon über die Runden kommen. Aber wie gesagt, meine Hände, meine Hände brauchen Arbeit.«

Anschaulich fuchtelte sie ein wenig mit den kleinen Patschhändchen herum. Franz brummelte etwas Unverständliches. Insgeheim war er aber doch reichlich stolz auf seine aktive und vor allem so geschickte Natalie.

»Natalie, das neue Kleid. Äh, wie soll ich sagen. Also, können wir das wieder mit Ratenzahlung machen?« fragte ich vorsichtig.

»Klar doch, mein Herz. Wie immer. Wie gesagt, wir haben doch unsere Rente.«

Mir fiel ein Stein vom Herzen. Schon peinlich, aber Natalie und Franz waren von meiner Familie und mir sowieso nichts anderes gewöhnt als meist sehr langwierige Abstotteraktionen. Adrian natürlich ausgenommen.

»Ich habe wie immer ein paar Ideen für dich gesammelt, Mona. Überhaupt, wie du aussiehst. Du solltest immer nur Kleider tragen und nicht diese engen Hosen«, rügte sie mich.

War aber so praktisch. Schwarzer knapper Pullover, dazu eine schwarze enge Hose und Ballerinas. Fertig war die Laube. Oder mein Alltagslook.

»Franz, hol doch mal die Mappe, wo ich Mona draufgeschrieben habe.«

Gesagt, getan. Ein kleiner Stapel mit Zeitschriftenausrissen wurde auf den Tisch befördert.

»Guck mal, so was steht dir, mein Herz.«

Natalie präsentierte mir eine ganze Serie von Ideen. Begeistert folgte ich ihren Erklärungen. Oh, Natalie hatte nicht nur einen ausgezeichneten Geschmack, sie kannte auch meine Maße und wußte, wie man mich hübsch verpacken konnte.

»Das hier, toll nicht? Aber, Kind, du siehst zur Zeit so mager aus, da ist das Dekolleté nicht günstig. Dein Schwanenhals ist gut, aber die knochigen Schlüsselbeine, die müssen wir besser verstecken, sonst schenkt dir noch jemand 'nen Groschen.«

Meinetwegen ruhig gleich ein dick und fett gefülltes Sparschwein.

»Hier, das ist auch hübsch, nicht wahr?« Sie deutete auf ein blaues Kleidchen mit Seidenkragen. Dann schaute sie mich an, ganz bewußt, und überlegte.

»Nein, die Farbe ist falsch. Du mit deinen kurzen schwarzen Haaren solltest kein Dunkelblau tragen. Wenn es etwas Gedecktes sein soll, dann besser gleich Schwarz. Das ist auch eleganter, besonders wenn ich so an Adrians Vorstellungen über eine gepflegte Schwester denke.«

Das Wort gepflegt sprach sie mit leichtem Naserümpfen aus. Ich wußte, sie haßte es. Für sie gab es nur zwei Arten, Kleider zu beschreiben. Elegant oder eben nicht elegant. Das war die gute, alte Schneiderschule.

»Hier, das ist es, dein Kleid. Wie für dich gemacht.«

Ein schwarzes Etuikleid, ganz auf Figur und schön hochge-schlossen. Sie hatte recht, das sah gut aus.

»Franz, findest du nicht auch? Das ist doch das richtige für das Kind.«

Franz blickte irritiert hoch. Längst hatte er es aufgegeben, unse-ren weiblichen Gesprächen wirklich zuzuhören. Wahrscheinlich dachte er gerade über die Politik im Fernen Osten oder über das Fernsehprogramm nach.

Natalie rollte mit den Augen. »Ach, Franz, geh doch lieber für mich mal zum Schuster, ja? Meine Schuhe müßten doch eigent-lich heute fertig sein.«

»Welche Schuhe?« fragte Franz.

»Die mit der neuen Gummisohle. Du weißt schon, hast sie doch selbst weggebracht.«

»Ach, die«, nickte Franz und setzte sich in Bewegung.

»Vergiß den Abholzettel nicht«, rief ihm Natalie noch hinterher.

»So, jetzt haben wir unsere Ruhe«, nickte sie zufrieden.

Wieder betrachtete sie mich intensiv.

»Das ist vorn so schön hochgeschlossen, das Kleid, da könnten wir uns für hinten etwas einfallen lassen. Was hältst du von einem richtig schön tiefen Rückenausschnitt, Mona, mein Herz?«

Ich war begeistert. Ein schöner Rücken kann schließlich auch entzücken, wie ich von meiner Malerei wußte. Schon holte ich den Zeichenblock aus der Tasche.

»So etwa, Natalie?« fragte ich nach einigen Minuten.

Natalie lachte. Was war jetzt?

»Ach, Mona, das Kleid ist richtig so. Aber du malst dich selbst immer ganz falsch. Hast du keinen Spiegel zu Hause?«

Sie zog den großen rollbaren Schneiderspiegel zu mir hin.

»Deine braunen Augen sind doch richtige Kulleraugen und keine mit chinesischem Einschlag. Und dein Mund«, sie kicherte wie-der, »der ist einfach unverschämt groß und nicht spitz und klein wie 'ne Kirsche.«

Da lag sie wohl richtig. Schon in der Schule hatten mich alle regelmäßig gehänselt und behauptet, ich könnte den Spargel auch quer essen. Also malte ich mir runde Augen und den Mund in der richtigen Größe.

Natalie schaute auf die Skizze. »Jetzt fehlt nur noch eines, Mona-Herz. Die Spitze. Für dich mache ich nur ein Kleid mit Spitze. Wie wär's, wenn wir einfach an den beiden Seitennähten eine Spitzenborte aufsteppen?«

Schon skizzierte ich das hinein, um dann sofort in meiner immensen Tasche – zum Glück hatte ich immer alles dabei – nach Buntstiften zu wühlen.

»Natalie, in meinem Kopf rumort ein Bild mit ganz viel Orange, das ich Adrian schenken will. Können wir nicht auch orangefarbene Spitze finden?«

»Ja, sicher. Das macht es sehr modern. Und für deinen Hut, dieses Ungetüm, mache ich dir auch ein orange Spitzenband, ja?«

Heftig nickte ich. Genau, tolle Idee. Natalie mochte zwar meinen Hut nicht, denn er paßte weder in die Kategorie »elegant« noch in die Kategorie »unelegant«, doch sie fand auch keine Möglichkeit, ihn mir auszureden. Eigens für mich hatte Natalie eines Tages die Gattung »originell« eröffnen müssen. Wenn auch etwas widerstrebend.

»Komm, laß mich noch mal deine Maße kontrollieren«, sagte Natalie.

Geschickt nahm sie alle notwendigen Längen und Breiten. Dabei murmelte sie vor sich hin. »Noch dünner geworden, das Kind, unglaublich.«

Franz tauchte wieder auf mit brauner Schustertüte.

»Guck mal, Franz«, rief Natalie ihm entgegen, »ist die Mona nicht ein zartes Geschöpf?«

Er war wohl noch ganz in Gedanken und fragte: »Was?«

»Ein Geschöpf ist die Mona, ein zartes«, erklärte Natalie mit Nachdruck.

Franz nickte und warf mir einen warmen Blick zu. Er war schon ein richtig Lieber.

»Ach, Franz, da fällt mir ein, wir brauchen noch Gemüse für heute abend. Geh doch noch mal los, ja? Und nimm den Einkaufsbeutel mit.«

Mit dem Einkaufsbeutel in der Hand erwartete Franz die Einkaufsorder, während ich weiter die Skizze kolorierte. Schwarz für das Kleid als solches, Orange für die seitliche Spitzenborte.

Ich hörte Natalie sagen: »Von den Gurken – also ich meine diese exotischen, kleinen, Franz, nicht so 'ne Salatgurke –, da nimmst du am besten drei Stück.«

Franz guckte wie ein lebendiges Fragezeichen aus der Wäsche.

»Zucchini«, nickte ich ihm zu.

»Genau, Zuck …, äh, du hast ja gehört, Franz. Außerdem zwei Fleischtomaten und eine schöne Gemüsezwiebel. Ach, und dann noch zwei von diesen dicken, großen lila Gemüsedingern, wie heißen die noch gleich?«

Ratloses Schweigen von Franz.

»Auberginen«, half ich nach.

»Genau, Operschienen«, erklärte Natalie.

Na, der Franz würde es schon schaffen. Zur Not ging er später noch ein zweites Mal zum Gemüsemann.

Kaum war er weg, da knabberte Natalie zufrieden den letzten Schokoladenkeks, den ich noch übriggelassen hatte.

»Das ist ein Mann, mein Franz. Ich wüßte gar nicht, was ich ohne ihn anfangen sollte. Ach, Mona, mein Herz, ich bin mal gespannt, was du dir eines Tages für einen aussuchst. Du darfst nicht nur malen, verstehst du? Du mußt dich auch um die Liebe kümmern. Und ich mach dir dann dein Hochzeitskleid.«

Welch Zukunftsmusik. Jedesmal hielt mir Natalie diesen Vortrag, weil sie sich eben um mich sorgte. Bevor sie ihre romantisch-kitschig-rührende Ader vollends aufleben ließ, beschloß ich, sie lieber abzulenken.

»Was kochst du denn eigentlich heute abend mit dem ganzen Gemüse, Natalie?« fragte ich.

»Ja, wie war das noch? Ich habe da so ein ausländisches Rezept gefunden. Ich glaube, Tutaruta.«

Tutaruta. Mhm.

»Bist du sicher? Das habe ich ja noch nie gehört«, antwortete ich zweifelnd.

Natalie grübelte. »Nein, du hast recht, Mona-Herz. Es heißt wohl anders, nicht Tutaruta. Ach, nun fällt es mir wieder ein: Ratatuta.« Sie nickte bekräftigend.

Jetzt wußte ich Bescheid. Und fiel fast vom Stuhl vor Lachen.
Mit Fremdworten hatte sie es nicht so.
Endlich kam ich wieder zu Atem. »Nein, Natalie, nicht Ratatuta.
Ratatouille, Natalie, du meinst Ratatouille.«

WICKELKOMMODE

Ich heiße Mona. Und wie heißen Sie?«
Mühsam unterdrückte ich ein Gähnen. Es war nämlich noch reichlich früh am Morgen, und außerdem gab es in der Tat Aufregenderes als mühseligen Anfängerunterricht mit den Grundbegriffen und ersten Sätzchen in meiner wunderbaren Sprache.
Drei neue Schülerinnen und zwei neue Schüler saßen vor mir mit ganz frischen, neuen Schreibblöcken, die bereit waren, sämtliche Geheimnisse dieses noch unbekannten Wortschatzes aufzusaugen. Mir blieb nur zu hoffen, daß das Wissen nicht nur auf dem Papier, sondern auch in den Gehirnzellen landete. Ich fixierte die junge Dame ganz rechts. Sie war aus Schweden.
»Ich heiße Svenja«, antwortete sie.
Zufrieden nickte ich. Ihr Nachbar aus Frankreich hatte zwar konzentriert zugehört, aber wohl trotz alledem die zwei neuen Worte noch nicht ganz in sich aufgenommen.
Ich pochte mir auf die Brust und wiederholte ganz langsam: »Ich heiße Mona. Und wie heißen Sie?«
Man soll zwar nicht mit ausgestrecktem Zeigefinger auf andere Leute deuten, aber hier bei mir war das nicht nur erlaubt, sondern zwingend notwendig. Unerbittlich piekte ich in die Richtung des Franzosen.
»Isch heiße Jean«, tat er darauf mit niedlischem Akzent kund.
»Sehr gut«, lobte ich. Loben war sehr wichtig zur Motivation und zum Ansporn der noch verbliebenen drei Figuren. Jetzt würde es eine kleine Variante geben.
»Er heißt Jean. Und wie heißen Sie?«
Das klappte schon ganz gut. Svenja, Jean, Miguel aus Spanien, Janet und Julie, beide aus England, hatten sich erfolgreich vorgestellt.
Eifrig rollte ich nun eine kleine Europakarte aus.

»Deutschland«, sagte ich voller Inbrunst und schrieb das auch gleich noch kreidequietschend auf die Schiefertafel.

»Ich komme aus Deutschland. Und wo kommen Sie her?« Gemeinsam widmeten wir uns der überaus spannenden Artikulation der verschiedenen Ländernamen.

»Nicht Frankreisch, Jean. Frankreich. Noch mal.«

»Frankreisch«, sagte Jean schön weich.

»Frankreich«, verbesserte ich stoisch.

»Frankreisch.«

Nun gut, Jean blieb dabei. Wahrscheinlich war seine Zunge oder sein Gaumen irgendwie anders konstruiert als bei mir. Auch Svenja hatte so ihre Schwierigkeiten. Für sie klang *Sveden* offensichtlich ganz genauso wie in meinen Ohren *Schweden*. Es ist eben schwer, seine Herkunft zu verleugnen.

Ich beschloß, nun die gebräuchlichsten anderen Fragestellungen zu lehren, und malte einen schönen lachenden Kugelkopf auf die Tafel.

»Wie geht es Ihnen?« deklamierte ich dabei laut. Und antwortete selbst mit Nicken in Richtung des grinsenden Kugelkopfes: »Mir geht es gut.«

»Mir geht es gut«, echote brav die gesamte Mannschaft.

Aber – den Realitäten muß man tapfer ins Auge sehen. Nicht immer im Leben geht es einem wirklich so prima. Also malte ich eine Heulsuse mit herabhängenden Mundwinkeln an die Tafel. Mit todtrauriger Stimme erklärte ich: »Mir geht es schlecht.«

Vor mir saßen nun auf Kommando fünf tiefbetrübte Gestalten. Allen ging es jetzt ebenfalls mies, wie sie nacheinander lauthals versicherten. Damit die Stimmung nicht vollends den Bach runterging, beschloß ich, die fünf zu aktivieren, und bedeutete ihnen aufzustehen.

»Ich heiße Mona. Ich bin sechsundzwanzig Jahre alt«, sagte ich, als schließlich alle standen. An die Schiefertafel schrieb ich meinen Namen und dahinter die Zahl sechsundzwanzig. Dann drückte ich Janet die Kreide in die Hand. Eifrig schaute sie mich an und leckte mit der Zungenspitze ihre Lippen. Innerlich mußte ich grinsen. Jedesmal, wenn ein Schüler zum ersten Mal ein Stück Kreide in die Hand bekam, sah er aus wie ein Kind in der Grundschule. Fehlte nur noch das Aufblitzen der Zahnspange. Sorgfältig schrieb Janet ihren Namen und setzte eine Zahl dahinter.

»Ich heiße Janet. Ich bin ...« Sie stockte.

»... dreiundzwanzig Jahre alt«, ergänzte ich freundlich.

Janet durfte sich wieder setzen und schrieb artig den neuen Satz in ihren Block. Schließlich war auch diese Runde überstanden. Nun kam die Kür. Alle Fragen und Antworten durcheinander. Das schulte, das trainierte, das sorgte für das Selbstbewußtsein meiner Schüler bereits in ihrer allerersten Deutschstunde. Los ging's mit dem Frage-Antwort-Cocktail à la Mona Lisa Linde.

»Wie heißt du?« fragte ich Miguel.

Tatsächlich blickte er mich voller Selbstbewußtsein an. Gelernt war eben gelernt. Gleich würde er mir in einem vollständigen Satz seinen Namen mitteilen. Ich lauschte erwartungsvoll.

»Mir geht es gut«, antwortete er.

Nicht gerade treffsicher. Tja, knapp vorbei ist leider auch daneben.

Svenja vertat sich dann ebenfalls ein wenig, weil sie plötzlich der Meinung war, daß sie aus Frankreich und nicht aus Schweden kam. Offensichtlich hatte sie ihr Stuhlnachbar Jean ein wenig zu sehr in seinen Bann gezogen. Am besten hielt sich Julie aus England. Sie hatte fast keinen Akzent und offensichtlich wenigstens so viel Kurzzeitgedächtnis, daß sie das Kombinationsspiel ohne Probleme und mit einem gouvernantenhaften Gesichtsausdruck erledigte.

»Auf Wiedersehen, auf Wiedersehen, auf ...«, jedenfalls sagte ich das fünfmal hintereinander. Und zwar mit anständigem deutschen Händedruck beim Abschied, weil ja auch die guten Sitten gepflegt werden sollten.

»Puh, mir geht es heute schlecht«, murmelte ich danach beim Tafelputzen und wischte den Heulkopf dennoch entschlossen weg. Bloß nicht fertigmachen lassen durch Anfängerunterricht. Fünf zahlende Schüler auf einmal waren schließlich nicht zu verachten. Jetzt aber schnell zum Zeitungskiosk. Ich mußte dringend überprüfen, wie sich meine Anzeige so machte.

Noch im Laufen suchte ich in der Riesenzeitung herum. Und

kämpfte einen zähen Kampf mit den überdimensionalen flattern-
den Seiten. Konnten die Damen und Herren Zeitungsmacher
sich nicht mal ein lesefreundlicheres Format einfallen lassen?
Mensch Meier, meine Arme hatten wirklich nicht die nötige
Spannweite, um völlig problemlos in dem Ungetüm blättern zu
können. Da, da war sie endlich, die Rubrik »Sonstiges«.

»Fahrradspeichen, gebraucht, aber fast wie neu. Günstig abzuge-
ben«, las ich als erstes. Da hatte bestimmt die Anzeigenlady ihre
Finger im Spiel gehabt, damit auch dieses Inserat verlockend
wirkte. Gebraucht, aber fast wie neu – also wirklich.

»Tausche Babybadewanne gegen Wickelkommode.« Auch sehr
interessant. Das arme Baby würde in Zukunft wohl lieblos ins
Handwaschbecken getaucht, dafür aber immerhin professionell
fürs Pampersanziehen hingelegt. Manchmal muß man sich als
Mutter eben entscheiden.

Aufgeregt sah ich nun meinen Text: »*Männliches Aktmodell gesucht. Knackiger Po Bedingung. Gute Bezahlung sofort.*« Und
sogar die Telefonnummer stimmte. Bravo. Nun stand ja der
Malerei fast nichts mehr im Wege. Zufrieden schloß ich die
Wohnungstür auf.

»Kikeriki«, tönte es auch schon.

Hastig rannte ich auf mein Telefon zu.

»Mona Linde«, meldete ich mich fröhlich.

»Ich habe einen knackigen Po«, erscholl eine tiefe Männerstimme.

»Na wunderbar«, sagte ich entzückt. Genau das brauchte ich
nun mal.

»Und ich hab auch noch was ganz anderes für dich«, erklärte die
Stimme.

Hm. Mich beschlich ein unangenehmes Gefühl.

»Ich hab ihn gerade in der Hand. Er würde dir gefallen«, sagte er.
Und stöhnte dazu ein bißchen.

Mir wurde schlagartig klar, warum die Anzeigenlady zögernd
auf meinen Vorschlag mit der Telefonnummer reagiert hatte.

»Ach ja?« entgegnete ich trocken.

Wieder ein Stöhnen. »Du wirst ihn mögen. Jetzt wird er immer
größer.«

Der bildete sich bestimmt ein, er könnte was, das andere nicht können, der Blödmann.

»Vielen Dank, daß Sie mich daran teilhaben lassen. Aber ich habe kein Interesse«, säuselte ich süffisant in den Hörer.

»Lesbe«, stöhnte er daraufhin.

»Schwein«, brüllte ich wütend und schmiß den Hörer auf die Gabel.

Ich atmete tief durch. Mist, das konnte ja heiter werden, wenn jetzt alle Typen, die Telefonsex und eine ausgiebige Eigenbeschäftigung mit ihrem kostbaren Teil liebten, meine Nummer anriefen.

Prompt kam das nächste »Kikeriki«.

»Sie sollten sich was schämen«, keifte mir eine Frau entgegen, ohne daß ich überhaupt meinen Namen sagen konnte. »Solche Obszönitäten in die Zeitung zu setzen«, kreischte sie weiter.

»Ich bin Malerin«, gab ich entrüstet zurück.

»Die Moral verkommt immer mehr. Eines Tages wird die ganze Welt ein einziges Freudenhaus sein«, schrillte es in mein Ohr.

»Na, das wär doch was. Dann würde bei Ihnen vielleicht auch ein bißchen Spaß aufkommen«, krakeelte ich. Zack, auch diesmal landete der Hörer schwungvoll auf der Gabel. War wohl wirklich 'ne blöde Idee, Chiffre wäre allemal besser gewesen.

Angenervt registrierte ich ein weiteres »Kikeriki«. Das Telefon gackerte weiter, bis ich den Mut fand, endlich abzunehmen.

»Ja, hallo?« fragte ich vorsichtig.

»Ich habe Ihre Anzeige gelesen. Ich bin ein Aktmodell. Mein Name ist Dieter Strumpf«, sagte ein Mann mit höflich-leiser Stimme.

Der Herr Strumpf also. Tat mir leid für ihn. Mit dem Namen war es sicher auch nicht so einfach, durchs Leben zu kommen.

»Aha«, sagte ich erleichtert. »Sie haben also schon öfter Modell gestanden?«

Herr Strumpf räusperte sich. »Nun, nicht direkt.«

Sicher würde er mir gleich erklären, wie man indirekt Modell steht.

»Also, im Grunde noch nie. Aber ich kann das bestimmt«, sagte er vorsichtig.

Er war also ein unbeschriebenes Blatt. Egal. Ausziehen war nicht allzu schwer, solange er nicht völlig schamhaft war. Und die Pose, die ich brauchte, die würde ich ihm einfach zeigen. Hauptsache, der Körper stimmte.

»Herr Strumpf, Sie haben ja meine Anforderung gelesen. Ist Ihre Figur denn entsprechend?« erkundigte ich mich und versuchte, dabei so lässig wie möglich zu klingen. War schon ein merkwürdiges Gefühl, einen wildfremden Kerl danach zu fragen, wie er so gebaut sei.

»Schon«, sagte er.

Klang nach schon, aber. Nur – durch die Leitung kann man eben nicht gucken, also würde ich wohl einen Termin vereinbaren müssen.

»Wie wär's, wenn Sie morgen nachmittag vorbeikommen. Dann können wir alles weitere besprechen, ja?«

»Gut, gut«, gab Herr Strumpf zurück und notierte sich meine Adresse.

Ha, wer sagt's denn. Den ersten Kandidaten hätte ich schon mal. Dieter Strumpf, du könntest mein Mann sein.

»Mona, ich bin's, mach doch mal auf«, hörte ich, untermalt von Klopfen aus Richtung der Tür.

Typisch Vivian. Sie wohnte unter mir und war vom Tag meines Einzugs an eine Freundin. Komischerweise klingelte sie nie, sondern sie zog es vor, zu klopfen und dabei melodisch zu zwitschern.

Lächelnd öffnete ich. Vivian stürmte sofort herein und schmiß sich aufs Sofa.

»Das ist ein Tag!« rief sie bedeutungsvoll und schlug ihre ellenlangen Beine übereinander. Ihr Supermini rutschte dabei noch ein wenig höher, während ihr üppiger Busen in dem gewaltigen Dekolleté bebte.

»Kannste laut sagen«, antwortete ich lakonisch.

»Dieser Regisseur, ich könnte ihn umbringen«, erklärte sie nun.

Vivian war Schauspielerin. Allerdings nicht besonders erfolgreich. Oh, Talent hatte sie, fand ich jedenfalls. Aber ihr Problem war, daß sie derart nach Sexbombe aussah, daß ihr jeder immer sofort an die Wäsche wollte. Und Vivian war innerlich eigentlich mehr ein schüchternes Wesen. Sie hatte den heiligen Eid abgelegt, daß sie keine Rolle über die Besetzungscouch haben wollte. So schlug sie sich mit Synchronrollen und Jobs als Kellnerin für den größten ortsansässigen Partyservice durch.

»Was war denn mit dem Regisseur?« erkundigte ich mich teilnahmsvoll.

»Also, ich war im Synchronstudio, ja. Und da sollte ich für eine Nebenrolle vorsprechen. Die Frau in dem Film ist 'ne Trinkerin, verstehst du?«

Ich nickte.

»Ganz intensiv hatte ich mich vorbereitet. Hast du schon mal Lallen geübt? Das ist schwer, sag ich dir. Lallen und doch gleichzeitig so reden, daß man trotzdem alles richtig verstehen kann. Ich sprech also die Sätze, die ich geprobt hatte, und was glaubst du, was der Typ da sagt?«

Keine Ahnung. Aber Vivian war noch derart in Rage, daß sie eh keine Vermutungen meinerseits hören wollte.

»Er hat gesagt, es klingt irgendwie nasal.«

Ich schaute Vivian ins Gesicht. Empörung pur war darin geschrieben.

»Nasal. Der hat sie wohl nicht alle. Wenn er gemeint hätte genuschelt oder zu leise oder zu übertrieben, ja, da hätte man ja drüber reden können. Aber nasal. Klinge ich etwa nasal?«

»Nicht die Spur«, sagte ich. Und Schnupfen hatte sie schließlich auch nicht.

»Ich wär jedenfalls fast geplatzt.« Vivian sagte das Wort geplatzt so, daß man das Gefühl hatte, einen Riesenluftballon zu sehen, der in der nächsten Sekunde mit Wahnsinnsdonnerknall das Zeitliche segnen würde.

»Und was hast du gemacht?« wollte ich wissen. Aber bevor Vivian antworten konnte, kikerikite schon wieder mein Telefon. Schnell nahm ich ab.

»Hallo?« fragte ich.

»Na, du kleines Luder«, wisperte eine heisere, unbekannte Männerstimme.

»Na, du großes Arschloch«, antwortete ich und schmiß den Hörer auf die Gabel.

Vivian schaute mich erschrocken an. »Wer war das denn?«

»Hast du doch gehört«, sagte ich und mußte lachen. Schnell erklärte ich ihr die ganze Geschichte mit dem Sonnengreifer für Adrian und dem fehlenden Aktmodell und der Anzeige.

Vivian schüttelte den Kopf. Sie war ein echter Fan meiner Bilder und litt nun ein wenig mit mir mit. »Leute gibt's«, sinnierte sie.

»Ach, vergiß es. Erzähl weiter. Was war mit dem Regisseur?«

»Na, ich hatte nicht nur die Probezeilen gelernt, sondern gleich die ganze Rolle. War nicht so schrecklich viel, weil's ja nur eine Nebenfigur ist, aber immerhin. Jedenfalls habe ich ihm gesagt, er solle mal wegucken. Der glotzte mir immer in den Ausschnitt und auf meine Frisur.«

Vivian sah aus wie immer. Minirock und knappes Shirt samt üppigem Busen und die roten Haare toupiert. Es war ein kunstvoller Aufbau, wenn auch für meinen Geschmack etwas zu auffällig. Eigentlich für jeden Geschmack viel zu auffällig. Aber Vivian brauchte das genauso wie ihr heftiges Augen-Make-up zum Schutz. Ohne Lidstrich, Wimperntusche, Rouge und knallroten Lippenstift verließ sie nie ihre Wohnung. Sie war eben wirklich schüchtern, obwohl sie wahrhaftig nicht so aussah.

»Er guckte dann endlich weg. Das war wichtig, weil diese Trinkerin in dem Film doch so anders ist in ihrer Optik als ich.«

Das hatte ich mir schon fast gedacht.

»Und da hab ich ihm den ganzen Text vorgelallt. Fließend. Vor allem aber nicht nasal.«

»Und?«

»Da hat er das ›nasal‹ zurückgenommen.« Befriedigt lehnte sich Vivian zurück.

»Na, voller Erfolg!«

»Nicht ganz. Er meinte, ich würde mich für eine Rolle mit mehr Temperament eignen, und will mir nächste Woche einen anderen Text schicken. Das ist so ein Film mit einer, die wohl immer gleich hysterisch wird. Der konnte wohl das Bild, das er von mir sah, einfach nicht ablegen. Schade, ich hatte das Lallen gerade so gut drauf.« Bekümmert schaute Vivian auf ihre langen Beine.

Klarer Fall von Künstlerpech. Ich betrachtete sie wohlwollend. Wenn ich Frauen malen würde, dann solche wie Vivian in ihrer herrlichen Üppigkeit.

»Ist 'n bißchen kühl hier«, sagte Vivian und zog fröstelnd die Schultern hoch.

»Zur Zeit bin ich ein wenig knapp mit Geld. Sobald die Schüler weg sind, dreh ich immer die Heizung ab. Aber hier, nimm die doch«, sagte ich und warf ihr eine mollige Strickjacke zu.

Vivian legte sie sich über die Schultern. »Ach ja, die blöde Geldverdienerei. Gestern abend war ich wieder als Bedienung im Einsatz für ›Party total‹. Mir tun heute noch die Füße weh. Aber es war eine piekfeine Gesellschaft.«

»Erzähl«, forderte ich sie auf.

»Das Hauptproblem der Damen gestern waren die Hausangestellten«, erklärte sie bedeutungsvoll. »Die wollen nämlich nicht immer so wie die reichen Damen, mußt du wissen.«

Ich kuschelte mich in den Sessel und lauschte gespannt.

»Die eine, die hatte eine Hausangestellte, die sich tatsächlich weigerte zu bügeln«, grinste Vivian. »Und weißt du, mit welcher Begründung?«

Ich schüttelte nichtsahnend den Kopf.

»Weil beim Bügeln die Adern immer so rauskommen«, nickte Vivian triumphierend. »Haste so was schon gehört? Die Damen jedenfalls waren empört.«

»Na, die haben Probleme, die hätte ich auch gern.«

»Von der Gräfin von Dingsbums oder wie die noch gleich hieß, hörte man, daß ihr Mädchen nicht bereit war, ihre Schuhe zu sortieren.«

»Schuhe sortieren«, wiederholte ich andächtig. Bestimmt eine wichtige Beschäftigung. Bei mir wäre das Mädchen allerdings schnell arbeitslos geworden, weil zwei Paar schwarze Ballerinas und ein paar schwarze Absatzpumps nicht viel fürs Sortieren hergaben.

»Ja, sie wollte die Schuhe nicht sortieren, weil sie sich dabei hätte so bücken müssen. Und da hat das Mädchen zu der Gräfin gesagt, das Sortieren könne sie erst nächste Woche machen, weil sie ihre Tage habe.«

Recht geschah's der Gräfin.

»Unglaublich. Sag mal, Vivian, wenn du dich immer zwischen den Schönen und Reichen bewegst, wirst du da nicht manchmal ein bißchen eifersüchtig, nur ein klitzekleines bißchen?«

»Eiferrrrrsüchtig?« Vivian rollte in vollendeter Schauspielerdramatik das ›r‹ vor sich hin. »Ein bißchen eiferrrrsüchtig? Ich?« Aufgeregt stampfte sie in meinem Wohnzimmer hin und her. Kunststück. Nur sie wohnte unter mir, also konnte sie sich anständig austoben, bis ihr eigener Kronleuchter wackelte. »Ich bin nicht ein bißchen eiferrrrsüchtig. Ich bin total neidisch«, lachte sie. »Obwohl, wenn ich 'ne Haushälterin hätte, dann würde ich bestimmt auch einen Chauffeur einstellen müssen. Damit er sie zum Einkaufen fahren könnte und sie nicht so schleppen müßte, die Arme. Oder für ihr Liebesleben, damit sie nicht so allein wär«, sinnierte Vivian.

Immer sozial, immer einfühlsam, meine Vivian. Vor einiger Zeit wollte sie sich so furchtbar gern einen Kater anschaffen. Dann hatte sie aber überlegt, daß sich ein Kater ohne Katze bestimmt unglücklich fühlen würde. »Und man kann so einem Tier doch da unten nicht einfach was abschneiden lassen«, hatte sie gemeint. Nur, eine Katze und ein Kater ergaben erfahrungsgemäß viele kleine Kätzchen und Katerchen, und so mußte sie dieses Projekt dann aus Kosten- und Platzgründen streichen.

»Aber ich habe eine gräfliche Einladung«, trumpfte Vivian nun auf.

»Du?« platzte ich heraus, bevor ich mein Erstaunen selbst unhöflich fand.

»Ja, ich, stell dir vor. Ob er Graf ist, weiß ich nicht so genau, weil ich mich bei den Adels nicht so auskenne. Jedenfalls ist er Freiherr von Soundso. Er hat mich auf der Party angesprochen. Bis in die Küche hat er mich verfolgt. Mensch, der sieht vielleicht toll aus. Total gepflegt ist er, gebildet und charmant. So wie ein – Graf eben.«

»Alle Achtung«, sagte ich anerkennend.

»Er hat wohl so 'n Schloß. Da bin ich am nächsten Wochenende eingeladen. Ist das nicht toll?« jubelte Vivian.

Na, ich gönnte ihr diese Freude von Herzen.

»Kikeriki«, drängelte das Telefon.

»Laß mich mal«, rief Vivian und griff beherzt zum Hörer.

»Hallo, ja bitte, wer spricht dort?« fragte sie vornehm distanziert und probte wohl schon mal die Schloßfrolleinsprache.

Ich beobachtete ihr Gesicht. Sie verzog keine Miene, ließ sich absolut nichts anmerken.

»Meiner Meinung nach, werter Herr, haben sie eine Störung. Ich würde Ihnen empfehlen, den Urologen oder den Psychiater aufzusuchen. Ersatzweise machen Sie es sich eben einfach selbst«, sagte Vivian vornehm, freundlich und überaus verbindlich, bevor sie den Hörer auflegte.

Wir mußten beide kichern.

»Hör mal, Vivian, bevor uns hier noch mehr kleine Perverse nerven, laß uns doch einfach abhauen. In der Kunsthalle ist eine neue Ausstellung, die ich nicht verpassen will. Hast du nicht Lust mitzukommen?«

»Klar doch«, sagte Vivian und warf schwungvoll meine Strickjacke von den Schultern.

Während wir gemeinsam die Treppe hinunterstapften, fiel mir ein, daß ich sie noch gar nicht gefragt hatte, was der Anrufer von sich gegeben hatte. »Vivian, was hat der Typ denn eben gesagt?«

»Och, nur, daß er einen Dauerständer hat. Perfekt zum Abmalen.«

Ich verdrehte kommentarlos die Augen. Aber in der Tat hatte die kluge Vivian, erfahrene Fachfrau weiblichen Geschlechts, ihm die drei einzigen Tips gegeben, die sein Problem lösen konnten. Bis auf das Abschneiden des Prachtexemplars, aber dafür war Vivian eben einfach zu großherzig.

KUNST

Guck mal, der da«, sagte Vivian und deutete mit einer Kopfbewegung nach rechts.

Wir saßen in ihrem klapperigen Käfer auf dem Weg zur Kunsthalle. Ich folgte ihrem Blick. Na, wunderbar. Da saß ein Typ in einem Riesenschlitten und popelte hingebungsvoll in der Nase.

»Der bohrt nach Öl«, gab ich angeekelt zurück.

»Iiiiihh, jetzt ist er fündig geworden«, kreischte Vivian.

In der Tat betrachtete er nun interessiert seinen Finger, dessen Spitze das zierte, was seine Nase so hergegeben hatte.

»'ne echte Unsitte. Die Jungs haben in ihren Kisten wohl immer das komplette Wohnzimmerfeeling. Als wären sie mutterseelenallein und unbeobachtet zu Hause. Ja, glauben die denn, ein normaler fahrbarer Untersatz oder auch ein Modell der S- oder Sonstwas-Klasse hätte blickdichte Scheiben?« entrüstete ich mich.

»Wenn du mich fragst, dann ist das echte optische Umweltverschmutzung.«

Die Ampel schaltete auf Grün. Weiter ging die Fahrt und unsere Jagd auf die Autoinnenraum-Verkehrssünder. Ha, da war schon wieder einer.

»Vivian, links neben uns, ein Ohrensucher.«

Auch dessen Bemühungen waren von Erfolg gekrönt. Und weil man ja um Gottes willen sein kostbares Auto niemals verschmutzen darf, wischte er das Ohrenschmalzbröckchen mit einer entschlossenen Bewegung wohl irgendwo ans Hosenbein.

Gemeinsam nahmen wir nun einen Gähner aufs Korn, der nicht ansatzweise die Anstrengung unternahm, eine Hand vor den aufgerissenen Schnabel zu halten.

»Wie im Biologielehrbuch«, meinte Vivian. »Zunge, Zäpfchen hinten im Hals und jede Menge Plomben.«

Nach dem Genuß dieser bemerkenswert häßlichen Innenansicht widmete sich Vivian zur Abwechslung mal wieder dem Rückspiegel.

»Oh, Mona, da ist ein Bullenwagen. Die lassen gerade die Kelle heraushängen. Da hat wohl jemand eine *echte* Verkehrssünde begangen.«

Ich drehte mich um. Tatsächlich. Wir wurden überholt, was Vivian zwang, polternd einen Gang herunterzuschalten. Autofahren gehörte leider nicht zu ihren vielfältigen echten Talenten. Das Polizeiauto war inzwischen direkt vor uns, nach wie vor mit winkender Kelle.

»Wen meinen die wohl?« fragte Vivian unbekümmert.

Mir schwante Übles.

»Vivian, kann es sein, daß du vielleicht zu schnell gefahren bist?« fragte ich sie ganz vorsichtig.

»Och, keine Ahnung. Kam mir nicht so vor.«

Inzwischen wedelte die Kelle immer hektischer hin und her. Ein Polizist steckte einen Kopf aus dem Fenster und winkte leider uns zu. Und zwar nicht etwa freundlich, sondern höchst energisch.

»Scheiße«, sagte Vivian. Trotzdem fuhr sie lässig rechts ran und zischte mit fast geschlossenem Mund: »Nix sagen, laß mich das machen.«

Erstaunt beobachtete ich, wie sie sofort die Wagentür öffnete. Statt auszusteigen, ließ sie erst mal ihre langen Beine auf die Straße und tat, als suche sie nach etwas.

Mensch, Vivian, der Trick mit den weiblichen Reizen ist doch uralt. Da gibt's doch bestimmt schon eine entsprechende Abwehrschulung bei der Polizeiausbildung.

Schon stand ein Polizist mit entschlossener, kühler Miene vor ihr. Mit weit aufgerissenen Augen starrte Vivian ihn an.

»Oh, guten Tag, Sie sind aber groß«, sagte Vivian. Mit der Stimme eines naiven und völlig unschuldigen kleinen Mädchens und mit bewunderndem Blick ob seines Gardemaßes.

Der Polizist straffte sich sichtbar. Komplimente mitten auf der Straße war er denn wohl doch nicht gewöhnt. Das sollten die Obersten mal in ihre Schulung mit einbauen.

Vivian war nun endlich ausgestiegen und strahlte den Polizisten an.

»Entschuldigen Sie bitte, Herr Kommissar. Mir war anfangs gar nicht bewußt, daß Sie uns meinten. Sagen Sie, ich habe doch wohl nicht etwa einen Fehler gemacht?«

Dabei rückte sie ihm nun direkt auf die Pelle. Mit bebendem Busen und Kleinmädchen-Angstausdruck stand sie so dicht vor ihm, daß ihm wohl nichts anderes übrig blieb, als umnebelt von ihrem Parfum in ihr Dekolleté zu schauen.

»Sie sind zu schnell gefahren, junge Dame!« brummte er und versuchte krampfhaft, sich von den wonnigen Hügeln abzuwenden.

»Mein Gott, ehrlich? Das ist ja ganz, ganz furchtbar. Manchmal kommt eben alles zusammen. Muß an der Aufregung liegen.«

Bedeutungsschwanger ließ sie diese Worte im Raume stehen. Nicht ohne eine Hand auf ihr Herz zu legen, natürlich. Der Herr Kommissar folgte ihrer Bewegung mit den Blicken, die prompt wieder auf Vivians Oberweite landeten.

Er räusperte sich. »Also, Aufregung ist nicht gut im Straßenverkehr.«

»Wem sagen Sie das, verehrter Herr Kommissar. Es ist ja nur, ja, es ist …«

Ich konnte es nicht fassen. Nach dem diffusen Gestammel brach Vivian nun in Tränen aus. Sie schluchzte, was das Zeug hielt. Dabei zitterte sogar ihre Unterlippe ganz immens, mal ganz abgesehen von ihren nervösen, flatterigen Fingerchen, die sich dem Polizisten entgegenstreckten.

»Meine Oma«, heulte sie, während sie hilfesuchend Halt am Arm des Kommissars suchte. Der Gute war nun vollends verwirrt.

»Ihre Oma?« fragte er gedehnt und räusperte sich. Dabei hob er seinen Arm etwas an, so daß sich Vivian besser abstützen konnte. Ein echter Ritter.

Lauter werdendes Schluchzen von Vivian. »Oma«, sie wimmerte so, daß sie kaum noch sprechen konnte, »Oma liegt im Kra-ha-hankenhaus.«

Ich wußte gar nicht, daß Vivian noch eine Oma hatte. Jedenfalls, der Polizist, der wußte auch nichts mehr. Dafür gab es wohl keine Ausbildung, für das Behandeln von Frauen mit Rubens-Oberweite und Tränenausbrüchen.

»Sie hatte einen Schla-ha-haganfall. Und nun liegt sie da ganz hi-hi-hilflos«, heulte Vivian weiter. Inzwischen versuchte sie, ihr Köpfchen an die Brust ihres auserkorenen Kommissars zu legen. War nicht so einfach, weil die gewaltig toupierten Haare dabei ein wenig im Wege waren. Hoffentlich beförderte sie ihn nicht gleich zum Polizeipräsidenten. Das könnte eins zuviel sein.

»Und nun mache ich auch noch einen so schre-he-hecklichen Fehler, der bestimmt gegen die Straßenverkehrsordnung verstö-ößt«, jammerte sie weiter.

Augenaufschlag, krokodilstränenvoller Augenaufschlag. Ihre Wimperntusche mußte wasserfest sein, überlegte ich. Sie sah derart rührend und wunderbar aus, daß mir fast selbst die Tränen kamen.

»Ja, dann also, dann werde ich das Ganze wohl bei einer Verwarnung belassen. Ist ja auch ein Ernstfall«, brummte der irritierte Hüter der Ordnung.

»Oh, Sie sind wunderbar, einfach wunderbar«, hauchte Vivian und schaute ihn an, als wäre er soeben engelsgleich samt Heiligenschein dem Himmelsgewölbe entsprungen.

»Und passen Sie in Zukunft besser auf, junge Frau«, sagte der Herr Kommissar noch, bevor er an seine Mütze tippte und verschwand.

Vivian nickte ihm zu und sagte noch hinterher: »Ja, ganz bestimmt. Schon wegen der Oma. Sie hat doch sonst niemanden mehr außer mir.«

Erschöpft ließ sie sich hinters Steuer sinken und schloß die Autotür. Kein Wort kam von ihren Lippen, als sie sich wieder in den Verkehr einordnete.

»Oma«, sagte ich nur und wartete.

Nun mußten wir beide kichern.

»Hab meine Omas nie kennengelernt«, grinste Vivian. »Mona, gib mir doch mal bitte ein Taschentuch. Von dieser Heulerei läuft mir immer die Nase.«

»Wie machst du das nur, so auf Kommando heulen?«

»Dafür habe ich 'ne Eins in der Schauspielklasse bekommen. Es ist ganz einfach, weißt du. Ich stell mir immer vor, daß mir jemand heimlich die Haare streichholzkurz geschnitten hat. Und dann fange ich immer an zu weinen. Gut, oder?«

Erstklassig. Vivian war konditioniert wie ein Pawlowscher Hund. Nicht etwa auf grausige Bilder vom Krieg, vom Tod, von schrecklichen Seuchen, nein, streichholzkurze Haare waren ihr Geheimnis. Da mußte erst mal jemand drauf kommen.

»Ich bin schwer beeindruckt«, nickte ich. Und das war noch untertrieben.

Rumpelnd eroberte sich Vivian eine fast legale Parklücke vor der Kunsthalle. Ich nahm an, wenn ihr jemand einen Strafzettel verpassen wollte, hätte sie als nächstes vom Opa mit Herzschmerzen erzählt.

»Schau, da geht gerade eine kleine Gruppe mit einem Führer los«, flüsterte ich Vivian zu. Komisch, daß man in Bibliotheken und Museen immer automatisch ins Flüstern gerät. Ich ergriff Vivians Arm und zog sie in Richtung der Kulturinteressierten. Ein altes Ehepaar, ein mittelaltes Ehepaar, zwei weibliche Einzelgestalten und eine Mutter mit zwei Kindern folgten einem Herrn, der eine dieser sogenannten Intellektuellenbrillen trug. Mit überaus wichtigem Gesicht machte er vor dem ersten Exponat halt.

»Was für 'ne Krakelei«, wisperte Vivian.

Vor uns hing ein Riesenbild mit undefinierbaren Linien in müden Farben.

Der Führer holte andächtig Luft. »Hier erkennt man deutlich die nervöse Grazie des Künstlers. Man könnte meinen, er war ganz in Gedanken, er schweift hier und da ab. Das Gegenteil ist der Fall, meine Damen und Herren. Er erfindet, er verliert sich nicht im Strich, nein, er gibt sich völlig hin.«

Vivian kicherte. Neben dem Bild stand auf einem kleinen Schild der Name des Künstlers und die Information, daß er von 1981 bis 1983 daran gearbeitet hatte. Mann, der mußte ja nach drei Jahren mit diesem Jammerwerk völlig erschöpft gewesen sein.

Als nächstes präsentierte der Führer eine Skulptur oder zumindest so etwas Ähnliches. Im Grunde sah es aus, als hätte der Künstler noch gar nicht angefangen zu wirken, weil der Klotz so nichtssagend war.

»Hier triumphiert die Form«, deklamierte der Erklärer mit Inbrunst.

Die Form. Oje, ich fand gerade, daß der Klotz wohl eher aus derselben geraten oder irgendwie herausgerutscht war.

Vivian legte den Kopf schief, als würde sie vermuten, aus einer anderen Perspektive dem Werk etwas abgewinnen zu können.

»Ein dreidimensionales Opus, voll Körper, voll Geist, voll Seele. Man spürt die Lyrik des Ursprungs.«

Die Lyrik des Ursprungs. Das war in der Tat nett ausgedrückt für den Klotz. Komisch. Es sah aus wie ein Klotz, es fühlte sich an wie ein Klotz und sollte doch keiner sein.

»Mama, ich habe Hunger«, quengelte der kleine Bube, der höchst gelangweilt die Lyrik des Ursprungs betrachtete. Wahrscheinlich erinnerte der ihn an eine anständige Bulette oder saftige Fleischklöße, weil der Klotz auch noch braun war.

»Pssst«, raunte die Mama unwillig. Klar, bei so ordinären Gelüsten in diesen heiligen Hallen.

»Ist der süß«, flüsterte Vivian begeistert. »Ich will mindestens fünf davon!«

»Wovon?« fragte ich verwirrt.

»Na, Kinder. Fünf Kinder«, raunte Vivian.

Ihr Gesicht hatte nun dieses Leuchten. Dieses Prä-Mutterschafts-hoffentlich-passiert-es-bald-Leuchten.

Aber bevor ich darauf eingehen konnte, wurde schon das nächste Bild besprochen. Meiner Meinung nach war es eine blau gestrichene Leinwand mit einem grünen Klecks in der linken unteren Ecke. Zugegebenermaßen war es ein besonders hübscher grüner Kleks.

Der Mann, der alles besser wußte, erhob wieder seine Stimme: »Das Ergebnis eines Tanzes.« Um seinen Worten Nachdruck zu verleihen, machte er eine bedeutungsvolle Pause. »Ja, Sie sehen, es drängt sich einem förmlich auf – die Sensibilität des Punktes.«

»Ach so«, sagte die Dame des mittelalten Ehepaares. Wohl ein wenig zu laut, wie man aus den hochgezogenen Augenbrauen des Führers ablesen konnte.

»Willkür. Willkür gemischt mit Inspiration«, nickte er und starrte auf den Kleks.

»Was für eine Inspiration?« fragte der Gatte der Dame des mittelalten Ehepaares skeptisch.

»Die Inspiration des Tanzes eben«, sagte der Führer in schneidendem Ton. Er hielt uns ganz offensichtlich für eine Horde kulturloser Schafe.

»Mama, warum ist der Kleks grün?« wollte nun das kleine Mädchen von seiner Mutter wissen.

»Pssst«, gab die wieder zurück. Kein Wunder, woher sollte eine anständige deutsche Hausfrau wissen, warum die Inspiration des Tanzes zu einem grünen Kleks führte?

»Ist die Kleine nicht zum Anbeißen?« wisperte Vivian.

Ich zweifelte daran, ob es wirklich eine gute Idee gewesen war, Vivian in diese Ausstellung zu schleppen.

Was nun folgte, war mir am verhaßtesten. Eine Leinwand, weiß grundiert mit Spuren von schlicht und ergreifend ausgedrückten Farbtuben. Abstrakte Kunst, nun schön. Aber im Grunde doch nicht mehr als die moderne Austoberei eines Farbenpanschers. Sein Bild hing hier. Und meine tollen Werke setzten zu Hause unbeachtet Staub an. So was Ungerechtes.

»Das kann ich auch, das kann ich auch«, jubelte prompt der kleine Junge, der vorübergehend seinen Hunger vergessen hatte. Ich glaubte ihm aufs Wort.

»Ohne Titel«, las ich auf der hübschen Tafel neben dem Bild.

»Tja, wie wär's denn mit ›Frisch gedrückt ist halb gewonnen‹?« raunte ich Vivian zu.

»Mal hören, was dem dazu jetzt für 'n Mist einfällt«, kicherte sie.

Da war ich auch in der Tat gespannt drauf.

»Ein schwelgerischer Farbauftrag, durch den freigeistige, ja, fast unbekümmerte, offensive Gestaltungen entstehen.«

So weit, so gut. Aber der Bildbesprecher war gar nicht mehr zu bremsen.

»Hier geht es um das Drama, um eine förmlich theatralische Kraft. Spüren Sie das?«

Niemand nickte. Nur Vivian setzte sich plötzlich in Szene: »Nein, wirklich? Aber da ist doch noch mehr, oder?« lockte das Hexenweib.

Begeistert schaute er sie an. »Ja, ein Schwanken zwischen Hingabe und Rückzug gleichermaßen, ein Aufbegehren zwischen Glück und Depression.«

Stimmt, ich wurde langsam wahrhaftig depressiv. So eine blöde Erklärung für ausgequetsche Farbtuben. Das war ja hier die reinste Verbal-Onanie.

Schließlich landeten wir bei einer Art Stilleben.

»Sieht aus wie ein Spiegelei«, meinte Vivian.

Auf der kleinen Tafel stand: »Spiegelei.«

»Das ist ein Spiegelei«, erklärte der intellektuelle Freund aller Künstler prompt.

Wenigstens was Ehrliches, fand ich.

»Als Symbol für den Aufbruch, den Ausbruch, die Neugestaltung. Ein Bekenntnis an die Reinkarnation.«

»Mama, ich hab Hunger«, quälte der kleine Junge wieder.

Mein Appetit auf Kunst war für heute allerdings voll und ganz gestillt. Ich war richtig enttäuscht, weil sich die Ausstellungsankündigung so toll angehört hatte. »Zeitgeistigkeit in experimentellen, expressiven Werken«, stand in der Zeitung. Daß sich dahinter Bilder ohne Inhalt verbargen, konnte ich nicht ahnen. Etwas in dieser Welt lief schief, wenn ein Klotz kein Klotz mehr war und ein ordinäres Spiegelei plötzlich ein Reinkarnationssymbol wurde. Ich zog Vivian in Richtung Ausgang. »Vielleicht sollte ich mal 'n Rührei malen«, wütete ich. »Als Ausdruck futuristischer Quirlerei.«

»Das würde deine Chance, berühmt zu werden, auf jeden Fall immens um mindestens fünftausend Prozent steigern. Oder du widmest dich mal der Erotik des Quadrats, hä?« schlug Vivian vor.

Nee, bevor ich die berühmten Bilder ohne Titel oder einen Urschrei in Grün oder die Exzentrik des Querbalkens malen würde, wollte ich als notleidender Künstler eher bis ans Ende meiner Tage Rahmspinat futtern. Zur Not sogar ohne Rahm.

Verzweifelt schaute ich um mich herum. Zu meinen Füßen trippelten fiepsende Küken und purzelten ungelenk übereinander. Dazwischen Tausende von Eiern. Welches sollte ich nur nehmen für das Rühreibild? Entschlossen wählte ich endlich eines aus. Kaum hatte ich es in der Hand, nahm ich ein zartes Picken an der Schale wahr. Herrjemine, da schlüpfte wohl ein neues Küken aus. Erschrocken legte ich das Ei vorsichtig wieder hin. Woher sollte ich wissen, welches Ei jung genug war, damit ich nicht plötzlich ein Kükenleben auf dem Gewissen hatte?

Vivians drohender Zeigefinger tauchte vor mir auf.

»Ich warne dich«, grollte sie. Und drohte weiter.

Ich versuchte krampfhaft, sie zu ignorieren, und bückte mich wieder runter zu den Eiern. Kaum hatte ich zugegriffen, stürzte ein riesengroßer Kampfhahn mit puterrotem aufgestellten Kamm und aufgerissenem Schnabel auf mich zu. Er stieß einen grellen Schrei aus.

»Kikeriki.«

Schweißgebadet richtete ich mich auf. Kein einziges Ei war mehr zu sehen, kein Küken und schon gar kein Hahn. Na ja, ich war auch nicht auf 'ner Hühnerfarm, sondern schlicht und ergreifend in meinem heimischen Bett. Klassischer Fall von Alptraum.

»Kikeriki.«

Eines Tages sollte ich mich vielleicht doch wieder von der Telefonkikerikimaschine trennen, dachte ich, während ich zum Hörer griff.

»Morgen, Mona«, nuschelte mir Vivian entgegen. Offensichtlich hatte sie gerade ein halbes Brötchen im Mund. »Wollte dich nur mal was fragen. Du weißt ja, am Wochenende fahre ich aufs Schloß. Der Schloßherr hat gesagt, ich soll für abends ein schönes Kleid einpacken. Was meinst du, soll ich für das Dinner mein rotes oder mein gelbes mitnehmen?«

Natürlich kannte ich Vivians sogenannte Paradefummel. Wenn sie sich doch bloß mal ein kleines Schwarzes anschaffen würde. Aber ich wollte sie nicht verunsichern. Mir spukten noch die Küken im Kopf herum. Also Gelb.

»Nimm doch das gelbe Kleid«, riet ich ihr.

»Nicht vielleicht doch besser das rote?« fragte sie skeptisch.

Beide Kleider nahmen sich nicht viel. Vivian sah in beiden aus wie das pralle Leben, weil großzügige Ausschnitte und die knappe Länge der Kleidchen den Blick auf all ihre Vorzüge gewährten.

»Pack doch einfach beide ein, und entscheide nach deiner Stimmung an dem Abend. Und vergiß nicht, auch etwas Sportives mitzunehmen. Hose, Pullover und Jacke oder so was, falls du einen kleinen Schloßgartenspaziergang machen sollst, verstehst du?«

Vivian seufzte. »Schloßgarten. Ich. Unglaublich, oder?«

Allerdings, aber bei ihrem Schauspieltalent würde sie schon ganz reizend zwischen Bäumen und Rosenbeeten flanieren.

»Noch was anderes, Mona. Wenn nachher die Typen zum Vorstellen für deine Malerei kommen, da mache ich mir schon Sorgen.«

»Sorgen, warum?«

»Na, nachher ist da noch ein Sittenstrolch dabei. Man kann ja nie wissen. Dann mußt du einfach ganz doll trampeln. Sobald mein Kronleuchter wackelt, stürme ich zu dir nach oben, o.k.?«

Ich mußte lachen. So ein Kronleuchter als Alarmanlage hatte wirklich etwas für sich.

»Wie viele kommen eigentlich?« wollte Vivian nun wissen.

»Drei. Zuerst der Strumpf.«

»Der Strumpf?« fragte sie gedehnt.

»Na, der heißt Dieter Strumpf. Das war auch der erste anständige Anrufer gestern. Nach unserem Besuch in der Kunsthalle hatte ich noch ein paar Spinner auf dem Anrufbeantworter und zwei ernsthafte Interessenten. Mit denen habe ich dann Termine für nachher vereinbart.«

»Und wie machst du das? Müssen die sich gleich ausziehen?« kicherte Vivian.

Na, komisch war mir das auch. Den Edgar, mein bisheriges Akt-modell, hatte ich schon länger gekannt, bevor ich ihn bat, mein Modell zu werden. Jetzt, mit diesen Wildfremden ...

»Ich schau mir die mal angezogen an. Da kann man schon einiges feststellen. Wenn einer passend ist, muß er wohl die Hosen run-terlassen«, lachte ich.

Auch Vivian kicherte. »Also vergiß nicht: zur Not doll tram-peln. So, ich werde jetzt die Kleidchen bügeln«, schloß sie.

Um alles ganz ernsthaft wirken zu lassen, baute ich die Staffelei samt grundierter Leinwand deutlich sichtbar auf. Bloß keine Zweifel an meiner ehrenvollen Absicht aufkommen lassen!

»Na, Papa«, nickte ich seinem Bild zu, »gleich geht's los. Hof-fentlich ist wenigstens einer der Herren passabel.«

Schon klingelte es an der Tür. Ich warf Papas Bild noch einen flehenden Blick zu und öffnete.

»Strumpf«, nickte der Herr Strumpf.

»Guten Tag, ich bin Mona Lisa Linde«, begrüßte ich ihn freund-lich.

»Mona Lisa, so, so«, murmelte er, während er sich hektisch im Atelierraum umschaute.

Was sollte ich nur mit diesem Mann anfangen, der so gar nicht nach Adonis aussah. Er war kaum größer als ich, also für einen Mann winzig, und hatte wohl schon vor vielen Jahren seine Haarpracht verloren. Aber vielleicht hatte er ja gute Proportio-nen?

»Soll ich mich gleich ausziehen? Also, ich zieh mich jetzt mal aus«, sagte er kläglich und stand unschlüssig herum.

Ich schaute in seine wässerig blauen Augen. Panik schrie mir da entgegen. Aber auch eine Art wilder Entschlossenheit.

»Äh, Herr Strumpf. Ganz ruhig. Sie brauchen vorerst nur Ihre Jacke auszuziehen, bitte. Wenn Sie sich dann noch ein wenig dre-hen würden?«

Herr Strumpf war nämlich derart vermummt angezogen, daß ich von seiner Figur rein gar nichts sehen konnte. Ein dicker, langer Parka ließ nur den Blick auf ein paar Hosenbeine frei und auf braune Schnürschuhe.

Er räusperte sich. »Aha, aha, so geht das also, aha.«

Mit unsicheren Fingern nestelte er am Reißverschluß seiner Tarnjacke herum. Ich ließ mich derweil auf meinen Malhocker sinken. Damit er sich nicht so bedroht fühlte.

Schließlich war er soweit. Die Jacke war ausgezogen. Darunter trug Herr Strumpf ein kariertes Flanellhemd, das er in die Hose gestopft hatte. Es war eine dieser Autofahrerhosen mit verstellbarem Bund für Langstreckenfahrten. Bestimmt sehr bequem, besonders wenn man um die Taille so füllig, so sehr füllig geraten war wie leider Herr Strumpf.

»So«, sagte er, »so.« Verschämt starrte er mich an. »Und jetzt drehen, ja?«

Aufmunternd lächelte ich ihm zu.

Dieter Strumpf drehte sich plump wie ein Tanzbär, dafür aber verdammt zügig, und hörte gar nicht mehr auf damit.

»Stopp!« sagte ich impulsiv. Nicht, daß er auch noch einen Trieselwurm bekam und vor Schwindel auf dem Fußboden landete.

Zu spät, er taumelte und fiel zwar nicht hin, aber warf beim Festhalten an einem Sessel denselben polternd um.

»Tut mir leid, tut mir leid«, murmelte er hastig, während er versuchte, wieder Herr der Lage zu werden.

An der Tür klopfte es Sturm.

»Setzen Sie sich doch, ich bin gleich wieder da«, sagte ich zu Herrn Strumpf und hastete zur Tür. Vivian stand vor mir mit hochrotem Kopf – und mit einer Nudelrolle in der Hand.

»Was Besseres hast du wohl gerade nicht gefunden«, kicherte ich und zeigte auf ihre Kampfwaffe.

»Mein Kronleuchter zittert«, sagte sie atemlos.

»Alles in Ordnung, der Sessel ist umgefallen, erklär ich dir später, aber danke.« Ich schob sie aus der Tür.

Herr Strumpf hatte sich nicht hingesetzt. Er war gerade dabei, sein Hemd fester in die Autofahrerhose zu stopfen. Statt Taille hatte er einen Kullerbauch, den er, als er meinen Blick registrierte, erfolglos einzuziehen versuchte. Durch seine überschnelle Dreherei hatte ich seine Kehrseite gar nicht beurteilen können. Doch darauf kam es ja schließlich an. Also nächster Anlauf.

»Bitte einfach einmal wenden«, bat ich Herrn Strumpf freundlich, der reichlich kläglich aus der Wäsche guckte.

Eifrig sagte er: »Das ist gut, ja, das ist gut. Ich sagte Ihnen ja schon, ich bin der Richtige für Sie.«

Ich nickte und hoffte, er würde sich endlich umdrehen. Das tat er nun auch.

»Birne«, schoß es mir durch den Kopf. Ich betrachtete seinen Allerwertesten. Der entsprach nicht gerade meiner Vorstellung von einem knackigen Po. Ganz im Gegenteil, er sah trotz einengender Hose etwas wabbelig aus. Oben ein wenig schmaler, dafür unten um so voluminös ausladender. Wie eine Birne eben.

Herr Strumpf nahm nun voller Stolz beide Gesäßhälften in seine Hände.

»Na?« fragte er triumphierend.

Oje, wie sag ich's meinem Kinde? Mit den falschen Worten könnte ich den Herrn Strumpf für die nächsten Jahre in die Einzeltherapie zum Aufbau des zerstörten Selbstbewußtseins treiben.

»Beachtlich«, sagte ich schon mal vorsichtig. War auch gar nicht gelogen. So einen dicken Birnenhintern konnte nicht jeder sein eigen nennen.

So aus Versehen ermutigt, nestelte Herr Strumpf plötzlich an seiner Hose herum, die blitzartig von seinen Hüften fiel. Da stand er, die Autofahrerhose in Wellen um seine Fußknöchel gewickelt. Mehr noch als die etwas ausgeleierte weiße Unterhose faszinierten mich seine Sockenhalter.

Sockenhalter.

Herr Strumpf trug Sockenhalter.

Die hatte ich noch nie live an einem Mann gesehen und war auch in Zukunft nicht scharf darauf.

»Äh, gut«, sagte ich hastig. »Sie können Ihre Hose wieder anziehen.«

Aus der Art, wie er mich nun musterte, wurde mir eines klar. Herr Strumpf war fest davon überzeugt, daß er sich mit seinem Birnenpopo soeben für den Job als Aktmodell qualifiziert hatte.

Nur Mut, Mona. Du schaffst das schon.

»Also, Herr Strumpf, sehr gut soweit. Äh, wissen Sie, das Bild, das ich gerade im Sinn habe, ist ein Bild für meinen Bruder. Da suche ich jemanden, der so ähnlich aussieht wie er, verstehen Sie?«

Gott sei Dank für diesen Einfall.

Emsig nickte Herr Strumpf.

»Ja, und mein Bruder sieht doch etwas, ja sagen wir, anders aus, leider. Aber ich freue mich, daß wir uns kennengelernt haben. Dann weiß ich gleich für die Zukunft, wenn ich mal ein entsprechend neues Bild entwickele, an wen ich mich wenden kann.«

Herr Strumpf nickte immer noch. Irgendwie sah er fast erleichtert aus. »Danke, gut, gut«, sagte er und beruhigte sich so langsam.

»Ich danke Ihnen«, sagte ich laut. »Und ich finde, Sie sind ein sehr mutiger Mann. Das kann nämlich nicht jeder, Aktmodell stehen.« Dazu klopfte ich ihm anerkennend auf seine runde Schulter.

Mit glücklichem Gesichtsausdruck zog Herr Strumpf nun seinen Parka wieder an. Eine Mutprobe hatte er absolviert für die Kunst! Ein Held, fürwahr. Mit entspannt nach vorn gestrecktem Kugelbäuchlein verabschiedete er sich von mir mit altmodischem Diener und schritt ganz aufrecht von dannen.

Kurz darauf kündigte die Klingel den nächsten Anwärter an.

»Guten Tag«, schmetterte ich. Und schaute geradewegs auf einen Adamsapfel. Ich war es schon gewöhnt, ob meiner kurzgeratenen eigenen Körpergröße den Kopf immer etwas für meine Gegenüber anzuheben. Aber das hatte in diesem Fall nicht gereicht. Langsam ließ ich meinen Blick aufwärts gleiten. Der Mann war mindestens zwei Meter zehn hoch. Was für ein Riese. Beim Reden mußte ich den Kopf ganz in den Nacken schmeißen.

»Sie sind ja total pünktlich«, sagte ich, weil mir gerade nichts Besseres einfiel.

»Ich bin immer pünktlich. Pünktlichkeit ist eine Tugend, jawohl. Wer nicht pünktlich ist, der ist unzuverlässig. Deshalb bin ich immer pünktlich, weil ich zuverlässig bin. Nie zu spät, nie zu früh, sondern pünktlich. Auf die Minute. Zur Not warte ich ein paar Sekunden. Dafür habe ich extra diese Uhr. Damit ich immer ganz besonders pünktlich bin!«

Ich versuchte, diesen überraschenden Redeschwall zu verdauen. Hoffentlich knallt er nicht auch noch gleich mit den Hacken, dachte ich, während er mir an seinem Riesenarm seine Uhr mit Sekundenzeiger vor die Nase hielt.

Schon erhob er erneut seine Stimme: »Ich finde es auch unhöflich, nicht pünktlich zu sein. Und ich bin höflich, immer. Höflichkeit ist ebenfalls eine Tugend. Ist ja auch nicht so schwer, höflich zu sein. Kostet nichts, man muß nur den Willen haben. Jeder braucht einen starken Willen. Ich hab auch einen starken Willen. Ich weiß, was ich will.«

Es gab Menschen mit Marotten. Und Menschen mit unerträglichen Supermarotten. Der Mann hier hörte einfach nicht mehr auf zu reden.

Wieder legte er los: »Das liegt schon an der Erziehung. Man muß Kinder anständig erziehen. Ich habe keine Kinder. Aber wenn ich Kinder hätte, dann würde ich die anständig erziehen. Pünktlichkeit, Höflichkeit, Ehrlichkeit, verstehen Sie? Ich bin immer ehrlich.«

Gut, daß er keine Kinder hatte. Soviel Tugendmoppeligkeit war ja kaum zu verkraften. Bevor er mir noch weitere Vorzüge seiner Moral aufzählte, mußte ich ihn unbedingt mal aufs eigentliche Thema bringen.

»Also, ich bin Malerin, Herr ...« Jetzt hatte er mich so verwirrt, daß mir sein Name entfallen war.

»Oh, Schluck ist mein Name. Ich vergaß, mich vorzustellen. Das war sehr unhöflich von mir. Ich bitte um Vergebung. Wie gesagt, Schluck ist mein Name. Aber ich bin kein Schluckspecht, hähähähä.«

Wenigstens er selbst konnte über seine eigenen Witze lachen. Der Mann war sicher kein Schluckspecht. Alkohol würde der bestimmt nicht ...

»Ich trinke nicht«, bestätigte er meine Gedanken. »Das verdirbt den Charakter, sag ich immer. Durch Alkohol verliert man die Kontrolle. Und das ist falsch. Ich verliere nie die Kontrolle.«

Ich schon. Wahrscheinlich sogar sehr bald, wenn das hier so weiterging.

»Aber Aktmodellstehen ist für Sie in Ordnung, oder?« fragte ich vorsichtig. Konnte ja sein, daß im Knigge stand, daß Aktmodellstehen unmoralisch ist.

»Kommt drauf an«, sagte Herr Schluck.

»Worauf?«

»Na, was Sie genau abmalen wollen«, sagte Herr Schluck.

»Hmm, einen Mann von hinten, wenn Sie verstehen, was ich meine. Also nicht von vorn.«

»Oh, gut, ja, das ist in Ordnung. Das ist nicht pornographisch. Von hinten ist legitim.«

Legitim. Also verhaften würde mich auch niemand, wenn ich ihn von vorn samt seinem Dingsda malte.

»Ich bin auch nicht hier wegen des Geldes, sondern ich würde es für die Kunst tun. Kunst gehört zur Bildung. Und Bildung ist sehr, sehr wichtig. Ich bin sehr gebildet. Und sehr moralisch, sagte ich das schon?«

»Ja, sagten Sie schon. Bitte, Herr Schluck, ziehen Sie doch Ihren Mantel aus, damit ich Sie mir anschauen kann.«

»Aber erst mal nur den Mantel«, antwortete Herr Schluck. »Schließlich kennen wir uns ja gar nicht.«

Glaubte der etwa, ich würde ihn erst siebzehnmal zum Tee einladen, bevor er mir ein Stück Haut zeigen durfte? Das war ja zum Wahnsinnigwerden.

»Könnten Sie den Mantel bitte aufhängen? Sonst knittert er. Und ein zerknitterter Mantel macht keinen guten Eindruck, das ist ungepflegt. Und ich bin immer gepflegt.«

Und ich habe schwache Nerven. Noch ein Ton, und ich hol Leukoplast und kleb dir den Mund zu. Aber den Mantel hängte ich schließlich doch auf.

Da stand er nun, der Riese. Ein überaus magerer Riese. Das ganze Gegenteil von dem rundlichen Herrn Strumpf. Ich lief langsam um ihn herum, weil ich ihn von hinten sehen mußte. Er trug eine Jeans – eine Jeans mit Bügelfalte. Und er hatte keinen Po. Wie plattgebügelt sah er von hinten aus. Keine Schultern und kein Po. Nichts dran an dem langen Lulatsch.

»Ich bin Marathonläufer«, erklärte Herr Schluck, der nie Alkohol schluckte, nun.

Deshalb also. Jedes Gramm Körperfett lief er sich ab. Und zur Muskelbildung neigte er wohl nicht.

»Sport ist wichtig für die Gesundheit. Nur in einem gesunden Körper steckt ein gesunder Geist, sag ich immer. Ich treibe viel Sport.«

Selbst wenn er der schönste Mann auf der Welt wäre, könnte ich ihn nicht malen, ohne im Gefängnis zu landen. Denn diesen ewig plappernden Tugendbolzen würde ich unter Garantie spätestens in der zweiten Malsitzung umbringen. Unhöflich und unmoralisch und meinetwegen auch noch unter Alkohol stehend, weil man sich in seiner Gegenwart wahrscheinlich nur betrinken konnte und dann der Schmerz nicht ganz so groß wäre.

»Sie wären auch ideal für ein Sportlerbild«, sagte ich zu ihm mit inzwischen schmerzendem Nacken, weil ich immer so hoch hinaufgucken mußte.

»Soll ich mal ein bißchen hin- und herrennen?« fragte er.

Klar, mach doch. Diesmal lasse ich Vivian rein, wenn bei der unten wieder der Kronleuchter gewackelt hat. Die kommt dann mit der Nudelrolle und zieht dir eins über.

»Äh, ja, ich meine, nein, besser nicht, ich kann mir das schon vorstellen«, antwortete ich.

Da war er doch noch knapp Vivians Nudelrolle entronnen. Schwein gehabt, Junge.

»Herr Schluck, das Bild, das ich jetzt malen will, hat allerdings ein anderes Thema. Wenn ich ein Sportlerbild male, dann werde ich an Sie denken, ja?«

»Gut. Machen Sie auch Sport?« wollte er jetzt wissen.

»Wenig«, gab ich zögernd zu.

»Das ist ganz schlecht. Da verkommt die Haltung. Man muß sich eine gute Haltung bewahren. Ich halte mich immer ganz aufrecht.«

Na, 'nen Buckel hatte ich auch nicht gerade. Aber ich wollte jetzt nur noch eines. Den Herrn Schluck mit seiner Bügelfaltenjeans hinausbefördern. Munter gab ich ihm seinen Mantel in die Hand.

»Frau Linde, es war mir eine Ehre. Und denken Sie daran, immer aufrecht halten.«

Jawoll, dachte ich und schloß schnell die Tür hinter ihm. Der Mann war eindeutig in der falschen Zeit geboren. Ein preußischer Kasernenhof wäre sicher passender für ihn als mein geliebtes Malatelier.

Seufzend betrachtete ich das Bild meines Künstlervaters. »Papa«, sagte ich zu ihm, »jetzt kommt nur noch einer. Drück mir bloß die Daumen, daß der nicht zu dick, nicht zu dünn und nicht so ein quatschender Moralapostel ist.«

Moralapostel konnte ich schon mal streichen, weil mein letzter Aspirant locker zwanzig Minuten zu spät kam. Ohne sich dafür zu entschuldigen, versteht sich.

»Tach«, sagte Mark Rupp lässig, während er mit schweren Cowboystiefeln in meine Wohnung schlurfte.

Diesmal hatte ich mir den Namen vorher noch mal extra eingeprägt. Ich bin nämlich auch höflich.

»Bist du Mona?« fragte er und warf mir einen abschätzenden Blick zu.

Der duzte mich einfach, aber das ließ ich mal durchgehen, weil er mein einzig übriggebliebener Hoffnungsträger war. Und – er hatte deutlich sichtbar eine ausgezeichnete Figur. Die steckte in engen schwarzen Lederhosen. Beim genaueren Hingucken waren es wohl eher Latexhosen, aber nun ja, war schließlich seine Sache.

»Genau, ich bin Mona«, nickte ich eifrig.

»Dachte ich mir schon«, sagte er, während er neugierig herumlief.

»Worauf stehst 'n so?« fragte er.

»Wie meinst du das?« Ich war irritiert.

»Na, wie wohl?« grinste er.

»Also, ich male nackte Männer von hinten«, klärte ich ihn auf.

Daraufhin drehte er sich um und ließ seinen Unterleib kreisen. Knackig, knackig, der Po. Genau das, was ich brauchte.

Schwupps, landete seine Lederjacke – die war wirklich aus Leder – auf dem Fußboden. Zum Vorschein kamen ein schwarzes

Unterhemd und ein herrlich breiter Rücken. Die ultimative V-Form-Figur. Oben breit, unten schmal, einfach zu schön, um wahr zu sein.

»Klar, du malst nackte Männer von hinten. Und sonst so?«

»Wie? Sonst so?«

»Na, das kriege ich schon raus, Kleine, mach dir keine Sorgen«, sagte er gönnerhaft. Dabei faßte er sich an den Schritt.

Ich schluckte. Oje, hier lag vielleicht ein Mißverständnis in der Luft.

»Um eines klarzustellen. Es geht mir nur ums Malen. Du müßtest dich schön hoch strecken, so geht das Bild. Aber trotzdem, ich muß dich auch nackt sehen, obwohl du, soweit ich sehen kann, genau die Figur hast, die ich suche.«

Er spielte mit dem Goldkettchen, das seine nackte Brust zierte.

»Immer langsam, Kleine. Das mit dem Malen habe ich ja verstanden. Ist auch in Ordnung. Jeder steht eben auf was anderes, brauchste kein schlechtes Gewissen zu haben. Mal was Neues für 'n Vorspiel.«

Vorspiel? Der hatte sie wohl nicht alle. Meine Malerei war kein Vorspiel.

»Wir haben uns falsch verstanden, Mark. Ich male dich und sonst gar nichts, klar?«

»Und das macht dich scharf?« fragte er zweifelnd.

»Nee, absolut nicht. Und dich hoffentlich auch nicht«, gab ich böse zurück. Kapierte der denn gar nichts?

»Ich kann immer, auch wenn ich gar nicht so richtig scharf bin«, protzte er und ließ wiederum seinen Unterleib kreisen.

»Vielen Dank, aber für Liebesdienste brauche ich dich nicht. Nur als Aktmodell!« sagte ich laut, deutlich und vernehmlich.

Mark zuckte mit den Schultern. »Meinetwegen. Aber ausziehen tue ich mich nur gegen Vorkasse.«

Ach ja, und dann? Wenn er mir nicht gefiel? Oder wenn er dann einfach seine Klamotten nahm und abhaute? Nee, so blöd war ich nicht.

»Ich zahle sofort. Aber nur sofort im Anschluß an die Aktsitzung. Wir sind hier ja nicht im Puff!« entgegnete ich erbost.

Er zog die Augenbrauen hoch.

»Hör zu, kleine Lady. Bei mir läuft nur was gegen Vorkasse. Eine Stunde hundert Mark.«

Entgeistert schaute ich ihn an und verabschiedete mich innerlich von diesem herrlich gewachsenen Körper.

»Hundert Mark? Das ist zuviel für mich.«

»Tja, dann spar mal schön. Ich hab nichts zu verschenken. Aber für 'nen Hunderter kann ich dich richtig glücklich machen, kannste mir glauben.«

Resigniert nickte ich. Der würde nie kapieren, daß ich keine kleine abnorme Malerin war, die als Sexvorspiel den Pinsel schwang.

Als er schließlich endlich weg war, zerknüllte ich seine Visitenkarte. »Dein Loveboy Mark« stand da drauf samt Telefonnummer. Da war ich doch wirklich einem Callboy aufgesessen, so ein Pech. Und so ein Jammer, weil er ein erstklassiges Aktmodell gewesen wäre.

Ich mußte niesen. »Hatschi, hatschi.«

Meine Nase kribbelte. Besser, ich würde noch einen warmen Pullover anziehen. Ich war noch dabei, als es wieder an der Tür klingelte. Hoffentlich kam jetzt nicht Dieter Strumpf zurück, um sich noch mal anzupreisen, oder gar der preußische Kommandeur mit einem druckfrischen Kniggeexemplar. Oder der ruppige Mark Rupp mit seinem heftigen Beckenschwung.

Mucksmäuschenstill schlich ich mich auf Zehenspitzen zur Tür und peilte die Lage durch den Spion.

»Edgar«, rief ich überrascht und riß die Tür auf.

Meine Stoßgebete waren erhört worden. Aus Pechmarie wurde Glücksmarie, heissassa!

»Edgar, dich schickt der Himmel.«

Ich kuschelte mich glücklich an seine breite Schulter. Das tat immer so gut und wurde von Edgar nie falsch verstanden, weil der Edgar mit Frauen so gar nix am Hut hatte.

»Hallo, Darling. Was für ein Empfang«, lachte Edgar und drückte mich liebevoll.

»Wo kommst du denn her?«

»Die haben mich im Urlaub angerufen, die aus dem großen Kosmetikinstitut, weißt du?«

»Ach, die hatten deine Telefonnummer und ich nicht, du Böser«, neckte ich ihn und zog an seinem Ohrläppchen.

»Habe ich wohl vergessen, dir zu geben. Na ja, die nehmen mich für ein halbes Jahr, ist das nicht toll?«

»Und wie!«

Edgar wollte Maskenbildner werden. Eine Friseurlehre hatte er schon erfolgreich absolviert, Schminkkurse auch reichlich. Aber nun wollte er noch unbedingt in das Kosmetikinstitut mit dem besten Ruf, um seine Fähigkeiten zu erweitern. Und dann, eines Tages, da wollte Edgar zum Film oder zum Fernsehen zum Stylen der Prominenz und der Schauspieler.

»Nach der Nachricht hab ich den Urlaub abgebrochen. Das ist zu wichtig für mich. Endlich da 'ne Stelle, toll.«

Ich betrachtete ihn. Er war braungebrannt, seine Figur war unverändert, seine Haare, die ihm bis auf die Schulter fielen, vielleicht noch eine Idee länger als sonst.

»Ach, Edgar, du siehst großartig erholt aus. Und du hast mir schrecklich gefehlt. Auch wegen der Modellsteherei, weißt du? Ich habe sogar eine Anzeige aufgegeben, um ein Modell zu finden, aber erfolglos. Die Männer, die sich hier vorgestellt haben, taugten dazu nicht. Bis auf einen, aber der war – sagen wir – unbezahlbar.«

»Kein Problem, Darling. Wenn du willst, stehe ich dir gleich ein bißchen Modell. Hab heute sowieso nichts anderes vor.«

Kaum ausgesprochen, zog sich Edgar auch schon völlig unbefangen aus. Nackt stand er vor mir. »Soll ich mir die Haare hochstecken, Darling?« fragte er.

Ich nickte nur kurz, während ich schon fiebrig nach dem Skizzenblock suchte. Schnell erklärte ich ihm die Pose für den »Sonnengreifer«.

Da stand er nun, der Edgar. Zufrieden betrachtete ich die Supermuskeln an seinem Allerwertesten.

»Perfekt«, murmelte ich, während der Zeichenstift nur so dahinglitt.

»Bißchen kalt bei dir, Darling.«

Schnell knipste ich für ihn den Heizlüfter an, damit er sich im warmen Luftstrom auch wohl fühlte.

»Ach, Edgar, was würde ich nur ohne dich machen«, seufzte ich zufrieden.

»Häßliche Bilder von häßlichen Männern malen«, lachte Edgar.

Ich nickte. Und nieste. »Hatschi, hatschi.«

Aber egal, Edgar war hier, und ich würde mich schon warm malen.

MENTHOL

Mausi knurrte mich an und zeigte sein gefährliches Mischlings-
hundegebiß samt den ausdrucksstarken Eckzähnen. Ratlos betrachtete ich das Tier.

»Paolo«, sagte ich hilflos und deutete auf seinen Hund.

»Beißt nicht«, gab Paolo, der hinter mir stand, zurück.

»Er beißt nicht«, korrigierte ich automatisch. Unvollständige
Sätze konnte ich nicht leiden.

Trotzdem schaute ich Mausi mißtrauisch an. Paolo hatte sich
nämlich für den Beginn der heutigen Stunde eine reizende Insze-
nierung ausgedacht. Mausi hielt quer im Maul eine Rose für
mich. Und genau die versuchte ich dort herauszuziehen, um sie
in eine Vase zu stecken. Aber Mausi wollte seine Rolle als Rosen-
kavalier wohl gern noch etwas weiterspielen und hielt das Blüm-
chen fest in seinem angsteinflößenden Kiefer.

»Schöne Rose für schöne Frau«, schmeichelte Paolo.

Ich verdrehte die Augen. Heute fühlte ich mich alles andere als
schön. Meine Glieder schmerzten, ebenso mein Kopf, und die
Permanentnieserei samt lästigen Hustenattacken schüttelten
meinen ganzen Körper.

»Mausi, sitz«, befahl Paolo.

Mausi saß nun mit Rose. Paolo zog und zerrte an dem hübschen
Pflänzchen, aber auch er erntete nur ein Knurren. Schulterzuk-
kend gab mein charmanter Italiener auf. So folgten mir Paolo
und Mausi mit Rose im Maul zum Lerntisch. Heute gab's Unterricht aus dem aktuellen Tagesgeschehen.

»Ich habe Husten«, sagte ich und hüstelte demonstrativ ein
wenig vor mich hin.

Mausi stimmte knurrend ein. So ein bißchen Radau gefiel dem
Rosenträger ganz offensichtlich gut.

»Hatschi, hatschi.« Das war zwar nicht geplant, aber gab Anlaß
für den nächsten Satz. »Ich habe Schnupfen.«

Paolo schaute mich fragend an.

Schnupfen. War auch ein komisches Wort, wenn man sich das genau überlegte. Oder lag das eher an meinem Zustand und dem damit verbundenen Erkältungsnebelkopf, daß ich das Wort Schnupfen plötzlich so merkwürdig fand? Ich schrieb es jedenfalls schnell an die Tafel, damit Paolo eine Idee davon bekam, wie das so in Buchstaben aussah.

»Schnupfen«, las Paolo begeistert.

Na, so schön war das Wort nun auch wieder nicht.

»Und was ist das?« fragte ich, als ich ein Taschentuch zückte.

»Serviette?«

Aha, die Speisekarten-Restaurant-Stunde hatte ihre Spuren hinterlassen. Nicht schlecht.

»So ähnlich. Ein Taschentuch. Für die Nase, verstehen Sie?« Ich malte mit der Kreide eine riesengroße Nase samt fettem Schnief-Tropfen.

»Nase«, repetierte Paolo. »Mund«, sagte er plötzlich und faßte sich an die Lippen.

Ich nickte. Ganz offensichtlich schlug Paolo auch ab und zu ein Wort im Wörterbuch nach.

»Kuß«, sagte er dann voller Stolz und warf mir eine Kußhand zu.

Keine gute Idee. Ein Kuß von mir als Bazillenmutterschiff, und der liebe Paolo würde in Kürze genauso schniefen und hüsteln wie ich. Vorsichtshalber rückte ich ein wenig von ihm ab. Nicht etwa wegen der Ansteckungsgefahr, sondern eher, um mich vor einem heißblütigen Übergriff zu schützen.

Mit letzter Kraft brachte ich ihm schließlich das gesamte Vokabular über Krankheiten aller Art bei. Wir litten gemeinsam an akuter Blinddarmentzündung, fuhren mit dem Ambulanzwagen in die Klinik, standen eine Operation im Krankenhaus durch, führten Dialoge mit Ärzten und Krankenschwestern, bis wir schließlich wieder entlassen und gesund waren. Wenn das nicht Unterricht mitten aus dem Leben war!

Mausi hatte derweil gemütlich den gesamten Rosenstengel zerkaut und machte sich nun an den Verzehr der Blüte. Und ich konnte vor lauter Grippe kaum noch aus den Augen schauen.

»Sie Bett«, sagte Paolo besorgt, als ich die zweite Taschentuchpackung öffnete.

Die Haut unter meiner Nase fühlte sich bereits an, als hätte ich mit 'nem Hornhautbimsstein darübergehobelt. Bett, ja, da führte wohl kein Weg drum herum.

»Ich Doktor«, erklärte Paolo eifrig.

Das hatte ich nun davon, daß ich eine so intensive Lehrstunde gegeben hatte. Paolo war vom Mode-Produktmanager in eine andere Berufskategorie gewechselt. Aber nach Doktorspielchen stand mir wirklich nicht der Sinn. Ich schüttelte den Kopf.

»Danke, Paolo, aber es geht schon. Ich werde mich einfach ein wenig ausruhen.«

Schon stand er neben meinem Stuhl und versuchte, mich herauszuheben. Mit letzter Kraft leistete ich Widerstand, obwohl ich mich hätte liebend gern ins Bett tragen lassen. Ich zappelte mich frei und mußte glücklicherweise derart husten, daß Paolo erschrocken zurückwich. Mausi bellte fröhlich, so daß ihm endlich die Rose aus dem Maul fiel. Oder vielmehr die Reste davon. Als ich diese beseitigt hatte und endlich wieder allein war, inspizierte ich mit pfeifenden Bronchien meine Hausapotheke. Oder vielmehr den Schuhkarton, auf den ich ein dekoratives rotes Kreuz gemalt hatte.

»Hustensaft«, las ich und schüttelte mich. Schon seit meiner Kindheit fragte ich mich, warum die Pharmaindustrie nicht einen lecker schmeckenden Hustenkiller produzieren konnte. Aber nein, schön bitter mußte er wohl sein. Damit jedem, dem schon vor lauter Grippe kotzübel war, noch schlechter im Magen wurde. Angeekelt verpaßte ich mir einen Eßlöffel davon.

»Auf Brust und Rücken sorgfältig einmassieren.« So stand's geschrieben auf der dicken Tube mit Bronchialsalbe. Also raus aus dem Pullover.

Ich betrachtete meinen mageren Oberkörper im Spiegel. Vorn einreiben ging ja noch, aber hinten, das war ein Problem! Eine wirklich singleunfreundliche Gebrauchsanleitung. Ich verrenkte meine schmerzenden Glieder, um die streng duftende, zähe Paste auf den Rücken zu bugsieren. Nach dem Kraftakt hatte ich Schweißperlen auf der Stirn. Oder lag das am Fieber?

Unglücklich legte ich mich ins Bett und zog die Decke bis zur tropfenden Nasenspitze hoch. Krank sein und dabei allein sein war ja wirklich das Allerletzte. Niemand, der einen bedauert, niemand, der einen pflegt. Ich war schon ein armes Hascherl. Vor lauter Selbstmitleid und Schmerzen in der Brustgegend liefen mir nun auch noch die Tränen runter.

Hier lag ich nun. Und hatte mich in einen Eukalyptusbonbon von ein Meter fünfundsechzig Länge mit zusätzlichem Menthol- und Kiefernölaroma verwandelt. Diese Zutaten standen jedenfalls auf der Salbentube, und genauso penetrant roch es auch. Heulend und vor mich hinduftend atmete ich die aufsteigenden Salbendämpfe ein.

Das Telefon kikerikite.

Eines Tages bring ich ihn um, den Hahn. Sobald ich wieder gesund bin.

»Hallo, Kleine, wie geht's, wie steht's?« ertönte Bruder Adrians fröhliche Stimme.

Verwandtschaft. Das tat gut. Und Blutsverwandte durfte man immer richtig volljammern.

»Ich bin sooo krank«, wimmerte ich in den Hörer. Schnatternd klapperten meine Zähne aufeinander. »Ich hab Schüttelfrost. Und Fieber. Und Grippe. Und mir geht es sooo schlecht«, jammerte ich weiter.

»Ach ja, ist gerade Grippezeit? Na ja, das gibt sich schon wieder, Mona. Nun jammere mal nicht so.«

Adrian war ja nicht gerade eine große Hilfe.

»Ich muß aber jammern, Adrian. Sonst esse ich meinen Kummer auf und kriege einen kleinen Klumpen im Magen, da kannste jeden Psychiater fragen. Aus dem kleinen Klumpen wird dann ein großer Klumpen, so ein regelrechtes Geschwür. Dann muß ich ins Krankenhaus, und sie schneiden mir den Bauch auf, und das tut dann richtig weh und auch ganz lange. Und 'ne häßliche Narbe hab ich dann außerdem. Das will ich nicht, und deshalb jammere ich und beschwere mich über mein beschwerliches Künstlerdasein.«

Adrian lachte. Ich konnte das gar nicht komisch finden.

»Mensch, Mona, du mit deiner blühenden Phantasie. Und was hat denn deine Malerei eigentlich mit deiner Grippe zu tun?«

»Na alles!« sagte ich bedeutungsschwanger. »Eigentlich bist überhaupt du schuld an meiner Misere«, schniefte ich in den Hörer.

»Ich?« fragte Adrian.

»Ja, genau, du. Ich male nämlich ein Bild für dich. Aber was für eins, das verrate ich nicht. Und die Farben sind teuer, da hab ich die Heizung runtergedreht. Um Heizkosten zu sparen, verstehst du? Deshalb jetzt dieser ganze Schlamassel. Hatschi, hatschi.«

»Oje, Mona. Du bist ja wirklich ganz schön erkältet. Am besten, du trinkst ein heißes Bier und machst eine ausgiebige Schwitzkur!« lautete Adrians Empfehlung.

Von einem Krankenbesuch mit brüderlichem Händchenstreicheln und Wadenwickel für die fiebernde Schwester hielt er wohl nicht viel.

»Kannste nicht mal vorbeikommen?« wimmerte ich.

»Ausgeschlossen, Mona. Ich habe derart viel um die Ohren. Und helfen kann ich dir sowieso nicht, das mußt du doch einsehen. Trink ein heißes Bier. Und wenn es schlimmer wird, rufst du mich einfach an.«

Na toll. Statt liebevoller Zuwendung also warmes Bier. Mit letzter Kraft taumelte ich in die Küche. Von Bier keine Spur.

»Rotwein«, murmelte ich.

Das war bestimmt der gleiche Effekt. Mit dem alkoholischen Heißgetränk kuschelte ich mich wieder ins Bett. Eine halbe Stunde später schwitzte ich, als wär ich in der Sauna.

Jetzt war ich nicht nur krank, sondern auch noch betrunken. Aber das stand einer Malerin zu, fand ich und fühlte mich mit allen Künstlern dieser Welt, die sich ab und an einen kräftigen Schluck aus der Pulle gönnten, sehr, sehr verbunden.

Nach drei Tagen Mentholdämpfen und Rotweinrausch hatte ich genug vom Kranksein. Die beste Krankheit taugt eben nichts, wenn einen niemand bedauert. Leicht schwächelnd gönnte ich mir eine ausgiebige Dusche.

»Das Leben hat mich wieder, Papa«, nickte ich ihm zu. »Außerdem hab ich zu tun.«

Aber ich wollte es langsam angehen lassen. Deshalb begann ich erst mal mit dem längst überfälligen Besuch bei Schneiderin Natalie. Bewaffnet mit der letzten Rotweinflasche aus meinem Vorrat. Von dem Gesöff hatte ich vorerst genug.

»Da bist du ja endlich, mein Herz. Du wolltest doch schon vorgestern kommen«, begrüßte mich Natalie. Sie musterte mich. »Wie siehst du denn aus? Du hast Schatten unter den Augen. Franz, schau mal, die Mona hat Schatten unter den Augen.« Sie nähte gerade an einer Herrenhose herum, als Franz neben mir auftauchte.

»Ja, Schatten unter den Augen«, wiederholte Franz aufmerksam.

»Oh, ich war so krank. Schlimme Grippe. Mit lauter Viren oder Bakterien, die mich niedergeschmissen haben. Ein paar sind vielleicht noch da.«

»Ach, mein Herz, warum hast du denn nicht Bescheid gesagt. Der Franz hätte dir doch eine Suppe bringen können.«

Ich mußte grinsen. Klar, der Franz hätte das bestimmt getan, wenn Natalie ihn in meine Künstlermansarde getrieben hätte. Aber die beiden lieben Alten wollte ich nicht überstrapazieren. Kleider auf Pump, das reichte schon für meinen Geschmack.

Im Hintergrund des Zimmers bewegte sich etwas. Hatte ich jetzt Nachgrippe-Halluzinationen? Ich rieb mir die Augen. Nein, kein Phantomeffekt, pure Realität.

»Natalie«, flüsterte ich aufgeregt, »Natalie, da hinten steht ein Mann in Unterhose.«

Natalie schaute von ihrer Arbeit auf. »Ja, mein Herz. Das ist ein Amerikaner. Der hat sich beim Aussteigen aus dem Taxi die Hose aufgerissen. Ist aber kein Problem, ist nur die Naht. Ich richte das gerade.«

Ach so. Ich schaute auf den großen Mann in seinen Boxershorts, der uns den Rücken zudrehte. Gute Figur, alle Achtung. Der war ungefähr so gebaut wie Edgar.

»Schöne Proportionen«, murmelte ich.

»Den mußt du mal von vorn sehen«, kicherte Natalie.

»Wieso?«

Aber Natalie arbeitete schon wieder hochkonzentriert an der Naht weiter. Ich beschloß, sie etwas zu unterhalten.

»Hast du schon mal warmen Rotwein getrunken, Natalie? Also, ich jedenfalls ja. Wegen der Grippe. Adrian hat gesagt, ich soll Bier warm machen, aber ich hatte keines. Und da mußte der Rotwein dran glauben. Da kommt man ganz schön ins Schwitzen, sag ich dir. Außerdem hab ich mich mit einer Riesenmentholwolke umnebelt. Kennst du bestimmt, diese Salbe, die man sich auf Brust und Rücken schmieren muß und die dann Dämpfe produziert. Soll ja gesund sein, riecht nur ganz fürchterlich. Jedenfalls, drei Tage lang konnte ich keinen Sprachunterricht geben. Und, Natalie, stell dir vor, mein Aktmodell ist aus dem Urlaub zurück. Mit dem Bild für Adrian habe ich schon angefangen. Es wird, glaube ich, großartig. Ich bin so froh, daß es mir wieder bessergeht, weil ich unbedingt weitermalen muß. Ach, ich will malen und sonst gar nichts.«

»Ach, Herzchen, du mit deiner Kunst. Gib bloß nicht auf, eines Tages wirst du es schon schaffen und berühmt werden, glaub einer alten Frau.«

»Du und alt, Natalie«, lachte ich und umarmte sie stürmisch. Küßchen hinterher. »Keine Angst, ich bin bestimmt nicht mehr ansteckend.«

Schon wirbelte ich Natalie übermütig samt Nadel in der Hand im Walzertakt durch den Laden. Und eins, zwei, drei, kleine Drehung und links herum und eins, zwei …

»Oh«, entfuhr es mir.

Ich war gegen etwas gestoßen. Das Etwas war der Amerikaner in seinen Boxershorts. Er hatte sich uns genähert, ohne daß ich es bemerkt hatte. Wahrscheinlich hatte er auch mein ganzes Geplapper mit angehört. Aber ich möchte den sehen, der nach drei Tagen Krankheits-Einsamkeit kein ausgeprägtes Mitteilungsbedürfnis hat.

»Entschuldigung«, sagte ich.

Mir war schlagartig klar, was Natalie vorhin angedeutet hatte. Von hinten war er eine Pracht, aber auch von vorn sah er gut aus.

82

Ungewöhnlich mit kantigen Gesichtszügen, aber sehr interessant.

Er schaute mich aufmerksam an, bis ihm wohl plötzlich bewußt wurde, daß er für ein Gespräch etwas unpassend gekleidet war.

»Entschuldigung«, sagte auch er und guckte flehend zu Natalie rüber. Die hatte sich nach unserem turbulenten Tänzchen wieder gefangen und schnitt behend den letzten Faden ab. Schnell reichte sie ihm seine reparierte Hose.

Weil ich ja ein dezentes Wesen bin, drehte ich mich zur Seite, während er sich anzog. Allerdings nicht, ohne einen heimlichen Blick zu riskieren. Natürlich nur als Künstlerin.

»Ich komme wahrscheinlich noch mal wieder«, sagte der Mann, der nun wieder züchtig bekleidet war. »Sie machen doch – wie sagt man – Veränderungen?«

»Änderungen«, entfuhr es mir prompt.

Klassisch, Mona. Misch dich nur immer schön ein und korrigiere fremde Leute.

Er betrachtete mich interessiert. Dann fragte er mit leichtem amerikanischen Akzent: »Änderungen also? Was ist denn der Unterschied?«

Das hatte ich nun davon. Was war eigentlich der Unterschied?

»Na ja, es ist der gleiche Wortstamm. Aber bei Kleidung sagt man eben Änderung. Und Natalie, die ist eigentlich Modellschneiderin, aber sie macht auch Änderungen aller Art«, erklärte ich hastig. War gar nicht so einfach, diesem intensiven Blick standzuhalten.

»Aha, danke«, nickte er.

Als er die Tür öffnete, erklang das melodische Glöckchen. Er hatte einen wirklich guten Gang, sehr elegant, fand ich.

»Bye-bye«, rief Natalie ihm mit ungeahntem Internationalitätstouch hinterher.

»Mensch, Natalie, du kannst ja Englisch«, neckte ich sie und wandte meinen Blick wieder ihr zu. Wohl wissend, daß Natalie außer Deutsch nur deutsch sprach.

»Ich war ja auch schon mal in Amerika. Stimmt's, Franz, wir waren mal in Amerika. In Florida. Franz, hol doch mal das Fotoalbum, damit wir der Mona unsere Urlaubsbilder zeigen können.«

Franz trabte los und kam mit einem dicken Buch wieder. Eifrig blätterte Natalie darin herum.

Natalie und Franz vor einer Palme.

Natalie und Franz vor einer anderen Palme.

Und Natalie und Franz am Pool.

Ich war entzückt.

»Was ist das denn, Natalie?« Ich deutete auf ein Foto. Natalie im T-Shirt und mit Mützchen auf dem Kopf im Wasser. Meine stets schicke Natalie in diesem Aufzug, unglaublich. »Gehst du immer so baden, Natalie?« grinste ich.

»Es war so heiß, da hab ich mir die Schultern verbrannt, deshalb das T-Shirt«, erklärte Natalie, die sonst freiwillig bestimmt keinen so neumodischen Kram angezogen hätte.

»Weil sie sich nicht mit Sonnencreme eingeschmiert hat«, petzte Franz und erntete dafür einen vernichtenden Seitenblick von Natalie.

»Hab ich wohl«, protestierte Natalie. »Aber die haben da eine Sonne, die ist anders als bei uns. Da ist sowieso alles anders in diesem Amerika. Das hier ist nämlich auch kein normaler Pool.«
Natalie tippte auf das Foto.

»Nein, was dann?«

»Na, das war ein echter amerikanischer Quirlpool, stimmt's, Franz?«

»Ich hab ihr jedenfalls das T-Shirt für die Schultern gekauft«, antwortete Chefeinkäufer Franz ganz in Gedanken. »Und den Hut, damit sie nicht auch noch einen Sonnenstich kriegte.«
Und ich war noch etwas irritiert.

»Was für ein Pool war das, Natalie?«

»Na, 'n Quirlpool, der macht so lauter Blasen«, erklärte Natalie selbstbewußt.

»Nicht Quirlpool. Whirlpool, Natalie, Whirlpool.«

»Ja, genau«, gab Natalie unbekümmert zurück, die gerade am Kleiderständer kramte. Sie zog einen Bügel heraus.

»Herzchen, hier ist dein Kleid, bereit für die erste Anprobe.«
Kichernd zog ich mich um. Der Quirlpool ging mir nicht aus

dem Kopf. Natalie war wirklich einmalig. Und als Schneiderin hatte sie sich wieder mal selbst übertroffen.

»Toll, Natalie«, lobte ich sie bewundernd, während ich mein Spiegelbild betrachtete.

»Von wegen toll«, nuschelte Natalie mit Stecknadeln im Mund. »Wenn du so weitermachst, Herzchen, fällst du uns noch eines Tages durch den nächsten Straßengulli. So was Mageres.«

Emsig setzte sie die Nadeln an die Stellen, wo sie das Kleidchen noch enger machen mußte.

»Die Spitze hat genau das richtige Orange«, jubelte ich und berührte andächtig das kostbare Stöffchen.

»Das hebt. Ist auch dringend notwendig, so blaß, wie du bist, mein Herz. Für deinen Hut habe ich dir auch noch eine Borte genäht. Gib ihn mir mal.«

Sie wickelte geschickt das Spitzenband um die Krempe.

»Perfekt«, sagte ich, während ich mein Spiegelbild betrachtete. Zugegebenermaßen sah ich noch etwas kränklich aus, dafür aber wundervoll elegant gekleidet.

Natalie schaute unruhig auf die große altmodische Wanduhr.

»Zeit für dich, Franz«, rief sie ihm zu.

»Nachrichten«, nickte er in meine Richtung und zog sich in das Hinterzimmer zurück.

Franz war immer gut informiert und wollte das auch bleiben. Deshalb schaute er täglich die Nachmittagsnachrichten im Fernsehen.

»Ein Glück«, flüsterte Natalie. »Ich brauche nämlich deine Hilfe, Mona, und der Franz muß davon nichts wissen.«

Nanu? Geheimnisse vor dem Gatten nach fünfzig Jahren Ehe in Liebe und Treue?

»Muß an den Hormonen liegen, wenn man älter wird«, flüsterte Natalie weiter. »Jedenfalls – ich kriege das allein nicht hin, da kann ich so schlecht sehen. Hier, nimm mal die Pinzette, mein Herz.«

Erstaunt nahm ich die kleine Kosmetikpinzette in die Hand, die Natalie mir reichte.

»Und nun?«

Beschämt reckte Natalie ihr kleines Kinn vor und tippte mit dem

Finger darauf. »Ich glaube, ich kriege einen Bart. Da sind lauter Stoppeln, ich kann das fühlen. Wenn der Franz mich küssen will, hab ich immer Angst, daß er das merkt, verstehst du? Die blöden Stoppeln muß man regelmäßig zupfen, sonst krieg ich einen Ziegenbart wie das tapfere Schneiderlein«, jammerte Natalie.

Ach, sie war doch zu süß. Eifrig machte ich mich über die paar überflüssigen Kinnhärchen her und zupfte, was das Zeug hielt.

»Na?« fragte ich, als ich nichts mehr entdecken konnte.

Natalie faßte sich vorsichtig über das malträtierte Kinn. Zufrieden nickte sie. »Alles weg, ein Glück. Ich danke dir, mein Herz. Versprich mir, daß du das dem Franz nie verrätst, ja?«

»Großes Indianerehrenwort«, lachte ich. »Sag mal, Natalie, küßt ihr euch denn noch oft?«

Natalie stieg eine zarte Röte ins Gesicht. »Na ja, ab und zu schon. Aber in letzter Zeit war ich, glaube ich, nicht ganz so lieb zu meinem Franz. Das Älterwerden ist für eine Frau nicht so einfach. Und dann hatte ich immer Angst, daß er diese blöden Stoppeln bemerkt.« Sie sah nun direkt ein wenig betrübt aus.

»Macht euch doch mal einen romantischen Abend, Natalie. Mit Kerzenlicht und Wein. Ach …«, mir fiel die Flasche Rotwein ein, die ich immer noch in der Tasche hatte. »Hier, Natalie, das ist schon mal der Anfang. Gleich heute servierst du den, und ihr zwei trinkt mal ein gutes Schlückchen. Jetzt hast du ja wieder ein glattes Kinn und damit freie Bahn fürs Knutschen.« Amüsiert betrachtete ich meine alte Schneiderfreundin. Sie hatte plötzlich ganz rote Bäckchen.

»Meinst du?« kicherte sie wie ein junges Mädchen.

»Klar doch, immer ran an den Mann«, lachte ich und setzte meinen Hut auf. »Kannst mir ja berichten, wie es war, wenn ich das Kleid abhole, ja?«

Natalie nickte verschwörerisch.

»Tschüs, Franz, schönen Abend«, rief ich Franz mit dem harmlosesten Gesicht der Welt zu.

Wenn der Gute wüßte, was es heute für eine Stunde geschlagen hatte. Na, hier war der Rotwein jedenfalls bestens aufgehoben. Statt gegen Grippe würde er hoffentlich als Liebeslebenbeleber wirken. Ein passendes Rezept für viele Fälle eben.

HYSTERIE

Ruhig noch einen Schuß Öl mehr in die Pfanne.«
Schwungvoll kippte ich etwas von dem guten, aus Maiskeimen gepreßten hinterher. Mein Magen rumorte in freudiger Erwartung einer anständigen Eiweißration in Form von Fischstäbchen aus der Tiefkühltruhe. Der Trick war, daß man die Dinger auf kleiner Flamme langsam erhitzen mußte. Sonst würden sie kohlrabenschwarz und taugten höchstens noch für den Abfalleimer. Ich beförderte gleich den gesamten Packungsinhalt in die Pfanne.

Heute wurde richtig gegessen, schließlich war ich noch in der Rekonvaleszenzphase!

Auf einmal vernahm ich ein zaghaftes Klopfen an der Tür. Sollte das etwa meine temperamentvolle Vivian sein?

»Hallo, Vivian«, begrüßte ich sie erfreut.

»Hallo«, gab sie leise zurück und schlurfte in meine Wohnung.

Ich schaute auf ihre Füße. Sie hatte über ihre Seidenstrümpfe ein paar dicke Wollsocken gezogen. Wollsocken zum Minirock und keine Schuhe. Sehr ungewöhnlich, fand ich.

O herrje, die Fischstäbchen!

»Komm mal mit in die Küche, ich koche gerade«, rief ich ihr über die Schulter zu. Kochen war vielleicht übertrieben, aber in jedem Fall war ich bei der Zubereitung einer nahrhaften Mahlzeit.

Lautlos folgte mir Vivian und ließ sich auf einen Küchenstuhl plumpsen.

»Ich muß nur eben mal die Fischstäbchen wenden, Vivian. Kannst auch ein paar abhaben, das reicht bestimmt für zwei. Mensch, ich hab dich vielleicht vermißt. Am Wochenende lag ich nämlich todsterbensgrippekrank im Bett, und niemand war da. Du warst ja auf dem Schloß, und Adrian hat durchgearbeitet. Nicht eine Minute hat der sich blicken lassen, wie findest du das?«

Emsig drehte ich die gefrorenen, panierten Stücke hin und her. Deckel drauf und erst mal abwarten.

Vivian antwortete nicht. Hatte sie überhaupt zugehört?

»Was ist denn mit dir los?« fragte ich erstaunt.

Da saß sie nun. So gar nicht prachtvoll. Vivian starrte ausdruckslos vor sich hin. Ihre Schminke war verwischt, und die Haare standen ihr in einzelnen Büscheln zu Berge.

»Ich bin völlig fertig«, krächzte Vivian heiser.

»Hast du etwa auch Grippe?« fragte ich besorgt und betrachtete die desolat aussehende Freundin.

»Schlimmer, viel schlimmer«, krächzte Vivian.

Hörte sich an, als hätte sie ausgiebig mit Reißzwecken gegurgelt, die Arme.

Vivian atmete tief durch und wischte mit ihren besockten Füßen auf dem Boden hin und her. »Mona, ich wünschte, ich hätte am Wochenende auch Grippe gehabt. Dann wäre mir so einiges erspart geblieben.« Sie räusperte sich und starrte mit glanzlosen Augen vor sich hin.

»Ach, Vivian, erzähl mal ganz in Ruhe.«

»Gleich. Ich erzähl's dir gleich. Ich hatte jedenfalls nach dem Wochenende so eine Wut im Bauch, daß ich heute genau in der richtigen Stimmung ins Synchronstudio gegangen bin. Erinnerst du dich? Ich hab da doch tatsächlich diese Rolle bekommen, wo ich 'ne hysterische Frau spielen mußte.«

Ich nickte.

»Hysterischer, als ich heute war, schafft das keine, sag ich dir.«

Nun hatte sie doch kurzfristig den Ausdruck satter Befriedigung im Gesicht.

»Geschrien hab ich und gekreischt, du glaubst es nicht. Ich konnte gar nicht mehr aufhören, soviel Schwung hatte ich. Der Regisseur hat vielleicht geguckt.«

»Dabei ist wohl auch das passiert, was?« fragte ich und zeigte grinsend auf Vivians nicht mehr vorhandene Frisur.

Sie befühlte vorsichtig ihren Kopf. »Oje, ja. Da war so eine Stelle in dem Film, da hat sich die Frau die Haare ausgerissen. Da muß ich mir wohl auch automatisch in die Haare gegriffen haben. Deshalb hat der Regisseur mich wohl so komisch gemustert.«

Endlich lächelte sie ein wenig. Aber nur ein wenig. Schon verdüsterten sich ihre Züge wieder.

»Den habe ich jedenfalls platt gemacht. Leider war der Job nicht besonders gut bezahlt. Aber wenigstens konnte ich mich richtig abreagieren. Nur – jetzt bin ich völlig ausgelaugt und durch die Brüllerei auch noch total heiser«, krächzte Vivian mit immer mehr schwindender Stimme.

Ich wendete die Fischstäbchen. Die ganze Küche roch inzwischen etwas unangenehm nach schmorendem Fett.

»Also, Vivian, ich mache dir mal eine heiße Milch mit Honig. Sonst kriegst du gleich keinen Ton mehr raus. Und ich will doch unbedingt wissen, was nun auf dem Schloß passiert ist.«

»Als ich da draußen auf dem Bahnhof ankam, da hat mich ein Chauffeur abgeholt, so einer mit Käppi auf dem Kopf. Gnädige Frau hat er mich genannt und mich in ein Auto gesetzt. Ich glaube, das war ein Rolls-Royce«, erklärte Vivian nun endlich mit düsterer Miene.

»Kein Grund zur Trauer«, unterbrach ich sie.

»Dann fuhren wir zu dem Schloß. Das ist schon ewig im Familienbesitz, haben die mir später erklärt.«

»Wer waren denn ›die‹?« fragte ich.

»Na, Klaus Freiherr von Hohewitz. Der hatte mich doch eingeladen. Und seine Mutter war auch da und drei Brüder und eine Schwester von ihm. Ich könnte die ganze Bagage erschießen. Möglichst mit 'ner weit streuenden abgesägten Schrotflinte, die reißt die größten Löcher.«

Vivians Augen funkelten. Hoffentlich beruhigte die heiße Milch ein wenig. Nicht, daß sie gleich den nächsten hysterischen Anfall bekam.

»Hier, trink das mal!« Ich schob ihr das Glas hin.

»Klaus Freiherr von Hohewitz gab sich also die Ehre, mich in die Räumlichkeiten einzuweisen. Hat 'ne Weile gedauert, weil die so viele Zimmer haben. Totale Verschwendung bei der Wohnungsknappheit heutzutage.«

Ich tippte zur Ermunterung an das Glas. Gehorsam nahm sie endlich einen Schluck. Jetzt hatte sie auch noch einen Milchbart, die Arme.

»Bei der Schloßführung hat er immer eine Hand um meine Hüfte gelegt, der Klaus. Er hat mir ja richtig gut gefallen, aber das war mir schon ein bißchen zu schnell«, krächzte Vivian. »Und dann hat er zu mir gesagt, mach dich mal hübsch, Kleine, gleich wird das Dinner aufgetragen. Findest du eigentlich, daß ich klein bin?«

»Absolut nicht«, erwiderte ich empört.

Wenn Adrian mich Kleine nannte, war das in Ordnung. Schließlich war ich ja seine kleine Schwester, und er sagte das immer ganz zärtlich. Aber so ein dahergelaufener Hohewitz-Freiherr, nee, das konnte ich nicht gutheißen.

»Eben«, sagte Vivian. »Kleine, pah. Das war übrigens nur der harmloseste Spitzname, aber egal. Ich stand dann allein in meinem Zimmer. Da war ein Bett drin, Mensch, da hätten locker fünf Leute nebeneinander drin schlafen können, ohne sich zu berühren. Betten gibt's ...« Vivians Gedanken schweiften ab.

»Welches Kleid hast du denn nun angezogen?« fragte ich.

»Das rote. Mir war eher nach Rot. Ist ja auch 'ne majestätische Farbe, oder?«

Wie dem auch sei, wenn Vivian nach Rot gewesen war, dann war das schon o.k.

»Ich kam dann so die Treppe runter. 'ne Treppe wie in ›Vom Winde verweht‹. Wo die Scarlett immer wandelte, weißt du?«

Konnte ich mir vorstellen. Allerdings war deren elegante Garderobe sicher nicht unbedingt mit Vivians Kleidchen vergleichbar.

»Unten stand diese Familie. Ich weiß nicht, warum, aber ich hatte mir eingebildet, daß der Klaus Freiherr von, ist ja auch egal, ja, daß wir allein essen würden. Da war ich denn doch überrascht, als da lauter Brüder und die Mutter und 'ne Schwester standen. Aber die haben auch etwas verdutzt geguckt, als ich auftauchte.«

»Warum, hat der Klaus dich nicht avisiert?«

Meine Fischstäbchen waren inzwischen trotz der Strategie mit viel Fett und kleiner Flamme etwas verkokelt. Bevor sie sich komplett in Briketts verwandelten, schüttete ich sie auf eine große Platte und stellte zwei Teller hin.

»Doch, doch, die wußten schon, daß ich kommen würde. Nur – meine Kleidung schien die etwas zu irritieren.«

»Wieso?«

So ein Ärger, diese blöden Fischstäbchen waren außen dunkelbraunschwarz und innen dafür noch kalt. Wenn ich mir schon mal einen Eiweißschub gönnen wollte.

»Wieso? Na, die Herren trugen allesamt Smoking. Und die Damen lange schwarze Abendkleider. Die Mutter dazu Brillantschmuck, die Tochter Perlen. Und ich hatte nicht mal 'ne mickerige Silberkette um den Hals. Als erstes kicherte die Schwester total bescheuert los, zeigte auf meine nackten Beine und flüsterte ihrer Brillantenmutter was zu. Kannst du dir ausmalen, wie man sich da fühlt? Diese Schwester kicherte übrigens die ganze Zeit über – egal, was ich tat oder sagte. Meinste, die haben bei den Adels immer noch so viel Inzucht, daß die im Laufe der Generationen verblöden?«

Ich zuckte grinsend mit den Schultern. In den Kreisen kannte ich mich nicht so aus.

»Nicht, daß ich mich danebenbenommen hätte. Daß man bei sechs Gängen die Bestecke immer von außen nimmt, weiß ich schließlich, und wie man so 'nen verdammten Hummer knackt, auch. Aber denen konnte ich trotzdem nichts recht machen. Als ich sagte, das schmecke prima, da zog die Alte nur die Augenbrauen hoch. Dann verbesserte sie mich wie so 'n Schulmeister und meinte, das Essen sei nicht prima, sondern französisch und ausgesprochen delikat. Am liebsten hätte ich ihr sofort 'ne Hummerschere in die Ohren gestopft, aber ich wollte Klaus ja nicht blamieren.«

Hummer. Sehnsüchtig gedachte ich dieser köstlichen Schalentiere und kaute auf den Fischstäbchen herum, die so überhaupt nicht rutschen wollten.

»Und die Brüder, wie waren die so?«

»Die taten, als wäre ich Luft. Jedenfalls, was die Gespräche anging. Niemand hat mit mir direkt geredet. Klaus übrigens bei Tisch auch nicht. Aber gestiert haben sie immer wieder. Und ich konnte ganz deutlich hören, daß der eine zu Klaus sagte ›geile Braut‹. Das soll nun der vornehme Adel sein? ›Prima‹ ist falsch und muß ›delikat‹ heißen. Aber geil, das dürfen die über mich sagen, diese dekadenten Typen.« Vivians Stimme kippte angesichts dieses Wutausbruches noch ein bißchen mehr in Richtung Stimmbruch-Sound.

Es klingelte.

»Das muß Edgar sein«, erklärte ich und erhob mich.

Vivian schaute mich erschrocken an. »Edgar? Oje, so wie ich aussehe? Ich habe nicht mal einen Lippenstift dabei«, jammerte sie krächzend.

»Den brauchste auch für Edgar nicht. Frauen beeindrucken ihn nicht so, wenn du verstehst, was ich meine. Außerdem ist er ein guter Freund, also reg dich ab.«

Edgar kam gut gelaunt in die Küche marschiert. »Hier stinkt's nach Fisch«, sagte er naserümpfend.

»Fischstäbchen«, sagte ich und deutete auf den Teller, der immer noch ziemlich voll war. Bisher hatte ich nur zwei mit Mühe gegessen.

»Setz dich, Edgar. Edgar, das ist übrigens meine Freundin Vivian. Sie erzählt gerade, was sie am Wochenende bei einer Einladung zu Adels auf einem Schloß erlebt hat.«

Mein Aktmodell schüttelte Vivian herzlich die Hand. »Bei Adels? Na, war bestimmt schick, oder?«

»Von wegen. Eine total dekadente Familie«, krächzte Vivian. »Also, nach dem Abendessen gingen wir dann in den Salon. Die Brüder standen in der einen Ecke und rauchten stinkende Zigarren. Deine Fischstäbchen sind nichts dagegen, Mona. Und ich mußte mich mit Mutter und Schwester in die Tee-Ecke setzen. Mir war eher nach 'nem anständigen Drink, aber da war ich schon so eingeschüchtert, daß ich mich das nicht mehr zu sagen getraut habe. Die Mutter fragte mich schließlich: ›Wo kauft man denn so was?‹ und zeigte auf mein Kleid. Dazu kicherte die verblödete Schwester natürlich wieder. Da hab ich geantwortet – nur so aus Bock und um sie zu ärgern –, auf dem Flohmarkt. Den Rest des Tees haben wir dann schweigend getrunken.«

»Du hast da Milch auf der Oberlippe«, sagte Edgar zu Vivian.

Vivian wischte sich mit dem Handrücken über den Mund. »Oh, weg?«

Edgar nickte. »Und nach dem Tee?« fragte er nun interessiert. Er liebte Frauengeschichten.

»Da geleitete mich dann der Freiherr Klaus von Hohewitz auf mein Zimmer. Er meinte, seine Familie sei gewiß etwas schwierig, aber das sei nur am Anfang so. Beim Frühstück würde das bestimmt schon besser, versicherte er mir. Und müde war er, so daß ich mich gar nicht weiter mit ihm unterhalten konnte.«

»Na, wenigstens hat er nicht auf 'ne gemeinsame Nacht mit dir spekuliert«, sagte ich tröstend.

»Keine Ahnung, wer auf 'ne gemeinsame Nacht mit mir aus war. Ich habe die Tür verschlossen und nicht aus den Augen gelassen. Stellt euch vor, zweimal wurde die Klinke nach unten gedrückt. Ich weiß bis heute nicht, ob er das war oder einer seiner mißratenen Brüder«, krächzte Vivian.

Die heiße Honigmilch schien überhaupt nicht zu helfen.

Vivian hielt sich die Hände vors Gesicht und murmelte: »Das Schlimmste kommt aber noch. Wenn ich an diese Blamage denke, wird mir ganz anders.« Jetzt ließ sie die Hände wieder sinken und sammelte sich. »Wir saßen also beim Frühstück. Es gab Unmengen von Essen, vom Rührei mit Würstchen, Speck, Schinken bis hin zu Lachs, Marmelade und Cornflakes, Käse und noch so einiges mehr.«

Warum lud mich nur nie jemand auf ein Schloß ein? Meinetwegen konnten die mich alle anschweigen, wenn ich nur in Ruhe alles in mich hineinfuttern durfte.

»Von wegen, beim Frühstück wäre alles viel besser. Keiner aus der Familie war über Nacht auch nur im geringsten aufgetaut. Es war 'ne Stimmung, bei der echt nur noch das Eiswürfelklirren fehlte. Übrigens hatte ich Hose und Pullover an, Mona. Du hattest mir doch geraten, etwas Sportives mitzunehmen. Also war ich wenigstens beim Frühstück richtig angezogen. Und ich dachte noch so, daß der Klaus vielleicht mal mit mir allein einen Spaziergang machen würde. Die Strickjacke dafür hatte ich schon unten an die Garderobe gehängt. Und das war ein großer, ein sehr großer Fehler«, jammerte Vivian.

»Verstehe ich nicht, war's zu kalt im Frühstückszimmer?« fragte Edgar.

»Nee, da kommt ihr nie im ganzen Leben drauf. O Gott, war das peinlich, peinlicher geht's wirklich nicht.«

Sowohl Edgar als auch ich hatten uns vorgebeugt, damit uns bloß kein einziges Wort von Vivian entging.

»Nun erzähl schon«, ermutigte ich sie.

»Wir saßen also alle sieben um die Frühstückstafel herum. Außerdem waren noch zwei Bedienstete im Zimmer, die immer so die Platten reichten, versteht ihr?«

»Ja!« sagten Edgar und ich gleichzeitig.

»Ja. Und dann kam ein Zimmermädchen rein. Mit meiner Strickjacke in der Hand. Ich wußte ja auch nicht, was das sollte. Die hatte wohl gerade die untere Etage aufgeräumt und war dabei auf meine Jacke gestoßen. Alle schauten vom Essen auf und sie an. Und dann ist es passiert!« Vivian sinnierte kurz, bevor sie weitersprach. »Dieses Zimmermädchen hielt meine Strickjacke hoch und sagte: ›Entschuldigen Sie bitte die Störung, aber wem gehört eigentlich diese Jacke?‹ Da hab ich geantwortet, daß das meine sei. Stimmte ja schließlich auch. Das Zimmermädchen guckte erst etwas unschlüssig und meinte dann: ›Oh, na ja, wir können später darüber reden.‹ Aber da trat die Mutter in Aktion. Sie pfiff das Zimmermädchen zurück und sagte in schneidendem Ton: ›Bring mal die Jacke hierher. Was ist denn damit?‹ Na ja, das Zimmermädchen warf mir noch einen irgendwie entschuldigenden Blick zu und überreichte ihr die Jacke. Dabei tippte sie auf eine Stelle vorn an der Knopfleiste. Wie ein Geier stürzte sich die Alte auf meine schöne Strickjacke, fixierte die Stelle und piekte plötzlich ihren Finger durch die Maschen. Und wißt ihr, was sie dann gesagt hat?«

Edgar und ich schüttelten synchron den Kopf.

»›Motten‹, sagte sie, ›Motten‹!« krächzte Vivian kläglich. »Und in so einem Ton, als wäre meine Strickjacke total durchlöchert. Dann sagte sie noch: ›Das Ding ist voller Mottenfraß.‹«

In meinem Kopf klickte etwas. Ein vertrautes Gefühl, das mich umgehend zu meinem Skizzenblock greifen ließ. Mottenfraß, das klang nach kleinen, vampirhaften Wesen mit spitzen Beißerchen. Schon malte ich drauflos.

»Vampir«, murmelte ich dabei. Ein wunderbarer Titel für ein

Bild. Das Untier mit Flügeln und gemeinen Zähnchen setzte ich einem nackten Mann auf die Schulter.

»Vampir?« sagte Vivian irritiert. »Nee, Motten. Und sie sagte, wenn man einmal Motten im Haus hätte, dann wär das ein großes Unglück. Nun müsse sie überall Mottenstrips auslegen lassen, nur wegen einer Strickjacke, die die Motten eingeschleppt habe. Eingeschleppt!« Vivian stöhnte.

Mir fiel derweil die Anzeigenlady von der Tageszeitung wieder ein. Die hatte doch so lange Krallen mit einem vampirhaften lila Nagellack gehabt.

»Lila«, entfuhr es mir. Das war doch die ideale Farbgebung für mein neues Vampirbild.

»Die Strickjacke war braun und nicht lila«, maulte Vivian, »aber die Story ist noch nicht zu Ende. Die Gesellschaft war ganz schön in Aufruhr geraten. Wie immer kicherte nur die blöde Schwester. Zwischen ihrer Kicherei prustete sie plötzlich: ›Flohmarkt. Die da kauft ihre Sachen doch immer auf dem Flohmarkt, hat sie uns gestern selbst erzählt. Würde mich nicht wundern, wenn die außer Motten auch noch Flöhe hätte.‹ Flöhe!!! Ist das nicht 'ne Frechheit?«

»Auweia«, sagte Edgar nur.

Vivian mußte grinsen. »Da haben sich auf einmal alle angefangen zu kratzen. Auch der Klaus. Der hatte ein total versteinertes Gesicht und kratzte nervös an sich herum.«

»Wie hast du dich denn aus dieser verfahrenen Situation gerettet?« fragte ich.

»Na, meine Strickjacke hab ich der Alten aus der Hand gerissen. Dann hab ich zu der Mutter gesagt, sie solle sich mal besser um die Erziehung ihrer Tochter kümmern. Weil die so weltfremd sei, daß sie nicht mal wisse, was ein Flohmarkt sei. Und außerdem hab ich ihr gesagt, daß sie eine Kühlschrankatmosphäre in ihrer Familie habe, wie ich sie noch nie erlebt hätte. Und daß ich lieber mit meiner Familie gemütlich Butterbrote essen würde als in ihrer Hummer, weil man bei mir zu Hause wenigstens nicht zum Lachen in den Keller gehen müsse. Danach bin ich Hals über Kopf abgereist. Sonst wär ich wohl auch noch für deren Blattläuse im Rosenbeet verantwortlich gewesen.«

Edgar bog sich vor Lachen. »Na, dann hattest du ja wenigstens einen guten Abgang. Nimm es einfach als Gastspiel, Vivian«, sagte er und lachte weiter.

Ich tätschelte tröstend Vivians Hand. »Edgar hat recht, Vivian. Hake das Gastspiel ab. Um die Adels ist es nicht schade. Aber – laßt uns im Atelier weiterreden. Sonst habe ich kein Licht mehr. Edgar, macht es dir etwas aus, wenn Vivian beim Malen dabei ist?«

»Überhaupt nicht, dann ist es nicht so langweilig«, grinste Edgar immer noch. »Aber diesmal muß ich nicht wieder acht Stunden lang stehen, Mona, oder?«

»Nein, du Armer. Ich habe beim letzten Mal einfach die ganzen Skizzen machen müssen. Inzwischen ist alles Wesentliche schon längst auf der Leinwand. Nur für die letzten Feinheiten, da brauche ich noch mal deinen Luxuskörper.«

Er zog sich aus, nahm die Sonnengreiferposition ein, und ich schwelgte in leuchtenden Farben. Die Männergestalt hatte eine wunderbare Form dank Edgar bekommen, der beim Recken Richtung imaginärer Sonne herrliche Muskeln sichtbar werden ließ. Zufrieden widmete ich mich nun der Betonung der einzelnen Körperpartien mit warmen Gelb- und Orangetönen.

Neben mir krächzte Vivian empört weiter: »Der Klaus-Freiherr-Witzbold hat mich übrigens nicht ein einziges Mal mit meinem richtigen Namen angesprochen. Zuerst war ich immer die Kleine. Danach hat er mich immer Vivi genannt, das klang aber, so wie er es ausgesprochen hat, eher wie Fiffi. So heißen doch nur kleine Schoßhunde, oder? Hat nur noch gefehlt, daß er mir den Befehl zum Männchenmachen gegeben hätte.«

»Solchen Typen müßte einfach mal jemand ausgiebig ans Bein pinkeln«, sagte Edgar so gar nicht fein und adelsgerecht.

»Genau«, meinte Vivian bei dieser Vorstellung hoch zufrieden. »Eigentlich bin ich froh, daß ich den los bin. Er behandelte mich schlecht, also würde er auch später unsere Kinder schlecht behandeln. Ein Mann, der ein schlechter Vater ist, kommt für mich nicht in Frage.«

Vivian hatte wirklich eine entwaffnende Logik. Hauptsache, sie weinte dem Adelssproß keine Träne mehr nach.

Jetzt nur noch ein wenig mehr Orange auf den glühenden Sonnenball, ja, so, und noch ein Tupfer. Ich trat ein Stück zurück.

»Ich hab's!« sagte ich zufrieden. »Edgar, entspann dich, aber noch nicht gucken. Ich muß es erst signieren. Einen Moment noch.«

Schwungvoll setzte ich meine Initialen in die untere Ecke. ML. Fertig.

»Ta-ta!« trompetete ich und machte beiden ein Zeichen, sich mein neuestes Werk anzuschauen.

»Klasse«, sagte der inzwischen angezogene Edgar anerkennend und klopfte mir auf die Schulter.

»Ausgesprochen delikat«, flötete Vivian mit spitzem Mündchen und drückte herzlich meinen Arm.

»Hoffentlich gefällt es dem Adrian auch«, sagte ich.

»Ganz bestimmt, das Bild ist doch ein Traum. Dagegen können die im Museum einpacken.« Vivian war voll und ganz von meinem Werk überzeugt. »Ach, übrigens«, sie klatschte sich mit der flachen Hand gegen die Stirn, »hab ich ja in der Aufregung ganz vergessen, dir zu erzählen. Eine totale Sensation. Rate mal, wer beim Kanzleifest von Dr. Adrian Linde noch dabei ist?«

»Na, doch wohl nicht dein blöder Witzbold-Freiherr?«

»Nein, ganz falsch. Ich! Ja, ehrlich, ich!«

»Du?« fragte ich überrascht. Vivian und Adrian kannten sich zwar flüchtig durch ein, zwei Zusammentreffen in meiner Wohnung. Aber daß der korrekte Adrian von meiner verrückten Vivian besonders begeistert war, konnte man nicht gerade behaupten.

»Ja, und ob. Dein Bruder hat das Büfett für seine Kanzleieröffnung nämlich bei meinem Arbeitgeber bestellt. ›Party total‹, klar? Und ich habe an dem Tag Kellnereinsatz, wie findest du das? Ich finde es jedenfalls toll. Da kann ich doch live miterleben, wie er sich über das Bild freut.«

Mein Blick fiel auf die Skizze mit dem Vampirbild. Kichernd erwiderte ich: »Tu mir nur einen Gefallen, Vivian, und laß deine Mottenfraßstrickjacke zu Hause. Die Freundin meines Bruders ist nämlich auch so eine dekadente Kuh und schickt dir sonst umgehend die Kammerjäger auf den Hals.«

»Und du lüfte mal lieber anständig, sonst kann ich dir gleich den Kammerjäger hochschicken, um den Geruch von toten Fischstäbchen zu bekämpfen«, neckte sie zurück.

CHIRURGIE

Habt ihr die Türklingel gar nicht gehört?« fragte ich Natalie und Franz. Ich stand bereits im Hinterzimmer der Schneiderei und schaute die beiden wohlwollend an. Hand in Hand saßen sie auf ihrem Sofa und guckten Fernsehen, diesmal gemeinsam. Es gab gerade die Mittagsnachrichten.

Natalie fuhr erschrocken hoch.

»Mona, mein Herz, ach, du bist es. Du willst bestimmt dein Kleid abholen. Es ist auch alles fertig. Ich muß dir nur noch eben die Spitzenborte an deine Hutkrempe steppen. Mit zwei Stichen, dann kannst du sie später wieder abtrennen.« Sie stand auf und ging mit mir gemeinsam in den kleinen Ladenraum.

»Na, wie war neulich euer Rotwein-Dinner?« erkundigte ich mich flüsternd, als wir aus Franz' Hörweite waren.

Natalie legte verschwörerisch einen Finger auf den Mund und schloß schnell die Tür zum Hinterzimmer. »Zuerst war der Franz ganz verdattert. So mit Kerzen und so, das machen wir ja normalerweise nicht beim Abendbrot. Als ich ihm dann auch noch die Rotweinflasche hingestellt habe, da hat er erst mal ziemlich lange nach einem Korkenzieher gesucht, weil wir den so ewig nicht mehr benutzt haben. Sonst trinken wir doch immer nur Apfelsaft oder Orangensaft. Die Flaschen heutzutage haben ja alle diese praktischen Drehverschlüsse.«

»Und dann?« fragte ich ungeduldig.

»Dann hat er den Korkenzieher endlich gefunden.«

Natalie machte es aber spannend.

»Ja, und?« Weiter im Text, Natalie, erzähl schon. War es nun ein Revival mit Knutscherei oder nicht?

»Wir haben die ganze Flasche ausgetrunken!«

Schon mal nicht schlecht. Ob es wohl indiskret war, wenn ich jetzt weiterbohrte? Bestimmt war es sehr, sehr indiskret. Aber ich konnte einfach nicht anders.

»Natalie, äh, wie hast du dich so gefühlt?« fragte ich vorsichtig und bemühte mich, nicht allzu sensationslüstern auszusehen.

»Ich hatte einen Schwips, einen richtig netten kleinen Schwips«, gluckste Natalie. »Der Franz, glaube ich, auch. Richtig beschwingt war der auf einmal. Und keine Rede mehr von den Spätnachrichten.«

»Aha. Na, prima. Ist euch vielleicht doch etwas Besseres eingefallen, als die Spätnachrichten zu gucken?«

Eine leichte Röte überzog Natalies Wangen.

»Also, über so was spricht man ja eigentlich nicht. Aber, na, wie soll ich sagen?« Sie strich sich den Rock glatt und senkte verschämt den Blick. »Der Franz, weißt du, der ist eben – ein richtiger Mann, verstehst du?«

Und ob ich verstand. Mensch, diese Ehe war wirklich intakt. Ab und zu eine kleine Alltagsunterbrechung, und wenn's nur mal statt Apfelsaft ein Fläschchen Rotwein gab – schon funkte es wieder.

»Wollen wir den Franz mal testen?« fragte Natalie plötzlich und hatte dabei direkt ein lausbübisches Funkeln in den Augen.

»Wie denn?«

»Wirste schon sehen. Paß mal auf.«

Natalie ging zum Hinterzimmer, nickte mir noch mal vertraulich zu und öffnete die Tür.

»Franz«, rief sie ihm zu, »mir fällt gerade etwas ein.«

Franz schaute sie nur an mit diesem Ausdruck »Du-weißt-doch-genau-daß-ich-bei-den-Nachrichten-gar-nicht-gestört-werden-will«.

»Franz, ich habe gerade überlegt, ob wir nicht zum Abendessen mal wieder einen guten Rotwein trinken wollen.«

Ein Leuchten ging über Franzemanns Gesicht. Man konnte kaum so schnell gucken, wie der Gute den Fernseher ausknipste und sich in seinen Mantel schwang.

»Siehste, funktioniert«, kicherte Natalie.

»Hallo, Papa, findest du nicht auch, daß sich unsere Natalie mal wieder selbst übertroffen hat?«

Fröhlich pendelte ich in meinem neuen Kleid zwischen meinem

großen Spiegel und Papas Bild hin und her. Ein Modellkleid war eben ein Modellkleid. Es saß hervorragend, und die orange Spitze wiederholte sich farblich tatsächlich auch an einigen Stellen in dem Sonnengreiferbild. Vorsichtig befühlte ich noch mal zur Sicherheit mit den Fingerspitzen das Geschenk für Adrian.

»Perfekt«, murmelte ich. Die Farbe war gut durchgetrocknet und das Gemälde damit transportfähig. Sorgfältig wickelte ich es in einige Decken und verschnürte das große Paket. Adrian würde Augen machen!

So, jetzt brauchte ich nur noch die Bohrmaschine und Schrauben und Dübel zum Anbringen. Ich packte hochkonzentriert meine Handwerkertasche und wartete auf das bestellte Lastentaxi.

»Bloß nirgends anstoßen, das ist ein empfindliches Bild«, warnte ich die beiden Träger, die pünktlich auftauchten.

»Nö, das machen wir schon. Keine Sorge, junge Frau«, beruhigte mich der ältere der beiden. »Netter Hut«, grinste er und deutete auf mein Prachtstück.

»Danke für das Kompliment«, erwiderte ich und zupfte an der Spitzenborte, die mir bis auf die Schulter fiel. Das würde bestimmt ein schöner Tag werden.

Gemeinsam gingen wir schließlich die Treppe hinab, und ich betete, daß nicht in letzter Sekunde noch etwas schiefging. Aber alles klappte bestens.

Schon im Hausflur der Kanzlei hörte man Musik und Stimmengewirr. Die Party war wohl in vollem Gange.

»Hallo, Brüderchen, herzlichen Glückwunsch zur Eröffnung.« Stürmisch umarmte ich Adrian.

»Hallo, Kleine«, lächelte er mich an. »Na, hätte ich mir ja denken können, das mußte wohl sein, was?«

Adrian meinte meinen dekorierten Herrenhut, der ihn immer wieder irritierte. Plötzlich nahm er hinter mir meine Träger und das überdimensionale Tragegut wahr. Nun war er noch irritierter, der frischgebackene Herr Doktor.

»Das ist dein Geschenk, Adrian. Ein Bild für dich von Mona Lisa

Linde. Ich bringe es dir nachher gleich an. Am besten vielleicht, wenn alle weg sind, dann stört die Bohrmaschine nicht so.« Übermütig schwenkte ich meinen Werkzeugkoffer.

Hinter Adrian tauchte seine Freundin Sibille auf.

»Hast du eine neue Handtasche, Mona?« fragte sie mißbilligend.

»Sieht das etwa aus wie eine Handtasche?« entgegnete ich patzig.

»Bei dir kann man nie wissen«, sagte sie mit schneidender Stimme.

Dafür bei dir immer, du Einfaltspinsel. Sämtliche Sibille-Handtaschen hatten irgendwo ein deutlich sichtbares Designerlogo drauf. Meistens in Gold, das glänzte so schön. Doch heute war Adrians Tag, und ich würde mich zur Abwechslung mal nicht mit seiner mir verhaßten Freundin streiten. Aber eine Gesellschaftszicke war und blieb sie trotzdem.

Zuckersüß lächelte ich sie an. »Du siehst heute – ganz nett aus, Sibille«, quetschte ich hervor.

Sie trug ein vorn und hinten hochgeschlossenes Kleid mit langen Ärmeln. Bloß keine Haut zeigen, könnte ja zur Abwechslung mal statt langweilig verführerisch aussehen. Ein Wunder, daß ihr Dreß nicht auch noch oben in 'nem Rollkragen endete. Als besonderen Clou hatte sie sich ihr obligatorisches Hermès-Seidentuch diesmal um die Taille gedreht. Das fand sie für ihre konservativen Verhältnisse bestimmt ausgesprochen flippig.

»Geh mal durch die Räume, die meisten Leute sind im Moment im Vorzimmer, schau dir einfach alles in Ruhe an«, unterbrach Adrian unsere krampfhafte Konversation hastig und schob mich von Sibille weg.

Dadurch blieb mir wenigstens ihr Kommentar zu meinem Outfit erspart. Orange war für sie ja sicher zu grell oder gar shocking.

Mhm, Champagner. Ich trank ein Schlückchen des gut gekühlten Getränks, das mir soeben ein Kellner von ›Party total‹ angeboten hatte. Wo steckte überhaupt Vivian?

»Mein Mann sagt immer, ich soll allein einkaufen gehen«, meinte eine Dame direkt neben mir, die mit einer anderen im Gespräch war. Mit dem Kopf deutete sie dabei in Richtung ihres Gatten, der direkt zwischen den beiden stand und eher weghörte.

Ich nippte an dem Champagner und beschloß, mal ein wenig zu lauschen.

»Weißt du, Clara, ich liebe nichts und niemanden.«

Puh, und was war mit dem Gatten? Vielleicht sollte ich sie stoppen, bevor dem der Inhalt dieser vernichtenden Aussage so richtig bewußt wurde. Zu spät. Sie plauderte weiter, als wäre er Luft.

»Clara, es ist zwar traurig, aber wie gesagt, ich liebe nichts und niemanden. Außer ...«

Na, was kam nun? Der Gatte hatte ihr zwischendurch einen desinteressierten Blick zugeworfen. Sonst nichts. Kein Skandal, keine Szene. Der war wohl mindestens so abgebrüht wie seine holde ihm Angetraute.

»Außer – Paris. Ja, Paris, das liebe ich wirklich.«

»Ach«, entfuhr es mir. Damit hatte ich nicht gerechnet. Zum Glück beachteten mich die Damen nicht weiter.

»Ich verstehe dich, meine Gute. Paris kann man wirklich lieben.«

Nee, die andere stimmte da auch noch ein. Kaum zu glauben.

»Mona«, hörte ich plötzlich eine vertraute Stimme.

Ich drehte mich von den Parisliebhaberinnen weg. Hatte auch vorerst genug gehört, fand ich.

»Vivian, dich hab ich schon gesucht«, begrüßte ich sie freudig.

Vivian balancierte eine große Platte mit Häppchen drauf. Aber auch sie selbst sah sehr appetitlich aus. Schwarzer Minirock, tief ausgeschnittenes weißes Blüschen und ein weißes Spitzenschürzchen.

»Greif dir mal schnell einen Teller da drüben. Und dann nimm dir was zu essen. Unsere Häppchen sind echt köstlich«, sagte Vivian.

Gierig betrachtete ich die große Auswahl auf der Silberplatte.

»Shrimps vielleicht? O ja, und Lachs, wie lecker. Das Roastbeef ist sicher auch gut, und die Käsecreme?«

»Die ist hervorragend. Außerdem kann ich dir die Gänseleberpastete mit Trüffeln empfehlen«, sagte Vivian eifrig.

Endlich durfte ich mal wieder ausgiebig schlemmen. Schon gut, daß der Adrian nun eine Kanzlei hatte, die man eröffnen mußte.

»Na, mehr ging wohl nicht drauf«, vernahm ich Sibille. Tadelnd musterte sie den Haufen Häppchen auf meinem Teller.

»Stimmt. Leider«, sagte ich kauend. Die Gänseleberpastete war wirklich ein Hochgenuß. »Aber ich kann mir ja noch mal nachnehmen, nicht?«

Sibille verzog das Gesicht, als hätte sie chronisch hartnäckige Zahnschmerzen samt Kieferhöhlenvereiterung und akuten parodontösen Entzündungsherden.

»Mit wem unterhältst du dich denn, Sibille? Stell mich doch mal vor«, sagte nun eine Frau.

Ich musterte sie. Spitze Nase, schmale Lippen, heruntergezogene Mundwinkel, langärmeliges, hochgeschlossenes Kleid. Das konnte nur Sibilles Erzeugerin sein.

»Mutter, das ist Mona Linde«, sagte Sibille säuerlich.

Mutter. Wer nannte denn seine Mutter »Mutter«? Mami oder Mutti oder Mama oder auch neumodisch amerikanisch Ma. Aber »Mutter« … Typisch Sibille.

»Mona *Lisa* Linde«, sagte ich hoheitsvoll. Schließlich hatte ich gleich zwei ganz entzückende Vornamen.

»Sie ist Sprachlehrerin«, sagte Sibille derart verächtlich, als würde ich nachts Kanaldeckel mit 'ner Zahnbürste putzen.

»Lehrerin?« fragte prompt die Mutter gedehnt. »Sie arbeiten noch?«

Na, die war gut. Schließlich war ich erst sechsundzwanzig Jahre alt. Bißchen früh für Rente.

»Ja, stellen Sie sich vor, ich habe ein schweres Schicksal. Der Goldesel in meinem Keller streikt nämlich gerade zur Zeit.«

Während ich aufmerksam beobachtete, wie Mutter nach Luft schnappte, biß ich herzhaft in das Roastbeefsandwich. Ich befürchtete allerdings, sie würde gleich loskeifen, denn was Sibille so gern tat, hatte sie bestimmt von Mutter gelernt, und so verdrückte ich mich lieber schnell.

»Magst du Camembert oder lieber Ziegenkäse?« flüsterte Vivian, die mit einer neuen Platte bewaffnet war.

»Beides«, antwortete ich und gönnte mir eine weitere Teller-
ladung.

Schon seit einiger Zeit war mir eine kleine Gruppe Frauen aufgefallen, die einen einzelnen, gutaussehenden Mann umringte. Sie
lauschten ihm andächtig.

»Kunst«, drang an mein Ohr. Da mußte ich dringend hin. Hier
schien ein Gespräch im Gange zu sein, das für mich vielleicht
sehr interessant sein könnte.

»Kunst?« fragte ich vorsichtig, als ich zu der Gruppe stieß.

Sofort rückten die Damen etwas zusammen und nahmen mich in
ihren Kreis auf. Logisch. Kunstliebhaber sind eben nette Menschen.

»Kunst!« wiederholte der Mann inbrünstig und nickte dazu bedeutungsvoll. »Plastische Chirurgie ist nun mal wahre Kunst.«

Chirurgie? Plastische?

Die Frauen schauten ihn an, als wäre er ein Prophet oder ein
Guru oder so was Ähnliches.

»Herr Doktor Jung, das haben Sie aber schön ausgedrückt«, flötete die Dame neben mir. Sie trug eine überdimensionale dunkle
Sonnenbrille. »Doktor Jung ist nämlich Schönheitschirurg«, erklärte sie mir schnell, damit ich auch im Bilde war.

Doktor Jung. Immerhin – er hatte den passenden Namen für
seine Profession. Wahrscheinlich hatte er sich umtaufen lassen,
überlegte ich. Dann war das wohl eher sein – na, Künstlername.
Jetzt, wo ich ihn von nahem betrachten konnte, fand ich, daß er
ziemlich geleckt aussah. Jedes der sorgfältig frisierten Härchen
saß an seinem Platz. Sonnengebräunt war er auch, nicht zuviel und nicht zu wenig. Und insgesamt einfach sehr – straff.
Wahrscheinlich doktorte er auch heimlich an sich selbst herum.

»Jeder Schnitt muß sitzen«, referierte er nun. »Auch beim
Fettabsaugen kommt es auf die perfekte Form an. Da muß
man modellieren, den Schenkel in seine ideale Gestalt bringen.«

Eine der Damen schaute schuldbewußt auf ihre rundlichen Beinchen.

Hey, Herr Doktor, mach einfach weiter mit deiner Fettsülzerei. Der nächste Auftrag zum Schenkelmodellieren lacht bestimmt!

»Es gibt auch Arbeiten, die gewissermaßen eine Weitsicht verlangen, einen Blick in die Zukunft«, erklärte er. »Zum Beispiel bei Nasen. Einige Nasen altern ungünstig, verstehen Sie? Mit einem kleinen Eingriff ist das zu korrigieren. Und bei Nasen – ich kann Ihnen sagen –, da darf nur ein Künstler ran. Also, ich möchte mich ja nicht selbst als solchen bezeichnen, aber ich bin in der Lage, perfekte Nasen zu machen«, kokettierte er in einem kurzfristigen Anfall falscher Bescheidenheit. Ein Nasenkünstler also.

»Und was er mit meinem Gesicht gemacht hat, einfach wunderbar«, jubelte nun die Sonnenbrillenlady.

Wir Damen rückten neugierig noch enger zusammen. Ich schluckte den Camembert runter. Es schien spannend zu werden.

»Ein kleines Facelifting. Und die Augenlider, die Augenlider kann er so wunderbar. Das wußte ich schon von meiner Freundin. Von Lilli.«

»Ich war leider bei einem anderen Arzt. Hätte ich nur auch auf Lilli gehört«, stöhnte die wohl älteste Frau in der Runde.

Ja, hätte sie nur. Eines ihrer operierten Guckerchen sah aus wie ein ziemlich mißlungenes Triefauge.

»Tut die Schnippelei nicht schrecklich weh?« fragte ich voller Anteilnahme.

»Wer schön sein will, muß leiden«, kicherte die Sonnenbrillenfrau. »Als ich aufgewacht bin, war mein Gesicht verbunden, und essen konnte ich zu Anfang auch nicht«, erzählte sie offenherzig uns atemlos Lauschenden.

Wahrscheinlich war sie bandagiert wie 'ne Mumie und konnte die Nahrung nur durch 'nen Strohhalm lutschen. Aber von nix kommt nix. Wie gesagt, wer schön sein will …

»Und jetzt ist es bis auf eine klitzekleine Nachoperation schon fast perfekt«, freute sie sich.

Dann kam ihr großer Moment. Sie nahm die Sonnenbrille ab.

»Toll. Viel besser als vorher«, raunten die Damen.

Toll?

»Vorher hatte sie Schlupflider«, erklärte der Doktor der bildenden Künste angeekelt.

Schlupflider waren ja auch was Widerliches. Damit konnte sich frau doch nie im Leben unters Volk wagen. Na, jetzt sah sie jedenfalls aus, als wäre sie gerade verprügelt worden. Verzerrte, verschwollene Augen mit blauen Flecken. Wirklich toll, in der Tat ausgesprochen sexy.

»Die Ödeme sind in ein paar Wochen verschwunden. Dann gehen wir noch mal an die Stirn ran. Noch zu viele Falten«, murmelte Doktor Jung.

Wie er die wohl glattbügeln wollte? So, wie die Patientin aussah, hatte sie eh schon die halbe Gesichtshaut irgendwo hinter den Ohren.

Eine der Damen, die so ungefähr meine Größe und Figur hatte, fragte nun schüchtern: »Können Sie auch etwas an der Brust machen, ich meine, vergrößern?«

Natürlich starrten ihr alle sofort auf die hübsche, aber eben eher zart geratene Oberweite.

»Das ist eine meiner Spezialitäten. Auch Brüste können Kunstwerke sein«, antwortete der Arzt lockend.

Ein echter Michelangelo von heute! Der meißelt Nasen einfach um, sorgt dafür, daß möglichst wenige Lider wegschlupfen oder daß Augen nicht bös ins Tränensackansetzen geraten, und bringt sogar kleine weibliche Busen auf Hollywood-Ballonformat. Doktor Jung macht's möglich. Nichts hängt, nichts dellt, nichts faltet sich mehr. Größer oder kleiner, alles kein Problem. Oder doch?

»Sagen Sie, Herr Doktor«, mischte ich mich ein, »ich wäre gern etwas größer. Haben Sie denn auch eine Streckbank in Ihrer Folterkammer?«

Schade, außer mir fand das keiner lustig. Dafür wurde ich ausgiebig gemustert.

»Ihre Lippen!« sagte eine Dame in Pink.

Oh, hatte ich etwa noch etwas Käse am Mund?

»Ihre Lippen. Die haben Sie doch bestimmt mit Kollagen unterspritzen lassen, nicht wahr?«

Schon bei der bloßen Vorstellung, daß mir Doktor Michelangelo mit einer Kollagenspritze zu nahe kam, ließ Gänseleberpastete, Shrimps, Roastbeef, Lachs und Camembert unruhig in meinem Magen hin und her rumpeln.

»Nee, meine Lippen sind echt!« sagte ich empört.

»Das sagen sie alle«, kommentierte Doktor Jungbrunnen hämisch.

»Ich hatte aber schon immer einen großen Mund«, gab ich böse zurück.

Wenn ich mich nicht mit Sibille streiten wollte, dann hieß das noch lange nicht, daß ich nicht dem Schönheitsapostel hier mal gehörig die Meinung geigen konnte. Aber Adrian hatte wohl einer inneren Eingebung folgend den Weg zu mir gefunden und zog mich von der Truppe weg.

»Du hattest wirklich schon immer einen großen Mund«, flüsterte er mir zu. »Aber übertreib's bitte nicht, Mona.«

»Ist ja schon gut. Nur – Adrian, ich dachte immer, daß sich die Frauen der wohlsituierten Männer bei solchen Partys übers Plätzchenbacken oder die lieben Kleinen unterhalten. Vielleicht noch flüsternd über Frauenärzte, so hinter vorgehaltener Hand. Statt dessen quatschen sie öffentlich über Schönheitschirurgen und über Schönheitsoperationen. Gleich vergleichen sie sicher noch die Preise. Und ich werd nun nie erfahren, was es kostet, sich 'nen Silikonbusen verpassen zu lassen.«

Nun mußte auch Adrian grinsen. »Ist auch besser so. Da würdest du sicher in Ohnmacht fallen.«

Konnte ich mir denken. Der Doktor Michelangelo zockte bei seinen Kundinnen bestimmt reichlich ab.

Ich versprach, brav zu sein, und langweilte mich über die nächste Stunde. Man verabredete sich zum Bridge, zur Massage und zur Aromaöltherapie. Das war alles nichts für mich. Kartenspielen konnte ich nicht leiden. Professionelles Mich-durchkneten-Lassen konnte ich mir nicht leisten. Und Aromaöltherapien brauchte ich wohl genausowenig wie die anderen Selbstfindungsaktivitäten, über die die Damen dieser feinen Gesellschaft so plauderten. Jede zweite schien hier 'ne handfeste Identitätskrise zu durchleben. Ich wünschte ihnen jedenfalls alles Gute beim Finden des eigenen Ichs, das sie wohl irgendwann bei der anstrengenden Überwachung ihrer Haushälterinnen verloren haben mußten.

Langsam leerte sich die Kanzlei.

Endlich.

Ich fieberte der Enthüllung des Sonnengreifers entgegen.

ENTHÜLLUNGEN

Erschöpft lockerte Adrian seine Krawatte. »Puh, ganz schön anstrengend«, sagte er und ließ sich auf das Sofa in seinem Kanzleiwartezimmer sinken.

»Aber ein voller Erfolg, Adrian«, flötete Sibille. »Es sind fast alle gekommen, die wir eingeladen haben. Hast du dich auch ausführlich genug mit Herrn Lautenschläger unterhalten, Adrian, wie ich es dir gesagt habe? Seine Firma ist sehr bedeutend, und die haben andauernd Rechtsstreitigkeiten, für die sie Anwälte brauchen.«

»Ja, sicher, hab ich«, antwortete Adrian müde.

»Die Hälfte der Gäste ging ja auf mein Konto«, sagte Sibille selbstgefällig und warf mir einen geringschätzigen Blick zu.

Schon gut, Sibille, ich weiß ja, daß du den Adrian fest im Griff hast. Reib es ihm nur immer schön unter die Nase, damit er dich in sein Nachtgebet einschließt und dir auch bis ans Ende seines Lebens dankbar ist.

Ich kramte in meiner Werkzeugtasche herum. »Adrian, ich bringe gleich mal das Bild an. Vivian hilft mir, ist das in Ordnung?«

»Natürlich«, nickte Adrian.

Sibille verdrehte bei Vivians Anblick nur die Augen.

»Du wirst bestimmt sehr erfolgreich sein und sehr viel Geld verdienen«, wandte sie sich wieder meinem Bruder zu. »Dann kaufst du mir ein neues Auto, ja, Schatz?«

Schatz Adrian wußte wohl noch gar nichts von seinem Glück.

»Ein Auto?«

»Ja«, plapperte Sibille eifrig. »Meines von Vater ist jetzt schon zwei Jahre alt. Inzwischen hat der Hersteller eine neue Serie aufgelegt. Da gibt es dieses ganz exklusive Cabriolet in limitierter Auflage mit automatisch versenkbarem Dach, weißt du?«

Wahrscheinlich würde das rollende Spielzeug für Sibille Adrians

Honorare der ersten sechs Monate sang- und klanglos verschlingen wie eine gefräßige Raupe die ersten zarten Frühlingsblättchen. Was machte die Gute wohl, wenn sie mal eine Schramme im Lack hatte, deren Ausbesserung sicher so kostenintensiv war wie ein ganzer Volkswagen mit Doppelairbag? Oder wenn ihr mal ein Kind auf den Rücksitz kotzte?

Ich beschloß, sie ein wenig zu ärgern.

»Sibille, ist denn so ein Rennwagen überhaupt kinderfreundlich?«

»Kinder?« schrillte Sibille. Ihr spitzes Matronengesicht verzog sich, als hätte sie 'ne ganze Tüte extrasaurer Zitronendrops im Mund.

Harmlos schaute ich von meiner Wühlerei im Werkzeugkoffer hoch. »Ach, du willst wohl keine?«

Sibille funkelte mich nur böse an.

Aha, interessant. Na, die würde sicher nicht dafür sorgen, daß der Name Linde sich weiter fortpflanzte. Wahrscheinlich kriegte sie schon bei der Vorstellung von einem kugeligen Neunmonatsbauch oder gar von Schwangerschaftsstreifen einen Abscheuanfall. Einfach zuviel Körperlichkeit für diese sterile Ziege.

»Also, ich finde ...«, setzte Vivian an.

Bevor sie ihren Lieblingsvortrag über eine Ehe mit mindestens fünf Kindern hielt, unterbrach ich sie besser. Adrian wirkte ohnehin gerade nicht besonders glücklich.

»Komm, Vivian, nimm mal die Dübel. Wir bringen jetzt das Bild an.« Forsch drückte ich ihr den ganzen Schraubenkram in die Hand und ging mit ihr in Adrians Arbeitszimmer. Hinter uns schloß ich die Tür.

»Adrian hat ja eine komische Freundin«, machte Vivian dann ihrem Erstaunen Luft.

»Komisch ist weit untertrieben. Ich kann sie nicht ausstehen. Sibille hat stinkreiche Eltern, die sie komplett verzogen haben, und arbeitet pro forma ein paar Stunden in der Woche bei ihrem Vater im Betrieb. Wenn du mich fragst, treibt sie jetzt den Adrian an, damit sie von Vaters Portokasse lässig zu Adrians Portemonnaie übergehen kann.«

»Wie kommt er nur zu so einem Luxusgeschöpf?«

»Tja, Adrian hat als Student in der Rechtsabteilung der Firma von Sibilles Vater gejobbt. Hast du übrigens jemals deinen Vater ›Vater‹ genannt?«

Vivian gackerte. »Nee, Vati, und du?«

»Papa, aber egal. Jedenfalls hat Adrian so Sibille kennengelernt und sich in sie verguckt. Wohl, weil die alles verkörpert, was er sich immer nach dem Künstlerlotterleben in unserer Familie gewünscht hat. Hoffentlich heiratet er die nicht wirklich eines Tages, nicht auszudenken! Dann kriege ich ein irreparables Schwägerinnentrauma. Oh, Vivian, gib mir doch bitte mal die Bohrmaschine hoch und halte mich ein bißchen fest, damit ich hier nicht gleich abstürze.«

Ich stand auf Adrians Chefsessel. Genauer gesagt, auf drei Telefonbüchern, die ich vorher auf den Sessel gepackt hatte, um überhaupt so hoch zu kommen, wie es die Ausmaße meines Werkes verlangten.

Sibilles schrille Stimme drang durch die Tür. »Die bohrt doch jetzt nicht etwa Löcher in unsere frisch renovierte Wand?«

Unsere Wand. Es war bereits schlimmer mit den beiden, als ich befürchtet hatte. Nicht mal die läppische Wand gehörte Adrian allein. Aber ich bohrte trotzdem. Dann packten Vivian und ich das Bild aus und hievten es ächzend an die richtige Stelle. Ich trat ein paar Schritte zurück und betrachtete die Wirkung.

»Wunderbar«, hauchte Vivian andächtig.

»Nur noch ein klein wenig schief«, sagte ich fröhlich.

Ja, dies war ein würdiger Platz für den Sonnengreifer. Direkt hinter Adrian würde er hängen und all seinen Klienten klarmachen, daß Adrian ein starker Mann war, der vor nichts zurückschreckte und das Beste, das Höchste für sie vor Gericht herausschlagen würde.

Ich rückte das Bild vorsichtig zurecht. Nun hing es richtig. Kleine Kontrolle mit der Wasserwaage – mein Auge hatte sich nicht getäuscht. Gerader ging's nicht.

»Wir sind fertig. Du kannst jetzt kommen«, sagte ich zu Adrian und nahm seinen Arm.

Und Sibille konnte meinetwegen gehen. Auf deren Bewertung

war ich nun absolut nicht scharf. Das hier war etwas nur zwischen Adrian und mir.

Adrian lächelte mich an und sagte: »Na, jetzt bin ich mal gespannt, du kleine Künstlerin.«

Gemeinsam traten wir in sein Arbeitszimmer. Leider mit Sibille dicht auf unseren Hacken.

Stille. Ich hatte ein warmes Gefühl im Herzen und wagte kaum zu atmen.

»Das ist ja widerlich!« kreischte Sibille plötzlich los.

Ich wirbelte herum. Sie hatte ganz glasige Augen gekriegt.

»Wie bitte?« fragte ich drohend.

»Das ist ja ein Nackter«, sagte sie hysterisch.

Sibille fand also einen nackten Mann widerlich. Oh, oh, hier gab es nicht nur ein Fortpflanzungsproblem, sondern meine Geschlechtsgenossin hatte wohl grundsätzlich eine tiefsitzende Psychose, was die Herren der Schöpfung anging.

»Du bist obszön!« ertönte nun ihre grelle Stimme.

Nun reichte es mir aber.

»Obszön? Du hast sie wohl nicht mehr alle. Seit Jahrhunderten gibt es Aktbilder und Statuen im Evaskostüm. Meistens von nackten Frauen, haste bestimmt schon mit deinem Damenclub im Museum gesehen, oder? Mal was von dem göttlichen Po der Venus von Milo gehört, hä? Oder von Malern und Bildhauern wie Watteau, Botticelli, Velázquez oder Dalí mit ihren Nackten? Sind die etwa auch alle obszön?«

Ich wurde ja selten laut, aber eine andere Sprache verstand diese ignorante Kuh wohl nicht.

»Egal«, kreischte sie zurück. »Dein Bild ist, ist, ist Sünde. Und du, du …«, hysterisch tippte sie mir mit dem Finger auf die Brust, »du bist ein Voyeur, ja, ein Voyeur!«

Und du, du, du bist eine prüde Spinatwachtel.

»Voyeur? So ein Quatsch! Ich verstecke mich doch nicht nachts hinter 'ner Hecke, um mit Sabber im Mund einen Mann beim Ausziehen zu beobachten, damit ich was zum Anglotzen und zum Abmalen habe. Hier, das hier auf dem Bild ist Edgar. Mein Aktmodell. Der kommt zu mir ins Atelier, und ich male ihn. Von Voyeurismus also keine Spur.«

So, jetzt würde sie wohl endlich ihre aufmüpfige Klappe halten.

Weit gefehlt.

Sibille kreischte mit verzerrtem Gesicht weiter. »Du bezahlst einen Mann dafür, daß er sich bei dir auszieht? Wie ekelerregend. Reine Pornographie!«

»Von wegen. Pornographie. Bei mir hat alles seine Ordnung, kannst du das mal bitte kapieren? Bei einem Rodin kommst du wahrscheinlich ins Jubeln, was? Aber der Auguste Rodin, der hat seine Modelle nicht nur abgemeißelt, der hat sie in seiner Maßlosigkeit auch noch gevögelt. Dagegen bin ich ja richtig jungfräulich.«

Bevor Sibille wieder zu Atem kam – das Wort gevögelt hatte sie wohl noch nicht so recht verdaut –, blubberte ich weiter.

»Und außerdem: Was soll ich wohl als Frau mit einem nackten Männerhintern anfangen, bitte? Da haben die Männer wohl ganz andere Phantasien, wenn sie nackte Mädels sehen, die heute sogar schon in der Werbung ihren Popo rausstrecken. Ich begeistere mich nur an der wunderschönen natürlichen Körperform, jawoll!«

Vivian kam mir unerwartet zu Hilfe. »Für mich ist das echte Kunst!« sagte sie laut und deutlich.

Sibille stieß Adrian ihren spitzen Ellenbogen nachdrücklich in die Seite. »Hab ich das nötig? Mich auch noch mit einer dahergelaufenen Kellnerin auseinandersetzen zu müssen? Mit einer, die so aussieht, so ordinär? Hab ich das nötig?«

Oje, jetzt hatte auch noch meine Vivian aus Sibilles verbalem Abfallkübel etwas abbekommen. Aber ich war das eigentliche Objekt ihres Hasses. Schon fixierte sie mich wieder.

»Diese Nacktheit ist vulgär, schlüpfrig und schmutzig!«

Nun hatte sie es mir aber gegeben. Wart's nur ab, ich hab auch noch reichlich Pulver in der Kanone.

»Diese Nacktheit ist das Normalste von der Welt, Sibille. Schließlich sind wir alle nackt geboren. Auch du! Oder glaubst du, du bist schon mit 'nem albernen Hermès-Schal um den Hals aus dem Mutterleib gerutscht?«

Vivian kicherte los. Auch Adrians Mundwinkel gingen leicht

nach oben. Aber er traute sich bestimmt nicht, in Vivians Kichern einzustimmen. Dazu war die Situation im Moment einfach zu prekär.

Sibille fiel wohl grad nichts mehr ein. So trat wieder ihr Ellenbogen pieksend in Aktion. »Adrian, nun sag doch auch mal was!« kreischte sie ihn an.

Mein Brüderchen schaute ziemlich betrübt aus der Wäsche. Kein Wunder, denn Vivian, Sibille und ich starrten ihn an und warteten auf seine alles entscheidende Meinung. Dumme Zwickmühle für ihn.

Ich ergriff schnell wieder das Ruder. »Papa hat schließlich auch nackte Frauen gemalt«, verteidigte ich mich. Eine kleine Erinnerung an unsere Blutsbande konnte ja nicht schaden.

»Keine Frauen, unsere Mutter«, erwiderte Adrian lahm.

»Ach, diese Schamlosigkeit liegt also schon in der Familie, in der ganzen verdorbenen Familie«, trumpfte Sibille auf.

»Wir sind keineswegs verdorben, nur du, du bist spröde und prüde zugleich«, verteidigte ich unsere Sippenehre.

»Verdorbenes Künstlerpack«, gellte Sibille nun, »und euer Vater, pah, der war doch sowieso nichts anderes als ein, als ein – Versager!«

Nun hatte sie eindeutig den Bogen überspannt. Adrian schaute sie befremdet an.

»Versager?« fragte er gedehnt.

Ob Sibille ihn wohl so gut kannte, daß sie das diffuse Vibrieren in seiner Stimme wahrnahm? Dann war Adrian immer wie ein Raubtier auf dem Sprung. Auch seine Geduld kannte Grenzen.

Sibille aber war viel zu sehr mit ihren Haßtiraden beschäftigt, um solche Subtilitäten aufzunehmen. »Ein totaler Versager. Der hat ja nie Geld gemacht«, schob sie nach.

Ich verschränkte abweisend die Arme vor der Brust. Du bist an der Reihe, Brüderchen. Meinen Segen hast du, gib's der pöbelnden Braut! Aber saftig und mit Anlauf. Gern auch mit einem kleinen Tritt in ihren züchtig bekleideten Hintern.

»Gibt es für dich eigentlich noch ein anderes Kriterium als Geld, Sibille?« fragte er und musterte sie unverwandt.

»Das wird ja immer schöner«, empörte sich Sibille. »Du, du fällst mir in den Rücken? Du mit deiner entgleisten Schwester?«

Entgleist. Ich. Gleich würde sie noch behaupten, ich hätte einen Pakt mit dem Teufel. Dann wär sie allerdings schon längst in eine fette Schmeißfliege verwandelt worden. Ein Schlag mit 'ner Fliegenklatsche und ...

Sibille atmete tief durch. Auf dem bißchen Stück Hals, das ihr hochgeschlossenes Kleid gerade noch frei ließ, tobten hektische rote Flecken. Lila sollen sie werden mit grünen Punkten drauf und für immer dort bleiben. Klasse wäre auch, wenn sie permanent jucken würden.

Leider hatte sie wieder Luft gewonnen und ausreichend Spucke, wie ein kleiner Sprühregen beim Sprechen zeigte. »Du bist ganz schön undankbar, mein Lieber«, giftete sie Adrian an. »Nach allem, was ich für dich getan habe!«

Der Liebe reckte das Kinn vor. »Das eine hat wohl mit dem anderen nichts zu tun, Sibille«, sagte er in schneidendem Ton.

»Paß auf, gleich fliegen die Fetzen«, flüsterte ich Vivian zu. Voller Genugtuung beobachtete ich Adrians Mienenspiel. Ganz offensichtlich konnte selbst er seine blöde Freundin im Moment überhaupt nicht leiden.

»Das ist doch die Höhe«, krakeelte Sibille. »Auf jeden Fall, das Bild kommt ab, mein Lieber. In *unserer* Kanzlei hat das nichts zu suchen.«

»Es ist *meine* Kanzlei«, gab Adrian böse zurück.

»Soweit ist es also schon. Da kommt deine Schwester hierher, frisch der Gosse entsprungen, und hängt diesen pornographischen Schund an die Wand. Und du vergißt, wer dir das alles hier überhaupt ermöglicht hat. Mir langt's, mein Lieber. Ich gehe!«

Mach doch. Niemand wird dich aufhalten. Nun geh endlich. Möglichst weit weg in ein nebliges Sumpfgebiet, das in Null Komma nichts hysterische, verzogene Weiber verschluckt.

Unschlüssig stand Sibille in der Tür. Aber Adrian machte keine Anstalten, sie versöhnlich zu stimmen.

»Wir sehen uns zu Hause«, kreischte sie ihm zu, warf den Kopf eingeschnappt herum und lief wie eine zu schnell aufgezogene Spielzeugpuppe von dannen.

»Wahrscheinlich kriegste zu Hause erstmal Haue, mein Lieber«, äffte ich Sibilles Tonfall nach. »Mensch, Adrian, das tut mir schrecklich leid. Ich wollte dir doch eine Freude machen und mich nicht so mit Sibille anlegen.«

Adrian nahm mir den Hut ab und streichelte mir zärtlich die Haare. Kopfschüttelnd seufzte er nur. Dann betrachtete er ganz ruhig und konzentriert den Sonnengreifer. Vivian und ich verhielten uns mucksmäuschenstill, um ihn dabei nicht zu stören. Ich hatte auch keine Kraft mehr und wollte ihn nicht weiter beeinflussen.

Schließlich wandte er sich wieder mir zu.

»Mona. Das Bild ist nicht nur ein prächtiges Geschenk, es ist auch wirklich ein richtiges Kunstwerk. Allzuviel verstehe ich zwar nicht von Kunst, aber es ist sehr eigenwillig, sieht gekonnt aus und hat ein sehr schönes und ausdrucksstarkes Thema.«

Oh, mir fiel gleich ein ganzer Riesensteinbruch vom Herzen.

»Es gefällt ihm«, jubelte Vivian und klatschte in die Hände.

Bedächtig nickte Adrian. »Es gefällt mir sogar sehr, sehr gut. Ich überlege nur ...«

»Was?« unterbrach ich ihn.

»Na, ob das hier so passend ist. Ich meine in einer Anwaltskanzlei und mit dem Mobiliar ...«

»Klar doch, warum denn nicht? Der olle englische Schreibtisch ist derart vorsintflutlich, da kannste ein bißchen was Lebendiges an der Wand gut vertragen, Adrian.«

Adrian lachte. »Der olle englische Schreibtisch ist eine wertvolle Antiquität, ein Geschenk von Sibille im übrigen.«

Wunderte mich nicht. Sah er doch genauso altbacken aus wie sie selbst. Aber für heute hielt ich den Mund. Sibille hatte sich mit ihren unflätigen Beschimpfungen selbst so gut ins eigene Knie geschossen, da mußte ich im Moment nicht noch einen draufsetzen.

Vivian ergriff schüchtern das Wort: »Adrian, es sieht toll aus in deinem Arbeitszimmer. Und der Sonnengreifer wird dir bestimmt Glück bringen.«

»Glück«, wiederholte er. Aufmerksam schaute er Vivian an, die seinen Blick voller Wärme erwiderte. Adrian lächelte. »Glück, ja, das können wir wohl alle gut gebrauchen.«

TAPETE

Das wird so richtig schön gruselig«, schwärmte ich Edgar vor.

»Na, prima, daß wenigstens du deinen Spaß hast. Ich für meinen Teil habe inzwischen schon ganz lahme Arme«, beschwerte er sich.

Edgar stand wie üblich mit dem Rücken zu mir. Seine Arme mußte er spitz angewinkelt in die Höhe halten, als wären sie zwei Flügel. Diese Pose paßte wunderbar und exzellent zu dem kleinen Fledermausvampirwesen, das ich ihm, natürlich nur in Gedanken und auf dem Bild, auf die Schulter gesetzt hatte. Ich stattete das unheimliche Vieh mit glühenden Augen aus, bis es mich regelrecht anstarrte. Graf Dracula hätte seine wahre Freude an mir gehabt, und auch Vivian würde begeistert sein. Wenigstens hatte so ihr Strickjackenmottenfraß doch noch einen tieferen Sinn bekommen.

»Nur noch ein bißchen, Edgar. Halt durch, gleich haben wir es geschafft.«

Die langen, ekligen Vampirbeißzähne bekamen noch etwas Weiß aufgetupft, während der Rest des Bildes an üble Schauermärchen mit viel Schwarz und Lila erinnerte. Was konnte man doch für herzerfrischend düstere Violettöne mischen. Ein wohliger Schauer lief mir über den Rücken. Das Horrorwerk »Vampir« war so gut wie vollendet.

»Darling, halt dich ran, ich muß ins Kosmetikstudio. Zu einer besonders guten Kundin, der ich versprochen habe, ihr einen total neuen Look zu verpassen.«

»Wie machst du denn das?«

»Na, wahrscheinlich so ähnlich wie du mit deiner Malerei. Sie ist für mich erst mal ganz nackt, also im Gesicht, verstehst du? Und dann gestalte ich. Mit Farben, die zu ihrem Typ passen. Zum Hautton, zur Haarfarbe, zur Augenfarbe. Bisher hat die sich immer künstliche Wimpern angeklebt, so Riesendinger wie Nerzborten. Und sich 'nen Lidstrich verpaßt, daß vom Auge gar nichts mehr übrigblieb. Da hab ich ihr versprochen, sie ganz natürlich herzurichten. Weil das jünger macht. Sonst läuft sie weiterhin so rum, als wär sie 'nem alten Stummfilm entsprungen.«

Ich grinste. Edgar mit seinem Charme würde das schon machen. Weg mit dem Stummfilmstar, her mit der natürlichen Frau der neunziger Jahre. Das gab 'ne Verjüngung ganz ohne Skalpell und ohne Doktor Jungsche Brutaleingriffstherapie.

»Schminkste mich auch mal?« fragte ich.

»Klar, gern. Obwohl, so wie du aussiehst, ist bei dir nicht viel zu tun.«

»Wie? Du meinst doch nicht etwa, da gibt es nichts mehr zu retten, oder?«

Edgar lachte laut los. Dabei vibrierten seine Arme. Es sah tatsächlich so aus, als würde er gleich fliegend abheben. Hervorragende Pose, Mona, einfach hervorragend.

»Na, du bist gut, Darling. Du hast offensichtlich keine Ahnung, was du für ein gutes Material bist.«

»Material? Willst du mich beleidigen?«

»Absolut nicht. Das ist in meinen Kreisen ein Kompliment. Ich würde einfach nur deinen Riesenmund noch mehr betonen. Damit schlägst du alle, Darling. Vielleicht noch ein wenig Wimperntusche. Aber mehr brauchst du nicht.«

Zufrieden klimperte ich mit meinen ungetuschten Wimpern. Zu gegebener Zeit würde ich sicher mal auf Edgars Künste zurückgreifen.

»Schluß für heute«, trompetete ich fröhlich.

»Ist es schon fertig, Darling?«

»Nee, noch nicht ganz. Ich brauche noch ein paar Farbtuben, mir ist das Blau zum Mischen ausgegangen. Aber den Rest kann ich später malen. Deinen Körper habe ich so gut wie vollendet, schöner Mann.«

Ich stieg schon eine Busstation vor dem Farbengeschäft aus. Denn zur Abwechslung hatte ich heute mal etwas Muße, einen

Blick in die große »Galerie Grünberg« am Rathausplatz zu werfen. Es war eine wunderbare Galerie mit sehr modernen Kunstwerken, glücklicherweise eher von der Sorte, bei der man auf den Bildern tatsächlich etwas erkennen konnte. Entspannt schlenderte ich über den Rathausplatz und schaute neugierig durch die Scheibe.

Einige wunderbare Stilleben waren ausgestellt. Keine mit dunklen Obsttellern oder morbid verblühten Rosensträußen. Nein, leuchtendblaue Wasserflaschen, diese amerikanischen Siphons, strahlten mir entgegen. So naturalistisch gemalt, als könnte man sie direkt greifen. Tolle Technik. Daneben die Skulptur einer jungen Frau im Badeanzug. Mit lauter einzelnen Wassertropfen auf der Haut. Unglaublich. Wie hatte der Künstler das denn hinbekommen?

Und was hing heute an der prominentesten Wand der Galerie? Ich mußte mich auf die Zehenspitzen stellen, um über die Skulptur hinaus einen Blick ins Innere der Galerie werfen zu können.

»Aber was, aber wie?« entfuhr es mir. Ich starrte auf das Exponat. So ganz komplett konnte ich es leider nicht erkennen, zumal das Fensterglas so spiegelte. Vielleicht sollte ich mich etwas bücken, dann würde ich zwischen Wasserflaschenbild und Skulptur im Fenster auch den unteren Teil ausmachen können. Ich ging in die Knie und linste gekrümmt durch die Scheibe.

Mir wurde ganz übel.

Gab es das, daß zwei Künstler dieselbe Idee hatten und fast dasselbe Bild in überaus ähnlicher Technik malten?

War ich etwa eine Kopistin und hatte irgendwann mal unbewußt dieses Bild wahrgenommen? Und es quasi geklaut, abgemalt? Der Sonnengreifer, ein peinliches Plagiat von Mona Lisa Linde?

Schwer atmend stellte ich mich wieder aufrecht hin. Ich beobachtete die Menschen, die an mir vorbeiströmten.

Ob man es mir ansah? Daß ich gewissermaßen eine Betrügerin war, wenn auch nicht mit Absicht?

Es half ja alles nichts. Ich mußte Klarheit gewinnen. Mit zitterigen Fingern öffnete ich die Tür zur Galerie.

Ein Mann und eine Frau hatten sich inzwischen vor dem Bild aufgebaut und verdeckten es damit für mich. Ihn kannte ich von Fotos, es war der Galerist Grünberg höchstpersönlich.

»Das Bild ist von Marco Leon.« Der Galerist deutete auf das Werk und fügte hinzu: »Meine neueste Entdeckung, brandheiß, sage ich Ihnen, gnädige Frau.«

Brandheiß. So fühlte sich auch gerade mein Innenleben an. Als hätte ich glühende Lavaströme in meiner Blutbahn.

Vorsichtig versuchte ich, um die beiden herumzuschauen. Sie bemerkten mich gar nicht, glücklicherweise, weil man mit Ballerinaschuhen so schön leise schleichen kann. Wie es sich eben für Ideendiebe geziemte.

Von links betrachtete ich das Bild mit klopfendem Herzen. Es sah aus wie mein Sonnengreifer. Und von rechts – da sah es ebenfalls aus wie mein Sonnengreifer. Ich erkannte meine schwungvollen Initialen in der unteren Ecke. ML. Was hatte der Galerist gerade von sich gegeben? Marco Leon? Nix Marco Leon. Das war eindeutig mein Werk! Eindeutiger ging's gar nicht.

Sibille. Die hatte hier bestimmt ihre Finger im Spiel. Eine Intrige höchster Rangordnung. Ein Komplott zwischen Sibille und diesem Galeristen, anders konnte es doch gar nicht sein.

Wut stieg in mir auf, die größte Wut, die ich in meinem ganzen bescheidenen Dasein jemals empfunden hatte. Jetzt war sie reif, die fiese Sibille. Und der Galerist, der auch. Sich für so eine Gemeinheit herzugeben!

»Sie!« erhob ich laut meine Stimme.

Überrascht drehte er sich um.

»Sie!« setzte ich erneut an. Mein gesamtes Schimpfwortregister tobte in meinem Geiste herum. Wie sollte ich ihn am besten titulieren, um ihn verbal zu vernichten?

Herr Grünberg schaute mich böse an. Er fixierte meinen Hut, dann sagte er: »Bitte, stören Sie mich nicht. Ich bin beschäftigt. Giselle, kümmere dich um – die Dame.«

Hörte sich an, als meinte er: Giselle, hol mal schnell die Zwangsjacke mit den Ärmeln, die man so praktisch auf dem Rücken verknoten kann, und stell die hier schnellstens ruhig.

Giselle, offensichtlich seine Mitarbeiterin, baute sich neben mir auf. »Ja, bitte?« fragte sie mit hochgezogenen Augenbrauen.

»Danke, ich schau mich erst mal um«, antwortete ich in einer plötzlichen Eingebung. Besser, ich würde zunächst zuhören, was hier überhaupt los war, dann könnte ich immer noch überlegen, wen ich verklagen oder ermorden sollte.

Der Galerist würdigte mich keines Blickes mehr, und auch Giselle trollte sich Richtung Schreibtisch.

»Ich habe das Werk bei meinem Anwalt entdeckt. Der hatte überhaupt keine Ahnung, was da für ein Schatz an seiner Wand hing. Doktor Linde, das ist mein Anwalt, also, Doktor Linde, hab ich zu ihm gesagt, dieses Bild ist etwas ganz Besonderes. Es ist verwegen, absolut verwegen. Der Strich, schauen Sie genau hin, gnädige Frau, der Strich zeugt von tiefer, selbstbewußter männlicher Stärke. Das hab ich meinem Anwalt auch gleich erklärt. Weil das so auffällig ist, diese prächtige, maskuline Art der Linienführung und des Farbauftrages.«

Die gnädige Frau nickte eifrig.

»Von welchem Künstler das sei, hab ich meinen Anwalt, den Doktor Linde, dann gefragt. So recht wollte er mit der Sprache nicht raus. Jedenfalls ist es ein noch völlig unbekannter Künstler, sehr, sehr schüchtern und zurückgezogen.«

»Wie wunderbar. Er malt bestimmt ganz einsam in einer Mansarde«, schwärmte die gnädige Frau in einer schnulzigen Anwandlung.

Mansarde stimmte so ungefähr. Aber ich bin's. Eine Frau. Durch und durch und sooo schüchtern eigentlich nun auch wieder nicht.

»Frau von Hase, selten habe ich in den letzten Jahren eine solch explosive Kraft gesehen.«

Da kannst du recht haben. Ich explodiere wirklich gleich, du Kenner des maskulinen Strichs.

»Mein Anwalt war sich nicht so ganz sicher, ob das Exponat das richtige für seine Kanzlei sei.«

Adrian, du Verräter, hast wohl immer noch Schiß vor deiner Sibille mit ihrem ollen englischen Schreibtisch.

»Wenn Sie mich fragen, gnädige Frau, dann braucht dieses Bild

Raum. Viel Raum. Und das hatte es bei Doktor Linde nicht. Außerdem ist es ein Bild für Wohnräume. Weil es lebt, weil es diese lebendige Strahlung hat.«

Eifrig nickte Frau von Hase. »Und es ist so erotisch«, flüsterte sie voller Ehrfurcht.

Das gefiel mir. Erotisch klang eindeutig besser als Sibilles Gezeter über Pornographie. Ganz offensichtlich waren nicht alle Damen der Gesellschaft so prüde wie Adrians Freundin.

»Nun, erotisch – auch das, aber eher hintergründig. Jedenfalls habe ich meinem Anwalt gesagt, daß es doch nur auch in seinem Sinne sein könnte, wenn ich es einfach mal ausstelle. Nur so kann ich diesen Künstler bekannt machen.«

Aha, also mit dem Trick hast du meinen Bruder gelockt. Na, das stimmte mich nun doch etwas versöhnlicher. Trotz alledem – ohne mich zu fragen, einfach meinen Sonnengreifer wegzugeben, das war doch wirklich die Höhe. Und dann auch noch Marco Leon, also nein!

»Das Werk trägt übrigens den Titel ›Der Sonnengreifer‹«, erklärte nun Herr Grünberg.

»Der Sonnengreifer«, wiederholte Frau von Hase enthusiastisch.

Ich beobachtete befriedigt, daß sie ihren Blick gar nicht von dem Bild lösen konnte. Auch dem Galeristen war das nicht entgangen. Voller Intensität schmiedete er weiter an dem heißen Eisen herum.

»Schon in dem Titel offenbart sich eine unglaubliche Verbundenheit zum Leben, eine Bejahung gewissermaßen all dessen, was uns erfüllt. Eine spirituelle Phantasie.«

Phantasie, davon hast du auch genug. Die blüht ja richtig aus all deinen Knopflöchern. Junge, Junge. Dem fiel ja mehr zu meinem Bild ein als mir selbst. Wenn der wüßte, daß die Muse, die mich geküßt hatte, eigentlich nur 'ne schnöde Apfelsine vom Wochenmarkt gewesen war.

»Herr Grünberg, dieses Bild ist einfach traumhaft. Und wissen Sie, was noch so unglaublich ist?« fragte Frau von Hase verschwörerisch.

Na, da war ich aber nun auch mordsmäßig gespannt. Mal sehen, was sie noch in meinem Werk an intuitiv-kraftvoll-markanten Inhalten erkannte.

»Es paßt farblich genau zu meiner Wohnzimmertapete und zu meinem geblümten Sofa. Das gleiche Orange«, triumphierte sie.

Bravo.

Einfach entzückend.

Da hab ich doch, ohne die gnädige Frau zu kennen, eine raffinierte Harmonie mit ihrer Tapete hinbekommen. Der Sonnengreifer und das Blümchensofa, darauf mußte man als Künstlerin doch einfach stolz sein.

Der Galerist lächelte, zwar auch etwas gequält, aber er lächelte.

»Meinen Sie, Sie könnten es bis zum Wochenende anliefern? Wir geben nämlich eine Party, da wäre es die Attraktion!«

Herr Grünberg legte zweifelnd den Kopf etwas schief. Bestimmt wollte er sich ein wenig feiern lassen. Schließlich nickte er bedächtig: »Aber nur, weil Sie es sind, gnädige Frau.«

Ein Leuchten ging über ihr Gesicht. Begeistert drückte sie Herrn Grünbergs Arm. »Ach, einfach herrlich. Wenn ich nur den Künstler kennenlernen könnte. Wie romantisch, wenn jemand so schüchtern ist und so gar keinen Kontakt mit der Außenwelt hat.«

Dreh dich doch einfach mal um. Dann lernst du den Künstler sofort kennen. Ich hab nämlich sehr wohl reichlich Kontakt mit der Außenwelt.

»Den Wunsch kann ich Ihnen wohl nicht erfüllen, gnädige Frau. Glauben Sie mir, ich kenne mich mit solchen Malern aus. Die leben nur für die Kunst. Es gibt schon wunderbare Männer. Ja, da kenne ich mich aus«, wiederholte er.

Aha, also aus der Ecke kommst du. Dafür kannst du nicht mal einen Marco von einer Mona unterscheiden.

Sollte ich das Mißverständnis jetzt einfach aufklären? Würde Frau von Hase dann das Bild noch genauso verklärt betrachten? Zwei Seelen schlugen Purzelbäume in meiner Brust.

»Ja, dann machen Sie mir doch aber einen guten Preis, ja, Herr Grünberg?«

Mensch, Meier, Marie. Die wollte meinen Sonnengreifer tatsächlich kaufen. Für gute deutsche Märker. Vielleicht sollte ich besser abwarten, bis der Deal gemacht war?

»Natürlich hat ein Werk mit dieser Klasse seinen Preis, Frau von Hase. Aber Sie müssen bedenken, es ist eine echte Investition. Ich bin mir ganz sicher, daß der Wert steigen wird.«

Ich vertiefte mich pro forma in die Betrachtung einer Bronzeskulptur, während mir fast der Atem stockte.

Eine Investition! Klang, als hätte ich eine Aktie mit unglaublicher Wertschöpfung gepinselt. Vielleicht könnte ich oder auch Marco ja eines Tages an die Börse gehen. MonaMarco AG schüttet Dividenden aus, weil der Wertzuwachs nicht mehr aufzuhalten ist.

»Das wird meinem Mann gefallen. Er sagt immer, Bilder sind Anlageobjekte, sonst taugen sie nichts«, sagte Frau von Hase.

So macht man zwei Menschen auf einmal glücklich. Sie kriegt was Passendes zur Tapete, er ein Anlageobjekt zur Kapitalsteigerung. Nur ich würde wohl leer ausgehen, wenn das so weiterging.

Endlich nannte der Galerist Herr Grünberg eine Summe.

Und ich mußte mich kurz an der Bronzestatue festhalten, weil mir plötzlich schwindelig wurde. Herr Grünberg hatte gerade so viel Geld verlangt, wie ich mit ungefähr acht Monaten Sprachunterricht zusammenkratzen konnte.

»Bitte nicht berühren«, wurde vom Schreibtisch her die Stimme von Giselle laut.

»Oh, Entschuldigung«, murmelte ich und ließ den Kopf der Statue, den ich fest umklammert hielt, wieder los.

»Ich komme später noch mal wieder«, rief ich Giselle zu. Dann würde ich alles aufklären. Ja, später.

Während Frau von Hase ihr Scheckbuch zückte, stolperte ich aus der Galerie. Ich mußte mich erst mal sammeln, weil in meinem Kopf alles durcheinanderwirbelte.

Ich sah Rot. Überall nur Rot. Nicht das warme Rot der Liebe, nein, weit gefehlt. Vor meinen Augen tanzte das brutale Rot der Wut.

Adrian hatte mein Bild weggegeben. Statt in seiner Kanzlei würde es in Frau von Hases Wohnzimmer hängen. Der bekannteste Galerist der Stadt hielt mich ganz selbstverständlich für einen Mann. Und ich hatte irgendwie die Gelegenheit verpaßt, diesen Irrtum aufzuklären.

Rot. Automatisch griff ich in dem Farbengeschäft zu allen Rottönen, die mir in die Hände kamen. Dazu die Blautöne, die mir noch für den Vampir fehlten. Und noch mehr Rot. Karminrot, Purpurrot, Feuerrot.

Wie ein Stier wütete ich durch die Straßen. Wenn ich mir den Zorn nicht umgehend vom Leibe malen würde, dann bestand die große Gefahr, daß ich vor lauter Wallungen in meinem Organismus noch meine eigene Zunge verschluckte. Das gäbe dann einen schönen Nachruf. Auf Marco Leon, natürlich, mit umgehend in die Höhe schnellender Wertsteigerung des Sonnengreifers.

»Papa, ich platze«, rief ich ihm zu, als ich endlich wieder zu Hause war. Vor lauter Anspannung war ich den ganzen Weg gelaufen, statt den Bus zu nehmen.

»Flamenco, Papa, das paßt, was?« rief ich und kramte in meiner Plattensammlung. Ha, da waren sie, die temperamentvollen spanischen Klänge. Und jetzt her mit dem Block.

»Hossa, hossassa«, grölte ich gegen die Musik an. Und noch ein Strich, jetzt hier eine Linie!

»Caramba, olé«, nickte ich und tippte den Takt der Musik. »Viva España, Torero!«

Ein echter Torero entstand auf dem Block. Mit stolzer Kopfhaltung. Nackt war er, prachtvoll nackt. Alle Muskeln angespannt und mit einem leuchtendroten Tuch in der Hand, als wartete er nur darauf, den Stier auf sich losrasen zu sehen.

Ha, hier waren sie, die maskulinen Linienschwünge aus zarter Frauenhand.

»Olé, olé!«

Aufspießen, ja, das wäre eine gerechte Strafe für Sibille. Sie hatte den Adrian aufgehetzt. Einen Stier sollte ich dafür als Retourkutsche auf sie hetzen. Und Adrian, der mußte ebenso bestraft werden. Der kriegte auch einen Stier, vielleicht einen etwas kleineren, damit er noch weglaufen konnte, denn schließlich war er denn doch mein einziger Bruder.

Neues Blatt, ja, die spanische Marqueta, das rote Tuch, mußte noch mehr in der Luft wehen. So ein Stier macht doch gewaltig Wind, der große für Sibille jedenfalls. Mist, jetzt war der Bleistift abgebrochen. Wohl zu maskulin aufgedrückt, Mona!

Flamencostampfend suchte ich einen neuen. Taramtaramtaramtamtam.

Klopf, klopf, klopf, klopf, klopf, klopf.

Irritiert schaute ich auf die Schallplatte. Hatte die jetzt einen Sprung bekommen?

»Mona!« hörte ich aus Richtung Tür.

Oje, bestimmt hatte ich den Kronleuchter der armen Vivian ins Beben gebracht. Schuldbewußt öffnete ich.

»Was ist denn bei dir los, gibst du eine Party?« fragte Vivian.

»Tut mir leid, nein, ich bin ganz allein. Das Temperament ist wohl etwas mit mir durchgegangen«, antwortete ich zerknirscht.

»Etwas? Ich dachte schon, heute kommt er runter, der Kronleuchter.«

Ich schaltete die Flamencoklänge ab.

»Vivian, es ist etwas Unglaubliches passiert. Der Adrian hat mein Bild weggegeben. Und ich kann ihn nicht mal beschimpfen, weil er bei einer Verhandlung im Gericht ist.«

»Was meinst du mit weggegeben?«

»An einen Galeristen hat er es gegeben. Ohne mich zu fragen! Und dieser Galerist glaubt, ich wäre ein Mann, weil die Linienführung, na, auch egal. Er ist fest davon überzeugt, daß nur ein Mann so malt, wie das Bild eben aussieht. Jedenfalls war ich gerade in der Galerie, und da hat der Galerist es an eine Frau von Hase verkauft. Die will es als Partyattraktion an ihre orange Tapete hängen. Weil es farblich so gut paßt. Ist das nicht schrecklich?«

»Na, hör mal, ist doch toll. Endlich bekommst du Öffentlichkeit für deine Bilder.«

»Nee, nicht für meine Bilder. Für die Bilder von Marco Leon.«

Ich stöhnte bei der Vorstellung. »Marco Leon. Von dem soll das

Bild angeblich sein, behauptet der Galerist. Aber das werde ich aufklären. Nachher, da geh ich da hin, dann sage ich dem die Meinung. Und daß es von mir ist und daß ich eine Frau bin.«
Vivian schaute mich nachdenklich an. »Moment. Ganz ruhig. Hat er ausdrücklich gesagt, daß das von einem Mann wäre?«
»Und wie ausdrücklich. Marco Leon, sag ich doch die ganze Zeit. Die Frau von Hase fand das romantisch, die Vorstellung von einem einsamen, schüchternen Künstler. Wenn sie ihn kennen würde, hätte er große Chancen, vom Fleck weg adoptiert zu werden. Aber, Quatsch, was erzähle ich hier. Den gibt's ja gar nicht.«
»Mhm«, meinte Vivian. »Sehr interessant. Ach, nenne mir doch mal so einige Berühmtheiten der Kunst, Mona.«
Automatisch antwortete ich: »Picasso, Renoir, van Gogh, Leonardo da Vinci ...«
Vivian fiel mir ins Wort: »Nee, die meine ich nicht. Nenn doch mal so zeitgenössische, nicht die alten.«
»Auch das«, murmelte ich, »also – Georg Baselitz, Andy Warhol, Joseph Beuys, Jörg Immendorff, Keith Haring.«
»Mehr, sag noch mehr!«
»Mhm, na, Roy Lichtenstein, Sigmar Polke, Paul Wunderlich, Markus Lüpertz.«
»Dachte ich mir schon«, nickte Vivian zufrieden.
»Was?« fragte ich.
»Na, alles Männer. Du hast nicht eine Frau aufgezählt, nicht eine einzige.«
»Tja, fällt mir bei den zeitgenössischen auch im Moment keine ein, die genauso bekannt ist wie die Herren der Schöpfung.«
»Siehste. Ist vielleicht vorerst gar nicht schlecht, daß der Galerist dich für einen Mann hält, oder?«
Ich überlegte. Da konnte vielleicht wirklich etwas dran sein.
»Aber, Vivian, meinst du nicht, ich sollte das umgehend richtigstellen?« fragte ich zweifelnd.
»Nö, warum, laß es doch im Moment mal so laufen. Die Frau, die dein Bild gekauft hat, bleibt bei ihrer romantischen Vorstellung, und der Galerist muß nicht erklären, wie du verdorbenes Wesen als Frau dazu kommst, nackte Männer zu malen.«

Ich mußte grinsen. Auch Vivian hatte Sibilles Worte über meine üble Verdorbenheit noch fest im Gedächtnis.

»Also, komisch ist mir das schon, Vivian. Aber ein Gefühl sagt mir, daß du nicht so ganz falsch liegst.«

Vivian nickte. »Ich wollte dich noch etwas fragen, ach ja, sag noch mal, wer hat das Bild gekauft?«

»Eine Frau von Hase. Wie Hoppelhase, die Tierchen mit dem kleinen Puschel am Popo«, grinste ich.

Vivian lachte. »Du immer mit deiner Kehrseitenideologie und deinen Assoziationen, Mona, unglaublich! Diese Frau von Hase gibt also am Wochenende eine Party?«

»Ja, mit dem Sonnengreifer als Attraktion. Da wird sie mal all ihren Freundinnen zeigen, wie revolutionär sie ist. Nackter Mann über Blümchensofa.«

»Ich muß mal kurz wo anrufen«, sagte Vivian und ging zum Hahnentelefon ins Nachbarzimmer. Eine Minute später tauchte sie wieder auf.

»Alles klar. Ich bin eingeteilt!« sagte sie stolz und setzte sich wieder hin.

»Du sprichst in Rätseln. Wozu eingeteilt?«

»Zur Hasenparty, was glaubst du denn. Ich habe kurz in der Firma angerufen. Weil ich 'ne Hellseherin bin, verstehst du? Und in meiner großen Kristallkugel«, dramatisch ließ sie ihre Stimme dröhnen, »in meiner großen Kristallkugel sah ich, daß Frau von Hoppelhase doch nur bei dem besten Partyservice der Stadt bestellt. Ich habe mich sofort auf die Kellnerliste setzen lassen.«

Fassungslos starrte ich Vivian an. Diese Frau war aber wirklich schnell im Kopf und fix in ihren Taten.

»Wirklich? Du meinst, du wirst alles mitkriegen, was da mit dem Sonnengreifer geschieht?«

»Und ob ich das werde!«

»Du meinst, du willst freiwillig meine Spionin sein?«

»Klar, ich werde selbst Sherlock Holmes in den Schatten stellen.«

»Wenn wir doch nur jetzt schon wüßten, was passiert«, stöhnte ich und kippelte unruhig auf meinem Hocker hin und her.

»Wahrscheinlich ist, daß du gleich vom Stuhl fällst, wenn du so weitermachst. Und außerdem – ein Künstler wie Marco Leon muß abwarten können. Nur Geduld, mein schöner Knabe.«

Hauruck, und noch mal, hauruck.« Ächzend schob ich meine
Gigantenbilder an der Wand entlang. Ich brauchte Platz zur
Kreation meines neuesten Torero-Werkes.

»Puh, geschafft, Papa. Na, welches gefällt dir am besten?«

Mit kritischem Blick baute ich mich vor meinen nackten Männern auf.

»Der Pfau, vielleicht? Also, ich liebe den Pfau.«

Er war aber auch wirklich prachtvoll, fand ich jedenfalls. Dem
Marco Leon machte ich sicher damit alle Ehre. Auf dem Pfauen-
bild stand Edgar vor einem Spiegel. Sein Gesicht, das sich in dem
Spiegel reflektierte, hatte ich nur ganz verschwommen gemalt,
dafür aber die Pfauenfeder, verankert in seinem Haar, um so prä-
ziser. Eine Farborgie in Grün, Dunkelblau und Türkis. Toll, so
ein männlicher Narziß erster Güte.

»Weißte, Papa, wenn der Supergalerist Herr Grünberg hier
wäre, dann würde er bestimmt sagen: ›Eitelkeit gemischt mit
wahrer Schönheit. Schillernder Ausdruck der Maskulinität, ja,
eine Vision des Tierischen gepaart mit dem Selbstwert des Mannes.‹ Oder so was Ähnliches. Das ist vielleicht ein Typ, Papa.«

Rechts daneben stand »Der Weltenbummler«. Da hatte ich den
Edgar beim Malen mit einem Fuß auf einen Basketball gestellt.
Selbstredend hatte ich anstelle des dicken Superballs, schließlich
ging's hier ja nicht um schweißtreibenden Sport, die schöne, blau
anmutende Erdkugel dargestellt. Das war ein Spaß gewesen. Immer wenn der Edgar ins Kippeln kam, war der Ball durchs Atelier gerollt. Und zum Auflockern mußte Edgar dann unbedingt
halb nackt mit dem Ball um mich herumdribbeln.

»Der Weltenbummler« verdeckte ein wenig von Edgars Lieb-
lingsbild, das ich »Der Flieger« getauft hatte.

»Mensch, Papa, ordentliche Proportionen, was?« murmelte ich,
während ich in die Betrachtung versank. Splitterfasernackt stand

der Edgar da, mit gespreizten Armen und Beinen. Seinen Rücken zierten vier gigantische Schmetterlingsflügel. Und das Ganze in allen Rosé- und Pinkschattierungen, die meine Farbmischaktivitäten nur so hergegeben hatten.

»Doll, das«, erinnerte ich mich an Edgars Worte und an sein Geständnis: »Ich bin nämlich direkt pinknoid, Mona. Solltest mal meine Plüschtiersammlung sehen. Pinkfarbene Bären, Hasen, Schweine, auch Accessoires wie Vasen, Gläser und Kerzen. Alles in Pink. Sogar den Kachelofen habe ich mit pinkfarbener Lackfarbe angepinselt.«

Ich dachte noch über pinknoide Aktmodelle nach, als mich das Telefon kikerikiend aus meinen Gedanken riß.

»Guten Tag, Frau Linde, mein Name ist Jack Diamond.«

Klang ein wenig nach amerikanischem Spielfilm. Spätestens seit Marilyn Monroe war ja bekannt, daß Diamonds angeblich die besten Freunde von Mädels sein sollten. Also lauschte ich mal weiter.

»Frau Natalie hat mir Ihre Telefonnummer gegeben«, erklärte der Diamantenmann.

Typisch Natalie. Manchmal, wenn sie besonders fein sein wollte, betrachtete sie ihren Vornamen gewissermaßen als Markenzeichen. Frau Natalie eben.

»Ja, und wie kann ich Ihnen behilflich sein?« fragte ich höflich. Wenn Frau Natalie meine Telefonnummer verriet, dann lauerten hier bestimmt keine Unannehmlichkeiten.

»Ich suche einen Sprachlehrer, oh, Entschuldigung, eine Sprachlehrerin«, erklärte der Fremde.

Er hatte einen leichten amerikanischen Akzent und sprach fließend, aber ein wenig zeitverzögert. Ach, gute Natalie, Schüler konnte ich wirklich dringend gebrauchen.

»Dann sind Sie bei mir richtig, Herr Diamond. Aber Sie sprechen doch sehr gut Deutsch.«

»Nicht gut genug. Meine Mutter war Deutsche, mein Vater Amerikaner. Ich habe nie in Deutschland gelebt und seit dem Tod meiner Mutter auch nur selten Deutsch gesprochen. Deshalb habe ich viel, wie sagt man, zu erfrischen?«

»Aufzufrischen«, gab ich zurück.

»Oh, Entschuldigung, aufzufrischen«, wiederholte er.

Ich nickte zufrieden. Schon am Telefon funktionierte der übliche Schüler-Echo-Effekt hervorragend. Vielleicht könnte ich ihm ja auch seinen Akzent etwas abtrainieren.

»Herr Diamond, leider habe ich im Moment keinen Schüler, der auch nur annähernd so weit ist wie Sie. Deshalb müßten wir Einzelunterricht vereinbaren.«

Und natürlich auch, weil Einzelunterricht schön viel Geld einbrachte. Wenn sein Name nur ein bißchen was mit seinem Portemonnaie zu tun hatte, dann lachten fette Dollars für Mona Lisa.

»Selbstverständlich, Frau Linde.«

»Allerdings ist Einzelunterricht immer etwas teurer.« Vorsichtig tastete ich mich an das Objekt meiner Geldbegierde heran.

»Kein Problem, das ist es mir wertvoll.«

»Wert«, korrigierte ich prompt.

»Oh, Entschuldigung, das ist es mir wert«, repetierte er.

Dieses ständige Entschuldigen mußte ich ihm dringend abgewöhnen. Sonst bekam er einen Schuldkomplex oder ein Minderwertigkeitsgefühl, nahm nur eine Stunde, und meine Kasse würde leer bleiben.

»Kein Grund, sich zu entschuldigen, Herr Diamond. Sie bezahlen dafür, daß Sie Fehler machen. Und ich korrigiere Sie, einverstanden?«

Ein tiefes Lachen klang an mein Ohr. »Ich sehe, wir sind uns einig, Frau Linde. Ich würde gern gleich heute, wie heißt das, starten?«

»Anfangen. Ja, warum nicht.«

Er stand ja wohl nicht direkt vor der Tür. Bis er kam, hatte ich noch reelle Chancen, den Aufräumschmutz und die Farbreste von meinen Künstlerpfoten zu waschen.

»Paßt es Ihnen in einer Stunde?« fragte er.

»Hervorragend.«

»Hervorragend?«

Ganz offensichtlich ein für ihn unbekanntes Wort. Na, dem Mann konnte geholfen werden.

»Hervorragend bedeutet soviel wie sehr gut, ausgezeichnet, verstehen Sie?«

Er lachte wieder. »Ja, ich verstehe. Sehen Sie, ich brauche Sie wirklich.«

Und ich dich erst mal. Zwecks Auffüllung der Künstlerkasse. Außerdem – es konnte ja mal ganz nett sein, ein wenig Konversation mit einem Amerikaner zu machen. Immer her mit dir und deiner Diamantengeldbörse.

»Prima, also dann bis nachher. Ich wohne im Brombeerweg 8, oberste Etage.«

Ohne Fahrstuhl, aber das sagte ich vorsichtshalber nicht, das würde der Arme schon noch früh genug merken.

Eine Stunde später öffnete ich die Tür. Ein großer Mann stand mit dem Rücken zu mir und betrachtete das Treppenhaus. Mit dem ganzen abgeplatzten Putz nicht gerade ein Aushängeschild, aber schließlich war das hier nun mal nicht der Buckingham-Palast, und selbst wenn, die Queen würde ihm bestimmt nicht so schön Deutsch beibringen können wie ich. Er drehte sich um.

»Jack Diamond«, stellte er sich vor.

»Angenehm. Mona Linde.«

Hatte ich ihn schon mal irgendwo gesehen? Sein Gesicht kam mir so bekannt vor. Woher nur? Ich durchwühlte mein Gedächtnis, in dem eindeutig ein Bild von ihm schlummerte. Mensch, aufgewacht, ihr Kopfkämmerchen. Woher kennen wir ihn denn nun? Da stand ich und starrte ihn unhöflich an. Ich räusperte mich.

»Äh, wenn Sie mir bitte folgen wollen«, sagte ich hastig und ging voran ins Wohnzimmer.

Er trug einen schwarzen Anzug mit einem schwarzen Hemd. Kannte ich ihn vielleicht aus einer Zeitschrift? Also er sah aus, als wäre er entweder ein Künstler oder ein Mitglied der Mafia, vielleicht. Na, dir komme ich schon auf die Spur.

»Bitte, nehmen Sie Platz, Herr Diamond. Und dann fangen wir sofort an. Also, ich stelle Ihnen ein paar Fragen, und Sie antworten einfach, einverstanden?«

»Einverstanden«, nickte er und schaute mich aufmerksam an.

Verdammt und zugenäht, diesen Blick hatte ich doch schon mal gesehen. Einen Blick aus dunklen Augen. Waren sie braun oder eher grün oder eine Mixtur aus beidem? Genau, grün mit braunen Sprenkeln. Das Grün bekam man hin, wenn man ein wenig Kanariengelb mit viel Dunkelkönigsblau mischte und dann noch … Ups, ich war gerade in die falsche Arbeitssparte abgeglitten.

»Was sind Sie denn von Beruf, Herr Diamond?«

Guter Ansatz, Mona. Künstler oder Mafia – das war hier doch die Frage.

»Manager«, antwortete er.

Mhm, also doch eher Mafia. Oje, oje. Der schwarze Jack bei mir zu Hause. Aber egal, hier gab es sowieso nichts zu holen.

»Manager, so, so«, sagte ich und grübelte weiter. »Sie sind also Amerikaner und leben jetzt in Deutschland?«

Einkreisen, Mona, einkreisen. Du kriegst es schon raus.

»Nein, ich wohne hier nur für ein paar Wochen. Ich mache Geschäfte auf internationaler, wie sagt man, auf internationaler Seite?«

»Auf internationaler Ebene«, half ich.

Na ja, war ja bekannt, daß die Mafia überall ihre Finger im Spiel hatte.

»Genau, auf internationaler Ebene«, wiederholte er.

»Wissen Sie, wie man Ebene schreibt?« fragte ich und drückte ihm ermutigend die Kreide in die Hand.

»Ich denke, schon. Sagen Sie, wäre es sehr ungepaßt, wenn ich meinen Sakko ausziehe?«

»Unpassend, heißt es, nicht ungepaßt. Nein, bitte, hier ist es wohl etwas warm«, sagte ich.

Kein Wunder. Vor lauter Angst, daß ich mich wieder verkühlen und mir die gemeinen Grippeviren erneut einhandeln könnte, hatte ich die Heizung voll aufgedreht. Sie bullerte aus allen Rohren.

Jack Diamond zog seine Jacke aus, hängte sie über seinen Stuhl und nahm die Kreide in die Hand.

»Ebene«, sagte er und schrieb das Wort ganz richtig an die Schiefertafel.

Derweil betrachtete ich seine Kehrseite. Mein Gedächtnisspeicher rumorte. Dunkle Haare, breite Schultern, schmale Hüften, knackiger Po in perfekt sitzender Hose.

Warm, warm, Mona, noch wärmer, heiß, ja, genau! Diesen Mann hatte ich schon mal in Boxershorts gesehen und in wiederhergestellter genähter Hose in der Schneiderei.

»Natalie«, entfuhr es mir.

»Wie bitte?« fragte Jack Diamond und drehte sich zu mir um.

»Bei Natalie, da habe ich Sie schon mal gesehen.«

»Ja, da war mir meine Hose zerplatzt.«

»Geplatzt beziehungsweise gerissen«, antwortete ich freundlich, sprang auf und nahm ihm die Kreide aus der Hand. Flink schrieb ich die neuen Worte an die Tafel.

»Reißen, zerreißen, gerissen«, las er ab.

Ich schaute zu ihm auf. Gegen diesen großen Mann war ich eher so was wie ein Zwerglein. Ausgesprochen winzig kam ich mir vor.

»Setzen wir uns wieder«, sagte ich, weil ich gerade keine Stelzen zur Hand hatte. Es war besser, wenn wir auf ähnlicher Höhe sprachen, sonst rutschte ich noch unweigerlich selbst in die Schülerrolle.

»Herr Diamond, Ihr Nachname ist so vielversprechend. Sind Sie in der Schmuckbranche?«

»Nein«, gab er nur zurück.

Das war eindeutig. Er würde mir wohl nichts über seine Geschäfte verraten, ein Jammer aber auch. Dann sollte er mir mal etwas über seine Heimat erzählen, das war wohl nicht so streng geheim.

»Gut, also lassen Sie uns über die Unterschiede zwischen Amerika und Deutschland reden«, forderte ich ihn auf.

Jack Diamond begann, und ich lauschte seinen Worten. Mein Mafioso war allem Anschein nach nicht nur sehr intelligent, sondern auch überaus gebildet. Keinen Bereich ließ er aus. Wirtschaft, Kultur, Historie, Begründungen für dieses und jenes Phänomen, Thesen über die Zukunft. Begeistert fiel ich ein. Über Amerika wußte ich nicht so besonders viel, aber ich erklärte ihm meine Gedanken über meine Heimat. Mona als Gesellschafterin. Ich war, glaube ich, eine ganz passable Unterhaltungsdame. In Japan hätte ich direkt die Geishalaufbahn einschlagen können.

»Interessant ist auch, daß die Deutschen immer so förmlich sind. In Amerika geht es oft etwas, wie sagt man, leichter zu?« sagte er fragend.

»Sie meinen sicher lockerer oder lässiger, oder?«

»Ja, lockerer. Wir sprechen uns meist sehr schnell mit dem Vornamen an. Darf ich das vielleicht aufregen?«

Ich lachte. »Anregen, nicht aufregen. Anregen bedeutet in diesem Zusammenhang soviel wie einen Vorschlag machen, verstehen Sie?«

»Ja. Also, darf ich anregen, daß Sie mich Jack nennen?«

Mhm. Ich war ja schon immer auf Abstand bedacht. Aber wenn wir uns weiter siezen würden, dann wär das vielleicht in Ordnung mit dem Vornamen.

»Gut. Also, Jack. Dann nennen Sie mich Mona.«

»Mona«, wiederholte er, »wie passend.«

»Wie meinen Sie das?« fragte ich.

»Ihr Lächeln, so wie Mona Lisa«, sagte er nachdenklich. Aber sofort wurde er wieder sachlich. »Würden Sie denn jemals Deutschland, wie heißt das – lassen?« fragte Jack nun.

»Verlassen«, berichtigte ich.

»O. k., also, würden Sie denn jemals Deutschland verlassen?«

»Darüber habe ich noch nie nachgedacht.« Ich zuckte mit den Schultern. »Na ja, Italien, das könnte mich reizen.«

»Italien?«

Ein intensiver Blick traf mich. Aha, vielleicht hatte er in seinen Familienzweigen auch noch ein paar Echtblutanteile aus dem legendären Sizilien. Da kam die Mafia ja schließlich her.

»Wegen der Kunst, meine ich. Italien ist so voll von Kultur, wenn Sie verstehen, was ich meine.«

»Allerdings«, nickte er. »Sie interessieren sich also für Kunst, Mona?«

Soweit kommt's noch. Du machst ein Riesenbrimborium um deine geschäftlichen Angelegenheiten, und ich plaudere hier mal schnell mein gesamtes Privatleben aus. Nee, kommt nicht in die Tüte. Eine Geisha bewahrt Zurückhaltung.

»Unter anderem«, erwiderte ich vage. »Zurück zur Sprache, Jack. Wir werden jetzt ein wenig an Ihrem Akzent arbeiten. Ihr ›R‹ ist noch zu kehlig, eben typisch amerikanisch. Ich gebe Ihnen einige Worte vor, und Sie bemühen sich, den Klang genau zu erfassen. Dann sprechen Sie nach. Also – Radio.«

»Radio.«

»Nicht so weit hinten, das ›R‹. Noch mal.«

»Radio.«

»Schon besser. Und jetzt, das wird Ihnen gefallen, schließlich seid ihr da in der Technologie ganz weit vorn – Rakete.«

»Rakete«, wiederholte er.

Jack Diamond lernte schnell. Wenn ich die Worte so einzeln herausgriff, konnte er seinen Akzent ganz gut im Zaume halten.

»Rätsel.«

»Rätsel. Es gibt im Leben immer wieder Rätsel«, philosophierte er und beobachtete meine Reaktion.

Wollte er mich jetzt aus der Reserve locken? Oh, ein weiteres gutes R-Wort.

»Reserve«, gab ich vor.

Wir erledigten noch Reinigung, Respekt, Roboter und widmeten uns gerade der Rutschbahn, als es an der Tür laut und vernehmlich klingelte.

»Hallo, Darling«, begrüßte mich Edgar.

Den hatte ich komplett vergessen. Dabei wollte ich ihn doch so dringend zum Abbau meiner Adrian-Wutgelüste als Torero mit dem roten Tuch malen.

Edgar, bereits voll von mir informiert, hielt sich prompt seine beiden Zeigefinger als Hörner an die Stirn, scharrte mit dem rechten Fuß und trabte wild schnaubend ins Wohnzimmer.

Jeder Stier wäre vor Neid erblaßt. Auch aus Jack Diamonds Gesicht wich vor Erstaunen etwas Farbe. Was mußte der jetzt von mir denken? Edgar hielt inne, als er Jack Diamond bemerkte.

»Tach«, begrüßte er ihn lässig.

Jack schaute mich fragend an.

»Äh, das ist Edgar«, sagte ich lahm.

Was auch sonst? Mein Stier oder vielmehr mein Torero?

»Guten Tag, Edgar, ich heiße Jack«, sagte er formvollendet.

Ganz offensichtlich gehörte er zu den Menschen, die sich immer und zu allen Gelegenheiten voll in der Gewalt hatten.

»Hallo, Jack. Ich hoffe doch, Sie sind ein neuer Schüler, was?« Und zu mir gewandt. »Nicht, daß du mich betrügst, Darling.«

Ausgesprochen witzig, der Edgar. Sein Feingefühl war ihm ausgerechnet heute offensichtlich komplett abhanden gekommen.

»Ich bin ein neuer Schüler«, nickte Jack.

Edgar grinste und tätschelte mir die Wange. »Ich gehe schon mal nach nebenan und ziehe mich aus, Darling.«

Und schwupps, verschwand er mit wehendem Haar.

»Äh«, stotterte ich und blickte Jack Diamond unsicher ins Gesicht. Mein Ruf war ruiniert, schätzte ich mal.

Der schaute nur kurz auf die Uhr. »Die Zeit für heute ist sowieso um, und ich will Sie nicht weiter stören«, sagte er knapp und legte einen Hundertmarkschein auf den Tisch. »Ist das o.k.?«

»Sicher, sicher, Moment, ich gebe Ihnen noch eine Quittung«, nickte ich und war froh, daß ich mich ins Schreiben vertiefen konnte, wenn schon gerade kein Vulkankrater in Sicht war, der sich zum Verstecken geeignet hätte. Fix noch meine schwungvolle ML-Signierung auf das Blatt. Geschafft.

»Nächste Woche zur gleichen Zeit?« fragte Jack Diamond sachlich.

»Gerne, Jack.«

»Man lernt immer wieder etwas dazu. Ihr Deutschen seid wohl doch nicht so förmlich, wie ich dachte«, sagte er noch. Sein Blick glitt hinüber zur Ateliertür, die Edgar hinter sich geschlossen hatte.

Wie kam er denn darauf? War es etwa nicht formvollendet, wenn Männer am hellichten Tage schnaufend wie Stiere die Wohnung einer Frau stürmten? Und sich dann bei weiblichen Sprachlehrerinnen mal eben splitterfasernackt auszogen?

Mir fiel leider partout nichts ein, um diese merkwürdige Szene aufzuklären. Dafür hätte ich ihm mein halbes Leben anvertrauen müssen, und das fand ich denn auch übertrieben. Schließlich war

ich einem Schüler wohl keine Erklärung über meinen Lebens-
wandel schuldig.

»Tja, dann bis nächste Woche«, quetschte ich hervor.

»Einen guten Tag wünsche ich Ihnen noch«, sagte Jack sachlich
kühl.

Was er wohl damit meinte? Wahrscheinlich dachte er, daß ich
jetzt ganz unförmlich eine wilde Orgie zur Nachmittagsentspan-
nung mit Edgar vorhatte. Aber er verzog keine Miene und nickte
mir zum Abschied über die Schulter noch mal zu.

Ich schloß die Tür und stöhnte.

Jetzt hatte ich schon mal einen reichen, kultivierten Mafia-Bar-
zahler und machte gleich den schlechtestmöglichen Eindruck.

Blöd gelaufen.

STRATEGIE

Der Tag der Abrechnung war gekommen!

Während ich mir meinen Hut aufsetzte, erklärte ich Papa noch kurz, was ich vorhatte: »Weißt du, Papa, ich treff mich jetzt mit dem Adrian zum Mittagessen. Und dann mache ich ihn rund, den Schuft. Einfach mein Bild wegzugeben, na warte!«

Zügig marschierte ich zum verabredeten Ort des Geschehens. Ein Blick in die Runde verriet mir, daß Adrian noch nicht da war. Auch noch unpünktlich. Ein weiterer Minuspunkt, Brüderchen.

»Suchen Sie sich einfach einen Tisch aus.« Der Kellner zeigte auf das noch relativ leere Innere des Restaurants.

Ich wählte so, daß ich die Tür im Blick hatte. Dann könnte ich Adrian schon beim Hereinkommen effektvoll anfunkeln.

»Möchten Sie vielleicht schon einen Aperitif?«

»Ein Mineralwasser.« Nee, halt, Moment mal. Adrian würde heute bezahlen. »Äh, besser einen Campari-Soda, bitte.«

Am Nebentisch saß ein Pärchen. Ich beobachtete die Frau. Hektische rote Flecken blühten in ihrem Gesicht.

»Mausi, reg dich ab«, sagte ihr männliches Gegenüber herablassend.

Aha, die Dame hieß genauso wie Paolos Hund. Und der Typ da war wohl ihr Herrchen, na ja.

Mausi regte sich allerdings keineswegs ab wie befohlen, sondern Mausi fuhr ihn statt dessen hysterisch an. »Mir langt's, mir langt es so sehr, das kannst du dir gar nicht vorstellen.«

»Du mit deiner blöden Eifersucht«, gab er zurück.

»Unverschämtheit. Du treibst dich mit anderen Weibern rum und findest das wohl auch noch ganz normal, was?«

Ganz offensichtlich war ich hier nicht die einzige, die einem Kerl eine saftige Abreibung verpassen wollte. Ich nippte an meinem Campari. Köstlich.

»Eifersucht ist etwas völlig Unsinniges, Mausi. Ich flirte gern, aber das macht doch nichts. Sonst drehe ich nichts mit anderen Weibern, Mausi, glaub mir.«

Kein einziges Wort glaubte Mausi. »Ha. Und was war das letzte Woche, hä? Klaus-Dieter, verrat mir das mal! Als du mit der Rothaarigen in dieser Bar warst, hä?« kreischte sie hysterisch.

»Damit erreichst du bei mir gar nichts. Reiß dich gefälligst zusammen«, gab der Typ in schneidendem Ton zurück.

»Also doch. Betrogen haste mich, Klaus-Dieter, gib's doch zu«, sagte sie fast befriedigt.

Mausi hatte wohl eine kleine masochistische Ader.

»Daß du dich in der Öffentlichkeit nicht benehmen kannst, geht mir auf die Nerven«, feuerte Klaus-Dieter zurück. Diesmal ohne Mausi-Anrede. Er schaute sich peinlich berührt um.

Schnell widmete ich mich unauffällig meinem Glas. Aber meine Ohren, die blieben schön weit aufgesperrt. Vielleicht konnte ich von Mausi ja noch etwas lernen.

»Und mir geht auf die Nerven, daß du dich in der Öffentlichkeit mit anderen Weibern präsentierst«, ertönte grell ihre Stimme.

Ein klassisches Pingpong. Knallst du mir etwas um die Ohren, knall ich zurück. Knall, knall, streit, streit. Hörte sich nach Krieg an, das Ganze.

»Ich bin nun mal gern unter Menschen!« holte er zum nächsten Schlagabtausch aus.

Menschen? Na klar, Frauen waren selbstredend Menschen. Aber ich schätzte mal, er wollte gern einen Freibrief für die Vielweiberei haben.

Mausi schien das auch so zu empfinden. »Menschen? Weiber, sag ich. Geh zum Bowling, Klaus-Dieter, wenn du unter Menschen willst. Oder mal mit mir ins Kino. Zu Hause sitzt du immer nur vorm Fernseher. Und rausgehen tust du immer mit anderen Weibern. Das mache ich nicht mehr mit, verstehst du?«

»Mit deiner Hysterie treibst du mich ja schließlich aus dem Haus. Das kann ja keiner ertragen.«

Peng, das war wieder ein Schuß aus seiner Knarre.

Ich saugte an dem Strohhalm. Wer würde wohl zuerst dem anderen ein Bier über den Kopf kippen?

Mausi atmete schwer. Schließlich ließ sie erschöpft den Kopf sinken. »Daß du dich zu allem Übel auch noch mit meiner besten Freundin verabredet hast, das hat mich ganz tief getroffen. Ja, du hast mich schrecklich verletzt.«

Ihre Stimme war leiser geworden. Nun kullerten Tränen über die hektischen roten Flecken.

Also, ich für meinen Geschmack würde der Freundin die rote Karte zeigen und den Mann da hinjagen, wo nicht mal mehr ein einziges, popeliges Pfefferkorn wächst.

»Ach, Mausi«, stöhnte er nun und nahm ihre Hand. »Aber da war nichts mit deiner Freundin. Ehrlich, ich schwöre.«

Emsig streichelte er ihr Händchen und küßte es tolpatschig.

Nanu? Welche Wendung. Frauentränen verfehlten selbst bei einem so betrügerischen Klotz wie Klaus-Dieter nicht ihre Wirkung.

Was hatte sie noch gesagt? Du hast mich schrecklich verletzt. Aha. Ein guter Satz, den würde ich mir merken. Zetern und hysterisch werden schien bei Männern eher auf taube Ohren zu stoßen.

»Da war wirklich nichts? Ganz wirklich?« fragte Mausi unter Tränen mit zitternder Stimme.

»Aber nein, glaube mir, wirklich ganz ehrlich.«

Wer's glaubt, wird selig, Kumpel. Aber ohne Lügendetektor würde Mausi ihm nie auf die Schliche kommen. Laß ihn doch noch ein wenig zappeln, Mausi, wenn du ihn schon nicht über die Klinge springen läßt.

»Du hast mich so schrecklich verletzt, Klaus-Dieter«, wisperte Mausi und kriegte einen Schluckauf.

Da war er wieder, der magische Satz.

Klaus-Dieter küßte inzwischen reumütig gleich beide Hände der hicksenden Mausi.

»Mausilein, komm, sei wieder lieb. Komm, Mausilein. Ja? Bist du wieder lieb?«

Mausileins Ja fiel etwas laut aus, weil gerade wieder ein Hickserchen an die frische Luft wollte.

»Ach, Mausilein, das feiern wir jetzt. Ich bestell uns was ganz Tolles zu trinken, ja? Zur Versöhnung, ja?«

Puh, das kannte man ja schon. Erst die Sau rauslassen, und dann gab's Rosen und Champagner.

Klaus-Dieter winkte den Kellner heran. »Herr Ober, nun bringen Sie uns mal was ganz Feines. Einen schönen Sekt, ja? Sie haben doch bestimmt eine gute Hausmarke, ja?«

Gönnerhaft tätschelte Klaus-Dieter Mausileins Hand. »Siehste, ich verwöhne dich doch, wo ich nur kann, nicht, Mausi?«

Mausi nickte erschöpft. Na, der Klaus-Dieter ließ sich nicht lumpen. Statt Champagner gab's zwar nur den Hausmarkensekt, aber Mausi hatte ja nun versprochen, ganz lieb zu sein, und gab sich damit zufrieden.

»Ist bei Ihnen noch ein Platz frei?« fragte mich ein fremder Mann.

Ich musterte ihn kurz. Er hatte eine unangenehme Ähnlichkeit mit Klaus-Dieter. Wahrscheinlich auch so einer, der gern unter Menschen war.

»Nein«, gab ich kurz zurück. »Aber hier sind ja noch genügend leere Tische, oder?«

»Ich würde Ihnen aber gern ein wenig Gesellschaft leisten, junge Frau«, sagte er und baute sich breitbeinig vor mir auf.

»Mein großer Bruder kommt gleich«, sagte ich mit Augenaufschlag. »Er ist sehr groß, wissen Sie?«

Na, zu irgend etwas mußte der Adrian ja wenigstens gut sein, und wenn auch nur für eine süße Warnung. Da kassierste Keile, wenn du dich nicht gleich trollst.

Mit mürrischem Gesicht verzog sich Klaus-Dieters Ebenbild. Tja, Pech gehabt, schlechte Anmache, Korb gekriegt, wieder nichts mit 'nem Mittagessen unter Menschen.

Mein Campari war schon fast leer, als sich Adrian endlich die Ehre gab.

»Hallo, Kleine, wartest du schon lange?«

Schnell schluckte ich eine bissige Bemerkung runter. Nein, ich würde nicht in die Falle tappen, die sich die Mausi mit ihrer Anfangshysterie selbst gebaut hatte. Wenn sie nicht gerade jemanden endgültig loswerden will, dann kommt frau mit Freundlichkeit besser durchs Leben.

»Och, nicht sehr lange. Ist übrigens ein nettes Restaurant hier«, antwortete ich fröhlich.

»Hast du eigentlich etwas Besonderes auf dem Herzen, Mona?«

»Wieso?«

»Na, weil du unsere Verabredung so dringend gemacht hast.«

»Nö«, log ich mit dem harmlosesten Gesicht der Welt. »Ich dachte nur, es wär ganz gut, wenn wir uns mal wieder etwas regelmäßiger sehen. Und allein, ohne deine blöde Sibille.«

Soviel zum Thema Selbstbeherrschung. Ein unnötiger Patzer. Adrian ging zum Glück nicht darauf ein.

»Willst du noch einen Campari?« fragte er, weil der Kellner schon wieder mit gezücktem Blöckchen vor uns stand.

»Ja, gern. Und was zu essen, bitte. Am liebsten Nudeln.«

Die waren so schön nahrhaft.

Mein Bruderherz bestellte meine Lieblingspasta, Spaghetti Carbonara. Da war immer ein guter Schlag Sahne dran, hervorragend für halbverhungerte Schwestern.

»Na, wie läuft deine Kanzlei so, Adrian?« eröffnete ich listig unsere Konversation. Männer liebten es, ein wenig über ihre Geschäfte zu sprechen.

Plangemäß bekam Adrian einen ganz eifrigen Gesichtsausdruck.

»Nicht schlecht, würde ich mal sagen. Ich habe schon einen Klienten, für den ich die Scheidung durchziehen muß. Das ist zwar nicht mein Spezialgebiet, aber das packe ich schon. Der ist deshalb so interessant für die Zukunft, weil ich für ihn vielleicht sämtliche Vertragsabwicklungen übernehmen darf. Ja, und außerdem, weißt du, habe ich auch durch die Kontakte auf der Eröffnungsparty einige Klienten aus der Wirtschaft gewonnen. Mein Schreibtisch ist jedenfalls reichlich voll.«

»Der englische von Sibille, nicht?« fragte ich freundlich. »Ach, Adrian, fast hätte ich es vergessen …«, von wegen, ich dachte tagtäglich daran von früh bis spät mit Groll, mit Wut, mit wachsenden Haßgeschwüren, »… sag mal, hast du noch Freude an meinem Sonnengreifer?«

Adrian fuhr sich durch die Haare. Damit hatte der Trick-siebzehn-Anwalt wohl nicht gerechnet.

»Äh, das ist wirklich ein hervorragendes Bild«, wich er aus.

»Ich weiß.«

»Was weißt du?«

Aha, eine kleine Unsicherheit begleitete seine Stimme.

»Na, daß das ein hervorragendes Bild ist. Hast du doch gerade selbst gesagt.«

Adrian schüttelte den Kopf. »Mhm, du lächelst so komisch.«

»Wieso komisch?« fragte ich harmlos.

»Na, so dieses Mona-Lisa-Lächeln eben. Irgendwie mysteriös, ein wenig beunruhigend. Du machst deinem Namen alle Ehre, Schwesterchen.«

Kam mir bekannt vor. Hatte Jack Diamond nicht etwas Ähnliches gesagt? Aber mein Mafioso gehörte jetzt wirklich nicht hierher.

»Na, ich habe jedenfalls nichts zu verbergen«, stellte ich vielsagend in den Raum und schlürfte genüßlich ein Schlückchen Campari.

Adrian starrte in seinen Martini-Cocktail. Am Boden des Glases lag eine einsame grüne Olive herum. Die versuchte Adrian jetzt mit einem Zahnstocher herauszufischen. Ausgerechnet. Adrian haßte Oliven. Na, zur Strafe sollte er diese heute mal essen.

»Adrian, du mußt beherzt zugreifen. So, siehst du?« Schon hatte ich zwei Finger in seinem Drink, packte die Olive und schob sie ihm in den Mund. Er verzog beim Kauen angeekelt sein Gesicht. Wie gesagt, Adrian haßte normalerweise Oliven und würde sie freiwillig nie essen. Außer heute, um Zeit zu gewinnen. Aber ich, ich hatte alle Zeit der Welt.

»Es kommt eben auf den richtigen Griff an, Adrian. So wie auch beim Sonnengreifer, verstehst du?«

Adrian stöhnte. Olive und Sonnengreifer zusammen zerrten an seinen Nerven.

»Also, mit dem Sonnengreifer, das ist so«, setzte er an.

»Ja?« fragte ich freundlich.

Ich hatte ihn an der Angel. Wie ein erwischtes Fischchen wand er sich, zappelte er, schnappte er nach Luft. Aber nein, mein Süßer, ich lasse dich nicht zurück ins erfrischende Wasser, ich bestimmt nicht.

»Na ja, Sibille hat mir die Hölle heiß gemacht. Sie hat gesagt, du würdest mir mit diesem Bild den Ruf ruinieren.«

»Sibille, so, so. Deinen Ruf ruinieren, so, so.«

Bleib bloß ruhig, Mona, ganz Dame. Spar dir deine Spucke für nachher.

Verlegen schaute mich Adrian an. »Das Übelste war, sie sagte, das Bild wäre geschäftsschädigend. Für einen Anwalt absolut unseriös.«

»Unseriös, so, so.«

An mir war echt ein Papagei verlorengegangen.

»Das hat mich wieder total verunsichert, kannst du das verstehen, Mona? Für einen Anwalt gibt es nichts Wichtigeres, als hochgradig seriös zu sein, vertrauensvoll, ehrlich, eindeutig. Eben seriös.«

»Ehrlich und seriös, so, so.«

Worauf wartete ich eigentlich? Daß mich dieses ständige Nachplappern in eine erlösende Meditation bringen und ich deshalb Adrian nicht gleich ein wenig unseriös schütteln und würgen würde?

»Jedenfalls war ich eben verunsichert. Da habe ich mir von einem meiner Klienten, von dem mit der Scheidung, na egal, also von dem habe ich mir dann einen professionellen Rat eingeholt.«

»Ach, interessant, Adrian. Womit hat der sich denn als Meinungsmacher qualifiziert? Damit, daß er 'ne offensichtlich verkorkste Ehe hinter sich bringen will?«

Adrian blinzelte mich nervös an. »Nee, natürlich nicht. Er ist ein Profi, was die Beurteilung von Bildern angeht.«

»Und was sprach der Profi?«

Inzwischen kratzte Adrian mit dem Fingernagel Kurven in das Tischtuch. »Er meinte, daß Bild braucht mehr Raum. Und es wäre geeigneter für Wohnräume als für meine Kanzlei.«

»Aha, dann hängt es jetzt also bei dir in deinem trauten Heim, ja?«

Die Kurven auf dem Tischtuch vermehrten sich.

»Na, das ging doch nicht. Du kennst ja Sibille.«

»Leider.«

»Wie auch immer. Der Klient ist jedenfalls Galerist. Er war total aus dem Häuschen, Mona. Hättest ihn mal sehen sollen. Ganz aufgeregt. Permanent starrte er auf das Bild und erklärte mir, was er darin alles sah.«

»Und was?«

»Er sagte, es wäre ein Werk von einem großen Künstler. Maskulin und kraftvoll. Dann hat er noch geschwärmt, daß ihn der männliche Strich fast umhaue.«

»Und dann hast du ihm erklärt, daß der männliche Strich von deiner kleinen, zarten Schwester kommt, oder?«

Wenn der Adrian mit seinen Fingernägeln so weitermachte, würde er in Kürze das Tischtuch in Fetzen gekurvt haben.

»Ich habe mich nicht recht getraut. Sibille mit ihrem ›unseriös‹ klang mir immer so in den Ohren. Und der Galerist hat mich auch so verwirrt, weil es für den ganz klar erschien, daß das Bild von einem Mann stammen mußte.«

So ähnlich hatte ich mir das schon gedacht. Der Interpretationskünstler Herr Grünberg war eben wirklich ein echter Profi.

»Aber, Adrian, auf dem Bild sind doch ganz deutlich meine Initialen drauf.«

Da, die Decke hatte partiell bereits aufgegeben. Adrian hatte so konsequent auf einer Stelle herumgeritzt, daß sich die Maschen unangenehm weiteten. Ein Stück dunkler Tischplatte schimmerte hindurch.

»Ich weiß, dein ML. Der Galerist hatte sich gerade über die italienische Anmutung des Themas ausgelassen, als er mich fragte, wie der Künstler denn heiße. Durch dieses Italiengequatsche mußte ich plötzlich an Venedig denken und an den Markusplatz. Und an den geflügelten Löwen, der doch das Zeichen von Venedig ist.«

»Du sprichst in Rätseln, Adrian.«

Er stöhnte. »Oje, Mona. Na, durch den Markusplatz kam ich auf Marco. Und beim Gedanken an den Löwen, das heißt doch Leo auf lateinisch, da fiel mir Leon ein. ML. Marco Leon.«

Na bravo. Jetzt wußte ich wenigstens, wozu einen der schulische Erwerb des großen Latinums so treiben konnte.

»Moment, Adrian, ich glaube, da ist mir gerade etwas entgangen.

Du hast dem Galeristen also gesagt, daß Bild wär von einem Marco Leon?«

Schuldbewußt stierte Adrian auf die Tischdecke. Auf die ruinierte Tischdecke. »Ja, Marco Leon.«

Ich war baff. Der Name ging tatsächlich auf das Konto meines eigenen Bruders.

»Da bin ich jetzt aber platt, Adrian. Unsere Familienkreativität scheint ja doch nicht so ganz spurlos an dir vorübergegangen zu sein. Sollte deine Kanzlei mal pleite gehen, kannste dir vielleicht ein paar Mäuse als Namenserfinder verdienen.«

Inzwischen sah Adrian ausgesprochen leidend aus. Zerknirscht schaute er mir nun endlich wieder in die Augen.

»Das Schlimmste kommt aber noch«, sagte er und senkte den Kopf sofort wieder.

Mehr Kurven auf dem unschuldigen Tischtuch. Jedem Rallyefahrer würde bei dem Anblick schwindelig bis zum Erbrechen.

»Ich habe ihm den Sonnengreifer mitgegeben.«

»Mitgegeben?« fragte ich gedehnt.

»In Kommission sozusagen.«

»Sozusagen.«

Nein, Brüderchen, ich werde dir nicht helfen. Gestehe, Schurke, gestehe die ganze Wahrheit, die ganze miese Wahrheit.

»Gewissermaßen also zum Verkauf, sozusagen.«

»Zum Verkauf sozusagen. So, so. Sehr aufschlußreich. Sag mal, Adrian, ist das nicht eigentlich Betrug, wenn du einem Galeristen erzählst, der Sonnengreifer wäre von einem Marco Leon, und ihm das Bild dann zum Verkauf andrehst?«

»Wohl kaum. Ein Betrugsdelikt liegt nur dann vor, wenn jemandem ein Schaden entstanden ist, der das auch nachweisen kann. Und ein Schaden ist nicht entstanden. Ich habe ihm das Bild auch nicht angedreht, sondern er wollte es unbedingt haben.«

»Nettes Anwaltsdeutsch, Herr Doktor«, gab ich böse zurück.

»Dabei hast du leider die Rechnung ohne den Werkerzeuger gemacht. Mir, mir ist ein Schaden entstanden, wenn du Geld für meine Bilder kassierst.«

Gleich haue ich dir dein Tischtuch oder die Reste davon um die Ohren, du böser Betrüger.

»Erstens geht es nicht um Bilder im Plural, sondern nur um ein einziges Bild. Juristisch gesehen ist auch dir kein Schaden entstanden, denn du hast mir das Bild geschenkt. Und mit meinem Eigentum kann ich ja wohl machen, was ich will.«

Sein kleines Trotzgesicht erinnerte mich an unsere Kindheit. Da mußte ich immer lachen, wenn Adrian seine Schmollippe zog. Damit würde er mich aber heute nicht mürbe machen.

»Juristisch magst du damit recht haben. Aber moralisch nicht, oder?«

Adrian zog es vor, nicht zu antworten. Gut, also, dann würde ich jetzt mal eine Katze aus dem Sack lassen.

»Laß mich mal raten, wie der Galerist heißt. Also, ich könnte wetten, er heißt Grünberg.«

Nun blieb Adrians Schmollmündchen offenstehen. Er starrte mich an.

»Aber woher, aber wie kannst du wissen …?« stammelte er.

»Ganz einfach. Ich habe den Sonnengreifer in der Galerie gesehen. Und stell dir vor, er hat ihn bereits verkauft!«

Triumph machte sich in mir breit.

»Und das sagst du mir erst jetzt? Du hast die ganze Zeit schon gewußt, was passiert ist, und läßt mich so zappeln?«

Schön, daß Adrian seine Sprache wiedergefunden hatte. Natürlich nur, um sich nun bei mir auch noch zu beschweren.

»Das ist ja wohl das geringste an Strafe, was du verdient hast, Adrian. Ich war fassungslos, als ich den Sonnengreifer da entdeckt habe. Wie konntest du nur, Adrian?«

»Hab ich dir doch erklärt, wie das alles so passiert ist. Es war eben eine Verquickung der Umstände«, sagte Adrian hilflos.

Dem fiel auch immer etwas ein. Verquickung der Umstände. War das auch Anwaltsdeutsch? Am Nebentisch waren Mausi und Klaus-Dieter mit der Sektvernichtung beschäftigt. Bei denen schien vorerst wieder alles in Butter. Mhm. Ich brauchte den Adrian dringend für die Zukunft. Und was man braucht, darf man nicht vernichten. Jetzt war es wohl an der Zeit für die Weichklopfstrategie. Her mit Mausis magischem Satz.

»Adrian, du hast mich schwer verletzt«, sagte ich mit fast sterbender Stimme.

»O Gott, Mona, das tut mir so leid. Ich wünschte, ich könnte es rückgängig machen«, stöhnte Adrian schuldbewußt. Ha, er nahm meine beiden Hände und knetete auf ihnen herum. Die Mausi-Taktik funktionierte wirklich super.

»Rückgängig machen ist wohl nicht, Adrian. Das Bild ist wie gesagt schon verkauft. An eine Frau von Hase als Partyattraktion über ihrem Sofa. Meine Freundin Vivian wird bei der Party kellnern und mal ausspionieren, was die Hasenfreunde davon halten. Wenn alles so klappt, wie ich es mir vorstelle, dann male ich weiter. Für die ganze feine Gesellschaft. Als Marco Leon. Und du, du Adrian, du wirst Kontakt zu Herrn Grünberg halten und ihm die Bilder zuschleusen, verstanden?«

»Ich weiß nicht«, sagte Adrian zögernd. »Das können wir doch nicht machen.«

»Warum nicht? Du hast selbst gesagt, es sei kein Betrug, solange niemandem ein Schaden entsteht. Die Leute kriegen die Bilder, die ihnen gefallen, der Galerist verdient Geld und ich dann wohl auch. Ist doch alles bestens, oder?«

»Mir ist aber trotzdem ein bißchen mulmig dabei.«

»Du willst mir also nicht helfen? Obwohl du mich so schrecklich verletzt hast?« Ich guckte so traurig aus der Wäsche, wie ich nur irgend konnte.

»Doch, doch, ich helfe dir«, sagte Adrian hastig und quetschte weiter unbeholfen meine Künstlerfingerchen.

Gewonnen.

Sieg.

Bruder und Schwester Linde würden Marco Leon schon berühmt machen.

»Warum läßt sich der Grünberg eigentlich scheiden?« fiel mir ein. Ein paar Informationen konnten ja nicht schaden.

»Klientengeheimnis«, gab Adrian zurück.

»Hat er seine Frau betrogen?« bohrte ich weiter. So wie der böse Klaus-Dieter seine Mausi?

Adrian nickte wortlos.

»Mit lauter anderen Frauen?«

Adrian schüttelte den Kopf.

»Mit Männern etwa?«

Adrian räusperte sich. Aha, so war das also. Der Herr Grünberg war eben ein Freund der Maskulinität. Na ja, wo die Liebe hinfällt. Am Nebentisch fiel auch gerade was, nämlich der Stuhl von Mausi. Den hatte sie beim Aufstehen vor lauter Sektglückseligkeit und Versöhnungsrausch umgeschmissen.

»Was war das denn?« fragte Adrian und drehte sich erschrocken um.

»Nur Mausi und Klaus-Dieter«, klärte ich ihn auf.

»Die Frau ist ja völlig blau«, stellte Adrian mißbilligend fest.

»Laß mal, die Frau macht schon ihren Weg. Die muß zwar noch etwas unnötigen Männerballast aus ihrem Leben schmeißen, aber zumindest hat sie ein paar ganz effektvolle Tricks in puncto Gesprächsstrategie drauf«, antwortete ich lächelnd.

Danke, Mausi, für den guten Weichmacherspruch, und mach's gut.

»Ach, wirklich?« fragte Adrian zweifelnd. »Warum lächelst du denn eigentlich schon wieder so merkwürdig, Mona?«

»Och, nur weil – weil da hinten gerade meine Spaghetti kommen, Bruderherz.«

Hurra, wir langweilen uns zu Tode.

Ich ließ meinen Blick über meine Anfängergruppe gleiten. Die ersten Sprachstunden mit dem Vielvölkergemisch Svenja, Jean, Miguel, Janet und Julie waren für meinen Geschmack ganz prima gelaufen. Aber heute, da war eindeutig der Wurm drin. Sämtliche Anfangseuphorie-Erscheinungen waren hinweg, hinfort, und die ganze Bande quälte sich seit anderthalb Stunden mit Grammatik, Vokabeln und kleinen Dialogen lustlos herum.

»Wie spät ist es?« fragte ich Miguel.

Der Bursche schaute bestimmt schon zum zehnten Mal auf die Uhr.

»Vierzehn Uhr und dreißig Minuten.«

Was auf gut deutsch bedeutete, daß die Qual noch eine geschlagene halbe Stunde weitergehen sollte.

Mamma mia, sende mir eine Idee, bevor ich hier selbst einschlafe.

Bei Mama hatte sich früher niemand gelangweilt. Zur Not hatte sie immer einfach ein Liedchen geträllert und damit die Menschen in ihren Bann gezogen.

Ha, das war's doch. Ich baute mich vor der Truppe auf.

»Sah ein Knab ein Röslein stehn«, sprach ich in die Runde.

»Wie bitte?« fragte Julie.

Gut gelernt, diese höfliche Fragestellung, du entzückende Streberin.

»Wir werden jetzt singen!« sagte ich fröhlich. Tief holte ich Luft.

»Sah ein Kna-ab ein Röslein stehn«, trällerte ich die erste Zeile.

»Röslein a-auf der Hei-de.«

Fünf Gesichter starrten mich neugierig an. Truppen erwachet aus dem Tiefschlaf! Höret zu und stimmet ein!

»War so ju-ung und morgenschön«, sang ich weiter.

Alle saßen nun ganz aufrecht. Selbst Miguel schien seine zu langsam tickende Armbanduhr endlich vergessen zu haben.

Schnell schrieb ich die Zeilen auf die Schiefertafel.

»Das ist ein altes deutsches Volkslied. Und der Text stammt von dem großen Dichter Johann Wolfgang von Goethe«, erklärte ich. »Ein Knab ist die Abkürzung für ›Knabe‹, und ein Knabe ist ein Junge, ein junger Mann, verstehen Sie?«

Allgemeines Nicken. Julie notierte eifrig und ließ dabei wie üblich ihre kleine rosige Zungenspitze im Mundwinkel sehen.

»Das Wort jung kennen wir ja schon. Was ist das Gegenteil von jung, Jean?«

»Alt«, antwortete er.

»Richtig. So, jetzt zum nächsten Wort. Morgenschön.«

Morgenschön. Ein herrliches Wort. Nur leider ein wenig schwierig, es in seiner ganzen Komplexität zu erklären.

»Schön wie der Morgen. Ein altes Wort, das man sonst nicht benutzt. Was ist das Gegenteil von Morgen?«

»Gestern?« rief Svenja.

Das hatte ich nun davon. Schwelgte hier in Poesie und überforderte meine Schüler. Aber da mußten wir nun gemeinsam durch.

»Ich meine, der Morgen. Das Substantiv. Am Morgen geht die Sonne auf, klar?«

Schnell malte ich eine große Sonne an die Tafel. Mit Sonnen kannte ich mich schließlich bestens aus.

»Das Gegenteil ist, wenn die Sonne untergeht und der Mond kommt. Am Abend.«

Fix hatte ich einen flotten Halbmond mit funkelnden Sternen gezeichnet.

»Abend«, echote Svenja.

»Gut. Nun wollen wir singen. Ich singe vor. Dann singen wir alle gemeinsam. Also: Sah ein Kna-ab ein Röslein stehn, Röslein a-auf der Hei-de. War so ju-ung und morgenschön ...«

Janet und Svenja schlugen sich ganz gut. Julie dagegen jaulte wie eine Katze, der gerade jemand auf den Schwanz getreten war. Und die Herren trauten sich wohl nicht so recht. Miguel jedenfalls brummelte irgend etwas in seinen Bart, was mit meinem Knaben so gar nichts zu tun hatte. Derweil bewegte Jean zur Probe nur mal so die Lippen.

»Stopp, stopp, stopp«, unterbrach ich. »Alle zusammen. Miguel, Jean, bitte mitsingen. Noch mal von vorn!«

O Schreck, o Graus.

Julie sang sich nun so richtig ein und war immer haarscharf einen Ton daneben. Doch weder merkte sie es, noch tat es ihrer Begeisterung Abbruch. Der gute Jean schien auch nicht gerade die Musik mit der Muttermilch eingesogen zu haben, während Miguel zögernd eine recht anhörbare Baßtonlage dazuerfand. So waren wir mehrstimmig vom Feinsten, wenn auch in Teilen so schräg an der eigentlichen Melodie vorbei, daß sich meine Mama sicher im Grabe herumgedreht hätte.

Aber das deutsche Volksliedergut sollte in die Seelen meiner Schüler eindringen. Auch die letzten Zeilen wollten gelehrt werden.

»Röslein, Rö-öslein, Rö-öslein rot. Röslein a-auf der Heide.«

Ich sang, ich dirigierte mit meinem Lehrerinnenzeigestock und animierte die Kehlen meiner Jünger.

»Immer schön im Chor!«

»Rö-öslein rot«, quietschte Julie voller Inbrunst.

»A-auf der Heide«, brummte Miguel hinterdrein.

Vielleicht sollte ich beim nächsten Mal meinem Club einen flotten Kanon beibringen, dann wäre es wenigstens beabsichtigt, daß hier jeder seinen eigenen Einsatz bekam.

Noch fünf Minuten.

Wir quälten noch ein wenig das arme Röslein rot, bis es sicher alle Blättchen von sich schmiß. Aber – die Augen meiner Schüler glänzten, die Lernkrise war überwunden, gab doch diese Sprache so herrliche Lieder her, die man sogar ungestraft bis zur Unkenntlichkeit entstellen durfte.

Im Takt summend und wippend marschierte die Mannschaft von dannen.

»Gibst du neuerdings Gesangsunterricht?« fragte Vivian, die eine Minute später bei mir auftauchte. »Mir kamen gerade ein paar Leute entgegen, die ›Sah ein Knab ein Röslein stehn‹ auf der Treppe sangen. Ziemlich falsch, wenn du mich fragst.«

»Ich weiß«, lachte ich. »Nee, das waren meine Sprachschüler. Die brauchten heute mal ein Liedchen zur Aufmunterung.«

»Ach so. Das scheint dir wenigstens gelungen zu sein. Munter sahen die schon aus. Im Gegensatz zu mir. Die Party gestern hat bis in die Puppen gedauert.«

Die Party. Die Party von Frau von Hase mit meinem Sonnengreifer. Vor lauter Nervosität rumorte mein Magen.

»Setz dich Vivian und erzähl schon. Spann mich bloß nicht auf die Folter.«

Vivian grinste und kuschelte sich in einen Sessel. »Also, dein Werk hängt über einem Sofa mit gelben und orangefarbenen Blumen.«

Ausgesprochen gigantisch. So ähnlich hatte ich mir das schon vorgestellt.

»Und die Tapete?« fragte ich stöhnend.

»Die ist gestreift. Auch gelb und orange.«

»Nee, wie toll. Mensch, Vivian, erzähl bitte. Was haben die Leute so gesagt?«

Vivian stand langsam auf. Sie stellte sich vor eine leere Leinwand, die an der Wand lehnte, und starrte sie an.

»Göttlich, meine Liebe«, flötete sie nun und starrte weiter. »Nein, ist der schön«, sagte sie und rang die Hände.

Aha, offensichtlich gedachte sie, mir die gesamte Szenerie vorzuspielen.

»Ach, Emilie, du hast ja einen so exzellenten Geschmack«, flötete sie weiter.

»Ist Emilie die Frau von Hase?« fragte ich aufgeregt.

Vivian nickte nur kurz.

»Und wie die Farben harmonieren. Emilie, Liebe, wo hast du dieses Werk nur wieder aufgetan?«

Vivian verwandelte ihren Gesichtsausdruck und die Körperhaltung. Sie sackte ein wenig zusammen und streckte das Bäuchlein heraus. Aha, das sollte wohl die etwas rundliche Emilie von Hase sein.

»Bei meinem Galeristen. Es ist von einem jungen Künstler namens Marco Leon. Er ist begnadet, ausgesprochen begnadet.«

Fand ich auch. Soviel Gerede um einen Mann, den es gar nicht gab, konnte nur eine Gnade erster Güte sein.

Vivian streckte ihr Bäuchlein noch weiter raus. »Er ist ganz groß im Kommen, sag ich euch. Schaut euch den männlichen Strich an. Diese Kraft.«

Ich verdrehte die Augen. Puh, das würde mich wohl auf ewig verfolgen, dieses maskuline Charakteristikum meiner Arbeit.

Vivian wechselte wieder die Rolle. Sie richtete sich auf und zog ein spitzes, säuerliches Gesicht.

»Mein Mann hat immer so spießige Kupferstiche an der Wand. Aber ich hab ihm schon gesagt, die werden jetzt nicht mehr aufgehängt. Findet auch mein Innenarchitekt. Wir renovieren nämlich gerade. Ich will's etwas moderner. Und dann werde ich erst mal ganz ohne Bilder alles eine Zeitlang auf mich wirken lassen. Man muß ja ein Gefühl für die neuen Räume bekommen. Und dann – ja, das sag ich euch –, dann gehe ich einkaufen.«

Einkaufen nannte die Lady das. Bilder einkaufen. Unglaublich. Klang wie Supermarkt-Kunst-Shopping.

Vivian hatte immer noch den säuerlichen Gesichtsausdruck. Die Dame hatte wohl noch mehr zu sagen.

»So was hier würde mir auch gefallen, Emilie. Es ist so ein bißchen – ein bißchen verwegen. Und der Mann, der sieht ja einfach traumschön aus. Du hättest doch nichts dagegen, wenn ich auch so einen Marco Leon kaufte, oder, Emilie?«

Schon änderte Vivian wieder die Haltung und spielte die rundliche Frau Emilie von Hase.

»Aber nein, ganz und gar nicht, meine Liebe. Der Künstler ist nämlich ganz schüchtern und lebt in einer kalten, einsamen Mansarde mit Tauben auf der Fensterbank. Er braucht sicher Unterstützung. Den könntest du fördern, meine Gute. Abgesehen davon, diese Bilder sind Anlageobjekte.«

Ich schaute aus dem Fenster. Tauben auf der Fensterbank? Na ja, wenn die Phantasie Purzelbäume schlug, dann würde die Emilie von Hase mir sicher auch noch mehr Künstlerboheme andichten. Zum Beispiel Alkoholexzesse oder das zweite Gesicht oder auch eine Brieftaube als einzige Verbindung zur Außenwelt.

»Sekunde mal, Vivian. Wer ist denn diese Frau mit dem säuerlichen Gesicht?«

Vivian lachte und setzte sich wieder hin. »Dachte ich mir schon, daß du das wissen willst. Sie heißt Claudia Wohl und ist ungefähr

so alt wie Frau von Hase, um die Fünfzig. Die ist stinkestinke-
reich. Ihr Mann macht in Gurken.«

»In Gurken?«

»Ja, Gurken. Saure Gurken, Dillgurken, Essiggurken, Gurken-
happen, Minigurken und so weiter. Mußt du doch auch kennen.
Die machen immer diese Werbung mit dem Slogan ›Oh, wie
wohl ist mir mit Wohl‹.«

Ach, die waren das also. Klar, wer kannte die Reklame nicht.
Wohl fühlen mit Wohl-Gurken.

»Und die Gurkenkönigin will nackte Männer von Marco Leon?«

»Ja, klar, sag ich doch. Die war völlig begeistert. Alle anderen im
übrigen ja auch. Stundenlang standen sie vor dem Sonnengreifer.
Den Männern gefiel er gut, die diskutierten so mit Kennermiene.
Die Frauen waren total aus dem Häuschen. Ein Gekicher, ein
Gegacker wie im Hühnerstall. Und alle sprachen immer wieder
über den schüchternen Künstler. Über seine expressive Kraft
und so was. Das war allen Ernstes ein voller Erfolg, Mona. Und
die Frau Wohl, die hat total Blut geleckt. Na ja, ihr Mann ist
einen Kopf kleiner als sie und ein gemütlicher Dicker mit Brille,
da hat sie nicht so etwas ausgesprochen Schönes zum Angucken.
Außerdem – sie besitzt eben auch das nötige Kleingeld für deine
Bilder.«

»Wenn man jetzt mal wüßte, wie ihr Zuhause so wird. Orange
wohl nicht, oder?«

»Nee, wohl nicht. Sie sagte, der Sonnengreifer würde farblich
nicht passen. Aber die hofft, daß der Marco Leon auch Werke in
seiner Künstlermansarde schafft, die zu ihrer Einrichtung diese
Harmonie ergeben.«

»Aber Vivian, es gibt Tausende von Farben. Das haut so genau
nie hin, wenn ich jetzt einfach drauflosmale. Oder dem Grünberg meine fertigen Bilder in die Hände spiele. Weißt du, ich will
da jetzt gar nichts hinliefern. Wenn die sich dann nicht verkaufen
und Ladenhüter bleiben, dann ist der ganze Anfangserfolg hin.
Der muß Bilder kriegen, die auch sofort weggehen. Und wenn
die Frau Wohl sowieso ein wenig ihre neuen Räume auf sich wirken lassen will, dann wäre die einfach ideal, ideal als nächste Kundin. Während sie wirken läßt, hätte ich ausreichend Zeit zum

Malen. Wenn ich nur wüßte, wie es bei ihr ausschaut. Nur – wie kriegen wir das denn hin?«

Vivian guckte mich nachdenklich an. »Ich habe mitgekriegt, daß sie in Kürze eine Party gibt. Sie nannte es Rohbauparty. So als Art Vor-Hauseinweihung. Wenn die Wände fertig sind und die ersten Möbel stehen. Und eben noch ohne Bilder. Das konnte ich ganz genau heraushören, Mona.«

»Ohne Bilder? Ist das nicht ziemlich ungewöhnlich?«

»Bei der nicht. Die hat doch nichts anderes im Sinn, als allen Freundinnen ihr neues Heim vorzuführen. Oder glaubst du, die renoviert nur so zum Spaß? Das ist für diese Leute ein Gesellschaftsspiel. Und doppelt hält besser, klar? Einmal ohne Dekoration, einmal mit Dekoration feiern. Dann kann sie sich auch doppelt bewundern lassen. Für ihren Geschmack für Vasen, Schälchen, Bilder und sonstwas. So hat sie sich das jedenfalls vorgenommen. Zwei Partys. Und die erste in der übernächsten Woche. Mann, ich hab der Frau Wohl bestimmt dreißigmal meine Häppchenplatten angeboten, um das auch alles genau zu erlauschen.«

Vivian zog wieder das säuerliche Frau-Wohl-Gesicht.

»Ihr müßt unbedingt alle kommen, meine Lieben. Auch, wenn es noch ganz kahl ist. So als Renovierungsparty.«

Eine Party ohne Bilder. Ein Wink des Himmels.

»Vivian, sag, ist da auch wieder dein Partyservice?«

»Nein, ich hab mich schon erkundigt. Ausgerechnet diesmal nicht.«

»Ausgerechnet, so ein Unglück! Wäre auch zu schön, um wahr zu sein.«

»Ja, aber ich habe schon überlegt. Der einzige, der hier die ganze kleine, aber feine Gesellschaft in der Stadt kennt, ist doch der Adrian. Frag ihn einfach mal, ob er eingeladen ist.«

Adrian. Bei mir moralisch verschuldet bis in alle Ewigkeit. Na klar, der kannte doch unter Garantie die Gurkenkönige.

»Gute Idee, ich ruf ihn sofort an. Paß auf.« Ich angelte das Telefon und wählte seine Nummer.

»Hallo, Herr Doktor«, flötete ich. »Sag mal, du kennst doch bestimmt die Familie Wohl, oder?«

»Tag, Mona. Familie Wohl? Meinst du die Gurken-Wohls?«
fragte er zurück.

»Ja, genau die. Die mit den Gurken.«

»Klar, kenne ich die. Warum?«

Er kannte sie, er kannte sie. Die Engel sollen die Gurken-Wohls
und Adrian beschützen. Und mir beistehen, bitte, bitte, bitte,
dieses eine Mal.

»Die machen eine Party. Bist du da zufällig eingeladen?«

»Nee, nicht zufällig.«

Ich sackte in mich zusammen. Aus der Traum. Diese ganze Bete-
rei schien bei mir nie etwas zu nützen.

»Wie schade«, sagte ich resignierend.

»Wieso schade?«

»Ich hatte eben gehofft, du wärst eingeladen, weil ...«

Adrian unterbrach mich. »Bin ich ja auch. Aber eben nicht zufällig.«

»Bist du auch, aber eben nicht zufällig?« wiederholte ich.

»Nee, nicht zufällig, sondern absichtlich eben. Hier gibt es doch
so einen kleinen Hersteller am Ort, der Essig produziert und
außerdem Mixed-Pickles-Produkte. Die Wohls wollen diese
Firma aufkaufen. Und ich bin Anwalt der kleinen Firma und
werde die Fusion abwickeln. Kannst du mir folgen?«

Adrian fusionierte Essig und Mixed Pickles mit Wohls-Schlem-
mergurkenhappen. Liebe Engel, verzeiht mir, daß ich kurzfristig
das Vertrauen in euch verloren hatte. Ich liebe euch, ich ehre
euch und bin auch bereit, mich bei passender Gelegenheit zu re-
vanchieren. Vielleicht mit einem Engelsbild mit Posaunen und
Heiligenschein?

»Sicher kann ich dir folgen, Adrian. Äh, gehst du dort allein
hin?«

»Du bist aber heute neugierig. Nein, Schwesterherz, ich gehe mit
Sibille dort hin. Wenn sie Zeit hat.«

Für Partys hatte die leider immer Zeit. Aber vielleicht ... ?

»Hast du sie denn noch gar nicht gefragt?«

»Wenn du es so genau wissen willst, nein. Wenn ich das recht
in Erinnerung habe, dann ist die Party aber auch erst in zwei
Wochen.«

Mein Hirn arbeitete auf Hochtouren. Adrian würde sicher für mich nicht den perfekten Spion spielen. Das mußte Vivian übernehmen. Also war die einzige Möglichkeit, daß die blöde Sibille zu Hause blieb und Adrian statt dessen ...

»Adrian, ich habe da eine Idee. Wie wär's, wenn du mit Vivian zu den Wohl's gehen würdest?«

Vivian schaute mich erstaunt an.

»Bist du verrückt, Mona? Ich gehe mit Sibille dort hin oder allein, aber bestimmt nicht mit deiner aufgedonnerten Freundin.«

»Adrian, hör mir doch bitte mal zu. Die Frau Wohl hat den Sonnengreifer gesehen bei der Party von Frau von Hase. Und Frau Wohl will völlig neue Bilder einkaufen für ihr neues Heim. Deshalb muß ich wissen, wie die Räumlichkeiten aussehen, verstehst du? Vivian kann das auskundschaften, du redest derweil über Essiggurken, und ich male dann später, wenn ich alles genau weiß, die Bilder. Vergiß nicht, du stehst in meiner Schuld. Du hast doch versprochen, mir zu helfen.«

Adrian stöhnte. »Du verlangst ein bißchen viel, Mona. Jetzt soll ich also für dich Sibille belügen?«

»Wieso belügen? Du kannst ihr doch mal etwas ganz Klitzekleines verschweigen, oder? Für mich, nur einmal schweigen. Ach, Adrian. Sonst muß ich für immer am Hungertuch nagen.«

Ein wenig auf die Tränendrüse drücken könnte bestimmt nicht schaden.

»Mona, ich weiß nicht. Was das Hungertuch angeht, kann ich dich ein wenig beruhigen. Der Grünberg hat mir heute einen Scheck vorbeigebracht. Für den Sonnengreifer. Eine enorme Summe übrigens, jedenfalls für dich. Ich werde dir das Geld überweisen. Kannst du dich nicht vorerst damit zufriedengeben?«

Nee, konnte ich nicht. Das war zwar klasse, daß der Adrian so lieb war, mir meinen Künstleranteil zu geben. Aber ich mußte langfristig denken. Unternehmerisch sozusagen.

»Vielen Dank, Adrian. Ich freue mich sehr, sehr, daß du mir das Geld geben willst. Aber glaube mir, diese Party ist für mich überaus wichtig. Und nicht für Sibille. Ich erwarte doch auch gar nicht, daß du für mich den Kundschafter spielst. Nur, daß du bitte Vivian mitnimmst. Das wäre Balsam für mein verletztes Herz.«

»Na schön«, stöhnte Adrian, »aber nur dieses eine Mal. Und nur, weil du es bist. Ich kann es selbst kaum glauben, was ich hier drehe. Mona, nur noch eines. Ich werde Vivian dann als meine Cousine vorstellen. Damit ich Sibille nicht kompromittiere, falls sie dort einer der Gäste an meiner Seite vermißt. Und – ist es vielleicht möglich, daß Vivian nicht so aussieht, wie sie eben aussieht? Ich meine, kannst du sie so herrichten, daß ich mich mit ihr nicht blamiere?«

Mein Blick glitt über Vivians Hochfrisur. Der Lidstrich war wieder extrabreit, das Make-up extradick und ihr Dekolleté so extratief, wie es nur ging.

Mhm. Edgar. Edgar mit seinen geschickten Visagistenhänden würde aus der wilden Vivian bestimmt eine zahme Vivian zaubern können.

»Wird gemacht, Brüderchen. Du bist ein Schatz, wirklich. Holst du Vivian dann an dem Abend bei mir zu Hause ab?«

»Auch das. Sonst noch einen Wunsch?« fragte er in ironischem Tonfall.

»Nö, das wär's vorerst. Küßchen, Küßchen, Adrian.«

Erschöpft ließ ich den Hörer auf die Gabel sinken.

Vivian krallte sich in meinen Arm. »Ich soll mit Adrian auf das Fest gehen? Ich?«

»Ja, du. Als seine Cousine. Nur ...«

Wie sollte ich Vivian beibringen, daß sie nur als zahme Vivian dort hinkonnte?

»Da ist noch etwas, Vivian. Ich halte es für angebracht, weil du doch Adrians Begleitung bist, daß du etwas, sagen wir, anders aussiehst.«

»Damit mich die Frau Wohl nicht wiedererkennt, was?« fragte Vivian eifrig.

Herrje, da hatte ich gar nicht dran gedacht. Das war doch *die* Begründung.

»Genau. Edgar wird dich so anders stylen, daß du dich selbst nicht wiedererkennst. Aber du brauchst keine Angst zu haben, Vivian. Du wirst in jedem Fall wunderhübsch aussehen.«

Vivian nickte. »Ja, gut. Was meinst du, Mona, wäre es nicht am besten, ich würde ein paar Fotos machen? Damit du alles genau sehen kannst?«

»Wunderbar«, kicherte ich.

Das war doch das Straußenei des Kolumbus. Fotos der Inneneinrichtung mit allen Mustern und Farbtönchen. Die ideale Inspiration für mich.

Frau Gurken-Wohl, mach dir keine Sorgen über deine noch fehlenden Bilder. Selbst wenn du ein Röschensofa hast, wird mir etwas Passendes einfallen. Zur Not ein liebreizender splitterfasernackter Rosenknabe mit Knackpopo. Röslein, Röslein, Rö-öslein rot ...

SCHLANGE

Zufrieden schleppte ich meine schweren Supermarkttüten nach Hause. Die zu erwartende Überweisung von Adrian für das Sonnengreiferbild hatte mich zum Einkauf getrieben. Oh, was würden mir die gerade erstandenen Köstlichkeiten schmecken!

Gleich zwei Pakete Kaffee hatte ich erworben. Und meine Lieblingsschokoladenkekse, die mit den besonders dicken Schokobrocken drin. Den Fischstäbchen hatte ich nur einen verächtlichen Blick gegönnt und statt dessen frische Scampi gewählt. Heute abend würde ich mich damit inklusive Käsehäppchen zum Dessert selbst verwöhnen und morgen beim Frühstück mit einem leckeren Omelette und der Extra-Auslese-Konfitüre. Das Wasser lief mir nur so im Munde zusammen.

Vor der Haustür traf ich auf Jack Diamond. Ihm würde ich heute seine zweite Sprachstunde verpassen.

»Hallo, Jack«, begrüßte ich ihn. »Das ist ja ein perfektes Timing. Ich war nur noch schnell ein paar Kleinigkeiten einkaufen. Die tue ich fix in den Kühlschrank, und dann können wir anfangen.«

Das mit dem Kühlschrank war auch dringend notwendig, weil die Scampi und der besonders würzige Käse bereits einen Wettstreit um den ersten Preis für exorbitante Geruchsentfaltung führten.

»Guten Tag, Mona«, nickte Jack höflich und öffnete mir die Haustür.

Ich schlüpfte hinein. Der Postbote war gerade da und plauderte mit der Hauswartsfrau und ihrer Nachbarin. Die beiden waren die wohl größten Klatschbasen, die man sich nur vorstellen konnte. Den halben Tag verbrachten sie im Hausflur, beobachteten die Mitbewohner und tratschten, was das Zeug hielt. Ich könnte schwören, ich war inzwischen zu einem Subjekt der Sonderklasse mit meinen stets wechselnden Schülerbesuchern geworden. Aber eher würde ich mir die Zungenspitze abbeißen, als diesen beiden Lieseln zu erklären, daß ich Sprachstunden gab und kein Bordell führte.

»Schon wieder ein Neuer«, flüsterte die Hauswartsfrau laut und vernehmlich ihrer Tratschgenossin zu.

»Guten Tag«, schmetterte ich in die Runde.

»Frau Linde, ich hab hier was für Sie«, gab der Postbote zurück.

Die Klatschtanten lehnten sich derweil unverhohlen neugierig in die Türrahmen ihrer Erdgeschoßwohnungen und starrten uns an.

»Prima, immer her damit«, sagte ich zu dem Postboten.

Der nestelte nun in seiner dicken Tasche herum und gab mir zwei Briefe in die Hand. Beziehungsweise er wollte sie mir geben, nur war ich so beladen, daß ich sie nicht greifen konnte.

»Darf ich Ihnen behelflich sein?« fragte Jack und deutete auf meine dicken Tüten.

»Behilflich«, korrigierte ich flüsternd.

»Ausländer!« raunte die Hauswartsfrau ihrer Tratschfreundin zu.

Na, da hatten die zwei wieder Futter für die Nachmittagslästerei bekommen.

»Vielen Dank, Jack, das ist sehr freundlich von Ihnen.«

Ich übergab ihm meine Tüten und nahm die Briefe in Empfang. Oje, die Telefonrechnung. Und eine Werbung der Klassenlotterie, die bereits seit Ewigkeiten versuchte, mich zur Multimillionärin zu machen.

Der Postbote wühlte weiter in seiner Tasche und brachte noch etwas zum Vorschein.

»Wollen Sie Ihren ›Playboy‹ auch gleich mitnehmen?« fragte er laut und deutlich und unüberhörbar.

»Haste das gehört? Die liest den ›Playboy‹!« raunte es wieder auf den billigen Plätzen.

»Dieses Schmutzmagazin, dieses Pornoblatt. So was aber auch«, antwortete die Nachbarin in Richtung der Hauswartsfrau.

»Äh, ja, nehm ich auch gleich mit«, entgegnete ich, während mir unter Jacks Blick die Röte ins Gesicht stieg.

»Hier, bitte«, sagte der Postbote.

Dabei fuchtelte er derart mit der Zeitschrift herum, daß zu allem Übel schwungvoll das stets integrierte Poster aufklappte. Das Poster mit dem Playmate des Monats.

Dieser Depp!

In schlüpfriger Nacktheit tanzte eine blonde Lolita mit üppigem Busen, gelehnt an eine riesige Palme, im Hausflur herum. Und alle hatten es gesehen. Wie peinlich.

Ich klappte hastig das Poster wieder in die Innenseite der Zeitschrift und stolperte die Treppe hinauf. Gefolgt von Jack mit meinen Plastiktüten. Schnell vertiefte ich mich ins Auspacken und traute mich kaum, Jack Diamond in die Augen zu schauen. Ich schämte mich in Grund und Boden.

Beim letzten Mal war er auf Edgar gestoßen, der sich nach dem Stierspielen gleich auszog. Und heute mußte er wohl denken, ich wäre nun auch noch latent lesbisch und scharf auf nackte Frauenleiber. Dabei hatte ich doch nur dieses »Playboy«-Abonnement, weil ich darin immer die Posen der Nacktmodelle studierte. Was Vergleichbares mit Männern gab es nun mal nicht. Oje, was für eine vertrackte Situation.

Jack brach das Schweigen. »Ist das für Ihren Freund?« fragte er und deutete auf den »Playboy«.

»Nein, das ist für mich«, gab ich trotzig zurück und feuerte meinen Herrenhut aufs Sofa. Ich zuckte hilflos mit den Schultern. »Was müssen Sie jetzt nur von mir denken?«

Jack ging lässig zum Fenster und schaute hinaus. Plötzlich drehte er sich um und schaute mir gerade ins Gesicht. »Sie sind Sprachlehrerin. Ihr Freund heißt Edgar. Sie lesen den ›Playboy‹. Ansonsten denke ich gar nichts. Ich halte mich an die Tatsachen.«

»Manchmal trügt der Schein«, sagte ich lahm.

»Ach, ja?«

»Ja«, gab ich patzig zurück.

Warum hatte ich nur dieses Gefühl, daß er versuchte, in mich hineinzuschauen? Wahrscheinlich lag das an seinen eindringlichen Augen. Er lehnte am Fensterrahmen und beobachtete, wie ich mich wand.

»Das da«, sagte ich schließlich, »das ist mein Vater. Ein Selbstporträt.«

Jack Diamond lief auf Papas Bild zu und betrachtete es. »Ein Selbstporträt? Dann war er ein Maler?«

»Ja, genau. Und ich habe sein Talent geerbt. Ich bin nämlich nicht nur Sprachlehrerin, sondern auch Malerin. Sag ich ja, der Schein trügt manchmal.«

So, nun war es raus. War doch gar nicht so schwer, Mona. Schließlich war Malen ja nichts Ungebührliches.

»Und was malen Sie?« Er fragte es mit dem Rücken zu mir, weil er nach wie vor meinen Papa fixierte.

Am liebsten gleich dich. In meinen Ohren rauschte es wie üblich, wenn eine Idee in meinem Kopf herumschwirrte. Die Art und Weise, wie er sich bewegte, diese Geschmeidigkeit, dieses Nichtgreifbare seines Wesens – wie eine Schlange. Ich schloß kurz die Augen. Eine Schlange, die sich langsam über einen nackten Männerrücken bewegte, elegant, geschmeidig ...

»Malen Sie Stilleben?« riß mich Jack aus meinen Gedanken.

»Nein, äh, also ich male Menschen.«

»Menschen, aha«, sagte Jack und befühlte vorsichtig die Oberfläche des Papa-Bildes.

»Deshalb, also deshalb schaue ich mir auch ab und zu den Playboy an. Wegen der Posen, der Haltungen. Manchmal fangen die Fotografen etwas ein, das aus einer natürlichen Bewegung entsteht. Das sieht dann ganz anders aus als bei den meisten Fotos, die schrecklich gestellt sind. Jedenfalls, ab und zu sind da Fotos drin, die mich anregen.«

Rein künstlerisch, nicht sexuell. Aber das wollte ich nicht auch noch sagen. Klang wahrscheinlich sowieso alles ziemlich bescheuert für einen amerikanischen Mafia-Geschäftsmann.

»Interessant. Wann haben Sie denn gefangen zu malen?«

»Es heißt angefangen, nicht gefangen. Also angefangen habe ich schon als kleines Kind. Irgendwie habe ich schon immer gemalt.«

Die Schlange müßte sich eng an den Hals schmiegen und sich dann hinunter bis zur Hälfte der Schulterblätter winden. Vielleicht sollte ich sie mit dem Kopf im Halbprofil malen, das gäbe ihr etwas Lebendiges, Dynamisches. Wenn sie dann auch noch ein wenig züngelte, wäre auch die verborgene Gefahr, die sie ausstrahlen würde, deutlicher.

»Zeigen Sie mir denn mal Ihre Bilder?« fragte Jack unvermutet.

»Äh, also, das, das, das Atelier ist so schrecklich unaufgeräumt, deshalb, äh, vielleicht ein anderes Mal«, stotterte ich.

Ja, Mona, stotter dich frei. Eine Sprachlehrerin mit Ladehemmungen und einem Faible für männliche Aktbilder hatte schließlich einen unglaublichen Raritätswert.

»Oh, sicher, ich wollte nicht, wie sagt man, eindringlich sein.«

Das bist du aber, und zwar reichlich, du Schlangenbeschwörer. Hoffentlich hypnotisierst du mich nicht auch noch mit deinem Blick.

»Aufdringlich wäre das richtige Wort. Aber Sie sind nicht aufdringlich. Schließlich habe ich angefangen, Ihnen von meiner Malerei zu erzählen.«

Mit einer Handbewegung wischte Jack Diamond das Thema vom Tisch. »Aufdringlich«, murmelte er dabei.

So, jetzt wollen wir das Blatt aber endlich wenden. Weg von mir, hin zu dir.

»Jack, bitte setzen Sie sich doch. Und erzählen Sie mir, wo Sie eigentlich genau wohnen.«

»Ich wohne hauptsächlich in New York. Aber im Grunde bin ich ständig unterwegs. Ich fliege viel herum, um meine Geschäfte wahrnehmen zu können.«

»Aha, jetzt lerne ich mal jemanden vom Jet-set kennen, oder?«

Er zog die Augenbrauen hoch. »Jet-set klingt nach Vergnügungen, nach Urlaub hier und da, nach Spaß. Bei mir ist das nicht so. Ich arbeite sehr viel, und die Herumfliegerei hat immer einen seriösen – äh – Untergrund?«

Ich kicherte. »Untergrund nun nicht gerade. Hintergrund, Jack.«

Aufmerksam schaute er mich an. »Danke. Also, meine Herumfliegerei hat immer einen seriösen Hintergrund. Richtig?«

»Ja, richtig«, lächelte ich.

Meine schöne Mafiatheorie brach lautlos in sich zusammen. Er klang ehrlich. Soviel zum Thema Schein und Sein auf seiner Seite.

»Mhm, wenn Sie permanent auf Reisen sind, ist das dann nicht schwierig mit dem Privatleben?«

Mona, frag ihn doch gleich, ob er 'ne Frau und fünf Kinder hat, du neugieriges Wesen.

»Privatleben?« sagte er gedehnt.

»Na, mit Ihrer Familie!«

Jack schaute kurz zu Papas Bild hinüber.

»Ich sehe meinen Vater relativ regelmäßig in New York. Und außerdem rufe ich ihn oft von unterwegs an, um mich nach seinem, wie heißt das, wenn ich wissen will, wie es ihm geht?«

»Sie erkundigen sich nach seinem Befinden?«

»Ja, genau. Ich frage ihn, wie er sich befindet.«

Oje, die deutsche Sprache war aber auch manchmal ausgesprochen gemein.

»Leider kann man das so nicht sagen. Das klingt heutzutage zu verstaubt, zu altdeutsch. Noch mal von vorn: Sie fragen ihn nach seinem Befinden. Oder Sie fragen ihn, wie es ihm geht. Das ist beides richtig.«

Jack nickte und wiederholte die Sätze.

»Ich spreche auch oft mit meinem Vater«, sagte ich ganz in Gedanken.

»Das ist auch sehr gut. Treffen Sie sich viel mit ihm? Lebt er hier?« Wieder betrachtete er mich aufmerksam.

Jetzt mußte ich auch noch meine auf Fremde sicher komisch wirkende Marotte zugeben. Monas Geistergespräche. Zögernd erwiderte ich Jacks Blick.

»Ob er hier lebt? Nicht direkt. Um ehrlich zu sein, ich vermisse ihn sehr seit seinem Tod. Aber er lebt noch in meinem Kopf.«

»Ich verstehe«, nickte Jack.

Schüchtern lächelte ich ihn an. »Wirklich?«

»Ja«, sagte er schlicht.

Also, wenn er ein Schlangenbeschwörer war, dann auf jeden Fall wohl ein besonders netter.

»Mal abgesehen von Ihrem Vater«, nahm ich den Faden wieder auf, »hat Ihre Frau nicht etwas gegen Ihre Reiserei, oder nehmen Sie sie mit?«

Wäre Adrian hier, würde er nur den Kopf schütteln. Neugierige kleine Schwester. Aber irgendwie mußte ich ja meinen Unterricht in Gang halten.

»Ich bin nicht verheiratet. Frauen spielen mir zuviel Theater«, entgegnete er hart.

Theater? Aber hallo. Jack Diamond, sieh dich vor, sonst wasche ich dir deinen markanten Charakterkopf. Als Verteidigerin meines Geschlechts. Und zwar mit 'ner ganz groben Kernseife, die kräftig in den Augen brennt, und mit eiskaltem Wasser!

»Theater? Wie meinen Sie das, erklären Sie es mir«, sagte ich herausfordernd.

»Frauen verschleiern ihre Absichten. Es heißt doch verschleiern, oder?«

»Nun, dieses Wort gibt es«, sagte ich schneidend. Wahrscheinlich war ich für ihn auch eine weibliche Schleiereule. Ganz schön heftiges Pauschalurteil, also wirklich.

»Ich meine natürlich nicht Sie persönlich.«

»Das wäre ja auch ein starkes Stück«, platzte ich heraus.

»Ein starkes Stück«, wiederholte Jack grinsend. »Ich lerne wirklich jeden Tag etwas dazu.«

»Sie waren gerade beim Verschleiern«, erinnerte ich ihn.

»Was für ein Thema. Sie müssen sich das so vorstellen, Mona. In New York bin ich ein bekannter Mann. Ich habe sehr viel Erfolg mit meiner Arbeit. Und habe dadurch eine Menge, wie sagt man, connections?«

»Beziehungen.«

»Danke, also ich habe viele Beziehungen. Mir ist es mehr als einmal passiert, daß ich Frauen kennengelernt habe, die mir ein großes Interesse an meiner Person vorgespielt haben. Letztendlich wollten sie aber nur meine Beziehungen ausnutzen. Das bedeutet für mich Theater.«

Soweit konnte ich ihm folgen. Die Schönen und Reichen hatten eben auch so ihre Probleme.

»Der zweite Punkt ist, daß viele Frauen eine gute Partie, so heißt

171

das wohl, machen wollen. Ich verdiene viel Geld, und oft wird das sehr geliebt, ja? Natürlich wird darüber nicht geredet. Auch das wird verschleiert.«

O. k., o.k., ich streiche die Kernseife und das eiskalte Wasser wieder. Wahrscheinlich trieb sich der Jack in der feinen Gesellschaft herum, wo es reichlich Sibille-Zicken gab. Wenn ich mir so zehn Sibilles in einem Raum vorstellte, dann würde ich wohl auch einen Ekelanfall kriegen.

»Also ich sage Ihnen ganz genau, was ich von Ihnen will, Jack«, nickte ich und setzte eine bierernste Miene auf.

»Ja?«

»Ich will Ihr Geld«, lachte ich. »Natürlich nicht ohne Gegenleistung. Ich arbeite ja dafür, oder?«

Nun mußte er auch lachen. »Das ist ein fairer Deal.«

»Handel heißt das auf deutsch. Sehen Sie, das ist doch schon mal wieder mindestens fünf Mark wert, oder?«

Es war angenehm, ihn mal lachen zu sehen.

»Habe ich das jetzt alles richtig erklärt? Solange eine Frau mir etwas vorspielt und doch nur an mein Vermögen will, bleibe ich lieber ohne Frau. Und außerdem will ich Privates auf keinen Fall mit Geschäftlichem, mit meinen Beziehungen zusammen verknoten.«

»Verbinden, nicht zusammen verknoten. Doch, ich verstehe schon. Aber, sagen Sie, kann es sein, daß Ihnen mal eine Frau ganz besonders weh getan hat?«

Statt einer Antwort nickte er nur kurz.

Mona, hundert Punkte. War aber auch klar, wie kam sonst ein Mann wie er zur Frauentotalablehnung? Auwei, da wollte ich lieber nicht länger herumbohren. Aufbauen war eine bessere Idee.

»Sie dürfen nie aufgeben, Jack. Schließlich gibt es auch eine Menge netter und ehrlicher Frauen auf der Welt.«

Das aus meinem Munde, wo ich nun nicht gerade eine Beziehungsexpertin war.

»Nette und ehrliche Frauen?« wiederholte Jack.

Klar doch. Natalie zum Beispiel. Oder Vivian, die war nett und ehrlich. Oder ich. Ich? Mona, du spinnst. Zurück zur Arbeit.

»Jack, da gibt es übrigens ein deutsches Sprichwort, das heißt: Ehrlich währt am längsten. Kennen Sie das?«

»Nein, aber es gefällt mir.«

Dachte ich mir schon.

»Oh, ich kenne ganz viele tolle Sprichworte. Zum Beispiel: Hochmut kommt vor dem Fall.«

Emsig skizzierte ich auf meinem Block herum. Na ja, irgendwie wurde es fast automatisch Sibilles Gesicht, und zwar mit hochgereckter Nase. Und daneben Sibille, die ganz offensichtlich auf die Nase geplumpst war. Mitten in den Dreck.

»Hochmut kommt vor dem Fall«, repetierte Jack lächelnd.

»Oder auch: Lügen haben kurze Beine.«

Dazu malte ich einen großen Mann mit verschlagenem Gesichtsausdruck, dessen Laufextremitäten winzig waren.

Auch Jack fielen nach und nach einige schöne Sprichworte ein, die ich für ihn auf dem Block grob skizzierte:

»Sie können wirklich gut zeichnen«, sagte er anerkennend.

»Karikaturen sind nicht unbedingt meine Stärke, aber man kann erkennen, was es sein soll«, nickte ich.

Schnell malte ich meine ML-Initialen auf den Bogen und überreichte ihn Jack.

»Für mich?« fragte er.

»Klar doch. Und ganz umsonst«, grinste ich und begleitete ihn zur Tür.

Die Schlange im Halbprofil sah wirklich spannend aus. Ich skizzierte Schlangenköpfe in mehreren Variationen.

Meine Gedanken wanderten zu dem Objekt meiner Inspiration. Mhm. Ein Mafioso war Jack wohl nicht. Was war er denn nun für ein Geschäftsmann? Wahrscheinlich machte er so ein Geheimnis darum, weil er mit zuviel Offenheit schlechte Erfahrungen gemacht hatte.

Mein Blick fiel auf die Zeitschrift, die die Hausklatschbasen bestimmt immer noch in Atem hielt. Na, ein Playboy war er sicher ebenfalls nicht. Auch schon mal ausgesprochen beruhigend.

METAMORPHOSE

Am besten, ich mache erst mal eine Schaumtönung. Dieses grelle Rot für Haare ist total out. Ich mach's dir ein bißchen mehr in Mahagoni oder Kastanie, o.k.?« fachsimpelte Edgar, der in Vivians Haaren herumwühlte.

»Aber ein bißchen rot ist es dann doch immer noch, oder?« fragte Vivian ängstlich.

»Klar«, warf ich ein, um Vivian zu beruhigen. Heute war endlich die Wohl-Gurken-Party und damit Vivians Spionageeinsatz. Als Adrians optisch gezähmte Cousine.

Während Edgar und Vivian im Badezimmer verschwanden, mischte ich mir meinerseits auch meine Farben zurecht. Der Schlangenbeschwörer war schon weit gediehen. Nachher kam die Endphase. Die Körperkonturen des Mannes wollten noch etwas verstärkt werden, und die Schlange verlangte nach ein wenig mehr exotischer Zeichnung auf ihrer Schuppenhaut.

Nach einer kleinen Ewigkeit tauchte Vivian mit einem Handtuch um den Kopf wieder auf. Edgar plazierte sie vor meinem Spiegel und rubbelte vorsichtig die Feuchtigkeit aus dem Haar.

»Die sind ja ganz dunkel, das ist ja schrecklich«, rief Vivian. Empört starrte sie auf ihre Haare.

»Nur, weil sie immer noch naß sind. Nachher sieht's ganz anders aus«, gab Edgar zurück. Er kämmte und überlegte, begutachtete Vivian von allen Seiten, kämmte wieder und hatte wohl einen Entschluß gefaßt.

»Ich schneid sie mal ein bißchen kürzer. Und – ein weicher Pony steht dir besser als diese langen Strähnen da vorn.«

»Die brauche ich aber zum Toupieren. Wenn die kürzer sind, dann kriege ich meine Frisur nicht mehr hin.« Lautstarker Protest von Vivian.

»Hier wird aber nicht mehr toupiert. Das ist auch total out«, sagte Edgar bestimmt und zückte die Schere.

»Mona, Mona, hilf mir. Nachher schneidet der mir die Haare noch streichholzkurz.«

Oje, das war die Vorstellung, auf die Vivian ihre Schauspielertränen konditioniert hatte. Prompt bekam sie ganz feuchte Augen, während sie schützend ihre Hände um den Kopf legte. Kuller, kuller, Tränchen, Tränchen.

Beruhigend streichelte ich ihre Schulter. »Reg dich nicht auf, Vivian. Edgar stutzt dir doch nur die Spitzen und den Pony, stimmt's, Edgar?«

»Genau, dann ist es immer noch schulterlang. Nur keine Angst. Glaub mir, ich weiß, was dir steht. Ist schließlich mein Beruf!« Zögernd und mit Jammermiene ließ Vivian endlich die Hände sinken. Nun war nur noch Edgars Schnippeln zu hören.

»Da«, stöhnte Vivian. Sie starrte auf die Haarsträhnen, die sich auf dem Fußboden sammelten.

Edgar verdrehte nur die Augen. Und ich beschloß, den Spiegel in die Ecke zu rollen. Besser, Vivian kriegte gar nicht erst mit, was Edgar alles mit ihr vorhatte.

»Ich nehme ganz große Lockenwickler, dann fällt das Haar nachher natürlich. So in Wellen, verstehst du?« Gewandt rollte er Vivians Haarpracht auf die Wickler. Gemäß Edgars Pinkmacke thronten nun die Lockengestalter in grellem Bonbonpink auf Vivians Köpfchen.

»Vivian, ich leg dir hier schon mal den Fotoapparat hin, ja? Das ist so ein ganz simples Automatikding. Der paßt bestimmt in deine kleine Handtasche. Ein Film ist schon drin, und einen Ersatzfilm packe ich noch dazu. Da sind jeweils sechsunddreißig Bilder drauf. Ich glaube, du solltest ruhig ganz auffällig fotografieren, nur nicht heimlich.« Ich mußte ziemlich laut brüllen, weil Edgar gar nicht mehr aufhörte, an Vivians Haaren herumzufönen. Endlich legte er den Warme-Luft-Puster zur Seite.

»So, die Lockenwickler bleiben noch 'ne Weile drin zum Auskühlen«, sagte er.

Vivian dachte noch über ihren Spionageeinsatz nach. »Ich kann ja beim Fotografieren sagen, daß ich die Einrichtung sooo toll finde, daß ich mich daran orientieren möchte. Für meine Wohnung. Autsch, das tut weh. Willst du mich umbringen?«

Edgar hatte sein Handwerkszeug gewechselt. Jetzt hatte er eine Pinzette als Qualinstrument gewählt.

»Ist ja gleich vorbei. Nur – deine Augenbrauen sind viel zu dick. Sehen direkt gefährlich aus. Damit erschreckst du ja jeden. Da muß ich mal Form reinbringen, und deshalb zupfe ich dir ein paar aus.«

Vivian verzog ihr Gesicht. »Wehe, du läßt keine übrig. Wenn ich da später so 'nen mickerigen Strich habe, dann bring ich dich um, Edgar.«

Ungerührt zupfte er weiter.

»Also, Vivian«, nahm ich den Faden wieder auf, »das ist 'ne gute Idee, daß du sagst, du würdest die Hauseinrichtung toll finden. Fotografiere alles, was dir vor die Linse kommt. Mach auch ein paar Nahaufnahmen von auffälligen Details. Sofamuster und so was, du weißt schon. Und dann brauche ich noch Fotos mit reichlich Wandabstand, damit ich die Raumdimensionen sehen kann. Sonst weiß ich nicht, wo ein Bild hinkönnte.«

»Mann, das ist ja richtig 'ne generalstabsmäßige Planung«, grinste Edgar.

Vivian kicherte. »Und ich bin in dem Spiel Monas persönlicher Adjutant.«

»Und Adrians Cousine«, fiel ich lachend ein. So schnell kam man zu Familienzuwachs.

»Schließ mal die Augen, Vivian. Ich will dir jetzt ein ganz leichtes Make-up auftragen«, sagte Edgar.

»Was nimmst 'n da?« fragte Vivian mißtrauisch.

Edgar zeigte ihr einen Schwamm und ein Make-up-Fläschchen.

»Nee, das ist ja viel zu hell. Ich nehm immer so 'n dunkles, damit ich um Gottes willen nicht so blaß aussehe«, protestierte Vivian.

»Mit deinem dunklen Make-up siehste aus wie 'ne Mokkabohne. Oder wie nach dreißig Tagen unter einem Turbobräuner im Sonnenstudio. Das ist ...«, sagte Edgar.

»Das ist total out«, fiel ich grinsend ein.

Vivian streckte mir nur die Zunge heraus.

»Ach, Vivian. Fast hätte ich es vergessen. Der Blitz braucht immer einen kleinen Moment, bis er wieder aufgeladen ist. Oben am Fotoapparat ist so ein kleines Blinklicht. Wenn das ruhig ist, kannst du wieder blitzen.«

»O. k.«, murmelte Vivian undeutlich, weil Edgar gerade mit dem Schwämmchen an ihrem Mund herumtupfte.

»Nun sind die Augen dran«, sagte Edgar und öffnete eine Art Tuschkasten mit allen möglichen Farben.

»Ach, ich habe extra meinen flüssigen Lidstrich mitgebracht. Da hinten, Mona, gib mir doch mal meine Handtasche, da ist er drin.«

»Nee, nee, nee. Heute abend vergißt du mal deinen flüssigen Lidstrich. Der versaut den ganzen Look«, erwiderte Edgar in bestimmtem Ton.

Schon zückte er kleine Pinselchen und mischte gewandt zarte Tönchen für die arme Vivian zusammen. Auch er war eben ein echter Künstler, der liebe Edgar.

Es folgten Wimperntusche und zarte Striche zwischen den übriggebliebenen Augenbrauenhärchen. Alles, was ich sah, hatte mit der ursprünglichen Vivian nichts zu tun. Na, erst mal abwarten.

»So«, sagte Edgar. »Ich würde vorschlagen, du ziehst dir jetzt vorsichtig dein Kleid an. Aber paß auf mit dem Gesicht und den Lockenwicklern. Und schau nicht in den Spiegel, du bist absolut noch nicht fertig.«

Ich folgte Vivian zum Paravent, über den ich schon das ausgewählte Kleid gelegt hatte. Ein schwarzes Spitzenkleid von meiner Mutter. Vivians Figur war so ähnlich, daß wir schon bei der ersten Anprobe gesehen hatten, wie perfekt es saß. Schließlich – wenn Vivian Adrians Cousine war, war sie logischerweise auch die meine. So blieb alles schön ordentlich in der Familie.

Vivian stieg in das Kleid hinein, und ich zog den Reißverschluß hoch.

»Wir hätten es doch kürzen sollen«, stöhnte Vivian.

Während sie sonst immer zwei Drittel ihrer wohlgeformten Oberschenkel zeigte, waren nun nur gerade eben die hübschen Knie zu sehen. Und nur ein wenig ihres makellosen Dekolletés.

»Quatsch, die Länge ist prima. Und Haut zeigst du ja trotzdem durch die transparenten Ärmel«, sagte ich.

Vivian verdrehte die Augen. Mensch, Meier, Marie, was hatte der Edgar für ein tolles Augenmake-up geschminkt. Da leuchtete ihre Augenfarbe wie Bernstein.

»Setz dich mal wieder. Ich leg dir jetzt den Kittel um, damit kein Puder und kein Haarspray aufs Kleid kommen.« Geschickt verknotete Edgar die Kittelenden.

Vivian saß mit elegant übereinandergeschlagenen Beinen auf ihrem Folterstuhl. Sie ließ stoisch weitere Attacken auf ihr Gesicht über sich ergehen.

»Wenn du dich zu blaß fühlst, dann nimmst du einfach ein bißchen Rouge und nicht etwa ein dunkles Make-up, klar?« fragte Edgar.

Gerade hatte er Vivians Gesicht mit einem riesigen Pinsel der Marke Echthaar abgepudert und widmete sich nun ihren Bäckchen.

»Das Rouge darfst du natürlich auch nicht überall hinschmieren. Nur auf die Wangenknochen. Zum Glück hast du welche.«

Edgar hatte recht. Und was für welche. Die mußten in der Vergangenheit immer unter Vivians klebriger dunkler Creme versteckt gewesen sein. Plötzlich hatte sie fast etwas Slawisches. Was wurde das Mädchen hübsch!

»Wenn du von dem ersten Film das letzte Bild verknipst hast, dann kannst du das hören, Vivian. Der Film spult mit so einem Geräusch zurück. Danach legst du einfach den zweiten ein.«

Gleich würde ich ihr auch noch erklären, daß man durch das kleine Fensterchen gucken und auf den Knopf drücken mußte, um ein Foto zu fabrizieren. Ich war wohl auch etwas nervös.

»Ich schaff das schon«, nuschelte Vivian.

»Mund zu«, kommandierte Edgar.

Aha, so ging das also. Mit einem feinen, abgeschrägten Pinsel zeichnete er ihre Lippenkonturen nach.

»Kann ich wenigstens meinen eigenen Lippenstift nehmen?« fragte Vivian.

Ein letztes kämpferisches Aufbegehren.

»Kannst du nicht. Darling, gib mir mal den Kasten da rüber.«

Eifrig übergab ich ihm den gewünschten nächsten Zauberkarton. Mit bestimmt fünfzig Lippenstiften darin. Schon hatte Edgar einen neuen Pinsel gegriffen. Auf seinem Handrücken veranstaltete er jetzt ein Probemischen und ließ seinen Blick immer wieder zwischen den Farben und Vivians Gesicht hin- und hergleiten.

»Was machst du da?« fragte er.

Vivian streckte ihm ihr gespitztes Mündchen entgegen.

»Falsch?« fragte sie.

»Laß einfach locker. Sonst komme ich nicht in die Lippenfalten rein.«

Pinsel, pinsel. Er hatte statt Vivians Grellrot ein warmes Dunkelorangerotbraun gemixt. Kaum aufgetragen, tupfte er es vorsichtig wieder ab.

»Zweimal Auftragen hält besser«, kommentierte er seine Aktion und pinselte fröhlich weiter.

»Ist doch toll, dann kannst du ganz beruhigt auch was essen und trinken, ohne daß dir der Lippenstift abhaut«, sagte ich und tätschelte Vivians Händchen. Die Süße war inzwischen beleidigt verstummt.

»Darling, reich mir bitte mal den Beutel mit den Lockenwicklern«, bat Edgar.

Er entrollte nun Strähne für Strähne, wärend ich ihm den Beutel für die Wickler entgegenhielt. Einer nach dem anderen plumpste hinein, bis sämtliches Pink verschwunden war.

»Leg mal bitte den Kopf nach vorn, Vivian, damit ich die Haare ausbürsten kann«, ordnete er an.

»Zu Befehl«, grummelte Vivian und beugte sich vornüber.

Mit einer dicken Bürste kämmte Edgar die Pracht sorgfältig durch.

»Und jetzt mit Schwung nach hinten schmeißen.«

Vivian schmiß. Edgar griff mit den Händen in ihren Schopf und strich dann mit der Bürste die wallende Mähne in Form.

Das sollten Vivians Haare sein? Die sonst in alle Richtungen toupierten, glanzlosen roten Haare? Wäre sie so bei mir aufgetaucht, hätte ich jede Wette abgeschlossen, daß das hier eine vollendete Perücke war.

»Warum guckst du so, Mona? Sieht es schrecklich aus?« stöhnte Vivian.

»Im Gegenteil«, hauchte ich nur.

»Gleich siehste es ja selbst«, sagte Edgar.

Zufrieden widmete er sich dem Pony, der ihr sanft in die Stirn fiel. Er endete kurz vor den zarten Augenbrauen, die jetzt wie Schmetterlingsfühler wirkten.

»Ich nehme nur ganz wenig Haarspray. Da ist genug Stand drin«, erklärte der Verwandlungskünstler.

Vivian schloß die Augen, als Edgar ihre Frisur vorsichtig ansprühte. Schließlich knüpfte er den Frisierumhang ab.

»So, mehr ist nicht drin«, sagte er trocken.

»Sehr charmant«, gab Vivian böse zurück.

»Steh mal auf und dreh dich zu mir«, sagte ich.

Vivian drehte sich und befühlte dabei ihren Kopf. »Ist ja oben ganz platt«, stöhnte sie.

Edgar rollte wortlos den Spiegel wieder herein. »So, Vivian, nun guck mal. Die Haare sind oben ganz platt, dafür hängen sie jetzt länger runter.«

Unsicher schaute Vivian zu mir rüber.

»Nun guck schon«, lachte ich.

Vorsichtig blinzelte Vivian in den Spiegel. Sie betrachtete sich ausführlich. Plötzlich stiegen Tränen in ihren Augen auf.

»Heul bloß nicht, dann muß ich dich noch mal ganz neu schminken«, warnte Edgar.

Vivian wirbelte zu ihm herum. Und dann – fiel sie ihm um den Hals.

»Ach, Edgar«, stammelte sie. Schon stand sie wieder vorm Spiegel. »Daß ich so aussehen kann. Genauso wollte ich immer aussehen.«

»Dafür haste aber 'ne Menge Kram angestellt, um gerade so nicht auszusehen«, grinste Edgar. »Nie wieder toupieren. Make-up in deinem natürlichen Hautton. Keinen flüssigen Lidstrich mehr. Und schon gar nicht so einen grellen Lippenstift, verstanden?«

»Nie mehr, nie mehr«, hauchte Vivian. Glücklich drehte sie sich mit kleinen Tanzschritten im Zimmer umher.

»Mona, wie findest du mich?« strahlte sie.

Wurde ja Zeit, daß auch ich endlich mal gefragt wurde.

»Ausgesprochen atemberaubend, Vivian.«

»Atemberaubend, ehrlich?«

»Ich kriege schon gar keine Luft mehr, so schön bist du«, lächelte ich Vivian zu.

»O Gott, bin ich aufgeregt. Adrian kommt ja auch gleich«, zwitscherte sie mit Blick auf die Uhr.

»Kommt, wir trinken noch ein Gläschen. Das beruhigt. Ich habe extra Champagner gekauft.«

Oder regt Champagner an? Egal. Der Sonnengreiferscheck hatte auch diesen Luxus ermöglicht.

Vorsichtig nippte Vivian an ihrem Glas. »Ob ich dem Adrian auch gefalle?«

»Bestimmt«, nickte ich.

Auf sein Gesicht war ich besonders gespannt. Ob er Vivian überhaupt wiedererkennen würde?

Es klingelte.

»Vivian, geh mal schnell nach nebenan. Ich hole dich dann gleich raus«, raunte ich ihr zu.

»Hallo, Adrian«, begrüßte ich ihn mit einem Schmatzer auf die Wange.

»Guten Abend, Kleine. Ist Vivian fertig?«

»Glaub schon«, sagte ich harmlos. »Ach, Edgar kennst du ja. Mein Modell, du weißt.«

»Und ob ich weiß«, erwiderte Adrian und reichte Edgar die Hand.

»Er ist hier, weil ich ihn noch gleich eine Stunde zum Malen brauche. Für meinen Schlangenbeschwörer.«

»Schlangenbeschwörer?« fragte Adrian verwundert.

»Mein neuestes Bild für deine Kanzlei«, witzelte ich.

»Laß mich bloß in Frieden, Mona. Das heute langt mir schon. Sibille hat mich gelöchert, warum ich heute so spät komme.«

»Und was hast du gesagt?«

»Na, Klientenbesuch!« stöhnte er.

»Ist doch gar nicht gelogen, wenn du die Gurken fusionierst. So, aber jetzt will ich dir mal jemanden vorstellen.« Schnell lief ich zur Ateliertür und öffnete sie.

Schüchtern kam Vivian herein.

»Aber wer, aber was?« fragte Adrian dümmlich.

Adrian mit offenem Mund. Der Effekt war ja noch toller, als ich es mir vorgestellt hatte.

Nun – er sah, was wir alle sahen. Eine wunderschöne junge Frau in einem entzückenden schwarzen Kleid. Eine zarte junge Frau mit einem kleinen Porzellangesicht. Eine ausdrucksstarke junge Frau mit riesigen, sprechenden Augen, Schmetterlingsflügel-augenbrauen und hohen slawischen Wangenknochen. Eine betörende junge Frau mit mädchenhaftem Kußmund. Eine bezaubernde junge Frau mit schulterlangem, gewelltem, kastanienrot schimmerndem Haar.

»Unsere Cousine Vivian«, klärte ich Adrian auf.

Der schien Schluckbeschwerden zu haben.

»Ist das in Ordnung, so?« fragte Vivian leise und zeigte an sich herab.

Meine Süße war wohl wirklich ziemlich nervös. Ihr üppiger Busen bebte ein wenig.

»Mehr als das«, sagte Adrian. Unverhohlene Bewunderung schwang in seiner Stimme mit. »Sie sehen sehr schön aus.«

So, so, Adrian machte Komplimente.

»Moment mal, so geht das aber nicht«, mischte sich Edgar ein.

»Wie bitte?« fragte Adrian irritiert.

»Ich denke, Sie sind Cousin und Cousine. Da duzt man sich doch wohl normalerweise.«

»Genau!« stimmte ich ein. »Ihr trinkt jetzt Brüderschaft und sagt du zueinander.«

Verlegen prosteten sich die beiden zu.

»Gib Vivian einen Kuß, das gehört dazu!« sagte ich grinsend.

Vorsichtig küßte Adrian der betörenden Vivian die rechte und die linke Wange. Die Femme fatale, jüngst in perfekter Metamorphose zu einem weiblichen Zauberwesen avanciert, wurde ein klein wenig rot, was ihrer Schönheit keinerlei Abbruch tat.

Adrian räusperte sich. »Ja, dann gehen wir mal, oder?« Er reichte Vivian galant seinen Arm.

»Viel Spaß und gutes Gelingen«, verabschiedete ich die beiden.

»Na, der hat geguckt«, nickte ich Edgar zufrieden zu.

»Und wie!« sagte er fröhlich.

Nanu? Es klingelte. Adrian stand vor der Tür.

»Vivian sagt, sie hätte den Fotoapparat vergessen«, sagte er.

Ich schlug mir an die Stirn. Ausgerechnet. Ohne den Fotoapparat wäre der ganze Plan keinen Pfifferling wert, nicht mal 'nen kleinen verschrumpelten. Schnell holte ich die Knipsmaschine und drückte sie samt Ersatzfilm Adrian in die Hand.

»Weißt du, wozu sie den Fotoapparat braucht?« fragte Adrian.

Ich lachte und schob ihn aus der Tür. »Wirst du schon merken. Heute ist eben der Tag der Überraschungen, Brüderchen.«

FEUERSCHLUCKER

Nanu? Babygeschrei in Vivians Wohnung?
Ich lauschte noch einen Moment.
Ja, es war Babygeschrei. Und zwar das der besonders empörten Sorte, bei der die Winzlinge ihren Neugeborenenhaß förmlich lauthals krakeelend in die Welt brüllten. Nachdrücklich klingelte ich dagegen an.
»Na endlich«, begrüßte ich Vivian, als sie mir nach einer kleinen Ewigkeit die Tür öffnete.
»Hallo, Mona. Klingelst du schon länger? Tut mir leid, aber ich hab das zuerst gar nicht gehört.«
»Kein Wunder«, gab ich lakonisch zurück und folgte ihr ins Wohnzimmer.
Es sah seltsam verändert aus. Ein Windelpaket mitten auf dem Tisch. Das mit den saugstarken Einlagen samt seitlicher Auslaufsicherung für den trockenen Babypopo. Diverse Spielzeuge mit Klappereffekt. Und obendrein ein ganzes Sortiment an Säuberungstüchern, Cremes für Gesicht und den Babyallerwertesten sowie Schnuller und Nuckelfläschchen.
»Das ist Anton«, sagte Vivian mit diesem gewissen Lächeln, das sie immer bei ihren Kinderschwärmereien überkam.
Aha. Anton hieß der kleine Schreihals mit dem knallroten Gesichtchen also.
»Wo haste den denn geklaut?« fragte ich.
»Der gehört meiner Freundin Gabriele. Die ist nur gerade im Bad, weil sich ihre Stilleinlagen verschoben haben.«
»Stilleinlagen?« fragte ich gedehnt.
»Na, du weißt schon. Die Dinger, die man im BH hat, damit die Milch nicht aus der Brust in die Wäsche tropft.«
Man lernt doch nie aus im Leben. Darüber hatte ich tatsächlich noch nie nachgedacht. Daß so ein Mutterbusen einfach tropfen konnte ...

»So, jetzt sitzt alles wieder richtig«, sagte die junge Frau, die sich nun zu uns gesellte. Dabei packte sie sich an ihre Oberweite und demonstrierte ihre Bemerkung entsprechend.

»Sie müssen Mona sein«, sagte sie freundlich und reichte mir die Hand.

»Hallo, ja, stimmt.«

Anton brüllte immer noch wie am Spieß, obwohl Vivian ihn glückselig in ihren Armen schaukelte.

»Schreit der Anton immer so?« erkundigte ich mich.

»Nein, er ist ein ganz ruhiges Kind«, erklärte Gabriele.

Um das zu unterstreichen, wechselte Anton jetzt die Frequenz. Eine Tonlage höher klang er nun noch hysterischer.

»Ach ja?« fragte ich.

Also unter ruhig verstand ich etwas anderes. So ein Würmchen, das brav in seiner Wiege lag, freundlich in die Welt blickte und allerhöchstens kleine, zufriedene Gluckslaute von sich gab.

»Er schreit nur, weil er Blähungen hat«, nickte Gabriele.

»Blähungen sind in dem Alter ganz normal«, fiel Vivian fachfraulich ein.

An den Blähungen lag es also. Ich war nun doch etwas befremdet. Oder ist es etwa üblich, in der Öffentlichkeit über unerwünschte Gasbildungen zu sprechen?

»Äh, Vivian, ich wollte die Fotos von der Wohl-Party abholen. Sind die schon fertig?« lenkte ich ab.

»Was?« fragte Vivian.

Anton schrie ihr so nachdrücklich ins Ohr, daß sie wohl langsam taub wurde.

»Die Fotos«, brüllte ich zurück.

»Sind fertig«, schrie Vivian. Sie lächelte mich kurz an und wandte sich dann Gabriele zu. »Was machen wir jetzt mit Anton?«

»Hast du einen Fön?« fragte Gabriele.

»Klar doch, ich hole ihn sofort«, antwortete Vivian.

Ausgerechnet mir drückte sie das wilde Bündel in den Arm. Mißtrauisch betrachtete ich Anton. Hoffentlich leckte oder spuckte er nicht gleich. Und wozu brauchte er eigentlich einen Fön? Auf seiner Babyglatze hatte er nur einige Flaumhärchen. Da lohnte das Frisieren doch gar nicht.

Glücklicherweise nahm mir Gabriele geschickt den Zwerg ab und legte ihn auf den Tisch. Flugs wurde der Fön angeschlossen.

»Wenn man seinen Bauch fönt, dann kann das ein wenig Erleichterung bringen. Wegen der Blähungen«, referierte die Mama. »Sonst hilft nur das Thermometer.«

O Gott. Er hatte doch wohl kein Fieber?

Vivian und Gabriele fönten emsig an Antons Bauch herum. Schien dem allerdings überhaupt nicht zu gefallen. So langsam wurde er puterdunkelrot im Gesicht. Wo nahm er nur diese Brüllenergie her? Er würde sich, bevor er der Sprache überhaupt mächtig war, unter Garantie seine Stimmbänder ruinieren.

Gabriele gab auf und legte den Fön weg. »Na, das funktioniert heute nicht. So, mein kleiner Schatz, jetzt macht die Mama was ganz Feines mit dir, was ganz, ganz Feines.«

Bussi, Bussi fürs Baby. Baby warf den Kopf hin und her. War wohl gerade nicht in Küßchenlaune.

»Vivian, zieh ihn doch schon mal aus, ich hol das Thermometer«, wies Gabriele ihre Babyassistentin an.

Gewandt legte Vivian ein dickes Handtuch auf den Tisch, plazierte den Schreihals darauf und knöpfte seinen Strampler auf.

»Mach auch die Windel auf, laß sie aber unter ihm liegen«, sagte Gabriele.

Vivian öffnete die Klettverschlüsse der Windel. Und Baby Anton geriet nun in Hochform. Er brüllte wie am Spieß und konnte dazu durch die Windelbefreiung nun kräftig mit seinen kleinen, dicken Beinchen strampeln.

»Vivian«, startete ich meinen nächsten Versuch, »wenn du mir sagst, wo die Fotos sind, dann lasse ich euch auch gleich in Ruhe.«

»Moment, einen kleinen Moment, Mona«, sagte Vivian. »Anton, Antonchen, ja, mein Kleiner, so ist's gut«, flötete sie entzückt.

Anton strampelte, was das Zeug hielt.

»So, hier ist es«, sagte Gabriele und baute sich mit dem Fieberthermometer vor dem protestierenden Anton auf. »Die Mami hat hier was ganz Feines für dich. Was ganz Feines.«

Interessiert beobachtete ich das Geschehen. Für mich sah es aus wie ein ganz gewöhnliches Fieberthermometer. Was daran nun so fein war, war mir ein absolutes Rätsel.

»Die Mami tut dir das jetzt in dein Popochen, ja, das ist fein, was, Anton?«

Anton fand es nicht fein, sondern ausgesprochen ätzend, da war ich mir sicher. Na, ich würde auch schreien wie am Spieß, wenn mir jemand mit 'nem Thermometer im Popo herumstocherte. Vivian und Gabriele aber lächelten unaufhörlich, während die Mama ganz fein weitermachte. Ich wandte mich ab. So eine Quälerei aber auch. Das arme Kind.

»Wozu soll denn das gut sein?« fragte ich in einer Anwandlung, Antonchen vor dieser Prozedur zu bewahren.

»Um den Reflex in Gang zu setzen. Damit der Anton mal wieder kann. Wir haben nämlich Verstopfung«, klärte mich Gabriele auf.

»Ihr habt alle beide Verstopfung?« fragte ich entgeistert. Ob das an falscher Ernährung lag? So wie die Mutter also auch das Kind?

»Nein«, raunte mir Gabriele zu. »Ich nicht, aber der Anton. Ich sag nur ›wir‹, damit er sich nicht diskriminiert fühlt.«

So war das also. Gabriele hatte sich sicherlich gewissenhaft sämtliche Schmöker über Kinderpsychologie reingezogen. Ich bezweifelte allerdings, daß Anton ein so wichtiges Wort wie Verstopfung überhaupt schon kapieren konnte.

»Noch mal ganz vorsichtig, Anton. Und dann machen wir ein kleines Scheißerchen, mein Liebling, ja?«

Das stand offenbar nicht in der Mütteraufklärungsliteratur, daß man Babys keine schlimmen Worte beibringen durfte. Wenn er das zehn Jahre später benutzte, dann würde Gabriele bestimmt eine antiautoritäre Diskussionsstunde über Sprache und gutes und schlechtes Benehmen mit ihm führen.

Anton kreischte wütend auf.

Plötzliches Schweigen. Wohltuendes Schweigen.

Erschrocken drehte ich mich dem Trio wieder zu. Sie hatten Anton in seiner Wehrlosigkeit doch wohl nicht abgemurkst?

»Ja, schön Aa. Nun drück noch mal, mein Süßer, ja, ja, ja, so ist es gut.«

»Wunderbar machst du das. Schön Aa«, fiel Vivian jubelnd ein.

Anton war wahrhaftig ein glückliches Baby. Die Fieberthermometerattacke hatte er nicht nur überlebt, nein, er tat, was von ihm erwartet wurde und gab alles her, was sich in seinen Gedärmen so angestaut hatte. Dafür wurde er abgefeiert. So ein Häufchen, das nicht nur auf der Windel, sondern auch noch auf dem Handtuch gelandet war, schien den Applaus von Müttern und Babyfans wie Vivian wert zu sein.

»Ein schönes Häufchen, das hast du gut gemacht, mein Liebling«, flötete das Mamachen und küßte das zufriedene Babygesicht.

»Darf ich ihn neu windeln?« fragte Vivian eifrig.

Also eines war klar. Sollte ich je in meinem Leben das Bedürfnis nach Mutterfreuden verspüren, mußte ich dringend dafür sorgen, daß Vivian in der Nähe war. Wer bei dem Wort »windeln« so glänzende Augen wie sie bekam, der war wohl der Idealtypus einer Babyfreundin.

»Klar doch, windele ihn ruhig«, sagte Gabriele und überwachte das Geschehen. »Zuerst abwischen«, kommandierte sie.

Darauf wäre sogar ich gekommen. Obwohl ich diese Angelegenheit nun nicht so besonders appetitlich fand. Aber Anton wollte sicher auch gern wieder ein sauberes Baby sein.

»Was haben wir nur für einen süßen kleinen Marzipanpopo«, säuselte Vivian. Mit zarter Hand wischte sie die Reste des Geschäfts weg. »Und so einen entzückenden Schniedelwutz, so einen entzückenden.«

Das gehörte sicher auch zum modernen Erziehungsprogramm. Man mußte immer kommentieren, was man gerade tat. Und um Gottes willen durfte man dabei die gewissen Teilchen nicht unbeachtet lassen. Sonst kriegte selbst ein Baby schon Komplexe.

Vivian hatte ihre Säuberungsaktion beendet.

»Nun die Creme. Nimm reichlich«, sagte Gabriele.

Creme für den Marzipanpopo, für die Schnuckelputzelbeinchen und – natürlich für den reizenden Schniedelwutz. Das kleine Bündel verströmte nun einen herrlichen, sauberen Creme-Baby-Geruch und verwandelte sich zusehends in ein mit der Welt versöhntes und von Blähungen und Verstopfung befreites Geschöpfchen.

Frieden für Anton.

»Wie war denn nun eigentlich die Party bei den Gurkenkönigen?« fragte ich Vivian.

»Toll«, sagte Vivian spontan.

»Ja?«

»Äh, ja, wir haben uns gut unterhalten.«

»Mit wem hast du dich denn unterhalten?«

»Na, hauptsächlich mit Adrian. Und natürlich mit Frau Wohl, weil ich doch die ganze Zeit fotografiert habe und ihr erklären mußte, wie klasse ich ihre Einrichtung fand.«

Mit Adrian. Und mit Frau Wohl. So, so.

»Ging's denn lange?«

»Nein, nicht direkt. Oder eigentlich doch.«

Wie jetzt? Meine Frage war doch gar nicht so schwierig. Kurz oder lange?

»Wie meinst du das, Vivian?«

»Die Party ging so bis Mitternacht. Aber danach habe ich mit Adrian noch ein bißchen geplaudert.«

Vivian wurde ein wenig rot. Nichts gegen Antons Gesichtsfarbe vorhin, aber eben ein bißchen rot.

»Hier sind jedenfalls die Fotos, frisch aus der Schnellentwicklung«, sagte Vivian und legte mir den Stapel hin.

Ich hätte sie zwar gern noch eine Runde zu Adrians Entertainerqualitäten interviewt, aber es siegte doch meine Neugier in puncto Inneneinrichtung der hochverehrten Frau Wohl.

»Weißt du, Mona, das Haus hat 'ne ganze Menge Zimmer. Aber Frau Wohl hat drei Lieblingsräume. Und genau die sind hervorragend für deine Bilder geeignet. Also habe ich mich beim Fotografieren auch darauf konzentriert. Hier, die ersten Fotos sind alle vom sogenannten Salon. Da überwiegen Schwarz und Weiß, wie du siehst. Sie will dort Séancen machen.«

»Séancen? Wo sich alle an den Händen fassen, Geister herbeirufen und dann die Tische wackeln?« fragte ich aufgeregt.

»So ungefähr. Sie glaubt nämlich an das Metaphysische«, grinste Vivian. »Die Fotos dahinter sind vom Wohnzimmer. Da hat sie komplett alles in Rot eingerichtet. Der Kamin ist noch nicht ganz fertig gebaut. Aber der ist das Zentrum des Raumes. Weil sie Feuer liebt, verstehst du?«

Ich nickte. Konnte ich gut verstehen. So im Winter vorm Kamin zu sitzen und in die Flammen zu schauen, statt sich an einem häßlichen Rippenheizkörper zu ergötzen, das hatte was.

Feuer. Feuer. Es klickte in meinem Kopf. Ein tolles Thema. Dazu würde mir bestimmt etwas einfallen.

»Das sieht ja romantisch aus«, unterbrach Gabriele.

Es offenbarte sich ein blauer Raum auf den nächsten Bildern. Blaue Seidengardinen, ein Himmelbett in Hellblau. Alles sehr edel und eben – blau.

»Ihr Schlafzimmer. Er schnarcht nämlich, der Herr Wohl. Deshalb hat er noch einen Extraraum. Aber der war noch nicht fertig. Bis jetzt steht da nur eine Liege drin mit einem Schreibtisch.«

Interessant. Jedenfalls war Frau Wohl wohl wirklich ausgesprochen romantisch, wie das Himmelbett verriet. Himmel und Wölkchen. Und Träumerei. Schnell machte ich mir ein paar Notizen. Das war doch schon mal ein guter Ansatz.

»Ooooh, was haben wir denn hier Hübsches?« lachte ich. Meine zauberhaft aussehende Freundin Vivian, Arm in Arm mit meinem Bruderherz.

Verlegen versuchte Vivian, mir das Foto aus der Hand zu schnappen. Ich aber hielt es fest und wedelte fröhlich damit in der Luft herum.

Vivian druckste. »Na ja, weil ich doch die ganze Zeit fotografiert habe, fragte mich die Frau Wohl, ob sie nicht mal ein Bild von meinem Cousin und mir machen sollte. Da konnte ich ja schlecht nein sagen, oder? Das wäre doch viel zu auffällig gewesen.«

»Klar doch. Ihr seht auch echt unauffällig gut zusammen aus«, grinste ich.

Anton gab nun kleine Blabla-Laute von sich. Ganz offenbar wollte er ein wenig mehr beachtet werden. Schlafen Babys heutzutage eigentlich nicht mehr?

Sofort nahm Vivian Anton auf den Arm. »Mein Putzel, Putzel, Putzel«, flötete sie.

Putzel blablate zufrieden weiter. Und er lächelte sein zahnloses Antonlächeln, der kleine Racker.

»Der Papa kommt auch gleich, der holt uns ab«, sagte Gabriele und gähnte ausführlich. »Mensch, bin ich müde. Hoffentlich taucht mein Mann bald auf.«

Als es schließlich nach einiger Zeit klingelte, bat mich Vivian zu öffnen. Baby Anton lag immer noch gemütlich in ihrem Arm, und die gestreßte Babymutter hatte die Füße hochgelegt. Schwungvoll lief ich also zur Tür, denn ich war topfit, aufgeregt, euphorisch und voll rumorender Gedanken in meinem Köpfchen.

»Hallo«, sagte ich munter und stutzte.

Das war nicht der erwartete Kindsvater. Das war mein Bruder Adrian.

»Hör mal, du hast dich in der Etage geirrt, Brüderchen. Ich wohne doch ein Stockwerk höher.«

Adrian schüttelte den Kopf. »Zu dir wollte ich ja auch gar nicht, Kleine«, grinste er.

»Ist das Gabrieles Mann?« rief Vivian aus dem Wohnzimmer.

»Nee, dein Cousin«, rief ich zurück.

Adrian machte Hausbesuche. Mal was ganz Neues.

Vivian saß starr auf dem Sofa. Nur ihre Arme bewegten sich und schaukelten Anton hin und her. Wenn sie so nervös weitermachte, würde der bestimmt gleich ein Schleudertrauma kriegen.

»Hallo, Vivian, entschuldige den Überfall. Aber ich wollte dir das Buch, über das wir gesprochen haben, vorbeibringen.«

Ich blieb im Türrahmen stehen und beobachtete die Szene. Vivian lächelte Adrian an. Sie sah entzückend aus mit dem Baby im Arm. Ohne Lidstrich, selbstverständlich, und kaum geschminkt. Alle Ratschläge ihres Verwandlungskünstlers Edgar hatte sie genauestens befolgt. Adrian setzte sich neben sie, legte ein kleines Päckchen auf den Tisch – und nahm ihr Anton ab. Ich traute meinen Augen kaum.

»Der ist ja goldig«, lächelte Adrian.

»Ja, nicht wahr?« strahlte Vivian zurück.

Adrian streckte Anton seinen Finger entgegen, den das Goldbübchen sofort festhielt. Der Kleine wußte schon haargenau, wie man Frauen und Männer verführte.

Plangemäß sagte Adrian stolz: »Der ist wirklich entzückend. Aber ich konnte schon immer gut mit Kindern.«

Mein Bruder, das mir offenbar unbekannte Wesen. Adrian und Kinder? Das hatte ich live noch nie erlebt.

»Guckiguckigucki«, plauderte Adrian mit Anton.

»Bibababi«, gab Anton freundlich zurück.

»Dudududu«, flötete Adrian.

Vivian nestelte derweil aufgeregt an dem Geschenkpäckchen herum. »Oh, wie lieb von dir. Daß du daran gedacht hast«, sagte sie strahlend.

Ich mußte meinen Kopf ein wenig verdrehen, um den Buchtitel lesen zu können. ›*Zufall oder Schicksal?*‹ hieß das Werk. Worüber hatten die beiden sich bloß den ganzen Abend unterhalten?

»Heidideididei«, sagte Adrian zu Anton und lächelte Vivian an.

Heidideididei?

Na, meinetwegen auch das. Soviel Glückseligkeit in den Gesichtern meiner Lieben. Und in Antons, selbstverständlich. Nee, ich wollte mich jetzt nicht in diese Harmonie eingliedern. Ich mußte arbeiten. Ich brauchte Gedankenspiele und kein Guckiguckigucki oder Bibababi.

»Vielen Dank noch mal, Vivian. Ich verlasse euch jetzt, weil ich sofort anfangen will, Skizzen zu machen. Tschüs alle zusammen.«

Kopfschüttelnd lief ich die Treppe hinauf. Hier waren ja wohl alle im Moment etwas babyballaballa.

Ich breitete nachdenklich die Fotos um mich herum aus.

Drei Bilder mußte ich entwerfen für drei Räume. Das bedeutete, wenn alles gutging, dreimal Gage für Mona. Aber ich mußte mich ranhalten, bevor die gnädige Frau zum Bilder-Shopping ging.

Also, der Séancen-Salon. Mhm. Ein Zauberer. Genau, ein Zauberer mußte her. Wenn die Frau Gurken-Wohl so sehr auf Metaphysisches stand, dann würde ich ihr für ihren Salon einen herrlich Nackten mit einer großen Wahrsager-Glaskugel verpassen. Die Kugel könnte er in einer Hand halten. Da wurde meine ganze Kunst gefordert, damit die Glaskugel total plastisch und transparent wirkte.

»Der Magier«, sagte ich zufrieden. »Schau mal, Papa, sieht das nicht irre aus? Wenn ich da das Licht sich drin brechen lasse, dann schimmert die Kugel so toll, als würde man sie greifen können.«

Nun zum Kamin-Wohnzimmer. Die Feueridee, ja, die mußte es sein. Das fühlte ich mit allen Fasern meiner Malerseele. Eine Feuerwand im Hintergrund, davor der Mann, der sie fast umarmt, ohne daß sie ihn verbrennt. Genau, eine moderne Interpretation eines Feuerschluckers. Aufgewühlt zeichnete ich die lodernden Flammen. Und eine Männerpose, so souverän und furchtlos, wie es sich für einen echten Feuerschlucker gehörte.

Nachdenklich ging ich in die Küche. Die Uhr zeigte schon fast Mitternacht. Aber schlafen gehen gilt nicht. Die Arbeit ruft. Mit einem Wasserglas in der Hand ließ ich mich wieder auf dem Atelierboden nieder. Überall lagen die Skizzenblätter herum, nur für das Schlafzimmer war mir noch nichts eingefallen.

»Papa, denk mal mit. Alles ist blau. Ein Himmelbett, Himmel, mhm.«

Soweit war ich vorhin auch schon gewesen. Was tat mein nackter Mann? Was sah er? Gedankenversunken zeichnete ich ein paar Wölkchen. Mein Herz pochte. Puh, was wollte es mir sagen?

»Natürlich, Mona, das ist es doch. Er schaut in die Wolken. Entspannt steht er am Fenster und beobachtet den Himmel. Der Wolkenträumer, ja, so wird er heißen. Wenn das nicht romantisch genug für Frau Wohl mit ihrem Himmelbett ist!«

Ich schnappte mir die letzte Ausgabe des »Playboy«. Darin war eine nackte Frau von hinten zu sehen, die sich entspannt gegen eine Säule lehnte. Wenn man das auf die männliche Physis übersetzte und statt der Säule das Fenster malte, dann – ja, dann stimmte die Pose für den Wolkenträumer.

»Gut, oder?« sagte ich in Richtung Papa und zeichnete emsig weiter.

Sollte mein Nackter sich nach rechts lehnen oder lieber nach links? Nach links mit Blick nach rechts oben. Wunderbar.

Als ich endlich erschöpft den Stift zur Seite legte, fiel mir wieder das Buch ein, das Adrian Vivian geschenkt hatte. Wie war noch gleich der Titel? Zufall oder Schicksal? Ich schaute auf das Foto der beiden.

»Ich weiß zwar nicht, wie ihr Süßen zu dieser Frage steht. Aber eines weiß ich genau. Frau Gurkenkönigin ist ein Teil meines Schicksals. Und da werde ich nichts, aber absolut nichts dem Zufall überlassen.«

NADELSTREIFEN

Uff, ich kann nicht mehr. Mir tut jede Faser meines Körpers weh. Daß man vom Malen richtig Muskelkater kriegen kann, hätte ich auch nicht gedacht«, stöhnte ich und schmiß mich erschöpft in die Ecke.

»Du malst ja auch im Akkord, Mona. Aber ich bin auch erledigt. Sind wir denn jetzt durch?« fragte Edgar.

»Jawoll«, nickte ich mit wachsender, satter Zufriedenheit. »Zieh dich an, dann gucken wir zusammen.«

Gemeinsam bauten wir uns vor meinen drei Werken auf.

»Mensch, Mona, du wirst echt immer genialer«, staunte Edgar.

»Welches gefällt dir denn am besten?« fragte ich.

»Der Feuerschlucker, glaube ich, der hat soviel Power. Oder, nee, vielleicht doch der Magier. Ist irre mystisch geworden, wenn du mich fragst. Aber der Wolkenträumer, der hat auch was.«

»Stimmt, den mag ich auch sehr, sehr. Oh, Edgar, deine Modellsteherei – ich weiß gar nicht, wie ich das jemals wiedergutmachen soll. Jedenfalls, wenn ich die Bilder verkauft bekomme, dann gebe ich dir ein Modellhonorar, versprochen. Und bis dahin vorerst das hier.«

Ich sprang auf und holte mein kleines Überraschungsgeschenk aus dem Schrank. Selbstredend in pinkfarbenes Papier gehüllt mit einer schönen pinkfarbenen Schleife für meinen pinknoiden Freund.

»Toll, Pink«, grinste Edgar und machte sich über das Päckchen her.

Ich beobachtete ihn. Seine Augen wurden immer größer. »Ein Amor«, sagte er schließlich andächtig.

»Und was für einer«, lachte ich. »Diese kleine Figur habe ich in einem ganz verstaubten Antiquitätenladen gefunden. Die muß schon ganz schön alt sein. Am Fuß da fehlt auch schon ein kleines Eckchen, na ja. Und weil der kleine pausbackige Amor mit Pfeil und Bogen aus pinkfarbenem Glas ist, mußte ich natürlich sofort an dich denken. Also, der Inhaber des Ladens, der hat mir erklärt, das sei ein ganz besonderer Liebesgott. Wenn jemand, der dir gefällt, ihn ganz von sich aus in die Hand nimmt, dann verliebt er sich in dich. Hat jedenfalls der Mann in dem Geschäft gesagt.«

»Schöner Hokuspokus, aber wer weiß …«, grinste Edgar. »Er ist so oder so ganz wunderbar. Ich hab noch 'ne Verabredung heute. Kann ich ihn erst mal bei dir stehenlassen? Ich nehme ihn dann beim nächsten Mal mit, ja?«

»Klar doch, ich paß schon auf ihn auf. Und noch mal lieben Dank, Edgar. Ohne dich hätte ich die Bilder nicht so gut hinbekommen.«

Als Edgar verschwunden war, stürzte ich mich sofort aufs Telefon. Mein Werk für die Gurkenkönigin war vollendet, nun war Adrian an der Reihe zu handeln.

»Adrian, liebster, allerliebster Bruder. Erinnerst du dich, daß du mir noch einen Gefallen schuldest?« flötete ich in den Telefonhörer.

Adrian stöhnte. »Hört das denn nie auf, Mona?«

»Doch, doch, keine Sorge. Ich hoffe, dies ist das letzte Mal, daß ich deine Liebesdienste in Anspruch nehmen muß. Also, paß auf. Ich habe drei Bilder für die Frau Gurken-Wohl gemalt. Du rufst jetzt deinen Galeristenfreund Grünberg an und sagst ihm, daß du drei neue Werke von Marco Leon hast. Und vergiß nicht zu erwähnen, daß dir bekannt ist, daß Frau Wohl auf der Suche nach Bildern ist und den Sonnengreifer von Marco Leon bei ihrer Freundin so spektakulär fand, ja? Der Rest müßte ganz einfach sein. Ich sorge für den Transport der Bilder zu dir in die Kanzlei. Und der Grünberg kann sie dann dort abholen.«

»Toller Plan«, murmelte Adrian mißmutig.

»Oh, da fällt mir noch was ein. Um das Ganze reizvoller zu machen, kannst du dem Grünberg schon mal die Bildertitel sagen. Die sind nämlich vielversprechend, verstehst du?«

»Ach ja? Und wie heißen die?«

»Der Magier. Der Feuerschlucker. Der Wolkenträumer«, erklärte ich eifrig.

Adrian taute endlich etwas auf.

»Klingt eindeutig nach dir, Kleine. Hat die Phantasie wieder zugeschlagen, ja?«

»Allerdings! So, Adrian, am besten, du bringst es gleich hinter dich. Ich harre hier beim Telefon aus und erwarte deinen Anruf, um zu hören, ob das alles so klappt, o.k.?«

»Du meinst wirklich, ich soll das sofort in Angriff nehmen?« Adrian zierte sich immer noch.

»Ja, los, ran an den Feind. Was du heute kannst besorgen, das verschiebe nicht auf morgen. Ist doch sonst einer deiner Lieblingssprüche, Brüderchen.«

»Scheiße«, erwiderte mein sonst so gut erzogener Bruder. »Gut, also dann bis gleich.«

Aufgeregt blieb ich neben dem Telefon sitzen.

»Papa, der Adrian hat jetzt alles fest in seiner Hand. Hoffentlich versaut er die Nummer nicht. Puh, ist das spannend.«

Die Zeit verging.

Warum dauerte das so lange? Jetzt war schon eine Viertelstunde um.

Ich fixierte die Wanduhr. Zweiundzwanzig Minuten. Was war denn da nur los?

Nach geschlagenen fünfundzwanzigeinhalb Minuten kikerikite endlich das Telefon. Ich riß den Hörer hoch.

»Ja, hallo?«

»Ich bin's«, sagte Adrian.

»Na, wurde auch Zeit. Sag schon, will er die Bilder?«

»Gewissermaßen ja.«

»Was verstehst du unter gewissermaßen?«

»Die Sache hat leider einen Haken«, sagte Adrian zögernd.

»Wieso? Was für einen Haken?«

»Halt dich fest, Mona. Der Grünberg will unbedingt den Marco Leon kennenlernen.«

Grünberg will Marco Leon kennenlernen.

Waaas?

Die Worte wirbelten in meinem Kopf herum.

»Na, das hast du ihm natürlich ausgeredet, Adrian«, sagte ich schließlich.

»Ist mir leider nicht gelungen, Mona.«

»Machst du Witze? Du bist doch sonst rhetorisch so gut. Marco Leon gibt es doch gar nicht, schon vergessen?«

Adrian stöhnte. »Mona, der Grünberg hat gesagt, wenn er drei Bilder ausstellt, dann hat er die innere Verpflichtung, den Künstler zu kennen. Aber ich habe mit ihm verhandelt.«

Erleichtert atmete ich auf. »Ein Glück, auf dich ist eben doch Verlaß, Adrian.«

»Moment, Moment. Ich habe ihn runtergehandelt von einem gemeinsamen Abendessen auf fünf Minuten in meiner Kanzlei. Dafür will er aber noch einen Partner mitbringen, mit dem er Geschäfte macht, verstehst du?«

»Nee, verstehe ich nicht. Jemand, der überhaupt nicht existiert, kann auch nicht für fünf Minuten in deine Kanzlei kommen, oder? Warum hast du nur so etwas Blödes ausgehandelt?«

»Das mit dem Verhandeln – ja, das bin ich irgendwie so gewöhnt. Ich wußte mir gar nicht zu helfen, weil der Grünberg eben so hartnäckig auf diesem Treffen bestand«, sagte er kläglich.

»Und nun? Nun platzt das alles, oder wie?« sagte ich vorwurfsvoll.

»Mona, es ist dein Spiel, ja? Die Schuld dafür kannst du mir nun nicht auch noch in die Schuhe schieben.«

»Aber, Adrian, du, du, du hast Marco Leon erfunden und nicht ich. Was machen wir denn nun bloß?«

»Keine Ahnung. Jedenfalls, der Grünberg überlegt, ob er oder sein Partner eine Vernissage nur mit Marco Leon organisiert. Wenn die neuen Bilder so gut sind wie der Sonnengreifer.«

Eine Vernissage. Das Traumwort für jeden Maler überhaupt. Unmöglich konnte ich mir eine eigene Vernissage durch die Lappen gehen lassen.

»Fünf Minuten in deiner Kanzlei, sagst du?«

»Ja, sagte ich. Fünf Minuten.«

Fieberhaft überlegte ich. Adrenalinschub juchhe! Sämtliche grauen, schwarzen und sonstigen Zellen spielten alle denkbaren Rettungsmöglichkeiten durch.

Ja, so könnte es gehen. Ja, genau so!

»Mhm, also gut, Adrian. Wenn's denn unbedingt sein muß. Sag dem Grünberg, Marco Leon wird erscheinen. Aber wirklich höchstens für fünf Minuten, weil er doch nun mal so scheu ist. Und – Adrian, sorge dafür, daß nur die Bilder gut ausgeleuchtet sind. Der Rest des Raumes sollte so dunkel wie möglich sein.«

»Verrätst du mir bitte, was du gerade in deinem schrägen Köpfchen ausbrütest, Mona? Damit ich vorher nicht noch einen Herzinfarkt kriege?«

»Ganz einfach«, lachte ich. »Der Grünberg will einen Mann. Er bekommt einen. Ich werd mich wohl einer Geschlechtsumwandlung unterziehen müssen.«

Adrian schien nach Luft zu schnappen.

»Natürlich nur für einen Tag, Brüderchen. Wirst schon sehen.«

»Manchmal glaube ich, du bist echt verrückt, Mona.«

»Macht nix, die Verrückten werden überleben. Mach was aus für übermorgen abend. So gegen 21 Uhr, da ist es draußen schon dunkel.«

»Ich glaub, ich bin im falschen Film«, sagte Adrian resignierend.

»Na, wie auch immer. Da müssen wir jetzt durch, Adrian. Und reiß dich zusammen. Du darfst dir nichts anmerken lassen, bloß nicht lachen oder so was, klar?«

»Klar, Marco. Marco Leon«, gab Adrian zurück.

Schöne Suppe, die ich mir da eingebrockt hatte. Ein riesiger brodelnder Eintopf war das schon. Mit ein paar Zyankalibröckchen drin, die ich nicht mitessen durfte. Mit schrecklich sauren Zitronenstückchen und 'nem ganzen Bündel an bittersten Gewürzen für den extragrausigen Geschmack. Ich schüttelte mich.

Wie sollte ich das nur hinbiegen?

Wie würde aus einer Mona ein Marco?

Mhm. Männer kleiden sich bekanntermaßen anders als Frauen. Da könnte mir doch Natalie mit ihrem Schneidertalent helfen. Ein Mädchenantlitz in ein Männergesicht zu verwandeln war sicher auch nicht so einfach. Aber Edgar, der ambitionierte

Maskenbildner, der hatte doch dazu bestimmt ein paar Tricks auf Lager. Am schwierigsten würde das Verhalten werden.

»Ich bin Marco Leon«, brummte ich mit tiefer Stimme vor mich hin.

Vom Sopran zum Tenor, das ging gerade noch. Nur – Männer sind anders. Bewegen sich anders, verhalten sich anders. Hier mußte ich Vivian ins Boot ziehen. Als Schauspielerin würde sie doch wissen, was zu tun war. Männlichkeitstraining war angesagt. Oh, Hilfe, welch Mammutprogramm. Nichts wie los, erst mal zu Natalie.

Als ich in Natalies Schneiderei stürmte, ertönte eine altmodische Musik aus dem vorsintflutlichen Radio, das Natalie und Franz ihr eigen nannten. Ich summte mit und beobachtete die beiden. Sie hatten mich noch nicht bemerkt.

War das ein Foxtrott, den sie hier aufs Parkett legten? Anmutig drehte sich die kleine, rundliche Natalie in Franzemanns Armen. Ich applaudierte. Süß, die beiden.

»Mona, mein Herz, jetzt hast du uns ertappt«, sagte Natalie errötend.

»Hübsch macht ihr das.«

»Der Franz, der war früher ein großer Tänzer. Und wir haben uns doch auch bei einem Tanzvergnügen kennengelernt. Da hat mich der Franz aufgefordert.«

»Warum hast du denn die Natalie aufgefordert?« fragte ich neckend das Fränzchen.

Ein Leuchten überzog sein Gesicht. »Sie guckte so«, sagte er schließlich.

»Ja, denn der Franz, der hatte seine Marineuniform an. Was sah der Mann schmuck aus«, erklärte Natalie eifrig.

Ich betrachtete Franz' heutige Statur. Er war immer noch sehr schlank. Vielleicht konnte ich ihm eines seiner Kleidungsstücke abspenstig machen.

»Kommt, wir setzen uns erst mal. Möchtest du vielleicht einen kleinen Appetiv, Mona?« fragte Natalie, einmal mehr auf dem Fremdwörter-Kriegspfad.

»Aperitif«, korrigierte ich vollautomatisch. »Gern. Einen kleinen Schluck zur Stärkung kann ich heute wirklich gebrauchen.«

»Was ist denn passiert, mein Herz?« fragte Natalie besorgt.

»Ach, Natalie, mir steht das Wasser bis zum Hals«, stöhnte ich.

Natalie tätschelte meine Hand. »Mona, Herz, dann darfste den Kopf erst recht nicht hängen lassen, sonst ersäufste ja.«

Ich kicherte. Natalie war wirklich ein Wesen voll praktischer Lebenshilfen. Franz tauchte auch wieder auf und servierte uns einen Sherry. Schnell erklärte ich beiden in hastigen Worten die gesamte Misere.

»So sieht's also aus. Ich muß mich in einen Mann verwandeln.«

»Na, wenigstens hast du schon den passenden Hut. Vergiß bloß nicht, die Spitzenborte vorher zu entfernen«, lachte Natalie.

Ich nahm meinen Hut ab. Stimmt. Die obligatorische Spitzenborte, heute mal in leuchtendem Blau, die mußte weg.

Franz atmete ganz aufgeregt. Offensichtlich wartete er ab, bis er auch mal bei uns Weibsen zu Worte kam.

»Ich«, setzte er schon mal an.

»Wie können wir dir nur helfen, Herzchen?« unterbrach ihn Natalie wie üblich.

Noch ein tiefer Atmer von Franzemann.

»Ich hab da doch bestimmt noch einen alten Anzug«, platzte er schließlich heraus.

»Bestimmt«, warf Natalie trocken ein, »der Mann kann sich ja von nichts trennen. Hebt alles auf, bis die Schränke platzen.«

»Der mit den Nadelstreifen«, sagte Franz hoheitsvoll.

»Mensch, Franz, der ist bestimmt schon fünfzig Jahre alt. Wo haste denn den versteckt?« neckte ihn Natalie.

»Der sieht noch aus wie neu«, gab Franz zurück.

»Na, dann hol ihn mal. Und bring ein paar Hosenträger mit«, ordnete Natalie an.

Franz setzte sich in Bewegung. Na, wenn der Anzug so alt war, dann war er doch bestimmt heute wieder halbwegs modern. Es wiederholte sich doch immer alles in regelmäßigen Abständen.

»Wie neu«, betonte Franz noch mal, als er den Anzug in einer Plastikhülle anschleppte.

Geschickt wickelte Natalie das wie neue Prachtstück aus und überprüfte schnell den Stoff.

»Ja, der ist noch in Ordnung, Mona. Schlüpf einfach mal rein.«

»Der hat sogar eine Weste«, sagte Franz voller Besitzerstolz.

Ich zog mich in der Kabine um und betrachtete mein Spiegelbild. So ein schwarzer Nadelstreifenanzug hatte etwas für sich. Allerdings versank ich in der Hose ganz schön. Ich hielt sie mit beiden Händen fest und stolperte zurück zu Natalie.

»Könnte schlimmer sein«, murmelte sie und steckte an der Hose herum. »Ich mache sie dir enger und kürzer. Mit den Hosenträgern müßte sie dann oben bleiben. Die sieht man ja nicht mit der Weste drüber.«

Ich nickte. »Der Sakko ist auch ein bißchen zu groß, dafür macht er mich aber etwas breiter in den Schultern, oder?«

»Ja, richtig. Aber die Ärmel, die werde ich auch kürzen. Wie ein Maßanzug wird er zwar nicht aussehen, aber schließlich ist der Marco Polo oder wie der heißt ja auch kein Fotomodell, sondern ein armer Künstler, oder?«

Franz beobachtete uns mit unglücklichem Gesicht. »Wenn du die Hose änderst und den Sakko, dann paßt mir der Anzug ja nicht mehr«, sagte er traurig.

»Herrje, Franzemann, jetzt haste das Ding fuffzig Jahre nicht getragen, da wirste doch wohl auch in Zukunft drauf verzichten können, oder?«

Natalie war wieder äußerst resolut mit ihrem Göttergatten.

»Na ja, wenn's wichtig für unsere Mona ist …«, brummelte Franz.

Er brachte in der Tat ein Anzugopfer auf dem Altar der Freundschaft, der liebe Franz. Dafür gab ich ihm auch sofort einen dikken Kuß auf die Wange. Natalie spannte derweil schwarzes Garn in ihre Nähmaschine.

»Mona, Herz, Herrenschuhe mußt du dir noch kaufen. So schwarze Schnürschuhe, verstehst du?«

»Meinst du denn, es gibt Herrenschuhe in Größe 36?« fragte ich zweifelnd.

»Na, dann mußt du in die Kinderabteilung gehen. Zu den Jungsschuhen.«

Was für 'n Aufwand aber auch. Doch Natalie hatte recht. Selbst Herren aus Künstlerkreisen tänzelten nicht in Damen-Ballerinas herum.

Während Natalie schon nähte, plauderte sie fröhlich weiter. »Sag mal, mein Herz, hat sich bei dir mal ein gewisser Dschack Diamant gemeldet?«

»Jack Diamond heißt der«, kicherte ich. »Ja, hat er. Ich gebe ihm Konversationsunterricht.«

»Der wäre was für dich!« sagte Natalie im Brustton der Überzeugung.

Oje, jetzt ging die Kuppelnummer wieder los.

»Wie kommst du denn darauf, Natalie? Ich gebe ihm Unterricht, sonst nichts.«

»Tolle Umgangsformen hat der, sag ich dir, mein Herz. Er war ja nach dieser Sache mit der geplatzten Hose noch mal hier. Aber er hat gar keine anderen Sachen zum Ändern gebracht. Er hat sich nur nach dir erkundigt.«

»Waaas?« fragte ich gedehnt.

»Ja, er hat wohl so einiges von dem, was du zu uns hier gesagt hast, aufgeschnappt. Und dann hat er mich über dich ausgefragt. Es war ihm, glaube ich, etwas unangenehm. Aber er sagte, er sei auf der Suche nach einem Sprachlehrer. Und er habe gehört, daß du unterrichtest. Ich habe ihm jedenfalls ein bißchen von dir erzählt.«

»Du hast ihm hoffentlich nicht gesagt, daß ich Aktbilder male, oder?«

»Nein. Ich kann doch mit so einem feinen Herrn nicht über nackte Männer reden, Mona«, sagte Natalie empört.

Na, ein Glück. Ich war schon in genügend Fettnäpfchen bei diesem rätselhaften Mann getappt.

»Jedenfalls, wenn du mich fragst, Mona, dann war das nur ein Vorwand. Ich glaube, du hast ihm einfach gefallen«, lächelte Natalie.

Hoffentlich würde sie mich wenigstens heute mit ihrem Vortrag, daß ein anständiges Mädchen beizeiten unter die Haube gehöre, verschonen.

»Er wirkte sehr nachdenklich, als ich ihm erzählte, daß du

eigentlich eine Künstlerin bist. Das hat ihm bestimmt auch gefallen.«

Ich verdrehte die Augen. »Er wirkte nachdenklich, sagst du? Er guckt einfach oft so – so nachdenklich, irgendwie geheimnisvoll, Natalie.«

»Ein blendend aussehender Mann«, schwärmte Natalie weiter.

»Ja, schon gut. Mal was anderes: Hat der Franz vielleicht noch ein altes Hemd für mich?«

»Sicher doch. Franz, hol mal ein Hemd«, sagte Natalie, ohne aufzuschauen. Das zweite Hosenbein forderte ihre gesamte Aufmerksamkeit.

»Ein Hemd, das ich zurückbekommen könnte?« fragte Franz ganz vorsichtig.

»Natürlich, Franz, ich brauche es doch nur für diesen einen Abend«, grinste ich.

Brav kam Franz mit einem blütenweißen Hemd zurück.

»Gut so, gut so«, lobte Natalie und packte mir mein gesamtes, fertig geändertes Männeroutfit in eine große Tüte. »Alles Gute, mein Herz. Und viel Glück mit Marco Polo!«

»Marco Leon«, lachte ich. »Vielen Dank, und drückt mir bloß die Däumchen.«

Die Herrenschuhe bekam ich tatsächlich in der Kinderabteilung eines Schuhladens. So fuhr ich zufrieden mit meinen Tüten im Bus nach Hause.

Was Natalie anpackte, das machte sie gründlich. Da saß ich nun und dachte über Jack Diamond nach.

Ob ich ihm wirklich gefallen hatte?

Ob ich ihm immer noch gefiel?

Mona, Mona, laß das Spinnen. Das Leben war zur Zeit doch wirklich verrückt genug. Da brauchte ich nicht noch Flausen dieser Art in meinem Kopf. Der Dschack, wie ihn Natalie so hübsch nannte, wird in Kürze zurück nach Amerika gehen, und ich sitze nach wie vor hier mit meinen Schülern und meiner Malerei. Vorausgesetzt, ich würde meinen Auftritt als echter Kerl erst mal überleben, ohne im örtlichen Lügenturm zu landen.

Wie heißt du?« fragte Vivian.

»Marco Leon«, antwortete ich.

»Achte auf deine Stimme. Du mußt tief sprechen, und zwar immer in derselben Tonlage.«

»Marco Leon«, brummte ich artig.

»Falsch, ganz falsch!«

»Wieso? War das nicht tief genug?«

»Doch. Aber, Mona, du darfst dabei nicht dein Kinn auf deinen Hals herunterpressen. Das sieht ja dann ein Blinder, daß du versuchst, deine Stimme zu verstellen. Hier, hier mußt du die Tiefe spüren.« Vivian packte mir die Hand auf meinen Bauch.

Ich versuchte zu fühlen. Also da hatte sie sich versteckt, die Marco-Stimmlage, da irgendwo zwischen Zwerchfell und Bauchspeicheldrüse.

»Kinn hoch, tief sprechen«, kommandierte Vivian.

»Gib mir schon mal deine Hände«, unterbrach uns Edgar, »ich muß deine Fingernägel kurz schneiden.«

Ergeben streckte ich meine Künstlerpfötchen aus und machte weiter mit den Sprachübungen.

»Ist das so richtig?« knurrte ich Vivian an.

»Nein. Merkst du, was du gerade tust?«

»Na, ich spreche, was sonst?«

»Aber du lächelst dabei, Mona.«

»Ach, und das ist falsch?«

»Falscher geht es kaum. Frauen lächeln. Weiß der Himmel, warum wir das immer machen. Muß wohl an der uns eigenen, herzigen Verbindlichkeit liegen. Jedenfalls – Männer lächeln nicht andauernd freundlich vor sich hin. Du mußt versuchen, deine Gesichtszüge zu kontrollieren, ja? Grimmig darfst du gukken. Deine ganze Stirn kannst du in böse Falten werfen. Nur – lächele nicht so weiblich vor dich hin, verstanden?«

Da war wahrscheinlich wirklich etwas dran. Ha, ich bin Marco Leon, der einsame, verbiesterte Maler. Und als solcher nicht freundlich, sondern eher ärgerlich auf die Welt. Genau, ein einsamer Wolf in der Wüste der Kunstbanausen. Nicht käuflich, nicht nett und nie im Leben lächelnd.

»So gefällst du mir schon besser«, grinste Vivian, die mein Mienenspiel aufmerksam beobachtete.

Meine Fingernägel waren derweil bis zum Anschlag gekürzt. Nix mehr übrig von den Dingern.

»Die Hände sind in Ordnung. Jetzt zu deinem Gesicht. Was hältst du von 'nem struppigen Vollbart, Mona?« fragte Edgar.

»Ja, ja, mach ihr einen Vollbart«, jubelte Vivian begeistert.

»Toll. Du bist neulich in die Schöne verwandelt worden und ich heute in das Biest, oder wie?« Trotzdem nickte ich ergeben. Ohne so einen Pelz im Gesicht würde es nicht gehen, das war mir klar.

Also schmierte mir Edgar eine klebrige Masse auf meine arme Haut und montierte Bartwuchs. Der Fremdkörper auf der Oberlippe brachte meine Nase und meinen Mund zum Kribbeln.

»Hihi, das kitzelt aber mächtig«, kicherte ich.

Vivian holte einen Spiegel aus ihrem Badezimmer und hielt ihn mir hin. »Guck nur mal kurz rein, damit du auch ein Bild von dem Mann hast, den du spielen mußt. Das hilft. Du bist jetzt keine Frau mehr, klar?«

»Und ob das klar ist, du schnödes Weib«, grummelte ich.

»Ich male dir die Augenbrauen noch schön buschig. Das macht gut männlich. Und die Haare kämme ich mit Gel aus der Stirn. Du setzt ja dann sowieso noch den Hut drüber«, erklärte Edgar.

»Die Augen«, sagte Vivian nachdenklich.

»Was stimmt denn damit nun nicht?«

»Das ist so ähnlich wie mit dem Lächeln. Du schaust immer so offen und interessiert. Aber der Marco eben nicht.«

»Der also nicht. Und wie guckt der?«

»Kritisch. Ausgesprochen kritisch. Und auch nicht jedem gleich voll ins Gesicht. Kneif die Augen mal zusammen, so als wärest du besonders skeptisch oder in dich gekehrt.«

Ich kniff also.

»Gut so. Merke dir das mit den Augen.«

Auch das.

Mir schwirrte langsam der Kopf. Arme Männer. Die dürfen aber auch reineweg gar nichts. Nicht lächeln, nicht verbindlich freundlich in die Gegend gucken. Wer hatte nur all diese Rollenspielchen erfunden?

»Du hast da unter der Weste zwei Beulen!« sagte Edgar plötzlich.

Ich schaute an mir herunter.

»Beulen nennst du das? Das ist mein Busen. Klein, aber fein.«

»Nicht klein genug«, grinste Edgar.

»Hast du 'ne elastische Binde dabei?« fragte Vivian professionell.

»Sicher doch. Hier, das überlasse ich euch. Vivian, wickele unser Künstlerschätzchen mal anständig ein.«

»Was?« protestierte ich. »Ihr wollt 'ne Mumie aus mir machen?«

»Allerdings. Komm mit ins Bad und dann ausziehen, Mona«, kommandierte Vivian energisch.

Sie zückte die elastische Binde und klemmte mir gewissenhaft damit meinen Busen ab. Tolles Gefühl. So langsam wußte ich selbst nicht mehr, ob ich Männlein oder Weiblein war.

Bandagiert lief ich wieder zurück in Vivians Wohnzimmer.

»Du tänzelst. Und du bewegst die Hüften zuviel«, hörte ich Vivian in meinem Nacken. »Hier, schau mir zu«, folgte der nächste Befehl.

Vivian durchstreifte das Zimmer mit festen, weit ausholenden Schritten.

»Deine Schuhe sind doch schön stabil, Mona. Du mußt mit den Hacken kräftig auftreten. Und laß deine Geishaschritte bleiben.«

Ich knallte mit den flachen Absätzen auf ihrem Parkett hin und her, was das Zeug hielt. Langsam machte mir die Sache Freude. Bestimmt hätte ich auch einen passablen Kerl abgegeben.

»Schade, daß ich die Weste anhab. Sonst könnte ich so nett mit den Hosenträgern schnalzen«, lachte ich.

»Die Weste mußt du aber anbehalten, weil die Brustbandage durchs Oberhemd schimmert«, erklärte Edgar.

»Mona, setz dich mal hin«, wies Vivian mich nun an.

Gute Idee, dieses Herummarschieren war auf Dauer ganz schön anstrengend. Ich setzte mich also.

Bedauernd schüttelte Vivian den Kopf. »Edgar, setz du dich mal hin. Und Mona – schau genau zu.«

Edgar tat wie ihm befohlen. Na ja, objektiv gesehen hatte er sich eben hingesetzt. Worauf wollte Vivian denn hinaus?

»Du hast dich hingesetzt wie ein kleines Mädchen. Vorsichtig, elegant, direkt niedlich. Aber als Mann, da setzt du dich nicht einfach.«

»Nein?«

»Nein. Du mußt den Stuhl förmlich in Beschlag nehmen. Der Stuhl gehört dir und deinem Hintern. Alles deins, verstanden? Und die Beine, die schlägst du nicht so hübsch übereinander. Männer sitzen breitbeinig, am besten noch mit einer Hand lässig aufs Knie gestützt.«

Wie ich da nun breitbeinig meinen Stuhl okkupierte – war ja schließlich ein von mir eroberter Stuhl –, verflog der Rest meines Frauendaseins. Grimmig stierte ich in die Gegend.

»Ja, ja, das wird prima«, klatschte Vivian.

»Wie wär's, wenn du noch ein bißchen rauchen würdest?« fragte Edgar und reichte mir eine Zigarette.

Feuer frei. Ich sog an dem Glimmstengel. Igitt, das kratzte ja wie wahnsinnig im Hals.

»Oje, oje.« Vivian schüttelte den Kopf. »Wenn du nach jedem Zug so husten mußt, bist du entlarvt.«

Ich versuchte, wieder zu Atem zu kommen.

»Aber ich habe eine Idee. Irgendwo im Küchenschrank lagern noch ein paar Zigarillos. Die sehen erstens cooler aus, und zweitens mußt du da nicht inhalieren.«

Schon holte sie die braunen Dinger.

»Denk mal an Bonanza, an die tollen Cowboys«, erklärte Vivian nun.

»Wieso? Soll ich etwa in die Kanzlei reiten?«

»Mona, nein. Du mußt nur den Zigarillo anders halten. Nicht so schick, sondern knackig, kernig zwischen Daumen und Zeigefinger. Kurz ziehen, Augen zusammenkneifen und kräftig in die Gegend pusten.«

Das war ein Spaß. Ich nebelte uns alle begeistert ein. Wenn das mit der Kunst nicht klappte, könnte ich mich vielleicht bei Gelegenheit auf einer Ranch im Wilden Westen bewerben.

»So, ich setze dir jetzt den Hut auf. Ich werde ihn dir noch ein bißchen tiefer in die Stirn ziehen, als du es sonst tust. Damit die Krempe direkt über den buschigen Augenbrauen endet«, erklärte Edgar.

Alle drei standen wir nun vorm Spiegel. Eine Frau mit ausgeprägt weiblicher Figur, ein großer Mann von athletischer, kräftiger Statur und ein kleiner, dünner Mann. Der allerdings guckte so richtig schön grimmig drein. War wahrscheinlich ein Künstler.

»Jetzt siehst du aus wie ein Kerl. Aber du riechst immer noch wie 'ne Frau«, meinte Edgar. Entschlossen besprühte er mich mit dem After-shave der Marke Supermann.

»Dieser Duft riecht aber für meinen Geschmack ausgesprochen würzig«, protestierte ich.

»Nee, hat jemand so was schon gehört.« Vivian verdrehte die Augen und äffte mich nach: »Dieser Duft riecht aber für meinen Geschmack ausgesprochen würzig.«

Verständnislos schaute ich sie an.

»Warum? Was hast du jetzt wieder zu bemängeln?«

»Mona, du gehst da nicht als Sprachlehrerin hin. Leg mal deine wohlformulierten vollständigen Sätze zur Seite. Red doch mal mehr staccato, kurz. Versuch's einfach.«

Ich überlegte. »Riecht brutal, das Zeug. Gut so, Baby?« brummte ich.

»Sehr gut«, lachte Vivian und klopfte mir auf die Schulter.

»Pfoten weg«, grummelte ich.

Zufrieden reichten sich Edgar und Vivian die Hand. Mein Männlichkeitstraining war abgeschlossen. Zeit für den echten Einsatz.

»Üb schon mal im Taxi, das lockert«, empfahl mir Vivian zum Abschied.

Das mit dem Lockern war auch nötig. Was machte wohl ein Cowboy, wenn er in der Prärie Angst vor der eigenen Courage bekam? In der Reklame rauchten die immer Zigaretten. Nervös hielt ich mich also an einem Zigarillo fest. Vielleicht brachte das ja was.

Breitbeinig und rauchend stand ich denn auf der Straße und erwartete nervös mein Taxi. Glücklicherweise war es eines ohne Nichtraucherschild, so daß mein rettender Strohhalm bei mir bleiben konnte. Und – Ironie des Schicksals – ich hatte eine weibliche Taxifahrerin.
Schnell ließ ich mich in den Fond gleiten und brummte Adrians Adresse zu ihr nach vorn. Sie chauffierte mich durch den Verkehr.
Mona, sag was, das ist die letzte Chance zum Üben.
»Bin spät dran«, grummelte ich. »Geht's auch etwas zügiger?«
»Ich tu mein Bestes«, nickte die Chauffeuse und lächelte mich im Mittelspiegel an.
Nein, Mona, bloß nicht zurücklächeln. Statt dessen nickte ich nur knapp und zog die Augenbrauen noch ein wenig finsterer zusammen.
»So, da sind wir auch schon. Siebzehn Mark fünfzig«, sagte die Taxifahrerin freundlich.
Ich würde ja gern noch dreimal um den Block fahren. Oder nach Honolulu. Oder wieder zurück nach Hause. Puh, war mir schlecht. Ich zog einen Zwanzigmarkschein aus Franzemanns Nadelstreifensakko.
»Rest für Sie«, brummelte ich in meinen Bart.
»Vielen Dank, der Herr«, antwortete die Fahrerin.
Neben mir saß niemand, hinter mir auch nicht. Der Herr, das war ich.

»Hallo«, grummelte ich, als Adrian mir die Tür öffnete.
Der prallte drei Schritte zurück, als hätte ihm jemand einen gut sitzenden Kinnhaken verpaßt.
»Mona«, flüsterte er entgeistert.
Er war vor lauter Schreck ganz bleich geworden, der Arme.

»Unsinn, Marco«, knurrte ich barsch.

Ich schob den Sakko etwas hoch und steckte die Hände in die Hosentaschen. Mit knallenden Hacken ging ich auf Adrian zu.

»Alles klar, Adrian?« brummte ich.

Wenn ich so weitermachte, würde ich im Laufe des Abends von der Tenortonlage sogar noch gekonnt in die Baßstimme gleiten.

Adrian nickte nur. Es hatte ihm wohl die Sprache verschlagen. Ich peilte in den Raum, der sich hinter ihm auftat. Meine drei Bilder lehnten leicht angestrahlt an der Wand. Davor standen zwei Herren mit dem Rücken zu uns. Der eine war der Herr Galerist Grünberg und der andere wohl sein Partner.

»Los jetzt, die Zeit tickt. Fünf Minuten«, zischte ich Adrian zu und gab ihm einen Schubs.

Wie aufgezogen lief er vor mir her. Wahrscheinlich betete er gerade, daß ich nur ein Geist sein möge, daß er Halluzinationen habe und der Spuk sofort vorbei sein solle.

Weit gefehlt. Ganz offensichtlich hatte Herr Grünberg bereits unsere Schritte, besonders meine knallenden, gehört. Er kam schon auf uns zu.

»Sie müssen Marco Leon sein. Welch Freude, welch Freude! Ich heiße Grünberg.«

»Leon«, brummelte ich verdrossen.

Was sollte ich jetzt mit seiner ausgestreckten Hand machen? Quetschen, so stark ich konnte? Ich packte zu und drückte, so fest es ging.

»Oho«, entfuhr es ihm prompt, »starke Künstlerhände, sehr gut, sehr gut.«

Ich hatte wohl etwas übertrieben. Egal. Sein Partner war weiterhin in die Betrachtung der Bilder versunken. Wieso kam mir dieser Rücken nur so bekannt vor?

»Ihre neuen Werke sind exorbitant«, erklärte Herr Grünberg nun. »Exorbitant großartig. Wild, expressiv und doch sensibel. Der Wolkenträumer besonders, der hat dieses visionäre Moment. Und der Magier, nein, wie soll ich sagen? Tiefgründig, absolut tiefgründig zeigt er ein Mysterium. Bei Ihrem Feuerschlucker, werter Herr Leon, da spürt man die Hitze, die männliche Energie. Sie haben aber auch einen wilden Strich, Herr Leon.«

»Marco Leon«, brummte ich böse.

»Wie bitte?« fragte Herr Grünberg irritiert.

»Nicht Herr Leon. Marco Leon. Herr mag ich nicht!« grummelte ich bestimmt.

»O Verzeihung, natürlich. Wie Sie wollen, selbstverständlich, ganz wie Sie wollen.«

Gleich überschlägt er sich in einem übereifrigen Doppelsalto mit anschließender Schraube, der Grünberg.

»Sehr angenehm, Sie kennenzulernen, Marco Leon«, hörte ich nun die Stimme seines Partners hinter mir.

Mein Cowboyblut gefror in meinen Adern, als hätte urplötzlich sibirische Kälte in Arizona Einzug gehalten. Gleich würde ich sterben, hoffentlich, oder mich in eine Schneeflocke verwandeln und einfach wegfliegen.

»Mein Name ist Jack Diamond.«

Ach, wie gut, daß niemand weiß, daß ich Mona Lisa heiß. Wieso kam mir ausgerechnet jetzt dieser Rumpelstilzchenquatsch in den Kopf?

Ich mußte erst mal Zeit gewinnen. Wo war es hier am dunkelsten? Aha, bei den Stühlen. Schnell brummte ich ein unhöfliches »'n Abend« in Jacks Richtung und marschierte auf die rettende Sitzgruppe zu. Da flegelte ich mich in einen Stuhl und nestelte mit flatterigen Fingern meine Zigarillos hervor.

»Du rauchst?« fragte Adrian blöde und hielt mir trotzdem automatisch gentlemanlike sein Feuerzeug hin.

Ausgerechnet jetzt fand er seine Sprache wieder. Zur Antwort legte ich meine Stirn in Falten und zog den Hut noch etwas tiefer runter. Inzwischen saßen wir alle. Vorsichtig peilte ich Jack an. Der schaute kurz zurück und deutete dann auf meine Bilder.

»Ihre Werke sind großartig. Ungewöhnlich, originell und überaus modern. Wir könnten eine Menge für Sie tun.«

»Ach ja?« quetschte ich unfreundlich hervor.

Ich qualmte wie besessen. Durch meine Rauchschwaden hindurch konnte er mir nicht so genau ins Gesicht schauen. Saug, pust, saug, pust. Jede Lokomotive würde vor Neid erblassen.

»Sie sind ein ganz außerordentliches Talent, ein ganz außerordentliches«, jubilierte Herr Grünberg nun. »Einen Mann wie Sie muß man einfach fördern. Berühmt machen können wir Sie, Marco Leon.«

Nun klopfte er mir auch noch begeistert auf mein Knie. Faß mich bloß nicht an, du Typ, du. Du magst doch gar keine Frauenknie mehr.

Adrian wippte unruhig hin und her.

»Möchtest du vielleicht etwas trinken?« fragte er mich schließlich.

Champagner wäre nicht schlecht. Am besten gleich eine ganze Magnumflasche davon. Aber ob ein Marco Leon wohl Champagner trank?

»Whiskey«, brummelte ich.

»Whiskey?« fragte Adrian gedehnt. »Bist du sicher?«

Ich warf ihm einen bitterbösen Blick zu.

»Whiskey. Ohne Wasser und ohne Eis.«

So tranken die Jungs in den Saloons den doch auch immer. Pur und runter damit.

»Für mich lieber einen Wein«, sagte Jack.

Auch Herr Grünberg schloß sich diesem Wunsch an.

»Lieber, hochverehrter Marco Leon«, begann nun der Grünberg wieder. »Wir werden diese drei Bilder ausstellen. Aber das ist nur der Anfang. Eine Vernissage möchten wir organisieren. Herr Diamond hat vorhin New York vorgeschlagen. Da ist er der bekannteste Galerist, müssen Sie wissen.«

Mein geheimnisvoller Mafioso. Jetzt war mir klar, womit er handelte. Mit Kunst. Und keine Silbe davon hatte er mir verraten.

»Mhm«, brummte ich.

Adrian stellte unsere Getränke auf den Tisch. Tapfer griff ich zu meinem Whiskeyglas. Pfui Teufel, das roch nicht nur entsetzlich, das brannte einem ja wohl auch gleich noch die Eingeweide weg. Bloß das Gesicht nicht verziehen, Mona. Männlich bleiben.

»So eine Vernissage bedeutet aber, daß Sie in der Öffentlichkeit auftreten müssen, lieber Marco Leon. Nur ein klitzekleines bißchen heraus aus Ihrem Künstlerversteck, ja?« Herr Grünberg war inzwischen fast außerhalb seiner selbst vor lauter Euphorie.

»Kommt nicht in Frage«, gab ich zurück.

Ha, da war er, der Baß, der gute.

»Sie müssen das verstehen«, mischte sich Jack nun ein. »Ausstellen allein ist nicht viel genug.«

Automatisch öffnete ich den Mund. Ist nicht viel genug? Er meinte wohl, nicht ausreichend. Glücklicherweise schluckte ich eine Rauchschwade und mußte husten. Puh, beinahe hätte ich ihn verbessert. Halt bloß den Rand, Mona. So zog ich nur fragend meine Busch-Augenbrauen hoch und preßte die Lippen zusammen.

»Ohne Öffentlichkeitsarbeit, ohne Reden bei Ausstellungseröffnungen, ohne Interviews vor der Presse macht das keinen Sinn. Das sind die Gepflogenheiten der Branche. Kunstkäufer und Kunstkritiker wollen wissen, wer dahinter steht. Und – Sie haben doch nichts zu verbergen, oder?« fragte Jack Diamond.

Sein Blick gefiel mir gar nicht. Geheimnisvoll wie üblich. Das war der perfekte Mann, der Jack, der sein Gegenüber nicht mal annähernd seine Gedanken erahnen ließ.

»Mag keine Menschen«, grummelte ich. »Kommt nicht in Frage! Und Presse ist Mist!«

So, da hatten sie es. Einmal Marco Leon reichte mir fürs ganze Leben.

»Wir müssen uns dann wohl noch mal beraten«, versuchte Herr Grünberg einzulenken.

»Tun Sie das«, sagte ich knapp und stand auf.

Ich mußte raus hier. Die fünf Minuten waren um, und unter Jack Diamonds forschenden Blicken würde ich nicht mehr lange durchhalten.

Zum Abschied tippte ich mir kurz an die Hutkrempe und verließ breitbeinig im Cowboyschritt die Kanzlei. Wovon war mir nur so übel? Von der Komödie, die ich hier gerade abgezogen hatte? Von der Jack-Diamond-Überraschung? Na ja, im Zweifelsfall von dem Whiskey. Whiskey pur, wie bekloppt kann man eigentlich sein?

Als ich endlich wieder daheim war, riß ich mir die Klamotten, den künstlichen Bartwuchs und die Brust-Plattdrück-Bandage vom Leibe. Betrübt betrachtete ich meinen armen, zerknitterten Busen, der um seine ursprüngliche Form kämpfte. Mädels sind Mädels, und Jungs sind nun mal Jungs.

Ach, Marco Leon, du könntest schrecklich berühmt werden. Aber leider, leider muß ich dich begraben, denn auf Dauer kann ich doch kein Doppelleben führen. Ich schaute mein Spiegelbild an. Ja, ich bleibe Mona Lisa. Schon deshalb, weil ich eben so wahnsinnig gern lächele.

SOLIDARITÄT

Vivian betrachtete den pinkfarbenen Amor, den ich auf die Fensterbank gestellt hatte.

»Ein Liebesgott. Der ist ja süß!«

»Faß ihn besser nicht an, sonst verknallst du dich noch in mich. Der hat nämlich einen ganz besonderen Zauber, mußt du wissen. Und nach allem, was gestern abend so passiert ist, habe ich beschlossen, doch weiterhin 'ne Frau zu bleiben«, stöhnte ich.

Vivian setzte sich zu mir. »Aber Adrian hat gesagt, du hättest den Marco Leon sehr überzeugend gespielt.«

Adrian hat gesagt? Forschend schaute ich Vivian in die Augen.

»Das mußt du mir mal erklären. Wann hat er dir das gesagt?«

Verlegen druckste Vivian herum. »Na ja, heute morgen. Er hat mich angerufen.«

»Ach nee«, platzte ich heraus. »Tut er das neuerdings öfter?«

Vivian lächelte. Und verriet sich. Weil sie nämlich, offenbar getrieben von ihrem Unbewußten, mit diesem kleinen Lächeln in Richtung Amor schielte.

»Schon öfter. Seit der Gurken-Wohl-Party eben. Ich habe dir doch erzählt, daß wir uns da sehr gut unterhalten haben.«

»Über Zufall und Schicksal und so was, oder?«

»Machst du dich jetzt über mich lustig?« fragte Vivian verunsichert.

»Nein, ich will dich nicht ärgern, Vivian. Sag, magst du den Adrian?«

»Ja«, hauchte Vivian.

»Du weißt doch aber, daß er mit Sibille zusammenlebt, oder?«

»Allerdings«, seufzte Vivian. »Warum habe ich nur immer soviel Pech mit den Männern, die mir gefallen?«

Ich zuckte mit den Schultern. »Mich darfst du das nicht fragen. 'ne Männerexpertin bin ich nie gewesen. Laß dich nur nicht auf eine Affäre oder so was ein. Dafür bist du zu schade, selbst für meinen heißgeliebten Bruder. Den Hals drehe ich ihm um, wenn er komische Spielchen mit dir spielen will.«

»Manchmal kommt mir alles so hoffnungslos vor«, jammerte Vivian.

»Wem sagst du das«, fiel ich ein. Ich deutete auf meine schönen Bilder im Atelier. »Alles für die Katz!«

Vivian schüttelte energisch den Kopf. »Aber warum denn? Adrian sagte doch, es sei ganz gut gelaufen. Er hat noch bis weit nach Mitternacht mit dem Grünberg zusammengesessen und mit diesem Amerikaner, Jack Diamond heißt er, oder?«

»Das ist ja ein Teil der Misere, Vivian. Die wollen, daß Marco Leon eine öffentliche Künstlerfigur wird. Und ich, ich habe beschlossen, daß das nicht geht. Ich kann doch nicht die Hälfte meines Lebens einen Kerl spielen. Außerdem – dieser Jack Diamond, der würde mich auf jeden Fall entlarven, wenn er nicht ohnehin schon mißtrauisch geworden ist.«

»Wieso denn ausgerechnet der?«

Ich raufte mir meinen kurzen Haarschopf.

»Weil der mich kennt, Vivian. Als Mona Lisa Linde.«

Meine Freundin starrte mich an.

»Der kennt dich?«

»Ja, wirklich. Das ist eine absolute Katastrophe. Er nimmt seit einiger Zeit bei mir Sprachunterricht. Konversation in Deutsch. Kannst du dir das vorstellen? Ich hatte nur keine Ahnung, daß er mit Kunst handelt. Und da stand ich nun gestern mit meinem angeklebten Bart und in 'nem Nadelstreifenanzug vor ihm.«

»Ach herrje, unglaublich. Meinst du, er hat dich erkannt?«

»Ich glaube nicht. Ich hoffe nicht. Ausgerechnet der hält mich wahrscheinlich sowieso schon für ziemlich durchgedreht.«

»Was meinst du mit ›ausgerechnet der‹?« bohrte Vivian.

Unangenehme Frage. Was meinte ich denn nun? Verdammt, Natalie, die hatte mir wohl tatsächlich Flausen in meinen Künstlerkopf gesetzt.

»Er ist ein sehr interessanter Mann. Ach, ich weiß selbst nicht, keine Ahnung.«

»So fängt das meistens an, Mona«, sagte Vivian bedächtig nikkend voll weiblicher Weisheit.

Ich zog es vor, statt einer Antwort meine kurzgeschnittenen Fingernägel zu betrachten.

»Jedenfalls – die Marco-Leon-Geschichte ist für mich beendet. Vielleicht verkauft der Grünberg ja wenigstens noch die drei Bilder an die Gurkenkönigin. Ach, verdammt, nicht mal Lust zum Malen habe ich mehr.«

»Jetzt verwandele dich bloß nicht in einen trübsinnigen Trauerkloß. Entspann dich erst mal ein bißchen, bevor du deine Karriere einfach in den Papierkorb schmeißt.«

»Karriere? Ich hatte nie eine, nur der Marco. Vorerst bin ich in Katastrophenstimmung. Ich leide, verstehst du?«

Vivian nickte. »Gut, dann lasse ich dich jetzt in Ruhe. Wenn du etwas brauchst, sag Bescheid. Versprichst du mir das?«

Ich versprach. Suhlen wollte ich mich jetzt in meinem Elend. Einsam und allein, wie es sich für eine ratlose Künstlerin gehörte.

Kurze Zeit später klopfte es Sturm. Sicher wieder Vivian, die etwas vergessen hatte. Mit gesenktem Kopf öffnete ich, schließlich hatte meine empfindsame Seele Weltschmerz. Fast aber hätte ich dazu noch 'ne Riesenbeule kassiert, weil mir die Tür mit voller Wucht entgegengeschleudert wurde.

»Da bist du ja, du, du …«, kreischte mir eine leider wohlvertraute Stimme entgegen.

Sibille. Die hatte mir gerade noch gefehlt. Ich sah die nächste Katastrophe bereits mit Brachialgewalt anrollen.

»Ich wußte schon immer, daß du mich nicht leiden kannst«, schrie sie mich hysterisch an.

So dumpf war sie offensichtlich nicht, daß ihr das entgangen war. Perplex schaute ich sie an. Was wollte sie nur von mir?

»Du steckst dahinter. Brauchst du gar nicht erst abzustreiten«, gellte es mir entgegen.

»Wohinter?« fragte ich vorsichtig.

Wenn die noch mehr in Rage kam, dann würde sie mir wohl gleich mit einem Damencolt das Lebenslicht auspusten. Wahrscheinlich mit dem teuersten Revolver, den sie hatte finden können. So einen mit Perlmuttgriff.

»Hinter der Entfremdung«, schrie sie entrüstet.

»Was für 'ne Entfremdung?« fragte ich verständnislos.

Also, ich hatte ja sicher einiges auf dem Kerbholz, aber für alles und jedes ließ ich mir nun wahrhaftig nicht die Schuld in meine Schühchen schieben.

»Hinter der Entfremdung zwischen Adrian und mir!« funkelte mich Sibille wütend an. Aufgeregt rannte sie in meinem Wohnzimmer hin und her.

»Laß mich bloß in Frieden, Sibille. Dein Privatquatsch interessiert mich nicht die Bohne«, gab ich zurück.

Langsam hatte ich die Nase voll. Raus mit dir, du blöde Ziege.

»Du schmiedest Intrigen. Intrigen, genau. Gib's doch endlich zu!« schrie sie hysterisch und baute sich drohend vor mir auf.

Aha, heute trug sie zur Feier des Tages ein Seidentuch mit kleinen Maikäfern drauf. Mistkäfer wären passender für sie. Oder schöne, fette Kakerlaken.

»Ich schmiede gar nichts«, antwortete ich patzig.

»Ach nein? Und was war das neulich mit der Party bei Wohls? Wie würdest du denn das bezeichnen, hä? Intrige, sag ich!«

Na, bravo. Wenn ich nur wüßte, was sie weiß, dann würde ich mich einfacher verteidigen können. Mona, Achtung. Das Weib ist gefährlich.

»Ich verstehe nicht, wovon du redest«, behauptete ich schon mal.

»Morgens um vier ist er erst nach Hause gekommen, der Adrian. Ich dachte, er wäre in der Kanzlei gewesen. Geschäfte, hatte er gesagt. Pah, Geschäfte, daß ich nicht lache.«

Leider lachte Sibille aber nicht. Sie zog das spitzeste Beleidigtengesicht, das sie in ihrem Programm hatte.

»Und?« fragte ich schlau.

Gut so, Mona, immer schön auf der Hut sein. Konnte ja auch sein, daß sie statt des Revolvers ein Messer mit Ninja-Krieger-Rostfreiklinge in ihrer kostbaren Handtasche versteckte.

»Hintenrum habe ich alles erfahren. Hintenrum. Eine gesellschaftliche Blamage«, kreischte Sibille. »Da habe ich Adrian zur Rede gestellt.«

Wahrscheinlich verstand sie das darunter, was sie gerade mit mir machte. Kein Wunder, daß Adrian die sanfte Vivian neuerdings anrief.

Sibilles verzerrte Züge kamen unaufhaltsam immer näher. Gleich würde sie mich mit ihrer Nasenspitze berühren. Ich wich zurück. Ihre Nasenspitze an meiner war eine eklige Vorstellung.

»Er hat dann schließlich zugegeben, daß er ohne mich auf die Party wollte. Ohne mich! Unverschämtheit! Und er sagte, es habe etwas mit dir zu tun, das er mir nicht erzählen könne. Also, raus mit der Sprache. Welche Gemeinheit gegen mich steckt dahinter, hä?«

So, wie sie gerade mit ihren erhobenen Handflächen fuchtelte, hatte sie wohl doch nix in der Tasche. Aber sie war einen Kopf größer als ich und wollte mich vielleicht schlagen. Bedauerlich, daß ich so gar keine Erfahrung mit Psychopathen hatte.

»Wieso Gemeinheit gegen dich? Du bist doch nicht das Zentrum der Welt. Es ging um eine – Privatangelegenheit. Und die geht dich einen mordsmäßig feuchten Dreck an«, wütete ich zurück.

Mordsmäßig war mir herausgerutscht. Hoffentlich brachte sie das nicht auf böse Ideen.

»Aha, du gibst es also zu. Du hast das eingefädelt, du hinterhältiges Biest, du.«

»Was du von mir hältst, ist mir schnurzpiepwurstegal. Geh jetzt, bitte«, sagte ich kalt und wies ihr die Tür.

»Von wegen. Ich bin noch nicht fertig mit dir. Gestern abend, was war da los? Sag mir sofort, was da los war!«

Ich zeigte ihr ganz undamenhaft einen Vogel.

»Du spinnst ja, Sibille. Hast du neuerdings auch noch 'nen Verfolgungswahn? Solltest dich mal untersuchen lassen. In deinen Kreisen gibt es doch bestimmt genug Frauen, die gern mal vor lauter Langeweile zum Psychiater gehen. Vielleicht läßt du dir mal 'ne Couch empfehlen.«

Ich hatte inzwischen wieder Mut gefaßt. Direkt neben mir stand eine leere Wasserflasche. Zur Not könnte ich mich damit mittels kräftigem Schlag auf ihren verdrehten Kopf verteidigen. Sag schon mal adieu zu deiner blöden Frisur, Sibille.

»Gestern abend«, Sibille blieb vor lauter Hysterie fast die Luft weg, »gestern abend in Adrians Kanzlei. Da wurde getrunken. Alkohol!« triumphierte sie bebend.

Ja, nun, mein Gott. Die Zeiten der Prohibition waren doch schon lange vorbei.

»Ein Schlückchen in Ehren kann niemand verwehren«, sagte ich grinsend.

»Alkohol!« wiederholte Sibille. »Adrian kam erst weit nach Mitternacht nach Hause. Und er roch nach Alkohol, eindeutig. Dabei gehört es zu seinen Prinzipien, nie mit Klienten zu trinken. Also muß das privat gewesen sein, liegt doch auf der Hand. Sag schon, Mona, warst du bei ihm? Und wage es nicht zu lügen, das würdest du bereuen!«

Ich ging noch einen Schritt näher an die Wasserflasche heran. Was stand eigentlich auf Notwehr? Ob Adrian mich im Falle eines Falles verteidigen würde?

»Mach schon den Mund auf! Warst du da?« schrie sie, die hysterische Sibille.

Eigentlich war ich nicht da. Es war ja der Marco Leon. Ein Mann. Sah ich aus wie ein Mann?

»Nö. Ich nicht!« sagte ich lässig.

Oh, welche Wirkung hatten meine Worte. Sibille brach kraftlos in sich zusammen. Zitternd plumpste sie auf den Sessel.

»Wenn du nicht da warst, wer dann?« flüsterte sie tonlos.

Von mir wirst du das ganz bestimmt nicht erfahren, du Maikäfertuchträgerin. Mach bloß 'ne Fliege.

Sibille rang um ihre Fassung. Dann schaute sie mich kläglich an.

»Mona. Wir Frauen müssen doch zusammenhalten. Du kennst deinen Bruder so gut. Bitte, bitte, sag mir, was los ist. Glaubst du etwa, er betrügt mich?« ächzte sie.

Frauen müssen zusammenhalten. Stimmt. Aber nur unter Freundinnen, die wir beide nun wirklich nie waren. Ich mußte an Vivian denken. Solidarität unter Freundinnen? Ein kleiner, gemeiner Gedanke blitzte in mir auf. Wie wäre es mit einem netten moralischen Dolchstoß für meine Erzfeindin Sibille?

»Mona, du bist doch eine kluge Frau«, schleimte Sibille.

Stimmte zwar, doch vor ein paar Wochen hatte sie mich noch als pervers, pornographisch und entartet beschimpft. Tja, Sibille, zu spät. Aber schmier mir ruhig noch ein wenig dreifach geschleuderten Imkerhonig ums Mäulchen. So lange, bis ich die Fotos gefunden habe. Wo steckten die nur?

»Und, Mona, du hast als Künstlerin doch bestimmt viel Feingefühl«, preßte sie jetzt hervor.

Ich nickte ihr freudig zu. Freudig, weil ich die Fotos von der Gurken-Wohl-Party endlich entdeckt hatte. Schon hielt ich sie in meinen Händen.

»Eine Frau wie du mit diesem Feingefühl, die muß doch spüren, ob der Bruder eine widerliche, schmutzige Affäre hat«, sagte Sibille.

»Spür doch selbst. Ist doch dein Freund.«

Hilfe, sie würde doch nicht? Mit drei großen Schritten stand sie vor mir. Ihre aufgesetzte Nettigkeit war wieder blindem Haß gewichen.

»Du arrogantes Etwas, du«, schrie sie und schüttelte mich mit aller Kraft.

Vor lauter Schreck und wegen der wilden Rüttelei fielen mir sämtliche Fotos aus den Händen. Die ganzen schönen, gestochen scharfen Partyfotos.

»Siehst du, was du angerichtet hast?« sagte ich und deutete auf die Bescherung auf dem Fußboden.

»Verdammt«, zischte Sibille, »so weit kannst du einen treiben mit deiner, deiner – Arroganz!«

Hektisch ließ sie ihren Blick über die Fotos gleiten. Plötzlich bekam sie ganz glasige Augen. Wortlos zeigte sie auf ein Bild mit einem ganz reizenden Paar darauf. Die hübsche Frau trug ein schwarzes Spitzenkleid, hatte ein Porzellangesichtchen und welliges kastanienbraunes Haar. Der Mann neben ihr war – Adrian. Meine kleine, hinterhältige Idee klappte besser, als ich es mir je hätte ausmalen können. Diese Rüttelei hatte eben doch etwas für sich gehabt.

Sibille pickte mit spitzen Fingern das Foto von Vivian und Adrian aus der Masse.

»Das ist doch die Höhe«, stammelte sie. So ungefähr siebenmal hintereinander. Zum Schluß brüllte sie nur noch. »Das ist doch die Höhe!!! Und du hast es die ganze Zeit gewußt, du verlogenes Luder!«

Harmlos schaute ich sie an. Allerdings inzwischen wieder aus sicherem Abstand und mit der Wasserflasche in der Hand. Noch mal würde sie mich mit ihren knochigen Grapschern nicht anfassen, nein, noch mal nicht.

»Wieso? Ist doch nur ein Foto«, erwiderte ich frech.

Das Telefon kikerikite. Aber das konnte ich jetzt unmöglich abheben. Ich mußte diese Frau im Auge behalten, bevor sie mir eines der meinen auskratzte. Der Anrufbeantworter sprang an.

»Hier ist Jack Diamond«, hörte ich.

Wie war das noch gleich? Zwei Katastrophen kommen selten allein?

»Morgen um neunzehn Uhr kann ich nicht zum Sprachunterricht erscheinen«, sagte er.

Sibille rümpfte verächtlich die Nase. Ihr lautes Geschrei übertönte den Rest seiner Rede.

»Du treibst es wahrscheinlich nicht nur mit deinem Nacktmodell, sondern auch noch mit deinen Schülern, was? Und Adrian betrügt mich nach Strich und Faden. Hätte ich gleich wissen müssen. Diese Verdorbenheit liegt eben in eurer Familie! Ihr, ihr, ihr ...«

Warnend hob ich die Wasserflasche.

»Ihr seid Pack! Pack, sag ich«, schrie sie grell.

Und rannte endlich hinaus. Mit dem Foto in der Hand. Ich betete nur, daß sie nicht Vivian auf der Treppe traf. Die gehörte ja schließlich auch zum Pack. So lauschte ich auf ihre Schritte, bis ich die Haustür ins Schloß fallen hörte.

Puh, das war noch mal gutgegangen. Ich lebte noch, Vivian auch. Nur Adrian, herrje, dem stand etwas bevor. Wenn er Glück hatte, dann schrie sie sich die Seele aus dem Leib und packte ihre Koffer. Halte sie bloß nicht zurück, Brüderchen, sondern laß sie samt ihrer Seidenschalkollektion abhauen. Ich würde ihn vorsichtshalber gleich telefonisch beraten und vorwarnen.

Aber erst mal wollte ich mein Band abhören. Mein Herz puckerte. Ob mich Jack Diamond jetzt auch gleich beschimpfen würde? War er mir auf die Schliche gekommen? Ich spulte den Anrufbeantworter zurück und lauschte.

»... nicht zum Sprachunterricht erscheinen. Ich möchte Sie gern um zwanzig Uhr ins Schloßrestaurant einladen. Mein Speisekartendeutsch braucht Auffrischung«, hörte ich.

Gut gelernt. Vor ein paar Lektionen hatte er statt Auffrischung noch Erfrischung gesagt.

»Wir könnten uns dort treffen. Hinterlassen Sie bitte eine Nachricht in meinem Hotel, wenn es Ihnen unrecht ist.«

»Wenn es Ihnen nicht recht ist«, murmelte ich, obwohl er diese Verbesserung sowieso nicht hören konnte.

Mit Jack Diamond ins Schloßrestaurant?

Nachdenklich starrte ich aus dem Fenster. Eine dicke Taube starrte zurück, gurrte ein wenig und spreizte ihre Flügel.

Ob er mir wohl meine Flügel stutzen wollte, wenn er mich doch hinter meiner Maske erkannt hatte? Oder wollte er wirklich nur Speisekartendeutsch lernen? Oder ...?

SCHNITZEL

Das haute farblich nun überhaupt nicht hin!

Ich stand in meinem Kleid, das mir Natalie zu Adrians Kanzlei-eröffnung geschneidert hatte, vorm Spiegel. Die orange Spitzenborte biß sich hochgradig giftig mit dem blutroten Lippenstift, den ich gerade aufgetragen hatte. Auf den Lippenstift hatte ich wie üblich neulich verzichtet. Aber heute für – na, für das Schloßrestaurant eben – erschien er mir doch wichtig.

»Papa, was soll ich denn sonst nur anziehen?« stöhnte ich und drehte mich vor seinem Bild hin und her.

Manchmal wirkte es fast, als ob er bei meiner Fragerei ganz leicht die Mundwinkel hob. Papa war bei solchen Themen einfach keine große Hilfe.

»Dann eben das einfache Schwarze«, beschloß ich. Es hatte nur eine zarte schwarze Spitzenborte am Saum.

»Bißchen kurz vielleicht, mhm.«

Schluß jetzt, ich hatte keine weitere Alternative. In diesem Schloßrestaurant würde es sicherlich riesige weiße Stoffservietten geben, mit denen ich im Sitzen meine mageren Beinchen bedecken könnte.

Der nächste Blick in den Spiegel verriet mir, daß ich für ein Abendessen außer schlicht nur schlicht aussah.

Ohrringe, genau!

Irgendwo hatte ich doch noch so ein paar funkelnde, die mich ein wenig aufpeppen würden. Blech mit Straß links ans Ohr und rechts ans Ohr. Und fertig war die Mona.

Fix und fertig.

Lampenfieber vor 'ner lächerlichen Speisekartendeutschstunde. Beziehungsweise vor dem etwas Undurchschaubaren, das mich erwartete. Ich traute dem Frieden nicht so recht.

Als ich in der Nähe des Restaurants aus dem Bus kletterte, suchte ich die erste Fensterscheibe und musterte mich noch einmal kritisch. Ungewohnter Anblick, diese kleine Frau im Kleid mit Herrenhut und Ohrschmuck. Hinter mir hörte ich die bewundernden Pfiffe von zwei Jungs, die noch zu den Spätpubertierenden gehörten. Na, nicht besonders verwunderlich, weil mich die plötzlich aufkeimende weibliche Eitelkeit doch gerade zu einer Pirouette veranlaßt hatte. Schließlich wollte ich ja auch mal gukken, wie ich so von hinten aussah. Mona, mach bloß, daß du weiterkommst.

Am Empfangstisch des Restaurants erblickte ich den breiten Rücken von Jack Diamond.
»Guten Abend«, begrüßte ich ihn schüchtern.
»Guten Abend, Mona. Schön, daß Sie mir diesen vielleicht doch etwas nicht gewöhnlichen Wunsch erfüllen«, begrüßte er mich.
»Ungewöhnlichen Wunsch«, raunte ich ihm zu.
»Möchte die gnädige Frau vielleicht ihren Hut abnehmen?« erkundigte sich ein Kellner im Pinguinfrack bei mir.
»Nein«, antwortete ich.
Wollte die gnädige Frau nicht. Die gnädige Frau geruhte immer, in teuren Restaurants mit Kopfbedeckung zu speisen.
»Äh«, glotzte der Kellner unschlüssig.
Jack Diamond kam mir zu Hilfe. »Würden Sie uns nun bitte an unseren Tisch führen?«
»Äh, selbstverständlich, natürlich«, antwortete der Pinguin.
Galant bedeutete mir Jack, daß ich dem Kellner folgen sollte. Oje, jetzt würde er womöglich den ganzen Weg über mein Outfit, meine Beine und das alles betrachten. Nur jetzt nicht stolpern, Mona.
Endlich waren wir an unserem Tisch angelangt, wo der Pinguin dienstbeflissen einen Stuhl abrückte. Sollte wohl der meine werden. Als ich noch nicht ganz die Sitzfläche berührt hatte, schob er nach, der Pinguin. Huch, darauf war ich nicht gefaßt. Als ich die Balance wiedergefunden hatte, riß ich sofort die Serviette vom Tisch und bedeckte meine Beine. Jetzt ging's mir schon besser.
»Darf ich Ihnen schon etwas zu trinken bringen?« fragte der Kellner dienstbeflissen.

Jack Diamond schaute mich an. »Mona, was möchten Sie denn? Einen Aperitif? Oder einen Wein? Oder bevorzugen Sie etwas Stärkeres?«

War das jetzt eine Anspielung? Auf den Whiskey des Marco Leon?

»Nein, nein, Wein ist prima. Ich trinke nie etwas Stärkeres. Schnaps und so was mag ich gar nicht«, beeilte ich mich zu sagen.

»Wir haben sehr gute Rieslingweine«, erklärte der Kellner eifrig.

»Bitte geben Sie mir einfach die Weinkarte. Wir sind zwar in Deutschland, aber ich denke, ich werde einen weißen Bordeaux aussuchen. Natürlich nur, wenn Sie einverstanden sind«, wandte sich Jack nun wieder an mich.

Ich nickte nur. Wo die Träubchen gepflückt worden waren und still vor sich hingegoren hatten, war mir im Moment ziemlich gleichgültig. Hauptsache, der Wein kam zügig an den Tisch. Mein Mund fühlte sich ganz trocken an vor Nervosität. Lag bestimmt an der schicken Atmosphäre.

Jack las die Weinkarte und wählte einen Château de Fieuzal. Hörte sich hübsch an, so französisch.

»Sagen Sie, ist das jetzt gerade modern?« fragte er, als er sich mir wieder zuwandte.

»Was?« fragte ich irritiert.

»Na, das mit dem einen Ohrring«, erklärte er.

Erschrocken faßte ich mir an die Ohrläppchen. Links baumelte der eine, rechts gähnende Leere. Also, die neue Einseiten-Ohrring-Mode zu kreieren war nun nicht gerade meine Absicht.

»Oje, mir ist ein Ohrring abhanden gekommen«, sagte ich kläglich.

Wenn ich mich schon mal hübsch machen wollte. Tja, Mona, fängt gleich mit der ersten Panne an, der Abend.

Sofort winkte Jack einen Kellner heran.

»Die Dame vermißt einen Ohrring. Bitte, schauen Sie doch nach, ob sie ihn hier auf dem Weg zum Tisch verloren hat.«

Dieses Anliegen verbreitete sich unter den Bediensteten wie ein Lauffeuer. Die ganze Pinguinmannschaft kroch plötzlich auf dem Boden herum, lüpfte aufgeregt die überlangen Tischdecken und stierte selbst in die entlegensten Winkel. Was für eine Aufregung! Na klar, die dachten, meine Blechhänger wären so wertvoll wie die Kronjuwelen. So von weitem betrachtet machte das Einzelstück, das noch an einem Ohr baumelte, auch 'ne ganze Menge her.

Ich verfolgte gespannt die Suchaktion und mußte kichern. Selbst der Oberkellner rutschte gerade auf den Knien unterm Nachbartisch herum.

»Es tut mir sehr leid«, sagte Jack, als wäre er schuld an dem Verlust.

»Platin mit Brillanten«, grinste ich.

Ich machte bestimmt einen äußerst gefaßten Eindruck für 'ne Lady, die gerade Schmuck im Wert von zehntausend Mark vermißte.

»Sind Sie versichert?« fragte Jack besorgt.

»Nein«, sagte ich unbekümmert.

»Gnädige Frau, ich bin untröstlich, aber wir konnten Ihren Ohrring nicht finden«, erklärte nun der Hauptpinguin. Noch mit blaurot angelaufenem Gesicht vom vielen Bücken.

»Kann man nichts machen. Aber trotzdem vielen Dank«, sagte ich freundlich.

Ich zog das übriggebliebene Einzelstück vom Ohr ab und klimperte damit herum.

»Übrigens, Jack«, flüsterte ich, »sagen Sie es nicht weiter, aber das ist nur billiger Modeschmuck.«

Erleichtert mußte er nun auch lachen.

»Na, ein Glück. Ich war schon ganz, wie sagt man, versorgt?«

»Besorgt«, verbesserte ich.

»Besorgt«, wiederholte Jack und probierte den Wein, der gerade serviert wurde. Er nickte zufrieden, so daß ich nun endlich in den Genuß eines guten Tropfens kam. Wir prosteten uns zu.

»Jetzt aber zur Speisekarte«, forderte ich ihn auf und schnappte mir mein Exemplar. Schick, eine Damenkarte ohne Preise.

»Oh, es ist ja Spargelzeit. Kennen Sie doch, das Wort, oder? Das sind diese langen weißen Gemüsestangen mit dem zarten Kopf dran.«

Jack nickte. »Mit gekochtem Schinken. Mit Katenrauchschinken. Mit paniertem Kalbsschnitzel«, las er laut. »Was heißt paniert?«

»Paniert? Na ja, da tut man so Semmelbrösel in die Pfanne. Und Ei. Darin wird das Schnitzel dann gebraten.«

Glaubte ich wenigstens. In meinem Leben hatte ich noch nix paniert, aber so ähnlich ging das wohl. Mein Blick glitt über die Fischgerichte. Forellenklößchen mit Petersilienschaum an Babypaprikamus. Babypaprikamus? Da waren die Dinger noch nicht mal ausgewachsen, und schon wurden sie zermanscht?

»Was ist das hier?« fragte Jack und deutete auf die Zeile darunter.

»Seeteufel auf Rosmarinbett an Wildreisvariationen«, las ich laut vor. »Fisch«, sagte ich schon mal.

»Ach, ja«, erwiderte Jack trocken.

Offensichtlich hatte er sich das schon gedacht.

»Rosmarinbett. Also, Rosmarin ist ein Gewürz, so Kräuter, ja? Und Wildreisvariationen, wohl so ein paar Sorten von wildem Reis.«

Bitte, bitte, frag mich jetzt nicht, was Lammnüßchen im Salzmantel mit Kroketten und Minze-Artischocken-Püree sind. Oder gar die gekochte Ochsenbrust, die angeblich in einem Kartoffelnest mit Möhrenphantasien serviert wurde.

»Haben die Herrschaften schon gewählt?« fragte der Anführerpinguin.

Für ihn sprach, daß er kein Blöckchen in der Hand hatte. Also würde er sich wohl alles ganz toll merken können.

»Bitte«, forderte mich Jack zum Bestellen auf.

»Für mich eine Tomatencremesuppe«, sagte ich.

»Mit Gin oder Sherry?« fragte der Kellner.

»Nur mit Tomaten.«

Bloß nicht auch noch Drinks in so einem unschuldigen Süppchen.

»Bevorzugen Sie dann ein Zwischengericht oder gleich die Hauptspeise?« erkundigte sich der Pinguin.

Eigentlich hatte ich ohnehin keinen Hunger. Aber nur mit 'ner Tomatensuppe kam ich wohl nicht durch.

»Gleich die Hauptspeise. Spargel, bitte. Mit Katenrauchschinken und Buttersoße.«
Puh, fertig. Jack, jetzt bist du dran.
»Ich nehme den gemischten Gartensalat und danach auch den Spargel. Aber mit Vinaigrette, bitte.«
Der Kellner dienerte beflissen zweimal hintereinander. Ob er bei drei Personen noch einen Diener draufgab?
»Moment«, rief ich, als er die Speisekarten mitnehmen wollte. Ich war hier doch schließlich gewissermaßen dienstlich. Jack hatte bisher kaum etwas von mir gelernt.
»Schon gut«, sagte er zu mir und gab dem Pinguin beide Karten mit.
»Ich verstehe nicht, Jack. Ich dachte, Sie wollten etwas lernen. Aber ich habe doch fast nichts erklärt.«
Jack schaute mich an. Mit einem seiner intensiven Blicke. Die grünen Sprenkel in seinen Augen trugen nun auch nicht gerade zu meiner Entspannung bei.
»Mona, um ehrlich zu sein, die Lehrstunde war nur ein Vorwand. Wir sind aus einem anderen Grund hier.«
Mir wurde ein wenig schwindelig. Also, wenn er jetzt meine Hand nähme, würde ich mich wohl kaum wehren können.
»Es geht um Kunst«, hörte ich ihn sagen.
Um Kunst also. Und keineswegs um meine Händchen. Was war da nur für eine kitschig-romantische Anwandlung in meine Sinne gerutscht? Schnell entzog ich meinen Blick dem seinen.
»Was meinen Sie mit Kunst?« fragte ich vorsichtig.
»Ich habe etwas Eigenartiges erlebt und möchte Sie um Ihre Meinung bitten. Sie sind doch Malerin.«
Gleich würde ich eine mit fliegenden Fahnen wegrennende Malerin sein. Weil ich nämlich feige war. Und weil ich absolut nicht scharf darauf war, von Jack außer als Malerin innerhalb der nächsten Sekunden als Lügnerin bezeichnet zu werden. Ich konnte förmlich spüren, daß er mich gleich beim Schlafittchen haben würde. Oder doch nicht?
»Malerin, ja. Aber ich verstehe nicht«, sagte ich zögernd. Vielleicht hatte ich ja Glück, und er tappte im dunkeln.
»Sie wollten doch immer wissen, was ich beruflich mache, Mona.

Also, ich bin Galerist, ich handle mit Kunst. Bisher habe ich das nicht erzählt, weil ich gewisse Ebenen eben nicht miteinander vermischen will. Sie sind meine Sprachlehrerin, und als solche kenne ich Sie. Ihre Bilder habe ich nicht gesehen, und ganz offen gestanden, ich denke, wenn Sie gewußt hätten, daß ich Galerist bin, dann hätten Sie sicherlich versucht, mich für Ihre Belange einzuspannen.«

Feine Meinung hatte der von mir. Ob das an seinem Mißtrauen dem weiblichen Geschlecht gegenüber lag? Ein Gedanke keimte in mir auf.

»Jack, wir haben uns doch schon mal über Privates unterhalten. Diese Frau, die Sie mal verletzt hat, war das zufällig eine Künstlerin?«

»Eine Bildhauerin«, gab er kurz zurück. »Aber das spielt jetzt keine Rolle.«

»Wie Sie meinen«, sagte ich mit ironischem Unterton.

Seine Züge waren hart geworden. »Jedenfalls, ich wollte Ihnen von einem Ereignis erzählen und Sie um Ihre Meinung bitten.«

Mir schwante Übles. Unruhig zupfte ich an meiner Serviette.

»Vor ein paar Tagen war ich mit einem Galeristenkollegen bei einem Anwalt zu Besuch.«

Ich auch.

Verdammt, vielleicht fischte er ja trotzdem im trüben. Vielleicht schwamm er aber auch immer näher an die Wahrheit heran. Hoffentlich würde die Tomatensuppe nicht gleich kommen. Meine Hände waren so zitterig, daß ich die rote und leider ausgesprochen flüssige Speise sicher überall hintransportieren könnte, nur nicht in meinen Mund.

»Dieser Anwalt ist mit einem jungen Künstler befreundet. Übrigens ist der Name des Anwalts Linde.«

»Ach, der heißt so wie ich«, krächzte ich.

Schnell schüttete ich einen Schluck Wein in meine trockene Kehle. Besser, ich hielt mich zurück, als jetzt über Zufälle zu debattieren. Ich schaute vorsichtig wieder hoch und ihn an. Ausdruckslos erwiderte Jack meinen Blick.

»Stimmt, der Anwalt heißt so wie Sie. Jedenfalls – dieser Künstlerfreund des Anwalts ist überaus begabt.«

Darin waren wir uns schon mal einig. Ja, der Marco Leon, der hatte Talent. Während ich um meine Fassung rang, holte Jack etwas aus seiner Brusttasche.

»Schauen Sie selbst«, sagte er und legte mir ein Foto vor.

Ich starrte auf den Sonnengreifer. Das Foto war hervorragend. Alle Farben leuchteten fast so kräftig wie im Original.

»Sehr schön«, krächzte ich und mußte mich räuspern.

»Tomatensuppe für die Dame«, vernahm ich.

Na wunderbar. Die Kleckerei konnte beginnen.

»Und einen Gartensalat für den Herrn.«

»Guten Appetit«, sagte ich hastig und benetzte vorsichtig die Löffelspitze. So konnte es gehen. Eintauchen, Löffelspitze zum Munde führen, abschlecken. Und in spätestens fünf Stunden würde der Teller leer sein.

»Das ist noch nicht alles. Hier sind seine neuesten Werke!«

Jack ließ seine Gabel sinken und legte weitere Fotos neben meinen Suppenteller. Obenauf glänzte der Magier. Statt der Glaskugel hätte ich ihm wohl besser einen Zauberzylinderhut malen sollen. Einen, wo die Kaninchen immer drin verschwinden. Und Mona Lisas, die sich verdünnisieren wollen.

»Der Künstler malt übrigens nur Aktbilder«, sagte Jack und aß ruhig weiter.

»Jedem das Seine«, nickte ich und würgte tapfer an der Suppe herum. Die nächsten siebenunddreißig Löffelchen würden nicht besser rutschen als die ersten zwei, soviel war sicher.

»Wissen Sie, Mona, der Künstler malt erstklassig. Er ist eine echte Entdeckung. Ich würde ihn gern international fördern. Nur – da gibt es ein Problem.«

»Ach ja?« fragte ich benommen.

Überall Probleme. Der Künstler hatte eins. Ich hatte gerade mehrere. Mehrere ziemlich große sogar.

»Ja, der Maler ist sehr menschenscheu. Fast schon menschenfeindlich, so kommt es mir vor. Er meidet die Öffentlichkeit, verstehen Sie? Und ich brauche natürlich außer den Bildern die Künstlerpersönlichkeit. New York schreit nach ungewöhnlichen Typen. Aber er ist nicht bereit, sich zu zeigen.«

»Ist ja ungünstig«, sagte ich rauh.

Jack nickte. »Wenn Ihnen jemand eine solche Chance böte, würden Sie das so einfach verschlagen?«

»Ausschlagen«, murmelte ich.

Platsch, da war es passiert. Tomatensuppe zierte meinen Busen.

»Oh«, sagte Jack. »Wollen Sie sich vielleicht einen Moment, wie heißt das, zurückziehen?«

Gute Idee. Am liebsten nicht nur für einen Moment, sondern für immer und ewig. Hastig stand ich auf und prallte fast mit dem Kellner zusammen, der mir mit Blick auf die Tomatenschweinerei den Weg zu den Toiletten wies.

Aufatmend schloß ich die Tür hinter mir.

»Du brauchst einen klaren Kopf, Mona«, flüsterte ich vor mich hin. »Einen ganz klaren. Dieser Jack Diamond hat dich in der Hand.«

Ich ließ mir erst mal Wasser über mein Gesicht laufen und widmete mich dann schnell der Fleckenbeseitigung. Mir half nur noch die Stunde der Wahrheit. Entschlossen rückte ich meinen Hut gerade.

»Wo waren wir stehengeblieben?« fragte ich Jack beherzt, als ich wieder neben ihm Platz genommen hatte.

»Ich wollte Ihre Meinung hören. Zum Thema Künstler und Öffentlichkeit«, sagte er ruhig und schaute mich forschend an.

Nee, so würde das nie etwas werden.

»Machen Sie bitte einfach mal die Augen zu, Jack. Fragen Sie nicht, warum, schließen Sie bitte die Augen!«

Die Kellner mußten uns für ziemlich komisch halten. Ich saß hier in einem Kleid mit nassem Oberteil. Dafür schien mein Begleiter zu schlafen.

Nun denn. Ich konzentrierte mich.

»Mein Name ist Marco Leon«, brummte ich mit gekonnter Baßstimme.

Jack öffnete die Augen wieder.

»Freut mich, den wahren Künstler nun endlich kennenzulernen«, sagte er nur trocken. Er war tatsächlich nicht die Bohne erstaunt. Eigentlich eine Frechheit.

»Ehrlich währt am längsten«, setzte er noch obendrauf.

»Tja, mit der Ehrlichkeit ist das manchmal so eine Sache«, sagte ich verlegen.

»Sie haben mir doch so schöne Sprichwörter beigebracht, Mona. Wie war das noch gleich: Lügen haben kurze Beine?«

»Na ja, wenn man es ganz genau nimmt, dann war das Ganze eher so eine unglückliche Verquickung der Umstände«, sagte ich lahm. »Mein Bruder, der Anwalt Linde, der hat den Sonnengreifer dem Herrn Grünberg gegeben. Und der seinerseits ließ keinen Zweifel daran, daß der Maler für ihn eindeutig ein Mann sei. Wegen des maskulinen Strichs. Und mal im Ernst, bekannte weibliche Malerinnen kann man ja wohl nach wie vor mit der Lupe suchen, oder? Und da hatte ich die Idee, einen Mann, eben den Marco Leon zu spielen. War wohl eine Schnapsidee.«

»Schnapsidee«, wiederholte Jack und mußte nun doch lächeln. Offenbar aber nur, weil er das Wort ganz amüsant fand.

»Haben Sie die ganze Zeit über Bescheid gewußt?« fragte ich kläglich. Ich entlarvtes Flunkerwesen.

»Ich habe eins und eins zusammengezählt. Stutzig bin ich geworden, als ich das Foto vom Sonnengreifer sah. Ihre Initialen auf dem Bild.«

»Meine Initialen?«

»Ja, dieses schwungvolle ML. Das sah so aus wie auf den Quittungen, die Sie mir immer nach dem Unterricht für Ihr Honorar unterschrieben haben.«

»Und dann?« stöhnte ich.

»Na, der Name Linde. Hätte auch noch Zufall sein können. Aber als ich dann den Hut von Marco Leon gesehen habe, da war ich mir ziemlich sicher, daß etwas faul war. Das war schon der dritte Hinweis auf Sie, Mona. Obwohl – Sie haben gut gespielt. Grünberg hat immer noch keine Ahnung.«

Na, wenigstens den hatte ich erfolgreich gefoppt. Dagegen hatte sich Jack Diamond wie ein Kriminalkommissar verhalten. Steinchen auf Klötzchen, Klötzchen auf Steinchen. Kombiniere, kombiniere.

»Und nun?« fragte ich beklommen.

»Reden wir übers Geschäft!« sagte Jack bestimmt. »Sie haben doch sicher noch mehr Bilder, oder?«

»Klar, reichlich«, sagte ich und atmete auf.

Er schien mir nicht besonders böse zu sein. Er schien ohnehin ja nie etwas zu empfinden.

»Ich zeige sie Ihnen aber nur, wenn Sie die Werke von Mona Lisa Linde sehen wollen. Marco Leon gehört der Vergangenheit an.«

»Einverstanden!« nickte Jack.

»Können Sie mir einen Gefallen tun?«

Er zog fragend die Augenbrauen hoch.

»Bestellen Sie doch bitte meinen Spargel ab. Ich bin nicht in der Lage, noch etwas zu essen, bitte«, flehte ich.

»Kein Problem«, sagte er lässig, sprach mit dem dezent weiterlächelnden Oberpinguin und bezahlte die Rechnung.

In meiner Wohnung schaltete ich schnell die gesamte Atelierbeleuchtung an. Hinter mir spürte ich Jack Diamond. Mit unbewegter Miene schaute er sich um. Er lief ruhig von Bild zu Bild.

»Was hat das für einen Titel?« fragte er.

»Der Torero«, sagte ich atemlos.

Wenn ihm nun meine Sammlung nicht gefiel?

»Interessant«, sagte er nur.

»Daneben, das ist der Schlangenbeschwörer«, erklärte ich schnell.

Den betrachtete er besonders intensiv. Das würde ich ihm allerdings nicht verraten, daß er mich höchstpersönlich zu diesem Bild inspiriert hatte.

»Und dieses hier?«

»Der Vampir.«

»Der Vampir«, murmelte er. »Sagen Sie, wie arbeiten Sie? Mit Modellen?«

»Ja, meistens male ich Edgar. Sie haben ihn ja mal kurz bei mir kennengelernt.«

»Ich erinnere mich. Ihr Freund«, antwortete er knapp.

»Ein guter Freund, nicht mein Freund. So, wie man das normalerweise meint«, stotterte ich.

Wie blöd, ich war Jack Diamond ja nun wirklich nicht noch mehr

Erklärungen schuldig. Keine Lebensbeichte, Mona, schließlich bist du nicht katholisch, und der Jack ist kein Priester.

»Interessant«, sagte er wieder und schaute mir kurz ins Gesicht.

»Äh, das hier heißt übrigens ›Der Weltenbummler‹.« Hastig deutete ich auf den Nackten mit dem Globus unter seinem Fuß.

Es dauerte noch eine ganze Weile, bis wir alle Werke durchhatten. Schließlich waren wir beim »Pfau« angelangt.

Jack wandte sich wieder mir zu.

»Wie heißt Ihre Schneiderin noch gleich?«

»Natalie«, antwortete ich.

»Als wir uns über Ihre Malerei unterhalten haben, fragte ich mich, was Sie wohl so malen. Aber sie wollte nicht recht mit der Sprache heraus. Das hat mich sehr neugierig gemacht.«

So ist das also gelaufen. Natalie dachte, er wäre von mir persönlich angetan. Dabei hatte er sich hochgradig raffiniert bei mir eingeschlichen. Konversationsunterricht, pah. Ausschließlich um meine Malerei war es ihm gegangen. Und – wie hatte er mir neulich so ausführlich erklärt? Arbeit und Privatleben gehörten getrennt.

Nachdenklich lief Jack noch einmal von Bild zu Bild und lehnte sich schließlich gegen die Fensterbank.

»Vorsicht«, rief ich.

Da stand doch die pinkfarbene Glasfigur.

Die nahm er jetzt auch wahr. Schon drehte er den Amor in seinen Händen. Mir stockte der Atem. Mona, Mona, nun denk bloß nicht über diesen Liebeszauber-Aberglauben nach. Ein Amor verschießt seine Pfeile nur, wenn es ihm paßt. Was willst du eigentlich, Mona?

Eine Ausstellung? Eine Ausstellung! Meine Ausstellung!!!

»Ich bin fasziniert«, sagte Jack nun und stellte den Amor wieder hin.

Und ich hing an seinen Lippen. Jedes Wort, das er jetzt sagte, könnte mein Schicksal verändern.

»Was halten Sie von einer Mona-Lisa-Ausstellung in New York?« fragte er nun.

»Ich würde alles dafür geben«, flüsterte ich.

Er schwieg und sagte dann schließlich: »Das wird gar nicht nötig sein. Ich würde gern zwölf Bilder ausstellen. Die wähle ich gleich aus, wenn Sie mir bitte noch mal die Titel nennen. Wir machen dann einen Vertrag für die Ausstellung und den Verkauf der Bilder. Bedingung ist natürlich, daß Sie persönlich in New York bei der Vernissage anwesend sind und einige Interviews geben.«

Ich nickte. Ausstellung, Vernissage, New York, Interviews ... Meine Ohren rauschten, meine Fassung schwand. Das kam alles so plötzlich.

»Soll ich mich wegen des Vertrages mit Ihrem Bruder in Verbindung setzen? Er ist doch sicher Ihr Anwalt?«

»Ja, ja, natürlich«, sagte ich tonlos.

Mit der Bilderliste, die wir schließlich gemeinsam geschrieben hatten, ging Jack zur Tür.

»Sie hören in den nächsten Tagen von mir«, verabschiedete er sich.

Wenn bis dahin das Rauschen in meinen Ohren aufgehört hätte, würde ich auch die Ausstellungseinzelheiten besser mitkriegen können.

Ich schloß die Tür hinter ihm und lief benommen zum Bild meines Vaters. Meine Knie waren total weich.

»Papa, wir fahren nach New York.«

Langsam sackte die Neuigkeit in die Tiefen meines Bewußtseins. Klick, klick, immer weiter hinunter, bis auch die letzte winzigste Zelle begriffen hatte, was passieren würde. Ich vollführte einen Riesenluftsprung.

»Papa, es ist ganz ernst. Wir kriegen eine richtige Austellung, eine Ausstellung. In New York, wer hätte das gedacht? Ich bekomme eine Chance, die Chance überhaupt«, jubelte ich und führte einen Freudentanz auf. »Mona Lisa in New York. Mona Lisas Bilder in New York, eine Ausstellung, eine Ausstellung«, lachte ich und hüpfte übermütig weiter herum.

»Pling«, machte es.

Erschrocken schaute ich zu Boden. Mein verlorener Ohrring.

Offensichtlich hatte er sich nach seinem treulosen Abfallen vom Ohr wohl in meiner Wäsche verfangen.

»Da bist du ja wieder«, lächelte ich und hob ihn auf. »Willst wohl auch mit über den großen Teich, was?«

STOFFMAUS

Hatte die Welt denn so was schon gesehen? Die wurden plötzlich lebendig, die Barbiepuppen. Ein volles Dutzend Püppchen, und alle miteinander splitterfasernackt. Langsam begannen sie zu wachsen und sich zu bewegen.

»Ihr habt ja Beine bis zum Himmel«, staunte ich.

Tatsächlich überragten sie mich um mindestens einen Kopf. Sie sahen einfach unglaublich perfekt aus.

»Wir haben nicht nur Beine bis zum Himmel. Schau dir unsere Brüste an«, belehrte mich die Barbiepuppenanführerin.

Pralle, dralle Kugeln. Unbeweglich und ganz offensichtlich mit festem Silikon angefüllt. Synchron schnallten sie sich jetzt ihre Büstenhalter um. Wahnsinn, es waren die der Sorte, die alles Fleisch durch integrierte Kunststoffpolster in den Körbchen unbarmherzig in die Höhe drückten.

»Nur damit kann eine Frau sich blicken lassen«, sagte ein Püppchen quietschend.

Schuldbewußt schaute ich an mir herunter. Besonders viel gab es da nicht zum Heben.

Alle Barbiepuppen faßten sich nun an den Händen und kamen mit klimpernden Wimpern immer näher. Sie flüsterten miteinander und starrten mich an.

»Unglaublich«, raunte die eine.

»Schrecklich«, schüttelte die andere ihr makelloses Köpfchen.

»So darf die bei uns nicht einreisen. Nein, die kriegt kein Visum!« empörte sich die dritte.

»Aber – ich muß doch zu meiner Ausstellung«, jammerte ich.

»So nicht, so ganz bestimmt nicht!« zeterte die Barbiepuppenanführerin.

»Ist ja ekelhaft«, kicherte ein weiteres Puppenmädchen.

Ich hatte immer noch nicht die geringste Ahnung, wovon die eigentlich sprachen.

Nun ignorierten sie mich plötzlich. Bedächtig begannen die Püppchen, sich gegenseitig ihr blondiertes Haar zu bürsten. Den meisten fiel es lang auf die Schultern. Einige steckten sich immense Turmfrisuren.

»Bitte, sprecht mit mir. Was ist denn so falsch an mir?« flehte ich.

»Haare«, sagte eine Puppe voller Verachtung.

Na gut, meine Haare waren nicht blond, sondern schwarz. Und nicht lang, sondern ganz kurz. Aber deshalb sollte ich kein Visum für New York bekommen? Betrübt strich ich über meinen Bubikopf.

»Nicht diese Haare. Obwohl Kurzhaarfrisuren auch nicht gut sind, zu unweiblich«, kicherte ein Barbieblondchen.

Nun starrte sie auf meine Beine.

»Die hat überhaupt keinen Durchblick!« kicherte sie weiter.

Ratlos zuckte ich mit den Schultern.

»Was meint ihr denn nur?«

Die Anführerin baute sich drohend vor mir auf.

»Haare auf den Beinen. Du hast Haare auf den Beinen!«

Hatte die nicht jeder? Außerdem – besser auf den Beinen als auf den Zähnen, oder?

Schon zeterte sie weiter: »Haare auf den Beinen. Das ist einfach widerlich. Damit lassen wir dich nicht einreisen. Nein, so nicht.«

»Wir werden sie rasieren«, quietschte ein Püppchen.

»Ich werde sie ihr auszupfen«, fiel ihre Barbieschwester ein.

»Heißes Wachs werden wir ihr auf die Beine packen. Dann ziehen wir gemeinsam, bis alle Haare ausgerissen sind«, kicherte die nächste.

Ängstlich kauerte ich mich zusammen. Da kamen sie bereits, um ihre Drohungen in die Tat umzusetzen. Mit einem riesigen Rasiermesser, mit einem brodelnden Kochtopf voller Wachs, mit schrecklichen Pinzetten.

»Nein«, schrie ich, »nein, tut mir nicht weh. Nein!«

Ich wich zurück – und riß dabei meinen Wecker vom Nachttisch. Das Scheppern ließ mich aus dem Alptraum erwachen.

Aufatmend peilte ich die Lage, und siehe da, die Barbiepuppen mit ihren hochgeschnallten Busen waren verschwunden. Die Härchen auf meinen Beinen zwar nicht, aber die waren auch so hell und fein, daß man sie eh mit der Lupe suchen mußte.

Je näher New York rückte, desto nervöser wurde ich also ganz offensichtlich. Besonders viele Amerikaner hatte ich bislang nicht kennengelernt, und so spukten eine ganze Menge von Klischees in meinem Kopf herum. Aber vielleicht waren es ja gar keine Klischees, sondern Fakten, oder?

Jedenfalls, einen gewissen Hang zum Plastik, zur Künstlichkeit, den sagte man diesem Volk doch nach. Und Prüderie. Prüde waren sie, die Amis. Da sollte nun die Mona daherkommen und mit Bildnissen nackter Männer aufwarten? Was, wenn sie mich für moralisch verdorben hielten? Was, wenn meine Bilder vernichtende Kritiken bekamen? Vielleicht sollte ich mir doch vorsichtshalber die Beine rasieren?

Im Moment hatte ich allerdings für so was keine Zeit. Ich mußte zu Adrian. Heute war der Tag der Vertragsunterzeichnung. Und später wurden meine Bilder abgeholt.

»Hallo, Bruderherz. Ich bin doch pünktlich, oder? Sind die anderen schon da?«

»Welche anderen?« fragte Adrian.

»Na, der Grünberg und der Jack Diamond. Wir müssen doch alle unterschreiben.«

»Mit den beiden ist alles schon erledigt, Mona. Die haben schon gestern alle Formalitäten unterzeichnet. Jetzt setz dich. Ich will dir alles genau erklären.«

Seufzend nahm ich Platz. Für den Jack war ich wohl nur noch etwas, das organisiert werden mußte. Seit seiner Bilderauswahl hatte er nicht mehr mit mir gesprochen. Alles lief nur noch über Adrian.

»So, das hier ist der Basisvertrag. Er regelt die Honoraranteile für die Galeristen und für dich bei den Bilderverkäufen. Ab Seite drei kannst du alles nachlesen über Transportverantwortlichkeiten, Versicherung der Bilder et cetera, et cetera.«

Und das alles in vielen kleinen Buchstaben. Das letzte, wonach mir im Moment der Sinn stand.

»Was soll das hier?« fragte ich.

Noch 'n Stapel Papiere.

»Zuerst die Titel der Bilder mit allen Maßen und Kurzbeschreibungen. Dann deine Verpflichtungen in bezug auf die Vernissage und die erste Ausstellungswoche. Du mußt entsprechend lange in New York bleiben und für Interviews zur Verfügung stehen. Ich kann dir nur raten, dich genau an diese Dinge zu halten, sonst wirst du vertragsbrüchig. Und mußt die Kosten für die Ausstellung selbst tragen, die ansonsten die Galeristen übernehmen.«

»Nette Fußangel, das«, murmelte ich. »Und wenn die Journalisten mir faule Tomaten an den Kopf schmeißen, dann muß ich sieben Tage lang dafür meine Rübe hinhalten, oder wie?«

»Sag bloß, du hast Angst, Mona.« Forschend blickte Adrian mir ins Gesicht.

»Ach, woher denn? Ist doch nichts Besonderes, so eine erste Ausstellung. Und New York, das ist doch so gut wie um die Ecke, oder?« sagte ich zähneknirschend.

»Nein, tatsächlich. Meine kleine Schwester züchtet Ängste. Ist ja mal was total Neues bei dir.«

»Wenn du es ganz genau wissen willst, mir schlottern die Knie. Apropos, meinst du, ich muß mir die Beine rasieren?« Ich streckte ihm meine mageren Stelzen entgegen.

»Wie kommst du jetzt darauf?« fragte Adrian irritiert.

»Na, das ist doch dort so üblich.«

»Laß es mal besser bleiben. Sonst gibt's womöglich noch ein Blutbad«, lachte Adrian und tätschelte wohlwollend meine Unterschenkel.

»Bei Blutbad, da fällt mir gerade etwas ein. Sag, hast du was von Sibille gehört?« erkundigte ich mich vorsichtig.

Ein wenig plagte mich immer noch ein gewisses Schuldbewußtsein. Aber wirklich nur ein wenig.

Adrian verzog das Gesicht. »Sie ruft mich dreimal am Tag an, mindestens, und beschimpft mich.«

»Es gibt Schlimmeres«, sagte ich und mußte leider grinsen.

»Ja, toll, Mona, freu du dich nur. Eigentlich müßte ich dich übers Knie legen.«

Ich fand, ich hätte eher einen Orden verdient. Einen Orden für die Förderung der Menschlichkeit. Oder für die Befreiung eines Mannes von einer hysterischen Ziege. Oder für einen Sieg in einem relativ gewaltlosen Krieg der Geschlechter.

»Jedenfalls, komisches Gefühl so als Strohwitwer«, murmelte Adrian.

»Sag bloß nicht so was, Bruderherz. Strohwitwer sind Männer, deren Frauen nur mal kurzfristig weg und bald wieder anwesend sind. Du willst die doch wohl nicht zurückhaben, jetzt, wo du sie endlich los bist, oder?«

Adrian starrte vor sich hin. »Stell dir vor, vielleicht hätte ich sie sogar geheiratet. Nicht auszudenken ...«

»So gefällst du mir schon besser. Dankbar müßtest du mir sein. Ein Leben mit Sibille wäre ein Leben voller Grauen. Im Grunde bist du da doch gut herausgekommen aus dieser Beziehung.«

»Wenn man mal davon absieht, daß ich meinen größten Klienten wahrscheinlich verlieren werde. Weil das nämlich ihr Vater ist, du Neunmalkluge.«

»Selbst wenn. Rede einfach mit ihm. Vielleicht geht ihm seine Tochter ja auch auf den Keks. Würde mich jedenfalls nicht wundern. Außerdem – du hast in mir schon eine neue Klientin, und weitere werden folgen. Der Durchbruch der Familie Linde ist einfach nicht aufzuhalten!«

»Na, hoffentlich. Aber laß mich dir den Rest noch erklären, schließlich bin ich dein Anwalt. Hier habe ich ein Telefax für dich von Diamonds Sekretärin Sabine aus New York. Da steht nun ganz genau, wann du wo sein mußt, wie du dorthin kommst ...«

»Et cetera, et cetera«, unterbrach ich ihn fröhlich.

»Das ist dein Flugticket, verliere es nicht. Hast du deinen Reisepaß schon herausgesucht?«

»Jawohl, Herr Anwalt.«

»Gut so. Jetzt brauche ich noch drei Unterschriften von dir, und dann ist alles unter Dach und Fach.«

Gewissenhaft malte ich meine MLs unter die Schriftstücke. Ha, erledigt.

»Soll ich die Verträge für dich im Safe verwahren?«

»Gute Idee. In den Safe damit. So, wenn das jetzt alles war, dann gehe ich. Ich erwarte die Leute von der Kunstspedition. Die holen gleich bei mir die Bilder ab.«

Adrian nahm mich in die Arme und drückte mich ganz fest.

»Viel Glück, Kleine. Du wirst es schon machen.«

»Danke, Adrian. Danke für alles«, flüsterte ich.

Nun fang bloß nicht an zu heulen, du närrisches Künstlerweib. Die große, weite Welt erwartet dich, und dein Bruder kann nicht sein Leben lang Kindermädchen für dich spielen.

Schnell verließ ich Adrians Kanzlei.

Vor meiner Wohnungstür lungerte der Riesenhund Mausi herum. Paolo leistete ihm Gesellschaft und saß auf der Treppe.

»Fast hätte ich Sie versetzen müssen, Paolo«, sagte ich atemlos vom Stiegensteigen und schloß auf.

»Aber nur fast, oder?« strahlte der Unverbesserliche.

Mausi verschaffte derweil seiner Körpermasse mit Nachdruck Platz und drückte mich an die Korridorwand.

»Ach, Mausi, auch dich werde ich vermissen«, sprach ich zu dem Hundetier. Dabei ging es nur um zehn lächerliche Tage in New York und nicht um eine Auswanderungsaktion in unerschlossene Urwaldgebiete.

»Hier sind Ihre Fotokopien, Paolo. Zehn Seiten Vokabeln, für jeden Tag, den ich nicht da bin, eine ganze Seite, ja? Und außerdem habe ich Lückentexte vorbereitet. Sie müssen mal die ganze Grammatik wiederholen. Wenn Sie etwas nicht wissen, dann schauen Sie es bitte in der Grammatikfibel nach. Und alles schön ausfüllen, Paolo. Ich korrigiere, sobald ich wieder da bin, in unserer ersten Stunde, gut?«

»Gut«, nickte Paolo brav.

Inzwischen waren auch die Speditionsleute eingetroffen. Allgemeines Grinsen im Atelier. Noch nie einen anderen nackten Kerl gesehen, ihr kräftigen Männer?

»Sind das die zwölf Nackten hier?« grinste mich ein Packer dreckig an.

»In der Tat. Alle zwölf. Und seien Sie bitte schön vorsichtig«, sagte ich hoheitsvoll.

»Sollen wir nicht doch helfen?« fragte Paolo hinter mir.

Kurz betrachtete ich Mausi. Meine Bilder hatten allesamt mühsam gezimmerte Keilrahmen aus Holz. Diesem unkultivierten Hundebrocken traute ich glatt zu, daß er beim Beschnüffeln an seine schönen Baumstämme im Park dachte. Und wenn Mausi dann sein Bein hob, dann bliebe bestimmt kein Bild mehr trocken. Nee, nee, solche Eventualitäten waren mir eindeutig zu riskant.

»Das machen schon die Herren hier, aber vielen Dank, Paolo. Lernen Sie schön, seien Sie fleißig.«

»Si, si, Signorina. Viel Spaß in New York. Und – vergessen Sie uns nicht«, sagte Paolo mit allertreuherzigstem Augenaufschlag.

Wie könnte ich, wie könnte ich.

Zwei Tage später hatte ich endlich meine Vorbereitungscheckliste abgehakt. Meine Anfängergruppe war genau wie Paolo bestens mit Lernüberbrückungsmaterial versorgt. Das Atelier glänzte, weil ich ihm endlich mal eine Generalreinigung gegönnt hatte. Und das Köfferchen, ja, das Köfferchen, das war nun noch das letzte Problem. Vivian betrachtete kritisch die Schlösser, die sich auch mit gemeinsamer Gewalt nicht schließen ließen.

»Da mußt du noch etwas auspacken, Mona.«

»Aber ich brauche das alles!«

»Laß doch dein Schmusekissen hier, dann geht er zu.«

»Nein, gerade das nicht. Es riecht so vertraut, und ich muß doch allein in die Fremde«, protestierte ich.

Vivian kicherte. »Würde mich nicht wundern, wenn du ganz unten auch noch 'nen Teddybären eingeschmuggelt hättest.«

Es war nur eine kleine graue Stoffmaus. Schon reichlich verschlissen, aber ein Kindergeschenk meiner Mama. Und eigentlich nahm die Maus auch kaum Platz weg.

»Jetzt hab ich's«, sagte Vivian triumphierend. »Den Mantel nimmst du einfach über den Arm. Dann trennst du dich von dem großen Skizzenblock. Kannst dir ja in New York einen neuen kaufen.«

Schnapp, schnapp. Der Koffer war zu. Sogar mit dem Schmusekissen darin.

»Ach, Vivian«, stöhnte ich erleichtert. »Wenn ich dich nicht hätte. Du bist aber auch eindeutig praktischer veranlagt als ich.«

»Schon gut, schon gut. So, Mona, jetzt feiern wir Abschied!« Gemeinsam liefen wir in die Küche und plünderten unsere Einkaufstüten. Es gab fast echt amerikanische Hamburger. Mit Senf und Ketchup. Und Coca-Cola in Mengen.

MATRATZE

Ätschebätsche, ihr blöden Barbiepuppen. Ich, Mona Lisa Linde, habe anstandslos von der Einreisebehörde am John-F.-Kennedy-Airport in New York einen Stempel in meinen Paß bekommen. Jawoll, ich darf hinein in die Vereinigten Staaten – obwohl ich mir immer noch nicht die Beine rasiert habe.

Fest umklammerte ich meinen Koffergriff und marschierte auf die Zollbeamten zu. Nö, nix zu verzollen, auch keine Fleischkonserven oder sonstiges Gut dabei, das die amerikanische Bevölkerung mittels eingeschleppter Viren vernichten könnte.

»O. k.«, winkte der Beamte.

Roger and over, dachte ich. Aber das sagte man wohl ausschließlich im Flugzeug oder in James-Bond-Filmen. So nickte ich nur freundlich und schleppte mich weiter mit meinem Gepäck ab.

Suchend glitt mein Blick über die Menschenmenge in der Ankunftshalle, hatte doch Jacks Sekretärin Sabine auf meinen Ablaufplan ganz eindeutig geschrieben, daß ich abgeholt werden würde. Ob Jack wohl selbst kam? Schließlich war er immerhin mein Galerist und ich – ja, die Künstlerin.

Ratlos starrte ich in die vielen fremden Gesichter. Kein Jack weit und breit. Von einer indischen Großfamilie, die ganz offensichtlich hier gerade ihre Wiedervereinigung feierte, wurde ich zur Seite gedrängt. Neidisch beobachtete ich die herzerwärmende Begrüßung. Und eine junge Frau, die von ihrem Liebsten mit Rosen in Empfang genommen wurde. Na, so viel verlangte ich ja gar nicht. Nur – was sollte ich denn jetzt anstellen? Warten? Mir ein Taxi schnappen? Oder ein paar Heimwehtränchen verdrücken?

»Sorry?« sagte ein unbekannter Herr mit Mützchen auf dem Kopf.

Er hielt ein Schild mit großen Lettern in der Hand.

»Mona Lisa Linde«, las ich und nickte eifrig.

Sofort nahm er mir dienstbeflissen meinen Koffer ab. Aha, so lief das also. Sie hatten mir einen Fahrer geschickt. Na ja, Jack hatte wohl zu tun. Wäre auch zuviel der Ehre gewesen.

So folgte ich dem Chauffeur zum Auto.

Auto?

Dieses Auto für mich?

Er öffnete die Tür. Oder, besser gesagt, er riß den Schlag formvollendet auf.

Vorsichtig linste ich in das Innere. Mensch, Meier, eine echte Pop-Star-Stretch-Limousine von mindestens drei Meter fuffzig Länge. Mit dunkel getönten Scheiben. Ob die wohl aus Panzerglas waren? Na, Michael Jackson oder der hochverehrte Präsident der Vereinigten Staaten konnte jedenfalls auch nicht nobler durch die Gegend kutschiert werden.

Ich ließ mich in die Polster sinken. Fernseher, Bar mit handgeschliffenen Karaffen, Klimaanlage, Radio. Nicht zu glauben. Ein halbes Wohnzimmer war in dieser Karre untergebracht. Ein Wohnzimmer auf Rädern. Sollte das Hotel blöd sein, dann könnte ich gemütlich hier drin ein paar Tage leben. Hurra, Amerika gefällt mir.

Eine ganze Stunde lang konnte ich diesen Limousinen-Luxus genießen. Die New Yorker Skyline nahm mir kurzfristig den Atem, aber einem Erstickungsanfall konnte ich mit Hilfe des Aufdrehens der Klimaanlage entgehen. Von den Drinks allerdings brauchte ich gar nichts, weil das Gigantentum von New York mich schon vom bloßen Hinsehen besoffen machte.

Bis ich schließlich endlich mein Hotelzimmer von innen begutachtete, hatten mich mindestens sechs Hotelangestellte gefragt, wie meine Anreise gewesen sei, ob es mir gutgehe, ob ich irgendwelche Wünsche hätte und was man denn sonst noch so tun könnte, um mir das Gefühl zu geben, daß ich die Top-Attraktion dieser Weltstadt sei.

Derart verwöhnt und betüttelt, ließ ich mich erst mal aufs Hotelbett plumpsen.

»Mensch, Papa«, sagte ich noch ganz perplex, »würde mich nicht wundern, wenn mir das Zimmermädchen gleich noch als Spezialservice die Zähne putzen wollte.«

Papas Foto, genauer gesagt, ein Foto seines Selbstporträts, wanderte sofort auf mein Nachttischchen. Dazu legte ich die kleine graue Stoffmaus von Mama.

Es klopfte.

»Wie geht es Ihnen heute?« fragte ein Page mit Silbertablett.

»Gut.«

Das war nun der siebte, der sich für mein wertes Befinden interessierte. Mona und die sieben Diener. War mindestens so nett wie Schneewittchen mit ihren reizenden sieben Zwergen.

»Eine Nachricht für Sie.«

Diener Nummer sieben machte eine Verbeugung und reichte mir das Silbertablett.

Ihre Majestät Königin Mona Lisa von Malerlandien gab sich die Ehre, mit ihren elegant gespreizten Hoheitsfingerchen einen Brief von dem edlen Tablette zu picken. Ihr adliges Köpfchen deutete kaum sichtbar an, daß sich der Diener nun bitte entfernen möge.

Ich setzte mich wieder zu Papa und meiner Stoffmaus, während ich den Brief öffnete. Er war von Jack Diamond.

»Willkommen in New York.«

Willkommen. Ein ›Herzlich willkommen‹ hätte er sich ruhig aus der Feder quetschen können. Wäre ja wohl das mindeste für die Königin von Malerlandien.

»Sollten Sie Fragen haben oder Hilfe brauchen, dann zögern Sie nicht, meine Sekretärin Sabine anzurufen«, las ich.

Sehr persönlich, der Herr.

Ich starrte auf seine schwungvolle Unterschrift. Ich, ich brauche doch keine Hilfe, ich doch nicht, bah! Ich hab hier meine Diener und 'n Zimmermädchen zum Zähneputzen und überhaupt. Wer braucht dich denn oder gar deine Sekretärin? Ich jedenfalls nicht! Ihre Majestät haben schließlich ihren Stolz!

Gähnend schaute ich auf die Uhr. Es war gerade mal acht Uhr abends, und mir fielen fast die Augen zu. Kein Wunder, durch die Zeitverschiebung fühlte ich mich noch rein deutsch, und daheim schlug es schon zwei Uhr morgens.

»Mona, halte dich wach. Jetzt wird nicht gepennt, sonst schaffst du die Zeitumstellung nicht und schläfst noch mitten in deiner ersten Vernissage ein«, sprach ich und schaltete den Fernseher ein. Genau, ein wenig TV-Kultur schnuppern konnte ja nicht schaden.

»Mal sehen, wer heute das Rennen macht«, tönte ein Moderator.

Hatte der aber schöne Jacketkronen. Und erstklassig gefönte und festgesprühte Haare. Volle Kontrolle, selbst über die sorgfältig gebändigten Locken.

»Ladys, das ist er. Ihr Traummann.«

Gebannt starrte ich auf den sogenannten Traummann. Der trug eine knallenge Lederhose, ein knallenges T-Shirt und war traummannmäßig indianerbraungebrannt.

»Oh, ah, wundervoll, ooohhhh, jaaaaa«, stöhnten drei Damen.

Ich setzte mich lieber etwas aufrechter hin. Erstens, um nicht doch gemütlich wegzunicken, und zweitens, weil das hier so spannend aussah.

»Meine Damen, lassen Sie sich etwas einfallen, um die Gunst ihres Traummannes zu gewinnen. Nur Mut, alles ist erlaubt«, lockte der Moderator.

Die erste Kandidatin machte ein Zeichen. Aha, sie hatte sich wohl schon vorher etwas überlegt und alarmierte nun die Technik. Fetzige Discomusik erscholl. Und schon tanzte sie. Na ja, tanzen konnte man das kaum nennen. Sie bewegte sich höchst aufreizend und schmiß dabei ihre lange Mähne hin und her. Mit dem Rücken zum Publikum baute sie sich nun vor dem Traummann auf. Oje, jetzt öffnete sie langsam die Bluse und ließ im Rhythmus der Musik hüpfen, was sie eben in der Bluse so mit sich herumtrug. Der Traummann glotzte auch plangemäß auf die Hüpftitten. Das Publikum trampelte und johlte, obwohl es genauso wenig wie ich etwas sehen konnte. Raffiniert, raffiniert.

»Bravo. Bravo. Jetzt die nächste Kandidatin.«

Eine Blondine hatte sich bereit gemacht, um diesen Mann für sich zu erobern. Entschlossen trippelte sie ins Bild. Sie bedeutete dem Traummann, sein T-Shirt auszuziehen. Dann knetete sie an seinem nackten Oberkörper herum. Dabei zog sie ein

Knutschmündchen und gurrte und stöhnte dazu. Klang wie beim Vorspiel. Der Traummann schien recht angetan und stöhnte ein wenig zurück.

Also, so prüde konnten die Amerikaner wohl doch nicht sein, wenn öffentliches Stöhnen in Ordnung war. Und Anfassen und alles.

»Wunderbar, wunderbar! So, und nun zum Abschluß unsere dritte Schöne.«

Über »schön« ließe sich streiten. Aber fehlende Klasse konnte ja ausgeglichen werden. Ein rothaariges Wesen in knappesten Hot pants, aus denen der halbe Popo heraushing, stolzierte auf den Traummann zu.

Was hatte sie denn da in der Hand? 'ne Spraydose?

Nein, es war keine Spraydose, jedenfalls keine mit Farbe. Es war ein Sahnesyphon mit echter Schlagsahne drin. Zur Freude des gesamten Publikums sprühte sie ihm die Sahne auf seine kernige Traummannbrust.

Sie wollte doch nicht?

Sie wollte!

Langsam und genüßlich leckte sie die Sahnespuren auf.

Nee, nee. Da saß dieser Alptraummann und schaute selbstgefällig zu, wie eine wildfremde Frau sich nicht entblödete, öffentlich seine Brust abzulutschen. Samt Schweiß und Eau de Toilette. Und noch mal rum um die Brustwarze. Nee, nee, was zuviel war, war zuviel.

Entschieden zappte ich zum nächsten Programm.

»Wählen Sie eine Matratze per Telefon.«

Ach so, Werbung.

»Einfach anrufen, bestellen, und Ihre Matratze ist in spätestens vierundzwanzig Stunden bei Ihnen. Wählen Sie eine Matratze per Telefon.«

Also, das fand ich ja nun praktisch. Schließlich konnte es ja immer irgendwie passieren, daß man plötzlich 'ne Matratze brauchte. Kein Schleppen, kein Warten, kein gar nix. Der Matratzen-Telefonservice machte es möglich.

»Ich habe mein Leben völlig verändert«, strahlte eine dicke Mutti im nächsten Spot.

»Mit nur einem Telefonanruf wußte ich endlich, was mir das Leben noch schuldig war«, bekannte nun ein ernsthafter Mittdreißiger.

Schon wieder ging's ums Telefonieren. Wo riefen die nur alle an?

»Und die erste Analyse ist ganz kostenlos«, sagte eine junge Frau in die Kamera.

Offensichtlich gab's hier etwas Dolles für alle Altersgruppen und für beide Geschlechter.

»Rufen Sie an. Ihr Hellseher erwartet sie.«

Wie? Die riefen alle einen Hellseher an? Werbung für Wahrsager, für Zukunftsgucker?

»Der erste Anruf ist kostenlos. Und er kann auch Ihr Leben verändern«, sprach ein End-Teenager mit irre glänzenden Augen.

Groß und fett wurde die Telefonnummer eingeblendet.

Nun wußte ich Bescheid. Hier konnte man alles per Telefon kriegen. Matratzen, Weissagungen, sicher auch Schmelzkäse, Blumenerde, Strohhüte, Yoga-Kurse und andere essentielle Notwendigkeiten.

United States of Telefonica.

Emsiges Weiterzappen führte mich zu einer echten amerikanischen Talk-Show. Prima, mal hören, was die hier so zu sagen hatten.

»Wir sind heute hier, um über Geheimnisse zu reden. Echte, intime, bislang wohlgehütete Geheimnisse«, erklärte eine Moderatorin breit lächelnd. »Unsere ersten Gäste sind Ted, Annette und Mary. Wer wird wohl ein Geheimnis erzählen? Wer? Ja, Ted wird es sein. Ted, wo kommst du her, und was arbeitest du?«

Ted lümmelte flegelhaft in seinem schicken Talk-Show-Sesselchen herum. Als erstes packte er sich an seine dicke Nase. Die war noch mitten im Gesicht. Zögernd überlegte er, wie er diese wahnsinnig schwierige, hochintellektuelle Frage nun beantworten sollte.

»Ja, äh, Massachusetts. Und, äh, Tankstelle.«

Die Moderatorin lächelte etwas gequält.

»Also, Ted kommt aus Massachusetts und arbeitet an einer Tankstelle.«

Zugegeben, zum Autowaschen mußte man ja nicht unbedingt der Gesprächigste sein.

»So, Ted, wir wollen ja über dein Geheimis reden.«

»O. k.«

Teds Geheimnis. Hmh. Ob er wohl einen Kunden in der Autowaschanlage abgeseift hatte? Oder hatte er etwa Normalbenzin statt Super in einen Porsche gefüllt? Oder gar – nicht auszudenken – an der Tankstelle geraucht und das ganze Ding damit in die Luft gesprengt?

»Ted, neben dir sitzt deine Freundin Annette«, half die Moderatorin. »Und Mary ist Annettes beste Freundin. Ihr unternehmt oft Sachen zusammen, oder?«

Ted nestelte ausführlich an seiner überdimensionalen Latzhose herum.

»Ja.«

»Gut. Also, Ted, wie lange bist du schon mit Annette fest zusammen?«

»Na, 'n Jahr oder so.«

»Ein Jahr und zweieinhalb Monate«, warf Annette stolz ein. Liebevoll schaute sie ihren herumlümmelnden Tankwart an.

»Ted, du willst uns heute ein Geheimnis erzählen. Genauer gesagt, du willst Annette öffentlich etwas erklären.«

Annette setzte sich ein wenig in Positur und schaute Ted erwartungsvoll an.

»Darling?« sagte sie fragend.

Na, an eine in die Luft gesprengte Tankstelle dachte sie wohl weniger. Eher an eine Liebeserklärung?

»Ja«, sagte Ted lässig, »ich habe dich betrogen.«

Verständlicherweise war nun wohl Schluß mit dem Darling-Gesäusele. Ich hielt die Luft an, während Annette sich damit hektisch vollpumpte.

»Waaas? Du hast mich betrogen? Du hast mich betrogen? Du mich? Du, du Hund, du!«

Genau, mieser Köter Marke Schweinehund.

Annette japste empört vor sich hin.

Komm schon, Mädel, beschimpf ihn nur weiter, 's trifft keinen Unschuldigen.

»Äh«, setzte Ted wieder an, »mit der da.«

Die da war Mary. Annettes beste Freundin.

Annettes zukünftige Exfreundin.

Mary kicherte verlegen.

»Mit Mary?« kreischte Annette und sprang auf.

»Ruhig, ruhig, wir können über alles reden«, versuchte die Moderatorin, die nun gar nicht mehr nette Annette zu besänftigen.

Aber Annette wollte nicht reden. Sie wollte Rache. Als erstes griff sie Mary in die Haare und zog, was das Zeug hielt. Mit der anderen Hand boxte sie Ted auf die dicke Nase. Allgemeines Kreischen, Handgemenge, Brüllen. Und stopp. Da blendeten die Fernsehmacher einfach aus.

Schnelle Werbeeinspielung.

»Wählen Sie eine Matratze per Telefon.«

Das kannte ich ja nun schon.

Kopfschüttelnd schaltete ich den Fernseher ab. Eines war klar. Vor der Prüderie der Amerikaner mußte ich mit meinen Aktbildern keine Angst haben. Sehr, sehr aufbauend. Hier konnte man öffentlich übers Fremdgehen plaudern oder auch Männern die Brust ablecken. So schockierend konnte meine Vernissage also gar nicht werden.

Ihre Majestät Königin Mona Lisa von Malerlandien geruhte, nach geschlagenen zwölf Stunden erfrischet und erquicket aus tiefem, traumlosem Schlafe zu erwachen.

Genüßlich räkelte ich mich in dem herrlichen Bett. Mittags sollte ich in der Galerie sein. Also hatte ich ausreichend Zeit, einem fürstlichen Bad zu frönen und ein prachtvolles Frühstück zu mir zu nehmen, bevor ich mich aufmachen mußte. Zur zukünftigen Stätte meines etwaigen glorreichen Triumphes.

So 'ne Badewanne, das war schon was. Sollte ich eines Tages reich und berühmt werden, dann brauchte ich eine neue Bleibe. Nämlich eine mit. Mit Badewanne. Mit riesengroßer Badewanne.

Glücklich seufzend entstieg ich den wonnigen Fluten, trocknete mich ab und drehte mich um.

Das war ein Fehler, ein großer, großer Fehler. Ebenso groß war der Schrecken, der mir in die hoheitlichen Knochen fuhr. Sternchen, Sternchen überall. Wo kamen die denn so plötzlich her? Sternchen am Tage extra für Ihre Majestät?

Mir wurde ganz schwindelig, und ich ließ mich mit schmerzendem Kopf auf den Badewannenrand sinken.

O Gott, da hatte ich doch glatt den seitlich in die Wand montierten Schminkspiegel übersehen. So einen mit Vergrößerungsglas. Wie schick aber auch. Außer, wenn man ihn sich direkt in die Stirn rammte.

Autsch, aua, aujemine.

Vorsichtig rieb ich mir die puckernde Stelle.

»Blut!«

Ich starrte fassungslos auf meine Finger. Alles war voller Blut. Da war mir doch glatt dieser Palast zum Verhängnis geworden. Mir wurde etwas übel. Ihre Majestät würden sich doch wohl nicht auch noch übergeben wollen?

Ich taumelte auf den Spiegel zu und besah mir den Schaden. Ein echter Stirn-Schaden. Und 'ne überaus echte, reale Platzwunde, die unverdrossen vor sich hinblutete.

»Papa, ich verblute«, wimmerte ich kläglich und kauerte mich mit einer großen Kleenex-Packung aufs Bett. Die Tücherlein taugten aber auch nichts für Spiegel-Attentate. Viel zu dünn, nicht saugstark.

Mit einer Hand preßte ich mir gleich einen ganzen Packen Kleenex auf die Wunde, mit der anderen mühte ich mich ab, in eine Hose zu steigen und ein Strickjäckchen anzuziehen.

»Was soll ich jetzt nur machen, Papa? Die Feuerwehr anrufen?«

Genau. Anrufen. United States of Telefonica.

Ihre Majestät haben zwar ihren Stolz und brauchen nie Hilfe, aber vielleicht sollte sie heute doch mal eine kleine Ausnahme machen. Wo war nur der Zettel mit der Telefonnummer von Jacks Sekretärin Sabine?

»Hallo?« meldete sich eine fremde Frauenstimme.

»Sabine?« fragte ich kläglich.

»Ja.«

»Hier ist Mona Lisa Linde.«

»Hallo, wie schön. Wie geht es Ihnen?«

Ach, blendend, blendend, meine Beste. Wenn man mal davon absah, daß mir mein adliges Blut gerade auf die Schuhe tropfte.

»Äh, Sabine, ich hatte leider einen kleinen Unfall.«

»Ach herrje, was ist denn passiert?«

So gut wie gar nichts, nö, ich hab mir nur kurz den Schminkspiegel in die Stirn gerammt, die fand das nicht so gut und hat sich jetzt in zwei Hälften mit blutiger Furche mittendrin geteilt. Aber ist sicher nur 'ne Kleinigkeit.

»Passiert? Ich habe mir den Kopf gestoßen. Ist, glaube ich, eine Platzwunde.«

»Eine Platzwunde? Du großer Gott. Blutet es?«

In Sturzbächen und hört vielleicht niemals wieder auf.

»Ja, es blutet.«

»Mona, Sie müssen sofort ins Hospital.«

Da hörte ich ihn, diesen hochgradig unangenehmen Satz. Aber, was hatte ich denn erwartet? Daß mir Sabine 'ne Kräuterhexe mit Lorbeerblatt zum Auflegen vorbeischickte?

»Wie mache ich das am besten? Wo soll ich hin, Sabine?« fragte ich. Zu allem Übel mit klappernden Zähnen. Mußte wohl der Schock sein.

Sabines Stimme klang nun konzentriert und bestimmt. Sie war ganz Frau der Lage.

»Die nächstgelegene Klinik ist das Roosevelt-Hospital. Fünf Minuten mit dem Taxi vom Hotel entfernt. Dort gibt es eine Ambulanz. Die können Sie sofort verarzten.«

Roosevelt-Hospital. Schon klar. Ihre Majestät konnten ihr geneigtes verletztes Haupt auch nur in eine Klinik tragen, die mindestens einen amerikanischen Präsidentennamen trug.

»Mona, soll ich mitkommen, oder schaffen Sie das allein?«

Am liebsten hätte ich, daß der Adrian mitkommt und Vivian und Edgar und Natalie und Franz und meine kleine graue Stoffmaus und ...

»Danke, Sabine, es wird schon allein gehen.«

»Wenn es Probleme gibt, dann rufen Sie mich aber sofort an, ja?

Nehmen Sie bitte unbedingt meine Telefonnummer mit, versprochen?«

»Versprochen«, nickte ich. Hätte ich besser nicht getan, weil prompt wieder Blut tropfte.

Wie kriegte ich das nur geregelt? In den heutigen Aids-Zeiten gab es ja eine regelrechte Blutpanik. Niemand durfte etwas merken in diesem Palast. Also drückte ich noch mal ein paar frische Lagen Kleenex auf die brennende Wunde und schob meinen Hut tief in die Stirn. Scheiße, tat das weh. Aua, aua.

Tapfer lächelnd bat ich den Hotelportier, mir ein Taxi heranzupfeifen. Die gelbe Kiste fuhr scheppernd in Richtung Klinik.

Mona, du mußt jetzt ganz tapfer sein. Mona, heute bist du mal ausnahmsweise in puncto körperliche Gebrechen kein Schißhase. Du brauchst dich nicht zu fürchten. Schließlich ist der Kopf ja noch dran.

Mona? Hast du heute keinen Humor?

Nee, Ihre Königliche Hoheit war eine lädierte Majestät und hatte die Hosen randvoll vor Angst. Und überhaupt keinen Humor.

»Mona Lisa Linde«, sagte ich artig zu der Nurse in der Ambulanz des Roosevelt-Hospitals. Man hatte sie mir nach Aufnahme meiner Personalien zugeteilt. Sie sah sehr beruhigend aus. Kugelrund, gemütlich, mütterlich und irgendwie lässig. Mußte wohl auch an ihrer pinkfarbenen Hose und dem Ringelpulli liegen, den sie trug. Mit den Schwesterntrachten sahen die das hier wohl nicht so eng.

»Was ist geschehen?« fragte sie.

»Ich habe mich gestoßen.«

Vorsichtig befreite sie die Wunde von den Kleenex-Schichten.

»Gleich werde ich das reinigen. Aber erst mal messen wir Fieber. Und – wann war die letzte Tetanus-Impfung?«

Mhm, mal überlegen. Wahrscheinlich, als ich das letzte Mal beim Spielen auf die Knie gefallen war. So vor zwanzig Jahren vielleicht?

»Ich kann mich nicht erinnern.«

»Länger her als fünf Jahre?«

»Bestimmt.«

»Dann müssen wir impfen.«

Der Gedanke an eine Spritze verursachte den heftigen Wunsch, sofort ohnmächtig zur Seite zu kippen, so für ein nettes halbes Stündchen, bis alles vorbei war. Aber ich konnte nicht protestieren, weil ich bereits das Thermometer im Mund hatte.

»Ich muß Sie noch etwas fragen, Mona«, sagte sie leise zu mir und blinzelte mir vertraulich zu.

»Ja?« fragte ich, inzwischen vom Thermometer wieder befreit.

»Hat Ihnen jemand etwas angetan?«

Ja, der Karl in der Schule, der hat mir mal Bonbons geklaut. Und mein erster Freund, der hat mich sitzenlassen. Und der Adrian, der hat meinen Sonnengreifer weggeben. Und der Jack Diamond, der hat mich nicht vom Flughafen abgeholt.

Der Ringelpulli der Schwester kam näher. Sie tätschelte mein Knie.

»Wir fragen das immer, wenn Frauen mit Verletzungen kommen. Weil es so viel Gewalt gibt heutzutage und die Frauen sich oft nicht trauen, darüber zu reden. Also, hat Ihnen jemand diese Wunde zugefügt?«

»Nein«, sagte ich. »Nein, das ist mir selbst passiert. Ich habe mich wirklich gestoßen. Aber das finde ich toll, daß Sie solche Fragen stellen.«

Die Nurse nickte nur kurz. Offensichtlich war sie beruhigt. Ansonsten hätte sie dem Unhold, so mir einer meine Stirn massakriert hätte, bestimmt eigenhändig die Ohren bis zum Fußboden langgezogen. Na, hier war ich in den besten Händen.

Meine Nurse reinigte die Wunde. Es brannte wie Feuer.

»Hallo«, begrüßte mich eine andere Frau.

Sie knabberte Salzbrezeln.

»Ich bin Doktor Kern.«

Frau Doktor Kern trug auch keinen Kittel. Weiß schien wohl verpönt zu sein. Dafür mochte sie Salzbrezeln. Kauend betrachtete sie meine Stirn.

»Müssen wir nähen. Wahrscheinlich sechs Stiche.«

Verzweifelt suchte ich nach einem Fluchtweg. Sechs Stiche? Hatten die immer noch nichts anderes erfunden? Zukleben zum

Beispiel. Oder schmerzlos was draufsprühen aus der Serie ›Platz-wunde, schließe dich‹.

»Einverstanden?« fragte sie.

Sehr witzig. Wer ist denn schon scharf auf eine Steppnaht auf der Stirn? Ihre Majestät sicher nicht. Aber Ihre lädierte Majestät schien keine andere Wahl zu haben.

»Wenn's sein muß«, murmelte ich.

»Muß«, nickte Frau Doktor und zerbiß krachend eine letzte Salzbrezel, bevor sie sich ans Werk machte.

Also, die beiden Betäubungsspritzen in die Stirn fand Ihre Maje-stät ausgesprochen degoutant. Danach herrschte Schweigen. Frau Salzbrezel-Doktor nähte mir ein Muster auf die Stirn. Und hier noch ein Stich und da vielleicht mal zur Abwechslung über Kreuz? Unwillkürlich mußte ich an frühere Handarbeitsstunden denken. Da nähte man mal schnell was falsch dahin. Hoffentlich machte die nicht einen Frankenstein aus mir.

»So, erledigt.« Zufrieden schaute sie mich an.

»Sieht es schlimm aus?« fragte ich vorsichtig.

»Och, das verwächst sich.«

Ja, beruhigend, bis ich eine Greisin war, würde man es sicher Jahrzehnt für Jahrzehnt immer etwas weniger auffällig scheuß-lich finden.

»Da bin ich wieder«, flötete die wonnige Nurse.

Fast hätte ich es vergessen oder, besser, erfolgreich verdrängt. Nicht so meine Ringelpulli-Krankenschwester. Sie wollte drin-gend den Kampf gegen den drohenden Wundstarrkrampf auf-nehmen und zückte ihre Tetanusspritze. Routiniert und mit Anlauf stach sie mir die Nadel in den Oberarm.

O. k., mein Kopf war hin, mein Arm war hin, meine Knie merk-würdig weich. War noch was von Ihrer Majestät übrig? Wenig-stens ein kleiner Rest an Würde?

»Mir ist schlecht«, jammerte ich.

Nein, nichts war übrig, nicht ein winziger Rest an Würde.

»Das ist sicher noch der Schock«, nickte die Ärztin und knab-berte schon wieder 'ne Brezel. »Bleiben Sie noch ein paar Minu-ten hier sitzen. Und gehen Sie in einer Woche zu Ihrem Hausarzt zum Fädenziehen.«

Die Nurse klebte mir mittels Leukoplast noch ein schützendes Stück Verbandsmull auf die Frankenstein-Stelle. Und dann verließen sie mich, die kittellosen Helfer in der Not.

Kreislauf, erwache, komm zu mir zurück und gib mir die Kraft, das Präsidentenhospital wieder zu verlassen.

Erschöpft lehnte ich mich noch für ein paar Minuten zurück. Tja, auch die ehrenwerten Majestäten haben so ihre Achillesferse beziehungsweise Probleme, wenn sie der großen weiten Welt die Stirn bieten wollen.

Die Königin von Malerlandien daselbst hatte nun eine flotte Steppnaht mittendrauf – auf der hoheitlichen Stirn.

ROT

Ich wollte ein Taxi. Jetzt und sofort und auf der Stelle.
Nach wie vor mit wackeligen Knien stand ich vorm Hospital und
hielt kraftlos mein Händchen in die Luft. Aber die gelben Taxen
schepperten geräuschvoll und mit vollem Speed an mir vorbei. So
ein Mist aber auch. Schließlich war ich verletzt und genäht worden und mit Spritzen gespickt. Sah das denn niemand?
Es interessierte nicht. Nicht die New Yorker. Na schön.
Todesmutig stellte ich mich mitten auf die Straße und wedelte
mit beiden Armen. Warum war ich nur ein Mädchen und konnte
nicht so schön durch die Finger pfeifen wie früher die Jungs auf
dem heimischen Hinterhof?
Quietsch, schepper.
Fast wäre mir der herannahende Taxifahrer über beide Fußspit-
zen gefahren. Dann hätte ich gleich wieder zu meiner Salzbrezel-
Ärztin gemußt. Na ja, knapp vorbei war glücklicherweise denn
doch daneben. Schnell kletterte ich in das Auto und ließ mich
durch den brausenden Verkehr zum Hotel bringen.
»Wie geht es Ihnen heute?« fragte der Rezeptionist, als ich
meinen Schlüssel abholen wollte.
Hundsmiserabel-beschissen-elendiglich-unter-aller-Kanone-
übelst.
»Gut«, antwortete ich mit gequältem Lächeln.
»Ein paar Nachrichten für Sie.«
Er drückte mir fünf Zettel in die Hand.
Noch im Fahrstuhl überflog ich die Zeilen. Alle Nachrichten
waren von Jack Diamond. Ganz offensichtlich mußte er im Vier-
telstundenrhythmus angerufen haben.
»Bitte sofort melden«, stand auf sämtlichen Notizzetteln.
Ich setzte mich in meinem Zimmer neben das Telefon und über-
legte. Hatte er sich nun Sorgen gemacht? Klar, hatte er sich Sor-
gen gemacht. Schließlich war morgen abend die Vernissage. Und

er hatte bestimmt wie angekündigt reichlich Gäste und Presse eingeladen. Ihm ging es doch nur um seinen Ruf und darum, daß ich meinen vertraglichen Pflichten nachkam.

O ja, werter Jack. Ich werde meine Pflicht erfüllen. Und wenn ich mit dem Kopf unterm Arm kommen würde! Und wenn ich vier Sänftenträger bräuchte, die mich in die Galerie schleppten. Und selbst wenn ich Fieber bekäme und halb im Delirium an einer Säule festgebunden werden müßte.

Ihre Majestät würde höchstpersönlich erscheinen. Mit Trara und Trommelwirbel. Das wollte sich Ihre Majestät nicht entgehen lassen.

Zumal ich doch bei Vertragsbruch die ganze Vernissage würde selbst finanzieren müssen. Und leider waren die Staatskassen Ihrer Majestät zur Zeit recht leer.

Ich griff zum Telefon und wählte die Nummer der Galerie.

»Diamond«, hörte ich.

»Hier ist Mona.«

»Mona, endlich!«

Na also, schließlich hatte ich nicht herumgetrödelt. Chirurgische Eingriffe brauchten doch ihre Zeit.

»Mona, ich habe mir große Sorgen gemacht. Was ist denn nur geschehen? Waren Sie im Krankenhaus? Wie geht es Ihnen? Sind Sie bearztet worden?«

»Nee, nicht bearztet worden. Verarztet worden.«

Tat mir gut, die Lehrerin herauskehren zu können.

»Nun erzählen Sie doch, bitte.«

»Ich hatte ein Platzwunde auf der Stirn. Und die haben sie mir zugenäht. Ist schon wieder alles in Ordnung.«

Abgesehen davon, daß ich sicher für mein Leben entstellt sein würde, mir übel war und ich einen heftigen Haß auf Schminkspiegel hatte. Könnte ich alle miteinander umbringen, diese Dinger.

Ich hörte Jack tief durchatmen.

»Gut, sehr gut. Dann bin ich ja beruhigt. Wann können Sie denn herkommen, Mona?«

Aha, der Herr war also beruhigt. Wie angenehm für ihn. Aber war ja klar, der sah nur sein Projekt gefährdet.

»Gleich kann ich kommen, wenn Sie wollen. Vorausgesetzt, mich killt auf dem Weg zu Ihnen keiner dieser aggressiven New Yorker Taxifahrer. Die haben doch alle einen Knall hier«, sagte ich patzig.

Der sollte bloß nicht denken, daß ich vor Ehrfucht, in New York zu sein, fast erstarrte. Eher vor Panik in diesen Taxi-Schrottkisten.

Jack lachte.

Na, wenigstens einer war heute gut drauf.

»Kein Problem. Ich schicke Ihnen sofort eine Limousine.«

Möglichst eine mit 'ner großen Cognacflasche drin. Vielleicht half das ja, meine aus den Fugen geratenen Sinne zu beruhigen.

Eine Viertelstunde später stand die Limousine vor der Tür. Heute ein kleineres Modell. Und leider ohne Cognacflasche. Einigermaßen vorsichtig kutschierte mich der Fahrer downtown. Nach Soho. In die Brutstätte der Kunst und Künstler. Wo Ihre Majestät Königin von Malerlandien schließlich auch hingehörte.

Wir hielten in einer ruhigen Straße vor einem prachtvollen alten Haus. Welch tolle Gegend für eine Galerie. Welch wundervoller Eingang. Der Fahrer öffnete mir die Autotür und auch noch die Tür zur Galerie.

»Hallo«, sagte ich, nun doch etwas eingeschüchtert, als ich Jack erblickte. Mit kreislaufgestörten Wackelpuddingknien wankte ich auf ihn zu.

Er kam mir lächelnd und mit großen Schritten entgegen. Sein Lächeln verging ihm urplötzlich.

»Um Himmels willen, wie siehst du denn aus, Mona?«

Oje, ich hätte wohl doch besser zum Schönheitschirurgen gehen sollen.

»Du bist ja ganz bleich, als ob du gleich umfallen würdest. Hoffentlich hast du nicht auch noch eine Gehirnerschütterung.«

Aufmerksam erforschte er mein Gesicht. Als ob man so 'ne erschütterte Gehirnmasse von außen sehen konnte.

Ich nahm meinen Hut ab und präsentierte das ganze Ausmaß

meiner Misere. Nun starrte er auf das opulente Pflaster. Und ich geriet ins Trudeln.

Was für ein Tag! Erst sah Ihre Königliche Hoheit Sternchen, und jetzt wurde es mir ganz schwarz vor Augen. Da war das mit den Sternchen doch deutlich hübscher gewesen.

Jack hielt mich fest. Das Blut rauschte in meinen Ohren. Seine Stimme auch. Die war plötzlich so nah. Kein Wunder. Ich stand eng an ihn geschmiegt am Eingang der Galerie. Und er sprach leise auf mich ein.

»Ich kümmere mich schon um dich. Hab keine Angst. Du hast doch sicherlich Medikamente und all das bekommen. Vielleicht war es alles ein wenig viel für dich. Hast du überhaupt heute schon etwas gegessen?«

Seit wann duzten wir uns eigentlich?

»Nein, noch nichts gegessen«, wimmerte ich in sein Jackenrevers.

Zart streichelte mir Jack über den Kopf und küßte sanft meine Wange.

Heimat, dachte ich nur. Heimat war meine Mansarde in meiner kleinen Stadt in Deutschland. Und das fühlte sich so ähnlich an wie das hier und jetzt und in seinen Armen.

Entweder ich war noch völlig benebelt von den Spritzen.

Oder Ihre Majestät mußte sich langsam selbst etwas eingestehen. Hatten sich Ihre Königliche Hoheit etwa verliebt?

Jetzt mal im Ernst, Mona. Verliebt?

Ach, Unsinn. Er brachte mich nur immer irgendwie auf die Palme. Und er verwirrte mich. Immer mußte er mich durcheinanderbringen. Gemein, das.

Mir schossen die Tränen in die Augen. Vielleicht war das ja die erste und letzte Umarmung des großen Jack Diamond in meinem ganzen Leben.

Heul, schluchz. Ich war heute wirklich ein tropfendes Etwas. Erst Blut, dann Tränen.

Jack lockerte seine Umarmung und führte mich behutsam zu einem Stuhl.

»Sabine«, rief er in die Tiefen der Räume. »Bitte, Sabine, sei so gut und bring Taschentücher und ein Glas Wasser für Mona.«

Wasser? Ich will Cognac. 'nen dreifachen. Damit der Schmerz nachläßt. Der Kopfschmerz, der Herzschmerz.

Geräuschvoll schniefte ich in die gereichten Taschentücher.

»Danke schön, Sabine. Tut mir leid, daß ich mich so aufführe, aber war wohl alles ein bißchen viel.«

»Ach, Mona«, sagte Sabine mit melodischer Stimme. »Das macht doch nichts. Ich kann mir das schon vorstellen. Völlig fremd in der Stadt, erster Tag und dann dieser Unfall.« Lieb lächelte sie auf mich herab.

»Sabine, schau doch bitte, ob wir für Mona etwas zu essen im Kühlschrank haben. Sie hat noch nicht mal gefrühstückt«, sagte Jack.

Sabine kam mit ein paar Sandwiches zurück.

»Hier, Mona, iß ein wenig, sonst fällst du uns wirklich noch um.«

Artig futterte ich ein bißchen vor mich hin, während Jack – nun wieder in gutem Sicherheitsabstand – sachlich neutral von den Vorbereitungen berichtete.

»Wir haben die ganzen wichtigen Presseleute eingeladen. Von Tageszeitungen, Kunstzeitschriften und auch von Frauenmagazinen. Weil du mit deinen Bildern für eine ungewöhnliche Geschichte stehst. Das wird denen gefallen. Außerdem schicken einige Fernsehstationen Kamerateams. Schau, hier ist übrigens die Einladungkarte. Das Foto vorn drauf ist dein Torero-Bild. Muß genau der richtige Aufmacher gewesen sein, jedenfalls sind fast nur Zusagen gekommen.«

Ich starrte kauend auf die Karte. Sah das professionell aus! Wie – ja, wie eine echte Künstlereinladung.

Sabine mischte sich ein. »Derart viele Zusagen hatten wir schon lange nicht mehr, obwohl eigentlich alle unsere Vernissagen ein Erfolg waren. Also morgen wird es hier ganz schön voll werden.« Sie rieb sich begeistert die Hände.

»Na, langsam hast du schon wieder ein wenig Farbe im Gesicht. Geht's dir jetzt besser? Tut dein Kopf noch Schmerz?« fragte Jack.

Jack mit dem sachlichen Tonfall. Hinweg war sie, die zärtliche, sanfte Stimme.

Was hatte er da eigentlich gerade gesagt? Tut dein Kopf noch Schmerz?

»Jack, es heißt, tut dein Kopf noch weh. Äh – oder auch: Tut Ihnen der Kopf noch weh?«

Betroffen schaute Jack mich an.

»Entschuldigung, in der Aufregung. Ich wollte Sie nicht einfach duzen. Das war ja sehr – wie sagt man – plumps von mir.«

»Plump heißt das Wort. Na, ist schon in Ordnung. Meinetwegen können wir uns auch duzen.«

Ich bin vielleicht und unter Umständen ein wenig verliebt in Sie, das würde ja auch blöde klingen.

Mona, Mund zu. Wahrscheinlich hast du echt 'ne Gehirnerschütterung, die dein Emotionszentrum im Kleinhirn, oder wo das noch gleich saß, durcheinandergewirbelt hatte.

»Gern, Mona, dann sage ich also Mona und du, o.k.?«

»Ja, sicher, Jack.«

»Würdest du jetzt gern an die Arbeit gehen?«

Nee, ich würde jetzt lieber in deine Arme sinken.

Mona, reiß dich zusammen. Morgen ist Vernissage! Also ran an den Speck.

»Gut, arbeiten wir. Was soll ich tun?«

»Schau, wir haben alle Bilder an die Wände gestellt. Bevor wir mit dem Aufhängen beginnen, würde ich gern sicher sein, daß du mit der Reihenfolge einverstanden bist. Ich zeige dir alles, komm.«

Ich folgte ihm.

»Das sind ja ganz herrliche Räume hier, Jack. Soviel Platz. Ideal für meine Riesenbilder. Ich hatte schon Angst, die müßten alle so dicht an dicht hängen.«

Jack nickte nur kurz. »So, genau wie auf der Einladungskarte möchte ich gern den Torero in das Zentrum des Raumes bringen. Damit man ihn sofort sieht, wenn man hineinkommt.«

Ach, tat das gut, meine vielen schönen nackten Männer wiederzusehen. Hallo, Torero. Du bist ja noch temperamentvoller, als ich dich in Erinnerung hatte. Und da, mein schillernder Pfauenjüngling. Und der unheimliche Vampir. Und der Wolkenstürmer.

Jungs, es ist herrlich, wonderful, daß ihr hier seid. Morgen dürft ihr euch der Öffentlichkeit präsentieren. Ja, den ganzen Journalisten werden wir schon den Atem verschlagen, was, Jungs?

»Den Sonnengreifer haben wir ja auch einfliegen lassen. Da müssen wir natürlich ein kleines, dezentes Schild anbringen lassen, damit klar ist, daß er bereits verkauft ist.«

»Mein Sonnengreifer«, seufzte ich.

»Gefällt dir die Anordnung?« unterbrach mich Jack in meinen Gedanken.

»Mhm, die drei da drüben sind eine schöne Gruppe. Den Vampir, den würde ich auch einzeln hängen. Nur – was die fünf im hinteren Teil angeht, da möchte ich am liebsten etwas umstellen.«

»Ja?«

»Ja. Also, wenn der Torero da in der Mitte hängt, dann könnte doch links der Sonnengreifer bleiben, ja? Weil der doch schließlich alles ins Rollen gebracht hat, und das bringt vielleicht Glück, oder?«

»Kann schon sein. Bist du abergläubisch?«

»Nö, nur sensibel für Strömungen. Ich kenne alle meine Männerbilder so gut, ich weiß schon, was ich will!«

»In jeder Beziehung?«

Unsicher schaute ich zu Jack auf. Was war das jetzt für eine Frage?

»Meistens jedenfalls.«

Mona, Mona, mach einfach einen Gedankenstopp. Du kannst alles mögliche in jeden Satz des imponierenden Jack Diamond hineinpacken. Übrig bleiben werden trotzdem nur Rätsel.

Arbeiten, weiterarbeiten.

»Also, Jack, rechts neben dem Torero hätte ich gern den Schlangenbeschwörer.«

Ach wie gut, daß du nicht weißt, daß du mich mit deinen geschmeidigen Bewegungen zu diesem Bild inspiriert hast.

»Einverstanden. Der Schlangenbeschwörer ist in der Tat ein besonders ausdrucksstarkes Bild.«

Wen wundert's.

Jack überlegte laut. »Abgesehen davon haben wir dann drei

völlig unterschiedliche Farbstellungen im Zentrum. Sehr, sehr gut, Mona.«

So wie er mich anblickte, hegte er eine gewisse Bewunderung für mich. Für mich? Wohl eher für mein Künstlerinnen-Ego. Mona, pack die Frau in dir weg. Hol die Künstlerin raus. Sonst begibst du dich aufs Glatteis und brichst dir womöglich auch noch beide Haxen. Einmal Roosevelt-Hospital für heute war doch echt genug.

»Wo ist eigentlich mein Hut?« fragte ich.

Der Schutz in allen Lebenslagen.

»Hier, bitte.« Jack reichte mir mein Prachtstück.

»Sind wir fertig?«

»Ja. Was die Fragen der Journalisten morgen angeht, brauchst du dir keine Gedanken zu machen. Antworte einfach so, wie du meinst. Spontan und ehrlich. Außerdem bin ich bei dir, falls du Schwierigkeiten mit der Sprache bekommst.«

»Vertauschte Rollen«, murmelte ich.

»Ansonsten ruh dich richtig aus. Morgen abend lasse ich dich abholen. Und jetzt fährt dich die Limousine wieder ins Hotel zurück.«

Zurück in den Palast. Ob wohl alle Königinnen so einsam waren? Beim nächsten Mal würde ich lieber mit ein wenig Hofstaat reisen. Oder zumindest mit einem Hofnarren, der mich zum Lachen brächte.

Erschöpft ließ ich mich in meinem einsamen Hotelzimmer aufs Bett sinken. Am aufheiterndsten war eigentlich immer meine Busenfreundin Vivian. Die würde ich jetzt anrufen, selbst wenn Überseeferngespräche sauteuer waren. Dafür wäre es eine Investition in meine dringend zu erhellende Gemütslage.

Vivian war nicht zu Hause. Aber ich hörte mir den gesamten Text des Anrufbeantworters an, weil es so schön war, ihrer vertrauten Stimme zu lauschen.

»Hier ist der Anschluß von Vivian. Mein Anrufbeantworter beantwortet keine Anrufe, aber ich tu's. Mona, Mona, bist du da? Bitte hinterlassen Sie nach dem Signalton, Mona, Ihre Nachricht, Mona.«

Was war denn das für eine verkorkste Aufnahme? Oder hatte ich Wunschvorstellungen, daß ich andauernd Vivians Stimme meinen Namen rufen hörte?

»Mona, Mona!«

Klopf, klopf, klopf.

Offensichtlich mußte ich dringend meinen Kopf röntgen lassen. Das Emotionszentrum verwirrte mein Logik-Center, siehe Jack Diamond. Und nun drängten sich auch noch meine Sehnsüchte bezüglich Vivian auf unerklärliche Weise in meinen Gehörgang.

Trotzdem hörte das Klopfen nicht auf.

Frage an das Intellekt-Center: Gibt es hier wohl echte Poltergeister?

Antwort des Intellekt-Centers: Negativ.

Aha.

Auf Zehenspitzen schlich ich zur Tür. Nachdrückliches Klopfen. Da griff ich beherzt zur Türklinke und öffnete vorsichtig.

Frage an die Augenzentrale: Ist das Vivian?

Antwort der Augenzentrale: Positiv.

»Vivian«, schrie ich begeistert und schmiß meine Arme um ihren Hals. »Vivian, Vivian, ich hatte gerade so Sehnsucht nach dir. Dich schicken die Götter.«

»Weniger die Götter«, lachte Vivian.

»Wer dann?«

»Dein Bruder.«

»Adrian?«

Solche bombastischen Ideen konnte mein Bruderherz haben?

»Wir haben uns überlegt, daß du dich vielleicht einsam fühlen könntest.«

Diesmal brauchte ich nicht extra die Ohren-Schaltzentrale zu fragen. Adrians Stimme erkannte ich mit hundertprozentiger Sicherheit. Positiv.

Da kam er auch schon hinter der Tür hervor.

»Na, Kleine, da staunste, was?« grinste Adrian.

Nicht nur das. Die Kleine brach auch zum zweiten Mal am heutigen Tage in Tränen aus.

»Ich bin so froh, daß ihr da seid. Isso schön, was isses schön«, heulte ich.

Ihre Majestät und der heißersehnte Hofstaat ließen sich gemütlich auf der Sitzgruppe nieder. Abwechselnd streichelte ich Vivians und Adrians Hände.

»Sachen gibt's, die gibt's gar nicht. Ich hatte heute vielleicht einen Tag. Hab mir ein Loch in den Kopf gehauen und in der Klinik 'ne Steppnaht kassiert, hier! Ach, ich hab ja noch den Hut auf, also: hier! Das war ein Ding. Danach mußte ich in die Galerie, die ist ganz toll, und da hängen sie jetzt meine Werke auf, und morgen ist der große Tag, und ...«

»Moment, Moment«, lachte Vivian. »Nicht so schnell. Du warst im Krankenhaus? Tut es sehr weh?«

»Vorhin, ja. Aber jetzt ist alles gut. Jetzt seid ihr da, und alles ist in Ordnung. Ach, ich freu mich so schrecklich.«

Adrian schaute besorgt auf das große Pflaster. »Kleine, ich hatte so eine Ahnung, daß wir dich besser nicht allein lassen sollten.«

Wir? Mhm.

»Sag mal, Adrian, wie bist du denn auf den Gedanken gekommen, auch Vivian mitzunehmen?«

»Äh, sie ist doch deine Freundin. Und ...«

Vivians Augen glänzten wie zwei Fünftausend-Watt-Strahler.

» ... und, äh, *meine* Freundin ist sie jetzt auch.«

»So richtig?« fragte ich vorsichtig.

»Ja«, antworteten beide wie aus der Pistole geschossen.

»Also, meinen Segen habt ihr.« Ich mußte grinsen. Hier hatte es ganz offensichtlich geschnackelt, geknallt, geklappt.

»Wir haben dir auch etwas mitgebracht. Von Natalie und Franz und von Edgar. Am liebsten wären die auch gleich noch mitgeflogen«, sagte Vivian. »Pack gleich mal aus, sind tolle Überraschungen.«

»Noch mehr Überraschungen? Na, wunderbar. Oh, Natalie hat alles in ganz tolles Seidenpapier gewickelt, wie hübsch.«

Vorsichtig entfernte ich eine Papierlage nach der anderen. Rot. Rot schimmerte mir entgegen. Rote Spitze.

»Ein Kleid. Nein, das ist ja Wahnsinn. Natalie hat ein rotes Spitzenkleid für mich genäht. Und es ist tatsächlich auch noch das gleiche warme Rot wie in meinem Torerobild. Als hätte sie es geahnt.«

Vivian holte den Rest aus dem Päckchen.

»Außerdem hier noch die rote Spitzenborte für deinen Hut. Wir sollen dir alles Glück der Welt wünschen, haben mir Natalie und Franz aufgetragen. Natalie meinte, Rot wäre richtig. Und du gehörtest sowieso auf rote Rosen gebettet. Und du wüßtest schon, von wem.«

Ach, liebste Natalie. Mich brauchst du nicht zu überzeugen. Überzeuge lieber den …, du weißt schon, wen.

»Ist das von Edgar?« fragte Adrian.

»Ja«, antwortete Vivian. »Er meinte, das bräuchtest du dringend, Mona. Der hat mir auch so eine komische Botschaft mitgegeben.«

»Was denn?«

»Laß mich kurz nachdenken. Ach ja, also, das mit dem Amor funktioniert, sagte er.«

Der Glasamor hatte funktioniert? Mit dem ganzen Drum und Dran eines Liebeszaubers? Na, wenigstens bei ihm. War ja auch schon mal was.

»Oh, schaut mal, ein roter Lippenstift. Nein, wie süß, Edgar denkt doch an alles.«

Ich war nun bestens gerüstet. Morgen würde ich im Mittelpunkt meiner ersten eigenen Ausstellung stehen. Mit meinen Lieben hinter mir. Niemand morgen bei der Vernissage sollte mich jemals wieder vergessen. Niemand. Ihre Majestät würden hoffentlich einen glänzenden Eindruck machen. In jedem Falle schon mal einen leuchtendroten.

VERNISSAGE

Mhmmmmm, wunderbar, der Lippenstift von Edgar fühlte sich herrlich geschmeidig an auf meinem übergroßen Mund. Meinem Spiegelbild warf ich noch schnell ein Küßchen zu, genauso wie anschließend dem Bild von Papa.

Ich straffte mich. Ihre Majestät Königin von Malerlandien mußte heute Haltung bewahren. Ein Seufzen entrang sich der schmalen Brust ihrer Hoheit. Tag der Wahrheit, Tag meiner ersten Vernissage.

»Mona, Mona«, ertönte Vivians Stimme schon von der Tür her.

Schnell öffnete ich.

»Bezaubernd, entzückend siehst du aus«, begrüßte mich Vivian herzlich.

»Ja? Gefalle ich euch?«

»Mehr als das«, gab Vivian zurück. »Dein rotes Spitzenkleid sitzt wie angegossen. Sogar heute mal kniefrei, Mensch, Mona. Der Hut mit der Spitzenborte ist ein Hit, und so ein wenig Schminke tut dir auch mal ganz gut.«

»Ein bißchen?« sagte Adrian gedehnt. »Ein bißchen sehr auffällig, deine Lippen.« Kopfschüttelnd betrachtete er mich.

»Also, Bruderherz, nun sei doch nicht so spießig. Oder willst du unbedingt meine Gouvernante spielen?«

»Nee, ist wohl eher mein Beschützerinstinkt.«

Liebevoll umarmte ich die beiden.

»Das hat auch sein Gutes. Ehrlich, mit euch jetzt bei mir geht es mir schon sehr viel besser. Ich glaube, ich würde sonst mindestens dreimal um den Block fahren vor lauter Nervosität, bevor ich den Mut hätte, die Galerie zu betreten.«

»Nichts da. Wir fahren auf direktem Wege dorthin. Auf geht's, meine Damen.«

So sprach Adrian und bot Vivian und mir galant jeweils einen

Arm. Untergehakt stiegen wir in den Fahrstuhl, untergehakt liefen wir gemeinsam zum Auto und untergehakt eine halbe Stunde später in die Galerie.

Genauer gesagt, ich hatte mich inzwischen fast in Adrians Arm hineinverknotet. Mulmig, wie mir war, krallte ich mich an ihm fest und wollte ihn gar nicht mehr loslassen.

Mona, die Klette. Mona, die Tintenfischfrau mit Saugnäpfen an den Fingern.

Als Jack uns begrüßte, mußte ich mich zu meinem Leidwesen denn doch von Adrians Arm trennen. Aber ich blieb dicht bei ihm stehen.

»Jack, meinen Bruder kennst du ja. Und das ist Vivian, meine Freundin. Und – gleichzeitig auch die Freundin meines Bruders. Die zwei haben mich gestern im Hotel überrascht.«

»Freut mich sehr. Das ist wirklich sehr nett, daß Sie auch nach New York gekommen sind.«

Aufmerksam betrachtete mich nun der große Jack. Er deutete auf meinen Spitzenbortenhut.

»Hätte ich mir eigentlich denken können, daß der auch heute nicht fehlen würde. Mona, bist du nervös?«

»Mhm.«

»Keine Angst. Das kriegen wir schon hin. Allerdings muß ich dir jetzt noch einige Einzelheiten zum Ablauf der Vernissage erklären. Gestern hatte ich das Gefühl, daß du durch den Unfall noch nicht ganz aufnahmefähig warst. Also, schau noch mal auf die Einladung.«

»Ja, der Torero ist da drauf. Kenne ich doch schon.«

»Sieht klasse aus, wirklich toll«, jubelte Vivian.

»Dir ist, glaube ich, gar nicht aufgefallen, daß als Künstlername dort M. L. Linde steht.«

»Warum sind denn Monas Vornamen nicht ausgeschrieben?« fragte Adrian skeptisch.

Ha, war immer gut, seinen Anwalt dabeizuhaben.

»Ja, Jack, warum eigentlich nicht?« fragte ich herausfordernd.

»Das ist es ja. Das gehört zur Dramaturgie des heutigen Abends«, erklärte Jack. »Wenn du mal überlegst, wie deine ganze Geschichte begonnen hat, dann ist nicht zu übersehen, daß anfangs alle davon ausgingen, daß du ein Mann bist. Weil du eben so malst, wie du malst. So kraftvoll. Ich habe geplant, eine Ansprache über dich und dein Werk zu halten. Als Clou werde ich erst am Ende erklären, daß du Mona Lisa heißt. Und demzufolge eine Frau bist. Verstehst du?«

»Keine schlechte Idee«, sagte Vivian spontan.

Meine Vivian, die hatte Intuition. Wenn sie das gut fand, dann war da etwas dran. Zumal sicherlich auch Jack ganz genau wußte, wie man in diesem Kunstzirkus ein solches Ereignis anpacken mußte.

»Und wie soll das dann gehen?« wollte ich wissen. »Ich verstecke mich die ganze Zeit, plötzlich gibt's 'nen kräftigen Trommelwirbel – und es erscheint die Künstlerin, oder wie?«

»Genau so«, lachte Jack, »nur ohne Trommelwirbel. Du bleibst im Hinterzimmer, Sabine postiert sich vor der Tür, und sobald ich dich ankündige, öffnet sie, und du kommst zu mir.«

Mannomann, bis dahin wären meine Nerven bestimmt bis zum Zerreißen gespannt.

»Ganz schön aufregend für meinen Geschmack. Jack, kann Vivian nicht bei mir bleiben? Allein da zu sitzen, das halte ich nie im Leben aus.«

»Von mir aus gern.«

Auch Vivian nickte eifrig.

»Na, das wäre ja dann geklärt«, meinte Adrian. Er schaute sich um. »Jack, alle Achtung, das ist ja wirklich eine tolle Ausstellung geworden. Nur – was hat das denn zu bedeuten?« Adrian zeigte auf ein riesiges weißes, quer gespanntes Stoffbanner.

»Unter diesem leeren Banner ist ein bedrucktes. Mit Monas vollem Namen. Das werde ich allerdings auch erst am Schluß meiner Rede enthüllen. Dann ziehe ich an dieser Halterung hier, und das Schutzbanner fällt einfach zu Boden und gibt das richtige frei.«

Ich war schwer beeindruckt. Und gleich würde ich ein Riechfläschchen brauchen. So viel Ehre, so viel Vorbereitung. Und wenn es trotz allem ein Reinfall würde? Mit Buhrufen? Mit eisigem Schweigen der Kritiker?

»Ist dein Kleid eigentlich von einem bestimmten Designer?« fragte Jack plötzlich unvermutet in meine panischen Gedanken hinein.

»Wieso?«

»Na, ich habe dir doch gestern erzählt, daß ich unter anderem auch Journalisten der großen Frauenmodemagazine eingeladen habe. Das war übrigens besonders schwierig, weil ich in den Gesprächen mit diesen Leuten einerseits nicht verraten wollte, daß du eine weibliche Malerin bist, zum anderen aber natürlich so neugierig machen mußte, daß die auch kommen. Immerhin haben wir aber tatsächlich Zusagen von Glamour, von Harper's Bazaar und von der Vogue.«

»Von der Vogue?« flüsterte ich andächtig.

»Ja. Jedenfalls, die wollen unter Garantie auch wissen, was für ein Kleid du trägst.«

»Das Kleid hat Natalie für mich genäht.«

»Natalie«, murmelte Jack.

Er blickte irgendwohin in die Ferne.

»Du weißt doch, Natalie, die Schneiderin. Hast dir von ihr die Hose wieder zusammennähen lassen. Du kennst sie doch.«

»Und ob. Da fing ja alles an ...«

Jack schaute mir in die Augen.

»Kommen da etwa schon die ersten Gäste?« unterbrach Adrian.

Sabine näherte sich uns. »Ja, der eine ist von der New York Times. Jetzt aber nichts wie weg, Mona. Komm schnell!«

Ich krallte mich nun an Vivian fest und zog sie mit mir in das hintere Zimmer.

»Geduld war übrigens noch nie meine Stärke«, jammerte ich.

Vivian schob mir einen Stuhl hin.

»Setz dich doch erst mal, Mona. Aber ich verstehe dich so gut. Ich kenne dieses Gefühl von einigen Theaterpremieren. Selbst bei den kleinsten Rollen steht man da hinterm Vorhang, wartet auf sein Stichwort und hofft gleichzeitig, daß es nie kommen möge. Derweil überlegt man die ganze Zeit, ob man nicht doch noch mal schnell zur Toilette rennen sollte oder wie der Text denn überhaupt war und daß man bloß nicht seinen Einsatz verpassen darf und so weiter.«

»Ich hab nicht mal einen Text«, wimmerte ich.

Dafür würde ich wirklich gern noch mal schnell für kleine Mädchen verschwinden. Nervositätspipianfall nannte man das sicherlich.

»Beruhige dich, Mona, der Jack wird's schon richten.«

»Ja, ja, der Jack. Der hat irgendwie immer alles im Griff.«

»Ein starker Mann eben.«

»Mhm, empfinde ich auch so.«

»Er gefällt dir immer mehr, nicht wahr, Monachen?«

»Wenn wir jetzt auch noch darüber reden, dann verliere ich endgültig die Fassung. Weißt du, was ich meine? Ich meine, ach, ich weiß selbst nicht, was ich meine. Also, ich meine, ja, er gefällt mir immer mehr. Aber er ist nur an meiner Arbeit interessiert. An der Künstlerin, verstehst du?«

Leise ging die Tür auf. Sabine steckte den Kopf herein. »Mädels, ich habe hier zwei Gläser Champagner für euch organisiert. Die Bude ist inzwischen krachend voll. Und Jack beginnt gleich mit der Ansprache.«

»Kannst du die Tür nicht einen Spalt offenlassen, damit wir wenigstens mithören können?« fragte Vivian aufgeregt.

»Klar doch. Und prost. Achtung, gleich fängt es an.«

Es fing an. Mein Hasenherzrasen. Daß ein Herz eine Pumpe ist, war ja allgemein bekannt. Aber diese ungeheure Leistungssteigerungsfähigkeit war schon bedrohlich.

Pump, pump, pump.

Ihre Majestät kurz vorm Herzkammerflimmern. War ja auch dumm, so ganz ohne Leibarzt loszugehen.

»Verehrte Damen und Herren ...«, hörte ich Jack.

»Wir haben uns hier so zahlreich versammelt, um den Untergang von Mona Lisa zu zelebrieren«, wisperte ich nervös.

»Pssst«, zischte Vivian.

» ... Ich möchte Ihnen eine Geschichte erzählen. Eine Geschichte von heute, die allerdings nicht jeden Tag passiert, sondern die in ihrer Art außergewöhnlich ist. Sie begann in Deutschland. Ein Künstler malte diese expressiven, kraftvollen

276

Aktbilder. Aktbilder mit sehr eigenständigen Ideen. Sie sehen hier den Torero. Einen Mann ohne Uniform, ohne einen Stier, nackt, nur mit einem roten Tuch in der Hand.«

»Göttlich splitterfasernackt«, flüsterte Vivian.

»Trotzdem fühlt man auf den ersten Blick, daß dieser kraftvoll inszenierte Mann eine besondere Aura hat, eben ein Torero ist, ein Mann, der den Kampf nicht scheut. Diese Eigenschaft, diesen Mut hat auch der Künstler dieser Werke.«

»Der sollte mich mal in eine Arena mit 'nem Stier stellen. So schnell hätte der Jack noch nie eine Mona flitzen sehen«, wisperte ich.

»Aber die eigentliche Geschichte, die ich Ihnen erzählen will, begann mit diesem Werk, mit dem Sonnengreifer. Es geriet in die Hände meines Galeristenkollegen, über verschlungene Wege gewissermaßen.«

Vivian kicherte. »Die verschlungenen Wege, dieses Labyrinth hieß gewissermaßen Adrian.«

»Psssst«, raunte ich jetzt.

»Unser Künstler hörte in der Galerie ein Gepräch mit einer kunstinteressierten Dame, die dieses Bild über ihr Sofa hängen wollte, weil es farblich so hübsch passend war.«

Allgemeines Lachen im Saal.

»Für unseren Künstler bedeutete dies, daß er sich dazu entschloß, weitere Bilder für eine Freundin dieser kunstinteressierten Dame zu malen. Ebenso farblich passend zu deren Einrichtung. Aber – wie Sie sehen – in dem eigenen, unverblümten Stil. Herausfordernd, themenbezogen, fast schon provokativ in der Art.«

Die Menge johlte. Wie peinlich. Jetzt wußten die alle, daß ich Bilder für die Blümchentapeten der Frau Gurken-Wohl gemalt hatte. Einspruch. Wo war mein Anwalt?

»Schließlich spürte ich diesen Künstler auf. Und entdeckte diese Werke, die Sie heute hier sehen. Mich persönlich haben diese Bilder, um es mal salopp zu formulieren, umgehauen. Hochkreative Männerakte mit diesem heftigen, wilden, männlichen Strich.«

Zustimmendes Raunen.

Anwachsende Pumpherzaktivitäten. Bleib bloß drin, du Herzchen. Rausspringen gilt heute nicht.

»Und nun werden Sie sicher wissen wollen, wer hinter diesen Werken steckt.«

Der Klapperstorch? Der Weihnachtsmann? Das Rumpelstilzchen?

»M.L. Das könnte zum Beispiel stehen für Marco Leon.«

Ich linste durch den Türspalt. Ha, da schrieben schon ein paar auf ihre Notizblöckchen. Marco Leon. Weit gefehlt, hochverehrte Damen und Herren. Holt schon mal die Radiergummis raus.

»Allerdings gäbe es auch noch eine andere Möglichkeit. M.L. für Mona Lisa.«

Nun freute sich die Menge. Haha, hihi.

»Mona Lisa, wie witzig«, wurde gekichert.

»Wie Sie alle wissen, hat die Mona Lisa von Leonardo da Vinci dieses geheimnisvolle Lächeln. Und exakt das hat auch der Künstler.«

Nun war wieder Schweigen.

»Der macht es aber wirklich toll spannend«, flüsterte Vivian.

»Genauer gesagt, die Künstlerin. Es ist eine Frau. Und sie heißt wirklich Mona Lisa. Heißen Sie sie willkommen!«

Zack, machte es, und das Banner fiel. In riesigen Lettern, leuchtendrot, versteht sich, prangte ein großes Mona Lisa mit einem kleinen Linde dahinter über den Köpfen der Zuhörer.

Inzwischen war ich kurz vorm Herzstillstand. Ich atmete in doppelter Schlagzahl. Hyperventilieren nannte man das wohl. Da half normalerweise nur, eine Papiertüte über den Kopf zu ziehen.

»Papiertüte«, stammelte ich.

»Los, raus jetzt«, ertönte Vivians Stimme wie durch einen Nebel.

Mit Schwung schubste sie mich aus der schon längst weit geöffneten Tür. Paralysiert lief ich auf Jack zu, der seine Hand bereits nach mir ausstreckte.

Saug, saug, schon hatten sich meine Polypenfinger fest an seine geklebt.

»Bravo, bravo, bravo«, ertönte es aus allen Kehlen.

Die Menge klatschte Dauerapplaus und trampelte dazu auch noch mit den Füßen. Blitzlichter zuckten unaufhörlich.

»Mona Lisa, schau mal hierher, Mona Lisa!«

»Mona Lisa, lächele mal!«

»Mona Lisa, umarme mal den Diamond!«

»Mona Lisa, hierher, hierher!«

Ich war schon ganz blind von dem Blitzlichtgewitter. Und berauscht von den Dingen, die hier passierten. Ich wurde gefeiert wie eine Diva, wie ein Star. Oder eben wie eine Künstlerin, deren Bilder gefielen. Richtig gefielen.

Papa, dachte ich plötzlich zaghaft. Papa, guckst du mir vom Himmel aus zu? Papa, hörst du, wie sie alle klatschen und meinen Namen rufen? Papa, siehst du, wie sie mich und meine Bilder fotografieren? Papa, spürst du, wie sehr ich an dich denke und wie dankbar ich dir bin, daß du mir das Malen beigebracht hast? Ach, Papa, es hat sich wirklich alles gelohnt. Das Darben, das Hoffen.

Unaufhaltsam schossen mir die Tränen in die Augen. Ich riß mich von Jack los, stolperte in das heruntergelassene Schutzbanner hinein und rannte dann in das Hinterzimmer. Heulend schloß ich sofort die Tür.

Zwei Sekunden später stand Jack im Raum.

»Mona, Mona, was ist denn los?«

Tränenüberströmt schaute ich ihn an.

»Ich mußte so an meinen Papa denken, verstehst du das?«

Jack nickte und nahm meine Hände.

»Natürlich verstehe ich das. Aber, Mona, nun freu dich mal richtig. Die Vernissage ist ein Riesenerfolg. Die Leute draußen toben. Ich gratuliere dir und freue mich für dich von ganzem Herzen.«

»Danke«, schniefte ich.

»Na, da lächelst du ja schon wieder. Du wirst sehr berühmt werden, Mona, sehr berühmt. Sag, bist du glücklich?«

»Ja, so ziemlich.«

Ich starrte auf unsere Hände. Meine in den seinen.

»Oder fehlt noch etwas zum Glück?«

»Mhm, na ja«, sagte ich vage.

»Etwas, das mit ›K‹ anfängt?«

Mit »K«? Was meinte Jack?

Kuchen vielleicht? Kaviar? Eine Kutsche für Ihre Majestät?

»Mit ›K‹?« fragte ich.

»Ja, es fängt mit ›K‹ an und hört, wenn ich da mit dem deutschen Buchstabieren richtig liege, mit ›uß‹ auf.«

»Kuß?«

Ihre Majestät würden doch jetzt nicht dahinschmelzen wie ein Eiswürfelchen im Hochsommer?

Ihre Majestät schmolz, und wie! Wie ein ganzer Eimer voller Eiswürfel in der Wüste.

Nach dem ersten Endloskuß – Majestät drohten nun auch noch die Sinne zu schwinden – flüsterte ich atemlos: »Aber, aber, ich habe doch heute diesen ganzen Lippenstift drauf und ...«

» ... und ich liebe Farbe«, lachte Jack.

Und küßte weiter.

Mein Hut fiel mir vom Haupte und kullerte durch das Zimmer. Ich löste mich kurz von Jack, um den Hut wieder einzufangen.

»Ich glaube, ich verstehe jetzt gar nichts mehr. Und ich sehe, daß du reichlich von meinem Lippenstift am Mund hast. Küßt du deine weiblichen Künstlerinnen immer mitten in einer tollen Vernissage?«

Bitte, bitte, sag, daß du das sonst nie, nie, nie tust.

»Ich küsse nie meine Künstlerinnen. Du weißt doch, Arbeit und Privates trenne ich grundsätzlich. Fast jedenfalls. Bei dir gelingt es mir nicht.«

»Nun gestehe schon, wie war das denn so am Anfang? Warst du nun nur an meiner Kunst interessiert? Oder an mir persönlich?«

»Tja, schöne Frage, Mona. Um ganz offen zu sein: Ich war von deinem Wesen fasziniert. Als ich in dem dunklen Schneiderzimmer stand und du hereinkamst, das war, als ob plötzlich das Leben hereinstürmte. Du warst derart fröhlich, natürlich und ungestüm, so frei, so positiv, als du auf Natalie eingeredet hast. Von deiner Grippe, von deinem Bruder, dem Kleid und deinen

Sprachschülern. Hinzu kam dann noch, daß ich dich über Malerei habe reden hören. Alles geschah also auf einmal.«

»Und heute?«

Also, wenn ich schon gestern gedacht hatte, Vivians Augen könnten mit fünftausend Watt strahlen, wegen der Gefühle eben, dann kam ich mir jetzt vor wie ein ganzes Elektrizitätswerk.

»Heute? Heute bin ich verliebt in dich. Und ich bin verliebt in deine Bilder.«

»Du kannst wohl nie genug bekommen, Jack Diamond, was?« neckte ich ihn.

Schon küßte er mich wieder. Nach einer kleinen Ewigkeit löste er sich von mir.

»Mona, wir müssen wieder zurückgehen. Aber vorher möchte ich noch etwas wissen: Könntest du dir vorstellen, dein Atelier nach New York zu verlegen? Könntest du dir vorstellen, hier zu arbeiten?«

»Na ja, Leinwände und Farbtuben gibt's hier doch bestimmt auch, oder?«

Jack nickte zufrieden und rückte mir meinen Hut zurecht.

Da flog die Tür auf. Herein schoß ein Kamerateam.

»Mona Lisa, wenn Sie heute jemand fragte, ob Sie für sein Wohnzimmer ein Bild malen würden, täten Sie das dann?«

Klar, warum nicht? Leichte Übung. Darf es für den Salon etwas in Hellblau sein oder lieber ein wenig mehr Dunkelblau?

»Nein«, sagte Jack bestimmt. »Diese Zeiten sind vorbei. Mona Lisa malt, was ihr gefällt und in den Farben, mit denen sie sich gerade wohl fühlt. Dann können die Leute ihre Wohnzimmer gern entsprechend tapezieren.«

»Mona Lisa, wir möchten Sie neben Ihrem Torero-Bild fotografieren«, sagte eine energische junge Dame.

»Die ist von der Vogue«, flüsterte Sabine mir ins Ohr.

»Ja gern, gleich«, antwortete ich.

Ha, auf diese Art und Weise würde sogar Natalies Kleid in das amerikanische Modemagazin kommen.

»Bevor Sie zum Torero gehen, erlauben Sie mir bitte noch eine Frage«, mischte sich ein Journalist ein.

Ihre Majestät erlaubte gnädigst.

»Inspirationen für Ihre Bilder sind doch bestimmt Männer, Mona Lisa, oder?«

Na sicher, du kluges Kerlchen. Oder siehst du irgendwo 'ne Blumenwiese samt greiser Großmutter in Kittelschürze mit fünf entzückenden Enkelchen auf meinen Werken?

»Also, Mona Lisa. Wer wird denn in Zukunft Ihre Inspiration sein?«

Freundlich schaute ich den Herrn Journalisten an.

»Interessante Frage. Mhm, wenn ich es mir genau überlege, dann lasse ich mich vorerst nur noch von einem einzigen Mann inspirieren.«

Jack drückte heimlich ganz fest meine Hand.

Unwillkürlich mußte ich lächeln.

»Aber wer nun meine männliche Muse ist, das werde ich Ihnen bestimmt nicht verraten.«

»Und warum nicht?«

Ich lächelte weiter.

»Wissen Sie, Mona Lisas haben eben immer so ihre Geheimnisse.«

NACHTRAG

Die amerikanische Vogue berichtet in der Rubrik
»What's in, what's hot?«:

Neue Mode in New York
✽ *Nackte Männer von Mona Lisa.*
✽ *Herrenhüte (für Frauen) mit Spitzenborte.*

Tina Grube

Männer sind wie Schokolade

Roman

Band 12689

Linda, emsig arbeitende Werbeagenturfrau, gerät immer wieder und überall in die unmöglichsten Situationen. So kämpft sie gegen Auftragsberge, einen cholerischen Boß und die täglichen Attacken auf die kreativen grauen Zellen. Aber auch privat ist sie ständig den Tücken des Schicksals ausgesetzt. Eigentlich möchte sie sich in ihrer kostbaren Freizeit nur das Allerbeste für die Seele gönnen. Den langersehnten tollen Mann zum Beispiel. Oder die heißgeliebte Schokolade. Allerdings: Mit dem unbeschwerten Genuß ist das immer so eine Sache. Kein Wunder, daß es noch aufregender wird, als die Agentur einen neuen Kunden gewinnt. Anfangs als Verkörperung typisch männlicher Arroganz voller Verachtung abgelehnt, wird er allmählich zur lockenden Versuchung. Männer sind wie Schokolade... Wie schön, daß es da auch noch Freundinnen gibt, die Linda in allen Lebenslagen mit weiblicher Raffinesse unterstützen.

Fischer Taschenbuch Verlag

fi 2082 / 3

Tina Grube
Ich pfeif auf schöne Männer
Roman
Band 13320

Das chaotisch-hektische Leben der Werbefrau Linda findet in
diesem Roman seine Fortsetzung. Manchmal hat Linda einfach
die Nase voll. Ihre Long-Distance-Liebesbeziehung mit Mike
ist eigentlich schon kompliziert genug. Plötzlich überrascht er
sie aus heiterem Himmel auch noch mit der Eröffnung, daß er
eine fünfjährige Tochter hat, deren Herz es zu erobern gilt. Was
gar nicht so einfach ist. Auch Lindas Job in der Werbeagentur
zerrt heftig an ihren Nerven. Der Streß will nicht enden und
die Agenturkollegen tragen mit Profilneurosen und Macho-Ge-
habe einiges dazu bei. Linda beschließt, ihr Schicksal selbst in
die Hand zu nehmen. Veränderungen sind angesagt. Jawohl! Sie
kündigt und will sich auf eigene Füße stellen. Da ist ihr gerade
recht, daß ein Fotograf sie umwirbt und ihr ein neues Betäti-
gungsfeld anbietet. Linda greift zu und schon ist sie drin in der
internationalen Szene der Modeleute, Schauspieler und Foto-
modelle. Sie reist zwischen Hamburg, Mailand, Hollywood und
Frankfurt hin und her und lernt bei einem Foto-Shooting den
gutaussehenden Regieassistenten Pierre kennen, einen bezau-
bernden, langwimprigen Franzosen. In Hollywood verwirrt sie
ein durchaus ansehnlicher Amerikaner und es begegnen ihr
einige männliche Models, Stars und Sternchen. Bei so viel Schönheit könnte es einem ganz schwindlig werden - wenn, ja wenn
Mike nicht wäre, der »Schokoladenmann« aus Roman Nr. 1...

Fischer Taschenbuch Verlag

fi 2081 / 3

Sabine Deitmer

Die schönsten Männer der Stadt

Balzgeschichten

Band 13620

Da sind sie, die Männer, die unsere Herzen höher schlagen lassen: charmant und unbeholfen, eitel und großmäulig, mit Hühner- oder Heldenbrüsten. Unauffällige Männer, die mit selbstverfaßten Gedichten Stürme der Leidenschaft entfachen. Männer, die so schön sind, daß wir sie vor unserer besten Freundin verstecken. Liebhaber, von denen wir uns nach heißen Nächten nur ungern, und Ehemänner, von denen wir uns nach Jahren ohne Lust nur allzu gern trennen. Sabine Deitmer erzählt komisch, poetisch und böse, wie frau sich über die Männer hermacht. Schräge, schaurig-schöne Geschichten, die für die Heldinnen ausnahmslos glücklich enden.

»Sabine Deitmer gilt inzwischen als Kult-Autorin.«
Hamburger Abendblatt

Fischer Taschenbuch Verlag

fi 2079 / 3

Jil Karoly

Mein wundervoller Wonderbra

Roman

Band 13619

Die Journalistin Caro hat die Faxen dicke. Ihr Lebensgefährte Konrad, ein Biologe mit zwanghafter Fixierung auf das Geschlechtsleben der Zikaden und ihr Job bei KUNO, dem Hochglanzmagazin für die trendsüchtige Schickeria, hängen ihr zum Hals heraus. Ein Blickkontakt reißt Caro aus ihrer Lethargie. Kurzerhand verläßt sie Konrad, wild entschlossen, ihre frische Freiheit zu genießen. Aber auch das Single-Dasein ist kein Zuckerschlecken. Denn die neuen Männer in ihrem Leben sind die reinsten Mogelpackungen. Und die Konkurrenz mischt und mogelt eifrig mit. Allerorten tummeln sich marilynblonde, vollbusige Megaweiber! Gegen die kann eine Normalo-Frau nur anstinken, indem sie ebenfalls schummelt, den Griff in die Trickkiste wagt und zum Busenwunder mutiert. Das schnallen auch Caros Freundinnen: Suse, die torschlußpanisch einen Lastminute-Mann sucht, und Hillu, die zaghaft an den zähen Fäden ihrer Pattex-Ehe zerrt. Kriegen die Mädels die Kurve? Fällt für Caro ein Lover ab, der hält, was er verspricht? Zumindest auf beruflichem Sektor zeigt sich das Schicksal gnädig und spielt ihr eine Riesenchance in die Hände. Der TV-Sender Kanal Voll veranstaltet ein Drehbuch-Preisausschreiben. Caro verfaßt ein Script mit dem tiefsinnigen Titel »Tücken der Lust« – der Karrierestein kommt endlich ins Rollen...

Fischer Taschenbuch Verlag

fi 2023 / 3